ベンジャミン・スティーヴンソン

富永和子 訳

EVERYONE IN MY FAMILY
HAS KILLED SOMEONE
BY BENJAMIN STEVENSON
TRANSLATION BY KAZUKO TOMINAGA

ハーパーBOOKS

EVERYONE IN MY FAMILY
HAS KILLED SOMEONE
BY BENJAMIN STEVENSON

First published by Penguin Random House Australia Pty Ltd. This edition published
by arrangement with Penguin Random House Australia Pty Ltd via Japan Uni Agency, Inc.

Published by K.K. HarperCollins Japan, 2024

アリーシャ・パズに。
ようやくこれをきみに捧げられる。
過去と未来のすべての作品が、きみのものではあるが……。

あなたが物語に登場させる主人公の探偵もしくは警官が、
神の啓示や女性の直感、迷信、偶然、ズルに頼ったり、
それを利用したりせず、あなたから授かった知性を用いて
事件を解決することを誓いますか？

――一九三〇年、アガサ・クリスティ、
G・K・チェスタトン、ロナルド・ノックス、
ドロシー・L・セイヤーズらが所属する
ミステリー作家の集まり〈ディテクション・クラブ〉会員宣誓

〈谷折り線〉

1 犯人は物語の序盤に登場しなければならない。ただし、読者がその思考を追える人物であってはならない。

2 言うまでもないが、超自然能力を使って事件を解決してはならない。

3 隠し部屋や秘密の通路はひとつしか使ってはならない。

4 犯行には、未知の毒物もしくは最後に難解な科学的説明が必要となる器具を使用してはならない。

5 （この項目はいまの時代にそぐわない言い回しなので削除させてもらう）

6 偶然の出来事や説明のつかない勘により、正しい答えを導きだしてはならない。

7 探偵自身が犯人であってはならない。

8 探偵は読者に明かしていない手掛かりにより事件を解決してはならない。

9 探偵の愚かな友人である“ワトソン”は、頭に浮かんだ考えを読者に隠してはならない。また、ワトソンの知性は読者よりもごくわずかに低くなければならない。

10 双子の兄弟や一人二役を登場させる場合は、通常、その存在を予め読者に伝えなければならない。

——ロナルド・ノックス「探偵小説十戒」（一九二八年）

ぼくの家族はみんな誰かを殺してる

おもな登場人物

アーネスト（アーニー）・カニンガム ― 作家。主に犯罪小説の書き方を執筆している
マイケル・カニンガム ―――――― アーネストの兄
オードリー・カニンガム ――――― アーネストの母親
ロバート・カニンガム ――――――― アーネストの父親。故人
マルセロ・ガルシア ―――――――― オードリーの再婚相手。弁護士
ソフィア・ガルシア＝カニンガム ―― アーネストの義妹
エリン・カニンガム ―――――――― アーネストの妻
ルーシー・サンダース ――――――― マイケルの元妻
キャサリン・ミロット ―――――――― アーネストの叔母。ロバートの妹
アンドリュー（アンディ）・ミロット ―― キャサリンの夫
ダリウス・クロフォード ―――――― 警官
ジュリエット・ヘンダーソン ――――― スカイロッジのオーナー
アラン・ホルトン ――――――――― 3年半前にマイケルが車で轢いた男
アリソン・ハンフリーズ ――――――― 連続殺人鬼ブラック・タングの被害者
マーク＆ジャニーン・ウィリアムズ ― 連続殺人鬼ブラック・タングの被害者

プロローグ

ぼくの家族は全員誰かを殺したことがある。実際、ひとりならず殺した猛者もいるくらいだ。

これはただの事実で、誇張でもなんでもない。苦労して片手でキーボードを打ちながら、この事件を書こうと決めたとき、ぼくは真実を語るしかないことに気づいた。当然だろうと呆《あき》れられるかもしれないが、近頃のミステリー小説には、この自明の理を忘れ、事実より隠し玉や切り札に重きを置くものが多い。著者がひねりだした絶妙なトリックが、主役の座を占めてしまうのだ。

いわゆる〝黄金期〟のミステリー、すなわちクリスティやチェスタトンらに代表されるミステリー作品は、〝誠実さ〟という一点で、そうしたトリック物とは一線を画している。なぜそれを知っているかというと、ぼくは〝ミステリー小説の書き方〟のようなハウツー本を書いているからだ。その昔、ロナルド・ノックスなるミステリー作家が自ら「十戒」と名づけたルールを定めたように、ミステリーを書くには、守るべきルールがある。本書の冒頭に載せたのが、その十戒だ。ほとんどの読者は巻頭ページを飛ばして読み進むが、本書にかぎっては前に戻って読むだけの価値がある。実際、折り目をつけて、何度も読み返してもらいたい。細かい説明は省くが、ミステリーの黄金期に作られた黄金律、「十戒」の要点をひと言で言うなら、「謎解きは公平にやれ」である。

すでに述べたように、この本は小説ではない。ここに書かれているのは、すべてぼくが実際に体験したことだ。とはいえ、人が殺され、犯人を突きとめる必要に迫られたことに変わりはない。実を言うと、ひとりではなく、複数の人間が殺されたのだが、それはひとまず脇に置いておこう。

商売柄、ぼくは犯罪小説を何冊も読むが、最近ではその多くに〝信頼できない語り手〟と呼ばれる人物が登場する。語り手が嘘《うそ》をつくのだ。そこで、ぼくの身に起きた様々な出来事を書くにあたり、そうしたミステリーとは反対のことをしようと思う。どうかぼくを〝信頼できる語り手〟と呼んでもらいたい。ぼくが語ることはすべて真実、少なくとも、語っている時点では真実だと思っていたことだ。それをここで約束しておく。

ぼくは探偵とワトソンの両方、つまり謎解きをする探偵と語り手の役割を担うわけだから、ノックスの十戒の八と九に従い、手にした手がかりをすべて読者に明かすだけでなく、自分の推理や思考もすべて明かさなくてはならない。そう、「公平に謎解きをやる」ことになる。

さっそく、それを証明するとしよう。残虐な描写が読みたいだけなら、本書では二五、六八、九五ページで人が死ぬか、死んだことが語られる。一〇二ページではふたり、一一二ページでは三人。そこから少し飛んで二四五ページと二九一ページ（あたり）、三〇五、三二〇、三四七、それに三三八ページから三四八ページのあいだのどこか（正確なページを告げるのは難しい）、三六四、四九九ページでも、植字機によりページがずれないかぎり同じことが起こる。また本書のプロットには、トラックが通過できるほど大きな穴がひとつある。ついでに、ぼくにはネタばらしをする癖があることも付け加えておこう。また、本書にはセックスシーンはひとつもない。

ほかにも事前に断っておくことが何かあっただろうか？

そうそう、ぼくの名前はアーネスト・カニンガム。この名前は少々古めかしいとあって、アーニーとかアーンと呼ばれることが多い。名乗るのが遅くなって申し訳ないが、〝信頼できる語り手〟になるとは約束したが、〝有能〟だとは言わなかった。

さて、誰の話から始めたものか？　大見えを切った手前、先頭バッターを誰にするか迷うところだが、その前に、ぼくが言う家族全員を、「家系図でぼくと繋《つな》がっている人々」だと限定しておこう。いとこのエイミーは、会社のピクニックに持ち込み禁止のピーナッツバター・サンドイッチを持ち寄り、アレルギーのある人事課の課長をうっかり殺しかけたことがあるが、この物語には登場しない。

カニンガム一家はべつに、異常者の集まりではない。善人もいれば悪人もいる。ただ不運なだけの者もいる。ぼくはどれに当てはまるのか？　自分でもまだよくわからない。また、本書には〝黒い舌《ブラック・タング》〟と呼ばれる連続殺人鬼と、二十六万七千ドルの現金が登場するが、それについては順を追って話すとしよう。ところで家族全員とぼくは言った。嘘や隠し事はしないとも約束した。おそらくきみはいま、こう考えているのではないか？

ぼくも誰かを殺したのか？　答えはイエスだ。

それは誰か？

さっそく始めるとしよう。

兄

1

カーテン越しに弧を描くひと筋の光が、兄の到着を告げた。外へ出てまず目についたのは、車の左のヘッドライトが消えていることだった。それから血が見えた。

月がすでに沈み、太陽が昇るのはまだ先とあって外は暗かったが、割れたヘッドライトに飛び散る染みと、ホイールアーチの大きなへこみに沿った黒い汚れが何かはすぐにわかった。

普段のぼくはあまり夜更かしをしないが、三十分前に兄のマイケルから電話があったのだ。眠い目で時刻を確かめ、いい知らせではないと胸騒ぎがする、そういう類いの電話だった。ぼくの友人には、自分が楽しんだ夜遊びの話を聞かせたくて、帰宅中にときどき大声で電話してくる男がいるが、マイケルがその手の電話をしてきたことは一度もなかった。

おっと、いまのは嘘だ。真夜中過ぎにくだらない電話をかけてくるようなやつを、ぼくは友達とは呼ばない。

「話があるんだ。いまからそっちへ行く」

荒い息遣いだった。発信者番号が表示されないところをみると、公衆電話からかけているのだろう。あるいはバーの電話か。それから三十分、ぼくは分厚いジャケットを着ても防げない寒さに震えながら、兄が来たらすぐにわかるように道路に面した窓の曇りを拭って過ごした。待ちくたびれ、歩哨《ほしょう》任務を放棄してソファに横になったとたん、閉じたまぶたの裏が車のヘッドライトで赤く染まった。

唸《うな》るような音をさせて車が止まり、エンジンが切れた。だが、ヘッドライトはついたままだ。立ちあがったら人生が一変するという不吉な予感に襲われ、目を開けたあともしばらく天井を見つめてから外に出ると、マイケルは運転席に座ったままハンドルに額を押しあてていた。ぼくは片目のライトの前を横切り、ボンネットを回りこんで運転席側の窓を叩《たた》いた。車を降りた兄の顔は真っ青だった。

「ツイてたね」ぼくは切れたヘッドライトを顎で示した。「飛びだしてきたのがカンガルーだったら、この程度じゃすまなかったな」

「人を轢いた」

「そうか」ぼくは当たり障りのない相槌《あいづち》を打った。兄が何か̀で̀は̀な̀く人̀と言ったことは、寝ぼけた頭でどうにか認識したものの、なんと言えばいいかわからなかったのだ。

「男だ。そいつを車で轢いた。後ろに放りこんである」

その言葉で眠気は完全に吹っ飛んだ。後ろ？

「後ろって？」

「死んでるんだ」

「後部座席？　それともトランク？」

「そんなのどっちでもいいだろ」

「兄さん、飲んでたの？」

「少しだけだ」マイケルはためらった。「たぶん」

「後部座席？」ぼくは一歩そちらに近づいて取っ手をつかもうとしたが、兄の腕に遮られた。「病院へ連れていかなきゃ」

「もう死んでる」

「何言ってるんだ」ぼくは髪をかきあげた。「とにかく病院へ運ぶもんだろ。ほんとに死んでるの？」

「病院へは行かない。首が鉛管みたいに曲がってるし、頭蓋骨がぐちゃぐちゃなんだ」

「それは医者に判断してもらおうよ。ソフィアに電話を――」

「ルーシーにばれちまう」マイケルが遮った。必死な口調から、〝ルーシーに離婚を切りだされる〟という意味だとわかった。

「きっと大丈夫さ」

「飲んでいたんだ」

「ほんの少しだろ？」

「ああ」だいぶ間があいてから、「ほんの少しだ」

「そのへんは警察も考慮して……」その先は尻すぼみになった。ぼくも兄も警察でカニンガムの名が口にされれば、それだけで大騒ぎになることはわかっていた。ぼくらが最後に青い制服を着た警官に囲まれたのは、葬儀のときだった。ぼくは母の腕にしがみつくだけの身長こそあったが、一日中そこから離れずにいたほど幼かった。夜明け前の凍るような寒さのなかで、誰かの命を巡って言い争っているぼくとマイケルを見たら、母のオードリーはどう思うだろう。ぼくは頭をよぎったその思いを押しやった。

「俺が轢いたせいで死んだわけじゃない。俺が轢いたのは、あいつが撃たれたあとだ」

「そうか」ぼくはその説明を信じたような声を出そうとしたが、うまくいったとは思えない。学芸会で台詞《せりふ》のない農場の家畜や殺された男や藪《やぶ》の役しかもらえなかったのは、それなりの理由があるのだ。もう一度後部ドアに手を伸ばしたが、またしても兄の腕が邪魔をした。

「道路に置き去りにするよりましだと思って、とっさに放りこんだんだが、どうすればいいのか……」

　ぼくは何も言わず、こくんとうなずいた。家族というのは重力みたいなものだ。

　マイケルは両手で口をこすり、その手で口を覆ったまま言った。額にはハンドルの跡が赤く残っている。「いまさらどこに連れていこうと、同じことだ」

「わかった」

「どこかに埋めるべきだ」

「わかった」

「その返事はやめろよ」

「いいよ」

「いちいち同意するなってば」

「だったら、病院へ運ぼう」

「おまえは俺の敵か味方か、どっちなんだ?」マイケルは後部座席にちらっと目をやり、車に戻ってエンジンをかけた。「自分で片をつける。乗れ」


なぜだかわからないが、自分が黙って車に乗ることはわかっていた。一緒に行けば、兄にばかな真似《まね》をやめさせられると思ったのかもしれない。兄が、自分がなんとかすると言った、ぼくにわかっているのはそれだけだった。五歳だろうが三十五歳だろうが関係ない、兄がなんとかすると言えば弟は信じる。家族とはそういうものだ。

実を言うと、このときのぼくは三十八歳、いまは四十一歳になる。だが、少々若めに設定すれば、エージェントがこの本の映画化権を売りこむ助けになるかもしれないと思ったのだ。

ぼくは車に乗った。助手席の足元に、ナイキのスポーツバッグがファスナーを開けたまま置かれていた。なかには映画で見るような、輪ゴムや帯封でまとめられていない、ばらばらの紙幣がぎっしり詰まり、溢《あふ》れて床に散らばっている。そこに足を乗せるのは奇妙な感じだった。なにせ札の量が多すぎる。後部座席に放りこまれている男が死んだのは、きっとこの金のせいだ。ぼくはバックミラーを覗《のぞ》きこんだりはしなかった。いや、何度かちらっとは見たのだが、黒い塊が見えただけだ。本物の死体というより、この世界にあいた穴のようだった。それが視界に入りそうになるたびに、寒気が背筋を這《は》いあがった。

マイケルはアクセルを踏みこみ、車寄せからバックで車を出した。ダッシュボードからショットグラスか何かが転がり落ち、座席の下に転がる。かすかにウイスキーのにおいがした。このときだけは、兄が車内でマリファナを吸うのをありがたいと思った。座席に染みこんだそのにおいが、死臭を隠してくれたからだ。車が弾みながら縁石を乗り越えると、トランクが音をたてた。留め金が壊れているに違いない。

ふいに恐ろしい思いが閃《ひらめ》いた。割れたヘッドライトと壊れたトランク。まるで何かに二度ぶつかったようではないか。

「どこへ行くつもり？」ぼくは尋ねた。

「なんだって？」

「行くあてがあるの？」

「ああ……国立公園に行く。森に」兄は横にいるぼくをちらっと見たが、目を合わさずに、さりげなく後ろを見て前方に目を戻した。震えはじめている。「よくわからない。死体を埋めたことなんかないんだ」

未舗装の道路を二時間あまり走ると、マイケルは片目の車を空き地に乗り入れた。何キロか手前で消火用道路（野火が燃え広がるのを防ぐため、森林で帯状に木が伐採されている箇所）を離れ、それからずっと蛇行しているでこぼこの道を走ってきたのだ。空が明るみはじめていた。地面はきらきら光る柔らかい雪に覆われている。

「このあたりでいいだろう」兄が言った。「大丈夫か？」

ぼくはうなずいた。少なくとも自分ではうなずいたつもりだったが、兄に顔の前で指を鳴らされたところをみると、反応しなかったのだろう。錆《さ》びついた鎖になったような脊椎の上で、どうにか頭を一、二ミリ縦に動かし、小さくうなずく。兄にはそれで十分だったようだ。

「おまえは降りるな」

ぼくはまっすぐ前方を見つめていた。後部のドアが開く音、動きまわる足音、死体――世界にあいた穴――を車から引きずりだす音がした。頭が何かしろと叫んでいたが、体がその声に従おうとしない。ぼくはまったく動くことができなかった。

数分後、汗を光らせ額に土をつけたマイケルが戻り、運転席側から顔を突っこんで言った。「降りて、掘るのを手伝ってくれ」

その命令で金縛りが解けた。地面は冷たく、靴の底で薄い氷が砕けるのを予期していたが、驚いたことに、下ろした足は白い覆いを突き抜けてくるぶしまで埋まった。よく見ると、地面を覆っているのは雪ではなく蜘蛛《くも》の巣だった。三十センチばかり伸びた硬い草のあいだに真っ白な蜘蛛の糸が幾重にもかかり、それが薄明かりにきらめいているのだ。兄の足が蜘蛛の巣を踏み抜き、黒い穴を残していく。蜘蛛の巣は空き地全体を覆っていた。清々《すがすが》しくも美しい、不思議な光景だった。その真っ白な空き地の真ん中、兄の足跡が終わっている場所にある塊を無視しようと努めながら、ぼくはマイケルについていった。まるで地面の少し上に浮いている霧のなかを進むようだった。ぼくが取り乱すのを恐れたのだろう、兄は死体から離れた場所へとぼくを導いた。

マイケルは小さなスコップを手にしていたが、ぼくには手で掘れと言った。なぜおとなしく従ったのか自分でもわからない。車でここに来るあいだずっと、ぼくは車を出したときの兄の震えがしだいにひどくなり、そのうち堪えきれなくなってUターンするに違いないと思っていた。ところが、事実はその反対になった。街を出て夜明けが迫る道路を走っているあいだに、兄は徐々に落ち着き、決意を固めたようだった。

死体の大部分は兄がかけた古いタオルで覆われ、白い肘が片方だけ蜘蛛の巣の上に落ちた枝のように突きだしていた。

「見るな」ぼくの視線がそちらに向くたびに、マイケルが言った。

それから十五分ばかり黙って掘りつづけたあと、ぼくは手を止めた。

「掘りつづけろ」

「動いてる」

「なんだって？」

「あの男が動いてる！　ほら、見てよ」

間違いない。蜘蛛の巣の表面がぴくぴく動いている。風が空き地を渡っていくたびに、固い雪のような表面は波打つ白い海に変わる。だが、あの動きはそれよりも大きかった。自分が真ん中で糸を紡いでいるかのように、一本一本の糸を通じてその動きが伝わってくる気がした。

掘る手を止め、兄が顔を上げた。「車に戻ってろ」

「いやだ」

兄は死体に歩み寄り、タオルをめくった。ぼくはそのあとを追い、初めて男の全身を見た。片方の腰のすぐ上に黒い染みが広がっている。〝俺が轢いたのは、あいつが撃たれたあとだ〟兄はそう言ったが、本当だろうか？　撃たれた傷なんて映画でしか見たことがないぼくにはわからない。男の首はゴルフボールでも呑《の》みこんだように膨れていた。黒い目出し帽をかぶっているが、その形が異様だった。ありえない場所が球根みたいに膨らんでいる。子どもの頃、ぼくを殴ろうとしていじめっ子が振りまわした、クリケットボール入りの靴下のような形だ。男の頭がばらばらにならないのは、帽子のおかげかもしれない。目出し帽には穴が三つある。目の穴がふたつ、口の穴がひとつ。男の目はどっちも閉じていた。口の穴からは、唇にたまった小さな赤い泡が膨らんだり萎《しぼ》んだりしているのが見える。そのあぶくが次第に大きくなっては顎にこぼれる。顔のほかの部分は見えないが、まだらに日焼けした腕と、浮きあがった手の甲の静脈からすると、少なくとも兄より二十歳は年上のようだ。

ぼくは膝をつき、両手を組んで二度ばかり心臓を押した。するとなんの抵抗もなく男の胸が胸骨まで陥没した。まるでファスナーが開いた札束入りのバッグみたいだ、つかの間、そんな思いが頭を占領した。

「苦しめてるだけだぞ」マイケルが片方の脇に手を差しこんでぼくを立たせ、男から遠ざけた。

「やっぱり病院へ運ぼうよ」ぼくは懇願した。

「助かる見こみはない」

「わからないだろ」

「助からない」

「やってみなきゃ」

「病院へは行けない」

「ルーシーはわかってくれるさ」

「だめだ」

「酔いはもうさめてるはずだよ」

「そうかもしれないが……」

「兄さんが殺したわけじゃない。この男は撃たれたんだ。あれはこの男の金なの？」

マイケルは唸るような声を漏らした。

「きっと誰かから盗んだんだ。だから撃たれた。兄さんは大丈夫だよ」

「二十六万ドルだぞ」

二十六万ドル？　ぼくは兄の答えに違和感を覚えた。読者諸君にはすでに告げたように、正確には二十六万七千ドルだったのだが、兄は救急車を呼ぶ時間すらなかったのに、どうして金を数える時間があったのか？　見ただけで推測したのなら、普通はきりよく二十五万と言うはずだ。それに金額を口にしたとき、兄の口調にはおもねるような響きがあった。ぼくに分け前をやると言いたいのか？　この金額が決断を左右するほど重要だと思っているのだろうか。

「いいか、これは俺たちの金だ……」兄はまた懇願するように言った。つまり、分け前をくれるつもりなのだ。

「だけど、あの男をここに置き去りにはできないよ」それから、これまで兄に対して使ったことのない、きっぱりした口調で断言した。「そんなことはできない」

マイケルは少しのあいだ考え、うなずいた。「様子を見てくる」

そして男のそばに行き、傍らにひざまずいて二分ばかりじっとしていた。一緒に来てよかったと思った。ぼくはまだ病院に行くのが最善の策だと信じていた。兄というのは弟の助言にそう簡単には耳を貸さないものだが、いまの兄にはぼくが必要だ。ぼくがこの件を正しく片づけよう。あの男は生きていたのだ。これからふたりで病院へ運べばいい。

長身のマイケルに隠れて男の姿はほとんど見えなかったが、しゃがんだ兄の背中と、男の頭のほうへ伸ばしている両腕は見えた。脊椎に損傷がある場合は、抱きあげるのに首を抱える必要があるのだ。マイケルの肩が上下に動いていた。芝刈り機のモーターを始動させるように、胸を圧迫して心臓を動かそうとしているに違いない。ぼくのところからは、靴が片方なくなった男の両脚も見えた。マイケルはずいぶん長いことしゃがみこんでいる。何かがおかしい――そう、ここは二五ページだ。

マイケルが立ちあがり、ぼくのところに戻ってきた。「よし、もう埋められるぞ」

これはぼくが予想していた台詞ではなかった。いや、だめだ、こんなことは許されない。ぼくはよろよろと後退《あとずさ》りし、尻餅をついた。べたつく糸が腕に絡みついてくる。「なんだって？」

「たったいま呼吸が止まった」

「たったいま呼吸が止まった？」

「ああ、止まった」

「死んだってこと？」

「そうだ」

「確かなの？」

「ああ」

「どうやって確かめた？」

「だから、呼吸が止まったんだ。車に乗って待ってろ」

義妹

2

ぼくの話もおいおいするが、まずは家族のほかのメンバーについて話すとしよう。一家の再会の場所にスキーリゾートを選んだ人間を殺しておかなかったことが悔やまれる。

普段のぼくは、エクセルのスプレッドシートが添付された招待は断ることにしている。だが、過剰な準備はキャサリン叔母の十八番《おはこ》とあって、メールで届いた雪のアニメーションつきのカニンガム／ガルシア家の再会の集いには、出席必須という但し書きがあった。ぼくがペットの病気や車の故障、原稿の締め切りなどを言い訳に、こういう集まりを避けるのは、家族のあいだでは周知の事実だ。もっとも、この三年ぼくが〝家族の集まり〟に顔を見せないことを、気にかけているメンバーがいるわけではない。

とにかく、キャサリン叔母は今回、全員を参加させるために万全の対策を練っていた。冬山でスキーを楽しみながら週末を過ごし、近況を報告し合うこの集まりには、一家全員が出席必須、だと太字で明記されていたのだ。のらりくらりと逃れるのが得意なぼくも、太字の命令には逆らえない。もちろん、一家全員という表現が意味するのは、誰のことかはわかっている。だから行くしかなかった。それに、スプレッドシートに食べ物に関するアレルギーやスキー靴のサイズ、ステーキの好みの焼き具合、車のナンバーなどを書きこむうちに、雪に覆われた村や薪《まき》のはぜるログキャビンが目に浮かび、そこでのんびり週末を過ごすのも悪くないと思いはじめていた。

だが、出だしから事は空想どおりに運ばず、ぼくはすっかり膝を冷やし、一時間も昼食に遅れるはめになった。

まさか道路が除雪されていないとは思わなかったのだ。上天気とあって弱い陽射《ひざ》しが積もった雪の表面だけを溶かし、車のタイヤは、滑るばかりで少しも前に進まない。仕方なく山麓まで引き返し、ぼったくりの価格でチェーンをレンタルして、鼻水を凍らせながら路肩の泥まじりの雪のなかに膝をつき、タイヤに巻きはじめた。さいわいシュノーケル（川や深い水たまりを走行するときに吸気をするためのパーツ）つきのランドローバーが止まり、降りてきた女性が非難めいた目でこちらを見たあと手を貸してくれたから助かったものの、さもなければ、まだあの路肩にいたはずだ。再び雪道を走りだすと、ぼくは暖房と冷房を交互につけて、車内を暖めてはフロントガラスの曇りを取りながら、じりじり進む時計の針をやきもきして見守った。だが、チェーンを巻いたタイヤでは時速四十キロがせいぜいだ。叔母から届いたスケジュール表のおかげで、自分がどれくらい遅れているかは正確にわかっていた。

ようやく目当ての曲がり角が見えてきた。ピラミッド形に積まれた石の横で、〈スカイロッジ・マウンテン・リトリート〉の看板が右折を示している。リゾートの名前にひとつカンマを入れれば、〝スカイロッジ・マウンテン、引き返せ《リトリート》〟と読める。カニンガム一家の再会が目前に迫っているいま、これはなかなかよいアドバイスだ。出来のいいジョークを話す相手はいなかったが、エリンなら声をあげて笑ってくれたはずだから、エリンが笑うところを想像し、ぼくは気をよくした。偶然にも、ぼくらの名前アーニー《Ernie》とエリン《Erin》はほぼ同じ文字から成っている。だから、どうやって出会ったのと訊《き》かれるたびに、ふたりして〝アルファベット順に並んでいたから〟と答えたものだった。

　真実はもっとありふれている。ふたりともひとり親の家庭で育ったことが心を通わせるきっかけになったのだ。エリンは出会ってすぐに、まだ子どもの頃に母親を癌《がん》で亡くし父親に育てられた、とぼくに打ち明けた。ぼくの父親についてはあとで話すが、悪評はグーグルで簡単に調べられるとあって、エリンはすでに父のことを知っていた。

　曲がり角には、外壁に〈ビール!〉とペンキで書かれたパブらしき平屋の建物があった。壁にスキー板がずらりと立てかけてある。実際に入って飲み物を注文するより窓から覗くほうがましな〝コックの助手は電子レンジ〟タイプの店だが、逃げこむ場所の候補として頭の隅に留めておくとしよう。何しろ一家が勢ぞろいするのだ。おそらく何度かみんなで食事をとるほかは、自分の部屋にこもることになるだろう。ほかの選択肢があるのはありがたい。

ところで、エリンは死んではいない。さきほどまるで過去に愛した女性かのように紹介したから、後半で実は物語の最初からエリンは死んでいた、と明かすつもりだと誤解されたかもしれない。たしかにこの種の小説ではよく使われる手法だが、この本では違う。エリンは明日ロッジに到着する予定だ。厳密に言えば、ぼくらはまだ離婚もしていない。

　最後の角を曲がるとまもなく、ずっと続いてきた上り坂が下り坂になった。そして木立を抜けたとたん、目の前に谷の絶景が広がった。スカイロッジはその底近くにある。キャッチフレーズの〈車でアクセス可能な最も高所にあるスキーロッジ〉は、競馬の騎手が世界一の長身を誇るようなものだろう。ほかにも山の斜面に造られた九ホールのゴルフコースや、マス釣りもボート漕《こ》ぎも楽しめる湖、暖炉を囲んだくつろぎのひと時、周辺のスキーリゾートへのアクセス（言うまでもないが、リフトパスは宿泊費に含まれていない）、ロッジ所有のヘリポートが売りのようだ。だが、残念ながら昨夜はかなり雪が降ったため、目の前の道路から、雪のせいでいまやパー四〇〇に難易度が上がったゴルフコース、ゲストハウスから二、三百メートル下の平らな寒原《ツンドラ》となった湖まで、すべてが新雪に埋もれていた。眼下の谷は緩やかにも急傾斜にも見え、小さいようでいて果てしなく広がっているようでもあった。

　ぼくは坂道をゆっくり下っていった。一面の白さで遠近感がおかしくなり、底のほうにかたまっている半分雪に埋まった建物がなければ、この下り坂がどれほど急か気づかずに、ブレーキをかけるタイミングを逃して猛スピードで谷底まで滑り落ちていたかもしれない。そうなると昼食の時間には間に合っても、首の骨を折ってあの世に直行していただろう。

スカイロッジの中心にあるのは、正面玄関の両脇に太い柱のある鮮やかな黄色に塗られた六階建てのゲストハウスだった。まっすぐな煉瓦造《れんがづく》りの煙突から煙があがり、屋根にはパンフレットに載せるのに理想的な量の雪がまだらに積もっている。待降節《アドベント》カレンダーよろしく並んだ客室の窓は、ところどころ温かそうな黄色い光で輝いていた。ゲストハウスの手前には、波型鉄板の屋根が山の斜面と同じ角度で地面まで延びた十二棟の山小屋《シャレー》が、上り斜面に沿って六棟ずつ二列に立っていた。天井まで届く正面の大きな窓からは、岩山の頂が一望できる。ぼくが滞在することになっているのはあのなかのひとつだが、どれが叔母の旅程表にあった六号棟かわからないため、ゲストハウスの横に駐車された車のあいだを徐行していった。

何台か見覚えのある車が目についた。まず継父のメルセデス。継父によれば、そのほうが警官に停《と》められる回数が少ないとかで、赤ん坊が乗車中という嘘のステッカーが後ろの窓に貼ってある。ほかのみんなより一日早く到着したキャサリン叔母のボルボのステーションワゴンは、すでに雪に埋まりかけていた。ルーシーがうんざりするほど頻繁に「ビジネスで得た報奨」だとインスタグラムで自慢している車（車種は省略）もあった。ここに来る途中、チェーンを巻くのを手伝ってくれた女性の、シュノーケルつきのランドローバーも駐まっていた。

ぼくがまだ車を降りないうちに、キャサリン叔母が二十代半ばに起こした交通事故で怪《け》我《が》した脚をほんの少し引きずり、かっかしながら駐車場を横切ってきた。叔母はいわゆる〝年の離れた妹〟だった。父との年の差があまりに大きいので、母が三十代でカニンガムの男子を次々に産んだときには、ぼくと叔母のほうが、母と叔母よりも年が近かったくらいだ。だからぼくは若くて、活動的で、朗らかなキャサリン叔母を見ながら育った。叔母はいつも何かしらお土産を持ってきては、とびきり面白い話でぼくらを楽しませてくれた。本人不在のバーベキューでも常に話題にのぼるので、よほど人気者なのだと思っていたが、大人になると、それなりの洞察力も備わってくる。人気者であることと、よく話題にのぼることの違いが、いまならぼくにもわかる。やがて雨で濡《ぬ》れた道路とバスの停留所と酒が、叔母の奔放な生き方に終止符を打つことになった。その事故で叔母は何箇所も骨折し、片脚を引きずるようになったものの、事故は生き方を改めるきっかけにもなった。いまのキャサリン叔母は「何やってるの、また遅刻よ」と「この前のメールの返事をまだもらってないけど」が口癖だと言えば、どんな人かわかってもらえるだろうか。

叔母はノース・フェイスのダウンベストの下に、鮮やかなブルーの保温効果の高いトップス、動くたびにしゃかしゃか音がする防水性のパンツと古いパンのように固そうなハイキング・ブーツといういでたちだった。そのすべてがぴかぴかの新品、しかもアウトドア用品店でマネキンを指さし、「あれをそっくりちょうだい」と頼んだように見える。叔母の夫アンドリュー・ミロット（ぼくらはアンディと呼んでいる）が、少し離れて後ろからついてくるが、こちらは同じアウトドア用品店で買い物もせず時計ばかり気にしていたかのように、見ているだけで寒くなるジーンズとレザージャケットという軽装だった。叔母の辛辣な舌よりも冷たい空気に身をさらすほうがましだと判断し、ぼくはバッグもコートも置いたまま急いで車を降り、叔母を途中で迎えた。

「もうみんな食べおえたわ」叔母が言ったのはそれだけだった。おそらく、遅れてきたぼくへの非難と罰の両方が含まれているのだろう。

「ごめん。ジンダバインを過ぎたあたりで、新雪のせいで立ち往生しちゃって」ぼくは振り向いてタイヤに巻いたチェーンを示した。「さいわい、通りかかった人があれを巻くのを手伝ってくれた」

「出発する前に天気を確認しなかったの？」叔母の声には、天候を考慮せずに集合時間に遅れる愚か者がいるとは信じられない、という非難がこもっていた。

ぼくは確認しなかったことを認めた。

「ちゃんとチェックしなきゃ」

おとなしく、そうすべきだったと認める。

叔母をよく知っているぼくは、説教が長引かないように黙ってうなだれた。「まあいいわ」ようやく叔母はそう言うと、身を乗りだして冷たい唇でぼくの頰にキスした。この頰を寄せる挨拶は昔から苦手なのだが、今回はさきほどの叔母の助言を素直に聞き入れ、天気――嵐顔負けの叔母の不機嫌――を考慮して、顔のすぐ横でチュッという音をたてた。叔母はぼくの手にひと組の鍵を押しつけた。「昨日着いたとき、私たちのキャビンはまだ準備中だったから、あなたの部屋を使ったの。だからあなたは四号棟よ。みんな食堂に集まってる。久しぶりに会えて嬉《うれ》しいわ」

他愛ないおしゃべりをする間もなく、叔母はゲストハウスに戻っていった。アンディはぼくと一緒にゲストハウスに戻るつもりらしく、握手の代わりに親しげに肩でぼくを小突《こづ》いてきた。山の空気は凍えるほど冷たかったが、アンディを残して車に戻るわけにもいかない。結局、コートは車のなかに置いたままになった。身を切るように冷たい風が服のあらゆる隙間から入りこみ、遠慮なく体を叩いていく。

「悪かったな」アンディが言った。「大目に見てやってくれ」ひと言で言えば、アンディはこういう男だった。男同士の繫がりも大事にしたいが、妻もかばいたいのだ。ディナー・パーティでは「そうだね、ハニー」と相槌を打つものの、妻が化粧直しに席を立ったとたんに頭を振り、「まったく女ときたら、なあ?」と言うタイプだ。アルコールのせいか寒さのせいか鼻が赤く、眼鏡が少し曇っていた。もう五十代なのに、短い山羊髭《やぎひげ》は若い男からひったくってきたみたいに黒々としている。

「わかってる。だから、ゆうべ悪天候を願って、キャサリンをイライラさせてやろうと思ったけど、やめておいたんだ」

「ああ、面倒な週末になりそうだよな。けど、キャサリンはみんなが心地よく過ごせるようにがんばってるんだ。それをばかにする必要はないだろ」アンディはいったん口をつぐみ、付け加えた。「それより、せっかく集まったんだからビールを二、三杯どうだ？」

「ばかにしたわけじゃないさ。遅刻しただけだ」ゲストハウスに近づくと、ポーチで煙草《たばこ》を吸っている義妹のソフィアが、〝なかはもっとひどいわよ〟というように眉を上げた。

アンディは黙って何歩か歩いたあと、それ以上言うなというぼくの心のなかの懇願が聞こえなかったらしく、付け加えた。「ああ、しかし……」やれやれ、かばう必要のない強い女性をかばおうとする男ほど、悲しいものはない。「あいつは手間暇かけてこういう行事の招待状を作ってるんだ。スプレッドシートをばかにしなくてもいいだろ」

「何も言わなかったよ」

「いまはな。だが、アレルギーの欄に〝スプレッドシート〟と書いたじゃないか」

「ああ、あれ」

ソフィアが鼻で笑い、煙を吐きだす。死んではいないエリンも、このやりとりを面白がったに違いない。実は近親者の欄にも〝一族の集まりだから、今回の参加者全員（ただし雪崩で誰か遭難しないかぎり）〟と書いたのだが、アンディはそのことには触れなかった。

「きつく当たらないようにする」

　愛情深いかどうかはともかくも、夫として果たすべき役目を果たしたことに満足したらしく、アンディは機嫌よく顔をほころばせた。

　そして男同士楽しくやろうというように、グラスを口に運ぶ仕草で酒を頼んでおくと仄《ほの》めかし、ゲストハウスに入っていった。ぼくはソフィアに挨拶しようと立ちどまった。エクアドルの熱帯低地グアヤキル出身のソフィアは、寒さに弱い。コートの下の首のまわりに少なくとも三枚の襟が重なっているせいで、頭が襟という花びらの輪から突きだした蕾《つぼみ》のように見える。それだけ重ね着していても寒いのか、自分を温めるように片腕を体に巻きつけていた。この数年、様々な量の氷を入れた風呂に飛びこんできた（豆知識：男の生殖能力は低温で増す）おかげで、ソフィアより寒さに強いはずだが、そのぼくでさえポーチで長話をする気にはなれなかった。寒気が骨まで染みこんでくる。

　ぼくが吸わないことを知っているのに、ソフィアは煙草を差しだした。なぜか、いつも勧めたがるのだ。ぼくは漂ってきた煙を片手で払った。

「幸先《さいさき》のいいスタートね」ソフィアが揶揄《やゆ》する。

「早めに友を作れ、ってね」

「とにかく、来てくれてよかった。待ってたのよ。あなたがいれば、みんなの注目がそっちに集まるもの。ほら」ソフィアはマス目が印刷された、小さな四角いボール紙を一枚差しだした。各々のマスのなかに家族の誰かに関する短い一文が書きこまれている。〈マルセロがウェイターに怒鳴る〉〈ルーシーに何かを売りつけられる〉ぼくの名前は左側の列の真ん中のマスにあった。〈アーネストが何かを台無しにする〉

「ビンゴ?」上の余白には〝再会ビンゴ〟とあった。

「ちょっとしたお楽しみよ。あなたと私のために作ったの」ソフィアは自分のカードを掲げた。すでにひとつ×がついている。「ほかのみんなは、ものすごく不機嫌なんだもの」ソフィアはそう言って鼻にしわを寄せた。

　ぼくはソフィアのカードをひったくった。ぼくに関する描写がいくつか、誰にでも当てはまりそうな文もふたつばかりあった。文法はめちゃくちゃ、ピリオドもない。ところどころ大文字で強調され、ばかげた補足がカッコで括《くく》られている。ウェイトレスやフロント係を怒鳴りつけるマルセロの癖と同じように、ぼくの遅刻もネタに使われていた。右列の一番下のマスは〈雪崩〉、ぼくのカードの同じ場所には、〈誰かが骨折するか死ぬ〉とある。ソフィアがすでに×を書きこんだマスには〈アーネストが遅刻する〉と書かれていた。

「ずるいぞ」ぼくはソフィアのカードを返した。

「あなたもさっさと始めればいいわ。そろそろ行く?」

　ぼくはうなずいた。ソフィアは煙草を吸いおえ、吸殻を雪のなかへ弾《はじ》いた。新雪の上に落ちた吸殻が、ひどく場違いに見える。ぼくがそう思っていると、ソフィアがうんざりしたような眼差しを向け、かがみこんで吸殻を拾い、ポケットに入れた。

「ねえ」ソフィアは先に立ってゲストハウスに入っていく。「この週末を生き延びたかったら、愛想よく振る舞ったほうがいいわよ」

ソフィアはそう言って、あげくにぼくに向かってウィンクまでした。自分がこの物語の書き手であるかのように。

3

スカイロッジのゲストハウスは、高級ホテル風の内装を施された狩猟ロッジだった。あらゆる表面、手すり、ドアの取っ手に艶やかな木がアクセントに使われ、花形のすりガラスの照明が壁から柔らかい光を投げている。ロビーにはなんと真紅の絨毯《じゅうたん》が敷きつめられ、天井の梁《はり》から吊《つ》るされたシャンデリアが二階の回廊のそばできらめいていた。実際、ズボンを穿《は》かず襟つきシャツだけで臨むオンライン会議のように、腰から上の部分はすべて、雪でダメージを受けた部分をほぼ補えるほどエレガントだ。だが、雪まみれの靴に踏まれ、擦り切れた絨毯の下では、水を吸って膨れた木の床が、きちんと釘《くぎ》で固定されていないかのようにぎしぎしと鳴った。大きさも色も様々なラグと、ぞんざいに塞がれた鼠《ねずみ》の穴を見れば、この建物が、山の上に職人を呼び寄せる手間と費用を省き、応急処置ですまそうというモットーに基づいて維持されているのは明らかだ。しかも室内の湿気ときたら。ロビー全体が、雷雨のときにサンルーフを閉め忘れたぼくの車のなかと同じ臭いがした。スカイロッジのランクを示す星の数には、かなりの高所にあることが加味されているに違いない。とはいえ、四つ星のうちのふたつは差し引くとしても、居心地は悪くなさそうだ。

家族が食事をしている個室にぼくらが入っていくと、話し声がぴたりとやんだ。ちょうどみんながデザートを食べている最中とあって、ぼくはスプーンを皿に置く音に迎えられた。硬い銀色の毛をひっつめた母のオードリーが、テーブルの上座からじろりとぼくを見て一瞬ためらった。兄だと思ったのかもしれない（ぼくも兄もしばらく母には会っていなかったから）。それから音をたててフォークとナイフを皿に落とし、椅子を押しやって立ちあがった。これはぼくが子どもの頃から、母が議論を止めるために使う手だ。

母の左には継父のマルセロが座っていた。がっしりした禿頭のマルセロはうなじに肉のひだがある。マルセロは肉厚の手を母の手に置いた。その手には、一九八〇年代後半に作られたプラチナ製ロレックス、デイデイトがある。好奇心に駆られてグーグルで調べたから知っているのだが、プレジデントとも呼ばれるロレックスのこのモデルは驚くほど高価なだけでなく、かなりの重量があった。マルセロはぼくが知るかぎり、ずっと昔からこの時計をしている。広告には、〈代々受け継がれる家宝には、その歴史に見合うだけの重みがあってしかるべきです〉という一文があるものの、ぼくがあの時計の相続者候補に入っているとは思えない。それにしても〈歴史に見合う重み〉とはばかげた言い回しだが、ぼくが見たほかの宣伝文句よりはまだましだ。〈耐水深度三百メートル、防弾ガラス、銀行の金庫と同等の安全性〉。まるで億万長者はみな、パートタイムでスキューバダイビングの講師をしているかのようだ。

「ごちそうさま」オードリーは音をたててマルセロの手を振り払った。前にある皿にはまだ料理が半分残っている。

「何よ、まるで子どもみたい」ソフィアがつぶやきながら、マルセロの向かいに座っているルーシー（ぼくの兄嫁だ。もう忘れたかもしれないが、一章で兄のマイケルがこの名前を口にした）の隣に腰をおろした。ルーシーはこの週末のために精いっぱいおめかししてきたようだ。ボブカットに整えたばかりのブロンドの髪、襟から値札が突きだしている買ったばかりのニットのカーディガン。ソフィアが大胆になったのは母とのあいだにルーシーがいるからか、母のすぐそばによく切れそうなナイフがあるのを見落としているからかわからないが、こういう口答えは母と血の繋がっている人間にとっては自殺行為だ。さいわい、このとき死んだのは食堂を立ち去るという母の決意だけで、母は椅子をきしませて腰をおろした。

　この四人にアンディとキャサリン叔母を足すと、一家の時間に正確なメンバーが揃《そろ》う。ぼくはソフィアの隣、覆いをかぶせた皿の前に黙って座った。スプレッドシートに記入した指示どおりに焼かれたメイン料理のステーキを、誰かがぼくのために確保しておいてくれたらしい。まだ冷たくなっていないところをみると、キャサリン叔母が釣り鐘形の蓋をしばらくかっかしてにらみつけていたに違いない。ぼくの前菜を横取りしたらしく、ルーシーの前には余分な皿があった。お腹がすいていただけか、それともあてつけだろうか。

　これは知っておいたほうがいいと思うが、ぼくは何につけ、二通りの見方をする。常にコインの表と裏、つまり物事の両面を見ようと心がけているのだ。

「さてと」アンディがぎこちない雰囲気を破ろうと手を打ち合わせた。こんな愚かな真似をするのはカニンガム家の人間と結婚した者だけだ。「みんな、このロッジはどうだい？　誰か屋上に行ってみたか？　ジャグジーがあるそうだぞ。屋上からティーショットも打てるらしい。コンシェルジュの話だと、気象観測塔に当たれば百ドルもらえるそうだ。誰かやってみたいか？」アンディは話に乗ってくる相手を求め、スキーよりゴルフ向きの服装をしているマルセロに目をやった。マルセロが着ているのは、ぼくにさえウールではなく綿だとわかるチェックのニットベストだ。あんな格好で雪の降るなかへ出ていくのは、死にたがっている人間だけだ。シュノーケルつきの四輪駆動車に乗った女性に非難の目を向けられたとはいえ、少なくともぼくはポーラテックのフリースを持ってきた。

「どうだ、アーニー？」アンディがテーブルを見まわしながらぼくに声をかけ、彼とマルセロのあいだにいるキャサリン叔母に肘で小突かれた。敵に話しかけるのは禁じられているのだ。

　ぼくらは黙って食事を続けたが、テーブルを囲んでいる全員が、ぼくと同じことを考えているのはわかっていた。ぼくらがここに来た理由、集まるきっかけとなった人物は明日にならないと到着しないのに、なぜ今日集まらねばならなかったのか。ここにいる誰もが、一日早く集まることに決めた人物を雪そりに縛りつけ、山の斜面から突き落としてやりたいと思っているはずだ。

居心地の悪い沈黙に対処できるか否かで、その人間についてわかることは多い。そういう沈黙をうまくやり過ごせるか、それとも耐えきれずにしゃべりだすか。結婚でカニンガム一家に加わった者は忍耐力が欠けているらしく、アンディに続いてルーシーが沈黙を破った。

ルーシーについても少し話しておこう。ルーシーはオンライン・ビジネスの経営者だ。アンディのフェミニストぶりと同じ程度の個人事業主、と言えばわかるだろうか。つまり、自ら声高に宣言してはいるものの、そう信じているのは自分だけで、定期的にインターネットで金を失っている。

訴えられるのはごめんだから会社の名前は口にしないが、ルーシーは少し前、たしか一万人ばかりのほかの人々と一緒に地域担当副社長（もどき）に昇進した。自分の友人たちにしつこくせがみ、必要のないがらくたを買わせるときはたしかに社長のように威圧的だが、それ以外、この肩書にはなんの意味もない。この昇進は、ルーシーが外に駐車してある車を手に入れた理由でもあった。本人が投稿したインスタグラムによれば、あの車はノルマを達成した見返りに無料で手に入れたものだ。ところが実際はただのリースで、贈られるのは一カ月ごとのリース代だけ。しかも驚くほど厳しい条件つきで、その条件をクリアできなければ〝無料〟は取り消され、車の持ち主には非常に高額のローンが残る。つまり、あの車のリース代が払われるのは、毎月の条件をクリアしているあいだだけなのだ。

ルーシーがとうにその条件を満たせなくなり、自分でリース代を払っているのはほぼ間違いない。とはいえ、それこそがビジネスの秘訣《ひけつ》なのだ。成功しているというイメージを、決して現実で台無しにしないことこそが。車のセールスをしている友人によれば、展示してある車の前で写真を撮り、まるでたったいまその車を手に入れたかのように投稿する女性があとを絶たないという。そういう女性は目的を果たす前に撮影禁止を言い渡されると、激怒して去っていくらしい。さきほどルーシーの車の車種に触れなかったのは、車種を告げれば、ルーシーのような女性たちを食い物にしている企業の名前がわかってしまうからだ。

　ルーシーは頑としてそれをビジネスだと言い張り、誰かがそのものずばりの表現を使うたびに顔を引きつらせる。だから義姉に敬意を表し、その言葉を使わずに、ネズミと関係がある、と言うだけにしよう。

　エリンはカニンガム家に溶けこむため、ルーシーが催すパーティに欠かさず参加し、十五ドルのまつげカーラーなど、その月の人集めに使われるいちばん安い製品を買っていた。そして家に戻ってくると、会場となったレストランの名前とそこで使った金額に、どれほど退屈で苦痛だったかを示す数値をかけて算出した請求書を、ぼくの枕の上に置いたものだ。

「みんな道中何事もなく着いたの？　私はスピード違反の取り締まりに引っかかっちゃった。たったの七キロオーバーで二百二十ドルの罰金ですって。あんまりよね」ルーシーがこぼした。ぼくのビンゴカードにある〈ルーシーに何かを売りつけられる〉のマスに×を書きこめないのは残念だったが、ルーシーが売りこみを始めないことに、みんながあからさまな安堵《あんど》を浮かべた。

「小遣い稼ぎだろう」マルセロが口を挟んだ。「観光客を捕まえようと、このあたりのパトロールを増やしているんだな。地元の人間は素通りさせる。四十キロ制限にしている理由もそれだ。道路幅からすれば七十キロ制限にすべきだが、運転している人間が苛々《いらいら》して制限速度を超えたくなるのを狙っているんだ」

「訴えたら勝ち目があるかしら？」ルーシーが希望をこめて尋ねる。

「まったくないな」マルセロ自身は関心のなさをここまで冷淡に示すつもりはなかったのだろうが、この率直な意見に食堂の空気が凍りついた。

「みんな、自分が泊まるシャレーを見た？　とても素敵よ」次に沈黙を破ったのはキャサリン叔母だった。「昨夜シャレーに泊まったの。今朝の景色ときたら……」叔母は思い入れたっぷりに言葉を切った。陽の出の美しさはもちろんのこと、お得な価格で素晴らしい眺めの宿を見つけることができた自分の手柄を言葉で表すことなど不可能だとでも言わんばかりだ。

「しかし」マルセロが鷹揚《おうよう》にぐちをこぼした。「寒さのなかを、ホテルと宿のあいだを歩かなくてはならないとは思いもしなかった」

「でも、この棟の上にある部屋よりもずっと素敵なのよ」まるでこのリゾートの株でも持っているかのような気の入れようだ。「それに、彼には広いほうがいいと思ったの。ほら、広々とした素晴らしい眺めの部屋で過ごすほうがね。これまでいたところみたいに息が詰まるほど狭い……」

「清潔なベッドと冷たいビールさえあれば、彼はどこでもかまわないんじゃないかしら」ルーシーが遮った。

「われわれがこの棟に泊まるのはかまわんだろう」マルセロが不機嫌な声で食いさがる。「だめよ、シャレーを六棟まとめて借りたから格安料金になったんだもの」

「浮いた分で、スピード違反の罰金を払えるじゃないか」ついルーシーに対する嫌味《いやみ》が口をついて出たが、ちらっと口元を和ませたソフィア以外の全員に無視された。

マルセロはポケットから財布を取りだした。「部屋を換えてもらうのにいくらかかるんだ？」

「シャレーまで歩くくらいできるわよ、パパ」ソフィアがたしなめた。「だめなら私がおぶってあげる」

皮肉交じりとはいえ、マルセロはようやく笑みを浮かべた。「私は怪我をしているんだよ」と、芝居がかった身振りで右肩を摑《つか》む。外科医であるソフィアがマルセロの肩を手術したのは三年以上も前の話で、とっくに全快しているはずだから、痛むふりをしているのは明らかだ。ついでに言うと、三十二章でぼくを殴るときには、とても肩を痛めているようには見えなかった。

普通なら、外科医は身内の手術は行わない。だが、何事にも自分の要求を通さずにおかないマルセロは、娘の執刀でなければ信頼できないと言い張った。寄付を見こめる金持ちと見てとった病院の経営陣は、通常のルールに目をつぶり、皮肉にもその結果、ガルシア眼科センター棟が建つことになったのだ。

「そう興奮しないでよ、パパ」ソフィアがステーキを突き刺しながら笑った。「一流の外科医に手術してもらったって聞いてるわよ」

マルセロの芝居がかった身振りも、誇張されたものだった。矢に射られたように心臓を摑んでいるが、必要とあればソフィアを肩に担いで運ぶこともできるはずだ。実際、右肩がひどく〝損傷〟していなければ、そうしていたかもしれない。マルセロがソフィアを愛していることは、誰の目から見ても明らかだった。兄のマイケルやぼくも可愛がってもらったが（母と結婚したとき、彼は息子ができたのをとても喜んでいた）、大人になったいまでも、ソフィアはマルセロにとって小さな娘なのだ。やり手弁護士の石のような外見もソフィアの前では形無しで、普通の父親のように、娘を笑わせようとよく百面相をしたものだった。

「スノーモービルを借りるという手もあるぞ」テーブルで会話が始まったことに気をよくしてアンディが言った。「ゲストハウスの外に二台ばかり駐車してあったから、借りられるかどうか訊いてみたんだ。メンテナンスにしか使っていないそうだが、ちょいと裏から手を回せば……」アンディは人差し指と中指を親指にこすり合わせた。

「やめてちょうだい。十二歳の子どもじゃあるまいし」キャサリンが言う。

「ハニー、楽しいだろうと思っただけさ」

「ここの魅力はなんといっても眺めと新鮮な空気、それと楽しいおしゃべりよ。スパでも、屋上からゴルフボールを打つことでも、危険な場所を走りまわることでもないわ」

「だけど、楽しそうだ」ぼくはアンディの肩を持ち、料理が焦げそうなほど怖い目でキャサリン叔母ににらまれた。

「どうも、アーン――」アンディが加勢に感謝したとたん、母が大きな咳《せき》をした。アンディは母を見た。「なんだい？　みんなでアーンがここにいないふりをするつもりなのか？」

まるでぼくがここにいないかのようにアンディが言った。

「アンドリュー……」キャサリン叔母が警告するように名を呼ぶ。

「おかしいだろ、全員が顔を合わせたのはいつのことだ?」
これは失言だった。その答えは全員が知っているのだ。
母が答えを口にした。「裁判のときよ」

突然タイムスリップしたように、ぼくは法廷で証人席についていた。片手をポケットに入れた検事が、陪審員を前に、猫じゃらしのようにレーザーポインターを忙しく動かしている。ポインターが示しているのは、いまだにぼくの夢に出てくる、蜘蛛の巣の張った空き地の拡大写真だった。そこには、たくさんの矢印や線、色つきの枠が描かれていた。ぼくが検事の質問に答えていると、母がいきなり立ちあがり、法廷を出ていった。よりによってなぜ法廷に、あれほど重厚で、とてつもなく大きな音をたてる木の扉を取りつけてあるのか。つかの間、ぼくはそれしか考えられなかった。どんな場合を考慮しても、音をたてない、目立たない扉のほうが好都合だろうに。ところが建築家はハリウッドの脚本家を兼業していると見えて、傍聴人が大きな音をたてて出ていける、あるいは入ってこられるようなドアをつけた。とはいえ、ぼくがいまいましいほど大きな音をたてるドアのことを考えていた唯一の理由は、被告席にいる兄を見ないですむからだ。

鋭い読者は、一家の昼食のテーブルに空席がふたつあることに気づいているに違いない。エリンが明日、車で来ることはもう書いた。キャサリン叔母のひとりっ子、ピーナッツバター・サンドイッチ事件のエイミーは、イタリアに住んでいるからこの集まりには来ない。いくら全員集まることが重要でも、五、六時間の運転で来られる範囲にいればの話だ。マイケルがいまここにいないことも意外ではない。ある意味では、それはぼくのせいだった。母のオードリーがぼくを無視している理由。兄がまだここにいない理由と、清潔なベッドと冷たいビールを楽しみにしている理由。ぼくがいつもの口実でこの週末の集まりから逃れられなかった理由。ルーシーがめかしこんでいる理由。キャサリン叔母が招待状に〝出席必須〟と明記した理由が、これでわかったと思う。

マイケルが蜘蛛の巣に覆われた空き地に膝をつき、死にかけている男を殺すところをぼくが目撃してから、三年半の歳月が流れていた。兄がどうやって男を殺したかをぼくが陪審員に説明している途中で母が法廷を出ていってから三年。その兄が晴れて自由の身になり、いまから二十四時間以内にスカイロッジに到着する。

4

ぼくが除け者《のけもの》にされるのは、今回が初めてではなかった。棺の上に不吉な感じに置かれた国旗と、白い手袋に金ボタンの制服姿の警官がずらりと並んだ教会の信徒席——あの葬儀のとき以来、ぼくらはずっと除け者にされてきた。警察官の葬儀には、この組織の連帯感のすばらしい面だけでなく、悪い面も表れる。たしかに警察という組織は、多くの人々に居場所と誇りを与える。ぼくの目の前で、角帽を脇に挟んだ警官が、スイス製アーミーナイフの刃を開き、木製の棺に永遠の絆《きずな》を表す無限記号を刻んだのも、そうした連帯の表れだったに違いない。だが、警察という組織は仲間以外を締めだす。教会の入り口では、死んだ男のふたつの家族——血縁者や婚姻による家族と、警官という職業で結束している家族——が、互いに自分たちのやり方が最善だと主張し、火葬と土葬のどちらにするか言い争っていた。血縁者のほうがこの無意味な議論に勝ち、遺体は土葬された。法的には当然の結末だが、警官同士パトカーのなかで〝もしも俺が死んだら〟みたいな話をよくするのかもしれない。戦地で〝俺が死んだら、これを頼む〟と友人に手紙を託すように。だから、本人の望みを知っていたのは仲間たちのほうだったのかもしれない。

あれはチャペルで執り行われた敬虔《けいけん》な葬儀というより、映画のセットのように誰もが動きまわっている騒然とした葬儀だった。教会の正面に陣取ったカメラマン、落ち着きなく首を回し、横目で観察する人々、「やつの子どもたちだぞ」というショックに満ちた囁《ささや》き声。あのとき初めて、ぼくは観察されることと見られることの違いを知った。あそこまで一方的な詮索の視線を浴びせられたら、外の世界から隔てられた空間――泡――を作りだすしかない。教会から出ていくとき、母のしわひとつない黒い喪服からホイップクリームが垂れるのを見て、ぼくは突然、子どもにわかる確かさで、父が逝ってしまったこと、遺されたぼくらがその泡のなかにいることを理解した。

父親の存在なしにふたりの男の子を育てるのは、決して容易《たやす》いことではない。母は時と場合に応じて、刑務所の看守、告げ口をする囚人、賄賂を受けとる護衛、思いやり深い保護観察官の役目を果たさねばならなかった。企業法を専門にする前は父の弁護士だったマルセロは、父が死んだあともよく顔を見せた。おそらく母を気遣っていたのだろう。マルセロと父は友人だったに違いない。とはいえ、電動工具を手に白いランニングシャツ姿でぼくらの家にやってくる男が思い浮かぶとしたら、とんでもなく的外れだ（一度マルセロが本棚を作ってくれたことがあるが、あまりに傾いているから見ていると船酔いになる、と母が文句を言ったくらいだ）。工具を手にしてやってくる代わりに、マルセロは必要なものを買う小切手を持ってきた。そして、ぼくらに手を貸す代わりに、母の手を求める（つまり求婚する）ことになった。マルセロが幼い娘を連れてプロポーズすると、母は兄とぼくをハンバーガー屋に連れていき、マルセロと彼の娘をぼくらの〝泡〟に引き入れたいかと尋ねた。ぼくとしては、母がぼくの考えを訊いてくれただけで十分だったが、マイケルはチーズバーガーにかぶりつく前にマルセロが金持ちかどうかを知りたがった。

十代の頃は、ぼくと兄が結託して母と対決することもあった。ときにはわずか五分長くテレビゲームを続けさせてもらえない怒りが、十五年にわたって世話をしてもらった恩を忘れさせた。だが、どれだけドアを叩きつけるように閉め、怒鳴り合っても、「ぼくたち家族」対「外の世界」という図式は常に変わらなかった。たぶん叔母が母ではなく父の妹だったからだろう、キャサリン叔母ですら、ぼくらの泡には片足しか入りこめなかった。母は常にぼくらの味方だった。そしてぼくらにも、何よりも家族を優先することを期待した。

明らかに、法律よりも。

頭のどこかでは、母が法廷を出ていった理由はわかっていた。ぼくが泡の外に出て、外の世界の味方をしたからだ。

兄のマイケルは三年の刑期を務めて明日、出所してくるわけだが、殺人の刑期に三年は軽すぎると思うかもしれない。たぶん、そのとおりだろう。だが、死んだアラン・ホルトンという男は撃たれており、銃弾による傷が致命傷となったのか、マイケルが轢いたために死んだのかを立証するのは困難だった。たしかに、ホルトンが撃たれて道に倒れたあと、マイケルは車で彼を轢いた。そしてすぐさま病院へ運ばなかったというひどい間違いをおかしたが、彼にはマルセロ・ガルシアという（いまやこの国屈指であるガルシア＆ブロードブリッジ法律事務所の共同経営者で、さきほど雪のなかを四十メートル歩くのを拒否した男）超一流の弁護士がついていた。マルセロはホルトンが名うてのワルで、常習的に違法行為を働いていたこと、銃撃者が不明であり銃が見つからなかったことを徹底的に強調した。

マルセロが殺人事件の公判で弁護するだけでも訴追側にとっては大変な重圧で、レーザーポインターを駆使していた検事も緊張のあまり平常の力を発揮できなかったに違いないが、弁護の内容も実に見事だった。マルセロは、あの状況ではマイケルは理性的な判断を下すことができなかった、と訴えた。〝たしかに被告人は、アラン・ホルトンを車に乗せたにもかかわらず、病院に運ぶ義務を怠りました（オーストラリアでは実際に誰かを助けはじめた時点で、その人物を助けねばならない法的な責任が生じるため、これは重要な点だと公判で学んだ）。しかし、裁判長、彼を撃った犯人がまだ付近にいる可能性があり、自分も攻撃されるか追いかけられる危険があったのです〟と。専門的な細部は割愛するが、こうしてマルセロは三年という短い刑期を勝ちとったのだった。

裁判で兄の不利になる証言をしたぼくは、大きな犠牲を払うことになった。そして最終的な司法取引——刑期の交渉はドアを閉ざした判事のオフィスで行われた——が成立したときには、前例にないほどの短い刑期では到底割に合わないほど、ぼくと家族のあいだには大きな亀裂が入っていた。とはいえ、昼食のあとバーで一杯やろうというアンディの招待を受けたことも含め、ぼくはこれまで多くの間違った選択をしてきたが、裁判で証言したことがそのひとつだったかどうかはまだ決めかねている。たしかに小さい頃から黙して語らずという生き方を学ばねばならなかったとはいえ、自分の考えを口にすることも否応なしに学んできた。どちらのほうがましなのか、よくわからない。正しいことだから裁判で証言した、と言いたいところだが、実際には、兄が唸るような声で〝たったいま呼吸が止まった〟と言ったとき、ぼくは異質な何かを感じたのだった。〝とても兄だとは思えなかった〟と、月並みな台詞を口にすることもできる。だが、実はその反対だった。ぼくはあのときのマイケルこそカニンガムだと感じた。様々な建て前や飾りを取り去ったカニンガムだ、と。あの低い唸り声、力んだ肩、ホルトンの首に伸ばした腕——そういうものが兄のなかにあるとしたら、ぼくのなかにもあるのだろうか？　あるわけがない、と否定したかった。だから警察に通報したのだ。ぼくが兄を警察に売った理由を、母も頭のどこかでは理解していると思いたい。明日兄と顔を合わせるときに、正しいことをしたという気持ちがいくぶんでも自分のなかに残っていると思いたい。

ざくざくと雪を踏んでシャレーに向かうぼくの足取りは、少しばかりおぼつかなかった。アンディが、飲み仲間ができてすっかり興奮していたため、彼が奢《おご》ってくれるあいだは付き合ったのだ。クリケットグラウンドやサッカー競技場で芝を育てるのをなりわいにしている園芸家のアンディは、退屈きわまりない男で、退屈きわまりない結婚生活を送っている。顔を見るたびに飲み物を奢ってくるのは、たぶんそのせいだろう。

空港では使い勝手がいいが、雪山の斜面ではそうでもないキャリーバッグを、でこぼこの地面で兎《うさぎ》のように飛び跳ねさせながら、片手で伸縮ハンドルを引っ張り、片方の肩にスポーツバッグをかけて、ぼくはシャレーへ向かった。まだ午後の半ばだが、太陽が頂の向こうに隠れ、暗くなりはじめている。せっかくビールを何杯か飲んで温まった体が、外に出たとたん一気に冷えた。火星では暗くなると同時にあらゆるものが凍ると聞いたことがあるが、この状況はまさにそれだった。別れ際に屋上のジャグジーを試してみると言っていたアンディが、考え直しているといいけれど。さもないと、かちこちに凍った彼をジャグジーから鑿《のみ》で彫りだすはめになりそうだ。

凍《い》てつくような寒さにもかかわらず、ふたつのバッグとともに半分雪に埋まったシャレーにたどり着く頃には汗をかいていた。周囲の雪は腰まであったが、扉の前まではシャベルで掘った道の谷ができていて、バッグをぐいと引っ張るとパチンコの玉のようにその谷に落ちた。雪だまりに邪魔されずに室内から雄大な山の景色が望めるように、大きな窓には深い日除《ひよ》けが張りだしている。

　ポケットからキーを取りだそうとしていると、扉のそばの盛りあがった雪に刺さった小枝と、そこに結んである紙切れが目に入った。誰かが太い黒のペンで書いたメモだが、紙が濡れ、不気味な感じに文字がにじんでいる。

〝冷蔵庫は使い物にならない。ここを掘って〟

　右下の大きな〝S〟は、ソフィアのサインだ。かがみこんで片手でこんもりした雪を払うと、ソフィアが埋めた六缶パックビールの上蓋が見えた。兄の裁判のあと、ぼくに連絡をくれた家族はソフィアだけだった。ルーシーですら自分が主催する無料セミナーの招待メールを送ってこなくなったことで、家族から完全に断絶されたことがわかった。だが、ソフィアは手を差し伸べてくれた。おそらく、ぼくと同じように、自分も〝部外者〟だからだろう。ソフィアは父親が選んだ新しい国で、新しい家族に嵌《は》めこまれたのだった。マルセロは家にいるときは子煩悩な父親だが、常に子どもの相手をしていたのでは、この国有数の企業法務弁護士になることなどできない。つまり、〝嵌めこまれた〟というのは、実質的には〝捨てられた〟ということだ。ソフィアは、新しい家族に冷たくされたとは言えないまでも、ぼくらを取り巻く見えない泡を常に感じていたに違いない。兄の裁判でぼくがその泡から弾きだされたあと、ぼくたちは礼儀正しく接する継親の子ども同士から本物の友人になった。だからソフィアは、自分のビンゴゲームにぼくを、ぼくだけを誘ったのだ。

ビール缶の上に雪を戻して軽く叩き、凍てつくような山のなかで触れた思いがけない優しさに心が温まるのを感じながら、シャレーに入った。屋根の勾配がきついせいで、まるで傾いた船にいるように、奇妙に傾いだ感じのするワンルームだ。とはいえ、大きな窓の外に広がる眺めはこの不快感を補って余りある。これだけは文句なしにリゾートの〝宣伝どおり〟だ。最後の陽光が峰の上を照らし、斜面に長い影を伸ばした光景は、まさに絶景としか言いようがなかった。

むきだしの梁が肋骨《ろっこつ》のように走る天井は、窓側の高さが三メートル以上あり、そこから徐々に低くなって、ラウンジ、テレビ、たくさんの敷物、鋳鉄製の暖炉の上を横切っている。張りだした軒は遠目で見たときに思ったほどの長さはなく、ちょうど積もった雪のあたりで終わっていた。奥の壁を占めているキッチン器具や食器を収納した戸棚も、文字どおりかがまなくては使えない狭いアルコーブ型のシャワールームも、雄大な眺望を思えば我慢できる。窓から三分の一ばかり奥にロフト寝室に上がる梯子《はしご》があった。部屋のなかの暖かい空気が、冷えきった肌に細い針で刺されたような痛みをもたらす。薪が燃えているわけではないから、暖炉は飾りだろう。室内はゲストハウスのロビーのように湿った臭いではなく、〝素朴な暖炉〟という名のキャンドルを灯《とも》したような、樫《かし》の木を燃やした灰っぽい匂いがした。

　キャリーバッグを部屋の真ん中に残し、スポーツバッグを戸棚のひとつに突っこんでいると、テレビの横にある電話が鳴った。電話には、ここが四号館だと示す小さな4という数字が貼ってある。外の番号にかける機能はなく、シャレーの番号とコンシェルジュというラベルを貼ったスピードダイヤル・ボタン、豆ライトがセットになっている。いまはマルセロが泊まっている五号棟の豆ライトが灯っていた。

「オードリーの具合がよくなくてね」マルセロは〝きみのお母さん〟ではなく、〝オードリー〟と言った。「今夜はルームサービスを頼むことにした。明日の朝会おう」

　さきほどの昼食で週末いっぱいの忍耐をほぼ使いきってしまったぼくにとっては、夕食会を逃れられるのはありがたかった。冷蔵庫から生ぬるい――ソフィアの言うとおり、役立たずだ――水のボトルを取りだし、ごくごく飲んだ。雪のなかで一日過ごすとビーチで過ごすより水分を失う、と何かで読んだことがある。それから、雪に埋まったビール缶をひとつ取りに行ってソファに腰をおろし……知らぬうちに眠っていた。


　ドアを勢いよく叩く音で目が覚めた。そう、まさに推理小説でよくある一場面みたいに。ときどき窒息する夢――いや、記憶――にうなされるぼくは、つかの間パニックに陥った。まだ半分眠っている状態で、巨大な窓から見える雄大な景色が視界に飛びこんできて、一瞬、外で眠ってしまったという錯覚に襲われる。山の峰が濃い藍色の空に溶け、都会のスモッグも雲もない澄んだ空気のなかで、満天の星が驚くほどまばゆくきらめいていた。外の風が唸るような音をたて、峰から吹き飛ばされた粉雪が空中で渦を巻く。夜間スキーを楽しむ客のために付近の谷を照らすハロゲン燈の光に、手前にある山がうっすらと浮かびあがり、葉を落とし骨ばった黒い指のように立つ木々がその斜面にまだら模様を描いている。気温は下がりつづけ、わずかな隙間から冷気が部屋に入りこもうとしている。室内の熱で窓ガラスが脈打つのが感じられるようだった。

ぼくは目をこすりながら体を起こし、重い足を引きずって扉に向かい、引き開けた。風に乱れた黒髪に氷片を光らせ、両手を脇の下に挟んだソフィアが立っていた。

「それで、例のお金は持ってきたの？」

5

つまり、こういうことだ。べつに嘘はついていない。三年半前の夜、兄にあの金を預かってくれと頼まれたのだ。

黙って助手席に座り、腕についた粘つく蜘蛛の糸を引《ひ》き剝《は》がしているぼくを家まで送ったあと、この金はとりあえずおまえが持っていてくれ、そのほうが安全かもしれない、と兄は言った。その気持ちはわかる。アラン・ホルトンはあの金を誰かから盗んだか、誰かに渡すはずだったが、途中で番狂わせが生じた。マイケルがその〝番狂わせ〟に関係しているかどうかはわからないが、三十万ドル近い金を失ったか受けとりそこねた人間がいるとすれば、当然それを取り戻したがるだろう。ホルトンを撃った男がマイケルの車を見た可能性を考えると、あの場にいなかったぼくが持っているほうが安全だ。もちろん、実際にホルトンを撃った男がいたとしての話だが。

ぼくは黙って金の詰まったバッグを受けとった。預かってもらう礼はすると仄めかされたような気もするが、兄のよく動く唇から出てくる言葉は、水のなかで聞いているように頭のなかでくぐもって反響し、よく聞きとれなかった。ぼくは呆然《ぼうぜん》自失の状態で家に入るとバッグをベッドに放りだし、トイレに駆けこんでひとしきり嘔吐《おうと》してから警察に電話をしたのだった。

二十分後、ぼくはワゴン車の後部座席に押しこまれて、あくびを連発する警官ふたりと空き地に向かった。ふたりとも最初のうちはぼくの話を本気にしなかった。途中でマクドナルドのドライブスルーに立ち寄ったのがその証拠だ。殺人の目撃者が、マックマフィンが出てくるのを待たされるなんて聞いたことがない。だが、空き地に到着し、死体が見つかると事態は一変した。そのあとは、何台ものパトカーと救急車がサイレンを鳴らして駆けつけ、報道関係の車ばかりか、草地の真ん中にヘリコプターまで降りてきた。その後この事件に関しては、蜘蛛の巣に覆われた空き地に関する論説（近くで洪水があったため、逃げてきた蜘蛛がこの自然の奇異とも言える現象を作りだした）を含め、たくさんの記事が書かれた。ぼくは取調室に閉じこめられて、写真を突きつけられ、マクドナルドのバーガーの臭いがする熱い息を吹きかけられながら、兄貴はおまえが殺したと口を割ったぞ、さっさと自白しろ、と脅しつけられた。

おそらく拘留時間いっぱい留め置かれ、釈放されたあとで、マイケルが黙秘しているのを知った。取り調べた刑事たちは、ぼくが自分だけ罪を逃れるために嘘をついているかどうかを確かめようとしたのだ。彼らはぼくを家まで送ってくれた。とくに帰宅を急いでいないから、途中でケンタッキーフライドチキンに寄りたければどうぞ、と皮肉ってやったが、まったく冗談の通じない相手だということが判明した。

家に戻り、ベッドに放りだした黒いバッグが目に入って初めて、ぼくは金のことを警察に言い忘れたのに気づいた。

誓って言うが、当然、家宅捜索をされたものと思っていた。最初のうちは、アラン・ホルトンのことと、空き地までの道順、兄がぼくを迎えに来たのが何時だったか、送ってくれたのが何時だったか、ぼくに車で待てと言ったのがどのタイミングだったか思い出そうとするだけでいっぱいいっぱいだった。バッグと金は警察が押収しただろうと思い、そのうち金のことを訊かれるはずだと予想していたが何も質問されず、気がつくと翌日になり、ぼくは供述書に、以上の供述は正確で真実だと署名していた。金のことは、兄も黙っていた。警察に通報したのがぼくだということさえ、まだ知らなかったのかもしれない。だから、ぼくはこう思った。兄はぼくがまだ自分の味方で、あの金を自分のために守っていると思っているのかもしれない、と。裁判で証言台に立ったときも、誰ひとり金のことを口にしなかった。公判中は、マイケルかマルセロが、ぼくを破滅させるために金のことを持ちだすのではないか、と半ば覚悟していたが、兄もマルセロも何も言わなかった。そのときには、ぼくの口から金のことを指摘するには遅すぎた。そんなことをしたら自分が疑われるだけだ。だから何も言わず、金はぼくの手元に残った。しばらくして裁判長が判決を宣告し、ぼくが家に帰ると、金の入ったバッグはまだぼくの家にあったが、世界はひっくり返っていた。兄は刑務所に入り、ぼくの手元には二十六万七千ドル入りのバッグが残ったのだ。この金額が正しいことは、数える時間があったからわかっている。

この週末の集まりを逃れられなかった理由のひとつは、この金だった。何週間か前、ぼくはソフィアにどうするつもりかを話した。マイケルが明日到着したら、バッグごと渡すつもりだ、と。悪いことをしたわけではないから謝罪のつもりで渡すわけではない。だが、贈り物みたいな意味合いはあるかもしれない。オリーブの枝（和解の申し出）というわけではないが、緑色（すべてが百ドル紙幣ではないから、比喩的にだが）である点は同じだ。しかも預かったときのほぼ全額がまだ残っている。まったく、なんと頼りがいのある弟だろう。

「全額あるの？」ソフィアはソファの上に金をぶちまけ、空のバッグを前にして尋ねた。自分は座らず、触れるのをためらうようにバッグを見下ろしている。

「ほとんどある」

「ほとんどって？」

「ええと……緊急に金が必要になったことが何度かあったんだ。あれから三年経《た》つんだから。マイケルがきちんと数えたかどうかも知らないし」

「数えたと言ってたじゃない」

「たぶんね。だけど、正確な金額を覚えてないかもしれない」

「私がマイケルなら、預けたお金を弟が使ってしまうんじゃないかと心配で、三年間、毎日そのお金のことを考えて過ごすわ。一セント残らず」

「ぼくが金を使い果たしたと思ってて、残っていると知ったら喜ぶかも――」

「でも、全部じゃない」

「ほとんど全部だよ」

ソフィアは芝居がかったため息をついて唇を震わせ、窓辺に行くと、人差し指でガラスを叩きながら少しのあいだ山を眺めた。「どうして取ったの？」低い、真剣な声で尋ねてきた。

警察に差しだすタイミングを逃しつづけたせいで手元に残ってしまった、という言い訳は戯言《たわごと》だと、ソフィアはあっさり見抜いていた。あまりに動揺していて、いろいろ複雑すぎて、きちんと説明できないと思ったなどという言い訳も通用しなかった。ほかにも何かがあることはお見通しなのだ。単純な欲のせいか？　ぼくにはよくわからない。明日、兄がぼくを抱きしめて、バッグの中身を山分けしてくれることを期待しているわけではないが、この三年クローゼットの奥に大金があったことが、まったく心の支えにならなかったと言えば嘘になる（嘘はつかないという約束だ）。とくに結婚生活が破綻したあと、これはその気になれば荷造りして家を出られる金、万事に窮した場合の拠り所《よどころ》だった。これだけあれば、いつでも新たにやり直せる。この金が欲しいわけではなかったが、クローゼットの奥にあるのはありがたかった。

「取ったわけじゃない」ぼくはずっと自分に言い聞かせてきた台詞を繰り返した。「どうしたらいいかわからなくて、預かっていただけだ」

前もって準備していた言い訳だとわかっているのだろう、ソフィアは顔をしかめた。

正直に言うと、あの朝警官と家を出る前、ぼくは札束をふたつ摑んで下着の入っている引き出しに隠した。それに、マルセロが裁判の流れを変える直前まで、殺人罪であれば相当長い刑を食らうはずだから、兄にこの金は必要ない、と思っていた。ほんの少ししか手をつけなかった理由のひとつは、どういう素性の金かわからなかったからだ。足のつく金かもしれない恐れがあった。そうでなければ、少なくとも銀行に預けて利息を稼いでいただろう。本当のことを言うと、明日マイケルに渡すかどうかも、まだ気持ちが決まっていなかった。

マイケルに尋ねられた場合に備えて、金は持ってきた。ソフィアにこの金をマイケルに渡すつもりだと話したのは、自分があとに引けないようにするためだったのだ。

人が心を決めたときには、必ずそれが顔に出る。誰かに見られていると、うなじがちりちりするのと同じで、実際の変化を見てとるというより、そう感じるというほうが近いかもしれない。ふいに部屋の空気が変わったのをぼくは感じた。ソフィアが何かを決意したのだ。

「私もいくらか必要だと言ったら？」

出し抜けに電話が鳴り、ぼくらは飛びあがった。点灯している豆ランプの横の数字は2だ。電話のベルは二度鳴っただけで、ぼくが動けずにいるあいだに切れた。時間を確かめると十一時十五分だった。もしも冒頭に挙げたページが読者諸君の頭に入っていれば、たったいま誰かが死んだことがわかるが、このときのぼくはまだそのことを知らない。

「考えてみて」ソフィアの言葉でぼくはその場に引き戻され、彼女が返事を待っていたことに気づいた。

「いくら必要なんだ？」

「五くらいかな」ソフィアは唇を嚙《か》み、バッグの紙幣をひと摑みして、重さを量るように手のひらに載せた。「五万よ」たった五十ドル借りるために、夜中に訪れるわけがないのに、ソフィアは念押しするようにそう付け加えた。

「ぼくがこの金を持っているのを、兄貴は知ってるんだよ」

「でも、あなたがまだ持ってるかどうかは知らないでしょ」ぼくの言い訳同様、ソフィアも反論されたときの答えを用意してきたようだ。「警察に押収されたと言ってもいいし、寄付してしまったと言ってもいい。燃やしたと言っても不自然じゃないわよ」

そんな選択肢など考えたこともなかった、というふりはできる。だが、するつもりはない。ぼくは信頼できる語り手なのだ。

「揉《も》め事《ごと》でも抱えてるの？」ぼくは尋ねた。たとえば父親とか、もっと金持ちの、合法的な手段で金を稼いでいる人たちに頼めばいいのに、とは言わなかった。五万ドルは大金だが、ソフィアは外科医だし、持ち家に住んでいる。五万ドル欲しいというのは（五万ドルくらいと言ったが、おそらく五万ドルきっかりだ）、自分の力で作れる金額と必要な額の差がそれだけある、ということだろう。しかも現金で欲しがっている。つまり、早急に、できるだけ内密に、記録に残らない金が必要なのだ。となると、よほどひどい苦境に直面しているとしか思えない。

「助けはいらない。お金が必要なだけ」

「ぼくの金じゃないよ」

「マイケルのお金でもないわ」

「この話は明日にしないか？」

　ソフィアはお金をソファに戻したものの、仕事の面接で最も恐ろしい質問〝そちらからこの会社に関して何か質問があるかな？〟と訊かれたときのように、頭のなかで言い残したことはないか確認しているのが見てとれた。そして、説得に役立ちそうなことはすべて言ったと結論したらしく、扉に向かい、開けた。外から凍るように冷たい空気が吹きこんできた。

「みんなにどんな仕打ちをされてきたか思い出して。それでも、まだ家族に借りがあると思う？　いつかあなたも気づくでしょうけど、家族というのは、同じ血が流れていることが重要なんじゃなくて、この人のためなら血を流してもいいと思える相手のことなのよ」

ソフィアはそう言うと、両手をポケットに突っこみ、夜のなかに出ていった。

ぼくは室内に戻り、ソフィアに言われたことを思い返しながら、ぼんやりと金を見つめた。

ソフィアが正しいのか？　この三年、除け者にされてきたというのに、ぼくはまだ家族に対して責任があると感じているのか？　だからいまここにいるのか？　夜遅くビールを飲みすぎた頭で取り組むには、少しばかり難しすぎる問題だ。そこで心のうちを探るのはあきらめ、受話器を取りあげて2のボタンを押した。

「もしもし」驚いたことに、聞こえてきたのはソフィアの声だった。「アーニー？」

「やあ、ソフィア」ぼくは電話の豆ランプを見た。間違いではない、ぼくが押したのは2番だった。さっき点滅していた豆ランプの番号を読み違えたのか？　ここにいたソフィアが、ぼくに電話をかけてこられたはずがない。「ごめん、ちゃんとシャレーに戻れたかどうか確認しようと思って。もう遅いし、外はものすごく寒いから。亀裂か何かにうっかり落ちて、家族の集まりに出られないと困るだろ」

「これを家族の集まりと呼ぶの？　たった七人なのに」ソフィアが笑い、電話が雑音を発した。「エクアドルでそんなこと言ったら笑われるわよ」

ぼくも笑おうとしたが、ふたりとも普段どおりに振る舞おうとしているという思いを拭いきれず、絞りだしたような唸りになった。

「わかったわ」ソフィアが言った。「心配してくれてありがとう。さっきの件、考えてみると約束してくれる？」

その件しか考えられないのだから約束をする必要などなかったが、ぼくは約束し、おやすみを言って電話を切った。ビールを飲みほし、朝陽が入るようにカーテンを開けたままロフトに上がる。寝返りを打って横向きになり、広大な空に食いこむようにそそり立つ峰を眺めると、自分がとても小さく思えた。ほかのみんなは、何をしているのだろう。ソフィアは、ぼくと同じようにバッグいっぱいの金のことを考えている。エリンはおそらくここに来る途中のモーテルで、体が痒《かゆ》くなるようなシーツに包《くる》まり……何を考えているかまったく見当がつかない。マイケルは最後にもう一度、この空を刑務所の小さな窓から眺め、自分を裏切った弟にどう復讐《ふくしゅう》しようかと考えているかもしれない。

目が覚めたら事態は好転しているかも、といささか先見の明に欠ける希望的観測に慰められながら、ぼくは眠りに落ちた。

6

目が覚めると、防寒ジャケットを着た客がぞろぞろと窓の外を通り過ぎていくところだった。ひとり残らず二、三百メートル上の斜面にある、雪に覆われたゴルフコースに向かっているようだ。スノーモービルがエンジン音を響かせて追い抜いていく。もっと上のほうにいる誰かが、腕を振っていた。〝こっちだ〟と呼んでいるようにも、〝来るな〟と止めているようにも見える。照明弾が蛇のようにくねりながら光跡を残して上がり、ぱっと閃くと、雪の結晶がその光を反射して赤くきらめいた。雪の上では、光が遠くまで届く。だが、照明弾の明かりが消えても、雪のなかでまだ光がちらついていた。いや、ゲストハウスのそばに停まっているパトカーの青と赤のライトが雪に反射しているのだ。

ぼくは手のひらが焼けるのもかまわず、ロフトの梯子を滑り下り、慌てて金をバッグに突っこんだ。さいわい、通り過ぎていく人々の注意は丘の上方に注がれていて、誰にも見られずに金を押しこみ戸棚のなかにバッグを戻すことができた。温かいズボンに足を突っこみ、急いで着替えをすませてシャレーの扉を開けると、この山で唯一ジーンズを穿いている男が通り過ぎるところだった。

「アンディ！」左足をブーツに突っこみながら、戸口から呼びかけた。アンディが立ちどまり、振り向いて手を振る。ぼくは雪に足を取られながら、待っているアンディのところに急いだ。空気が薄いせいでたどり着く頃には息が弾んでいた。白い息がふたりのあいだに霞《かすみ》を作り、アンディの眼鏡を曇らせる。「何があったんだ？」

「どこかの気の毒な男だよ」アンディが丘の上方を指さし、歩きだす。不安や恐怖ではなく好奇心を浮かべた表情を見れば、〝家族の誰かだった？〟と訊く必要はなかった。ぼくはアンディのあとをついていった。ありがたいことに、昨夜かけた電話が偶然ソフィアのシャレーに繋がったおかげで、彼女が無事に帰りついたことはわかっている。昨夜のようにさほど冷えこみの厳しくない夜でも、ひと晩戸外で過ごすはめになれば凍死するのはまず間違いない。そう思うと体が震えた。凍死だなんて、なんというひどい死に方だ。

死んだ男は雪のなかに仰向《あおむ》けに倒れていた。凍傷で頬が黒ずんでいる。黒いスキージャケットと手袋にブーツで体はしっかり覆われているが、顔はむきだしだった。一瞬、白い空き地の真ん中にあった黒い塊が頭に閃いた。その光景を払いのけ、前に立っている男の肩越しに覗きこむ。周囲には三十人ばかりの人だかりができていた。人の死というドラマティックな出来事が、煙で燻《いぶ》しだされた虫のようにゲストハウスの宿泊客を部屋から誘いだしたのだ。

死体のそばでは、耳覆いのついたニット帽にウールの襟つきジャケットを着た、ぼくと同い年か少し若い警官が、いかにも不慣れな様子で野次馬《やじうま》を死体から遠ざけようとしている。スプレッドシートの予定表に含まれていないにもかかわらずすでに到着しているキャサリン叔母を見つけ、アンディはそちらへ向かった。その場にいる全員が、現場保存には十メートルもあれば十分だと暗黙のうちに了解しているのか、野次馬は自然と半円形を作っていた。昨夜はあまり雪が降らなかったらしく、死体も、それに向かって丘を登っていく三人分の足跡も、そのままの状態で残っていた。

だが、そのあと丘を下りている跡はひとつだけだ。下っている足跡の横にところどころ小さな穴があるのは、おそらく死体を見つけた者がパニックを起こし、手を突きながら斜面を駆けおりたからだろう。整然とまっすぐに登っていく足跡は、おそらく、いま死体のそばにいる警官のものだ。

もうひとつも同じように丘を登っているが、そのあとで乱れ、退いたり進んだり斜面を上下していた。どういうわけか、そのすべてが数メートル四方にかぎられている。まるで見えない壁で囲まれ、出ようとして壁から弾きかえされたようだ。その足跡は死体のある場所で終わっていた。斜面を下ることはできなかったのだ。

集まった人々は小声で囁きかわし、携帯電話を取りだして写真や動画を撮っていた。悲しんでいる人間は見当たらない。慰めるように誰かを抱き寄せている者も、ショックを受けて片手で口を覆っている者もいなかった。みなぼく同様、単なる怖いもの見たさでここにいるようだ。たしかに好奇心をそそる光景ではあるが、倒れている男が凍っているせいで、十二時間前は生きて呼吸していた人間というより山の一部のように思えるからか、暴力的な印象は受けない。とはいえ、愛する者のそばに必死でたどり着こうと、悲鳴をあげながらぼくらを押しのけようとする人物がいてもおかしくないはずだ。この男を知っている人間はひとりもいないのか？

「医療関係の方はいませんか？」野次馬を追い払おうとするのをあきらめ、警官がぐるりと見回しながら繰り返す。この男の観察力は、残念ながらシャーロック・ホームズに遠くおよばず、むしろ目隠しされた人間程度しかないようだ。スキーシーズン真っただ中の高級リゾート地とくれば、おそらく野次馬根性を丸出しにしている人々の半分は医療関係者だろうに。

円の反対側でソフィアが手を挙げた。

キャサリン叔母がアンディに身を寄せ、首を振りながら耳元で囁いている。

警官はソフィアを自分のそばに呼び、足跡を大きく迂回《うかい》して死体へと導いた。最初のうち、ふたりは死体から数メートル離れて立っていた。ソフィアが死んでいる男を示し、警官がうなずくのを待って死体のそばに膝をつく。両手で首を抱えて、まず片側に傾け、次いで反対側に傾けた。続いて唇をめくり、ジャケットのファスナーを下ろして、両手をそのなかに差し入れた。ソフィアに手招きされた警官が隣に膝をつき、促されるまま、ためらいがちに同じように両手で死体を探っていく。やがて十分警官の注意を喚起できたと満足したらしく、ソフィアは死体のジャケットのファスナーを上げて立ちあがり、警官と短く言葉を交わした。突風がその声をかき消す。目を上げると、尾根の上に集まっていく濃い灰色の雲が見えた。

「アーニー、アンディ」ソフィアがぼくらを呼び、〝こっちに来て〟と空気をすくい上げるように両腕を動かした。同意を求めて警官を見ると、警官もソフィアの仕草を真似ている。アンディとぼくは足跡に近づかないようにふたりのそばに向かったが、丘の上の足跡は次第に増えていく。野次馬から離れると風が強くなり、冷気が頬を刺した。ぼくは死体のそばに着いても下を見る勇気が持てず、代わりに死体を見て考えこんでいるソフィアをじっと見た。

「死体を運ばないと」警官が風の唸りに負けじと声を張りあげた。「見えない場所に。ここへ来る途中にガレージみたいな小屋がありました。この時期だから腐敗の心配はないでしょう」

アンディとぼくはうなずいた。警官が斜面を指さす。

「まずここを上がって」ソフィアが両手を振ってぐるりと円を描く。「大きく回りこむのよ。現場を荒らさないように」

もうすぐ雪が降りそうな空を見るかぎり、どのみち現場を保つのは無理なようだが、ソフィアは足跡を迂回しろと言う。つまり、ソフィアの頭にあるのは死体を運ぶことだけではないのだ。警官と違って、ソフィアはここが犯罪現場だと思っている。警官は男が倒れていた付近一帯に防水布をかける算段もしなければ、現場の写真を撮ってもいなかった。案外、野次馬根性が旺盛な客たちの撮った写真に頼るはめになるかもしれない。そのときは、ぼくらを追い払わなくてよかったと思うだろう。

打ち合わせをしたわけではないが、死体の足のほうに立っているアンディとぼくは自然とくるぶしを摑み、ソフィアと警官は手首を摑んだ。脛まで埋まる雪の斜面を下りるあいだ、ぼくらは死体が雪につかないように最善を尽くした。それでも、ときおり男の頭ががくんと垂れて粉雪をえぐった。重さは大してないが、摑みつづけるのは意外と難しい。ぼくは爪先に金属がついた頑丈なブーツの側面に指を食いこませた。ソフィアは死体の手首を自分の胸につけるように持ち、後ろ向きに歩いていく。警官は前を向き、風に顔を向けて腰の高さで腕を後ろに伸ばしていた。アンディがすぐ横で唸るのが聞こえた。目的の場所まで半分ほど下りたところでぼくのほうに向けた顔は、極度の集中でこわばり、髭についた唾が半分凍っていた。

ぼくが見ているのに気づいて、アンディが声をかけてきた。「大丈夫か？　ひと休みするか?」

ぼくは首を振った。〝問題ないよ。死体なら前にも見たことがある〟とは言わなかった。

7

物置小屋に積んであった木製の簀の子《すのこ》が、解剖台の代わりになった。小屋のなかには道具が散らばった作業台がいくつかと、部品を半分抜かれたスノーモービルが一台。奥の壁際に積みあげたタイヤの横に数台の発電機が並び、スキー靴が壁に打ちつけた釘にかかっている。当然、暖房はないうえにブリキの壁とコンクリートの床とあって、まるで冷凍庫に入ったように寒かった。仮の死体置き場には申し分ない。腐敗と死臭の心配をせずにすむという点では、この寒さも役に立つ。

ぼくらは積んである簀の子の上に死体を下ろした。簀の子の大きさが少し足りず、手足の先が縁からだらりと垂れた。四人とも少しのあいだ荒い息をつきながら呼吸を整えた。ぼくは死体の灰色の顔を見ないようにした。凍傷では鼻や指などの末端が黒ずんでポロリと落ちる、と読んだことがあるが、凍傷にかかった人間を間近で見たことはない。警官がようやく写真を撮りはじめた。足の指が冷たいのか、アンディはふくらはぎに靴の先をこすりつけている。ソフィアは震えながら両手を口に近づけ、息を吹きかけたが、素手で死体を調べ、摑んでいたことを思い出したらしく、脇におろした。警官が写真を撮りおえ、ぼくらと向き合った。

「ごくろうさまでした」彼はぼくとアンディに言った。ソフィアが目をくるりと回し、自分も死体を運ぶのに手を貸したことを警官に思い出させる。警官は次の言葉を言いよどんだものの、そのまま続けた。「普通なら遺体を動かしたりしないんですが、これから天候が悪化しますからね。あそこに放置して、あとから掘りだすのは避けたかったんです」

底の厚いブーツの差かもしれないが、ぼくよりも数センチ背が高く、体重も何キロか重そうだ。まあ、それもコートの厚さの差かもしれないが、ふっくらした頰はコートのせいにはできない。なぜ気づいたのかはわからないが、彼は銃を携帯していなかった。瞳の色は濃い緑、まつげが凍っている。思いがけない出来事に動揺しているらしく、落ち着きなく周囲を見まわしたあと、思考が麻痺《まひ》したかのように死体を凝視している。

「ぼくはアーニー」ぼくは、呆然自失状態の警官を正気に戻そうと名乗った。「アーネスト・カニンガムだ。この人はアンドリュー・ミロット。ソフィアにはもう会ったね。彼女もカニンガムだけど、そのあとにガルシアがつく」

「ガルシアが先よ、ガルシア＝カニンガム」ソフィアが笑みを浮かべて訂正する。

「なあ、そろそろ、ここを出ないか」警官同様、ずっと金縛りにあったように死体を見つめていたアンディが言った。「死体と一緒だなんて気味が悪い」

「ええと」警官はぼくたちに目を戻した。「自分はダリウス・クロフォードです。クロフォード警官という呼び方が普通でしょうけど、ダリウスと呼んでもらってかまいません。山の上じゃ、堅苦しいやりとりはしないんで」クロフォードは片手を差しだした。ぼくはその手首の内側を指さした。袖口に黒い染みがついている。死体を運んだときについたのだろう、もう片方の手首にも同じ染みがあった。

「クロフォード警官、上着に血がついてるよ」差しだされた手を握るのはやめておいた。カニンガム家の人間には、法の執行者たちと気安く名前で呼び合う習慣はない。

クロフォードが青ざめ、手首を見下ろして深く息を吸いこんだ。

「大丈夫ですか？」

「自分は、その、こういうのに慣れてなくて」

「死体に？」

「殺人事件に、よ」ソフィアが口を挟んだ。

「だとしても、ここだけの話にしてください」クロフォードは消え入りそうな笑みを浮かべた。外の雪の上でも能無しに見えたが、近くで見るとその印象がさらに強くなった。血の染みを見て気分が悪くなったばかりか、これは到底自分の手に負える事態ではないと気づいたようだ。

アンディが口だけ動かし、〝殺人？〟とソフィアに訊き返す。声を出したわけではないのに、裏返った声が聞こえるような気がした。ソフィアが真剣な顔でうなずく。

「この男をご存じか訊くべきでしょうね。誰だかわかりますか？」クロフォードが言った。

「これは尋問かな？」ぼくは尋ねた。取調室で長時間マジックミラーと向き合って座らされ、誰がなんのために質問しているのかもわからず答えを強要された経験がよみがえり、つい神経質になった。「尋問なら、死体の発見者から始めるべきだと思うけど」

クロフォードは首を振った。「ご存じの男かどうか知りたいだけですよ。ジンダバインからいちばん早く到着できる場所にいたのがぼくだっただけで、こういう事件専門の刑事たちがこっちに向かってます。でも、被害者がこのロッジに滞在しているのか、尾根の向こうから来たのかぐらいは調べておくべきだと思って……夜間に滑りに来て、帰ろうとしていたスキーヤーかもしれないですからね」

「スキー板をつけてないわ」ソフィアが言った。ソフィアもひどい顔色だった。外の雪みたいに真っ白だ。

「そうですね。とにかく、被害者をよく見てくれませんか」クロフォードは携帯電話のカメラで撮った死体の顔を大写しにした。唇も含め、顔のほとんどが黒ずんでいる。「どうです、見覚えがありますか？」

三人とも首を振った。見たことのない男だ。大写しになった顔は、凍傷のようには見えない。いきなりソフィアが片手を上げ、小屋の外に走りでた。なんだ？　そう思いながら戸口を見ていると、間違いようのない嘔吐の音が聞こえてきた。アンディもぼくもソフィアのところに行くべきか、放っておくほうが親切かわからず、結局その場に留《とど》まった。

話はそれるが、女性の嘔吐を必ず妊娠と結びつける作家もいる。彼らは妊娠していることを示す兆候が吐き気だけだと思っているばかりか、妊娠した数時間後に吐しゃ物が口から噴きだすと確信している。ここでいう作家は男性だ。どの手がかりに注目すべきかを指し示すつもりはないが、ソフィアは妊娠していない。彼女には吐きたいときに吐く権利がある。

「それじゃ」クロフォードがアンディとぼくに言った。写真に対する三人の反応に満足し、調査の義務は完了したとみなしたようだ。死体のそばにいることすら少し慣れたかのように、肩の力が抜けている。「ごくろうさまでした」クロフォードは作業台に歩み寄り、あちこち探して鍵が下がっている真鍮《しんちゅう》の錠前を見つけた。ぼくらがあとをついて小屋を出ると、クロフォードはぎいっという音をたててブリキのドアを閉め、両側の取っ手に南京錠《なんきんじょう》をかけようとしながら言った。「ええと、みなさんここを離れないように――」

「――でも、きみにぼくらを拘束する権利はないよ」

「アーネストはこういう経験をしたことがあるの」ソフィアが口を拭きながら小屋の横から出てきた。「死体を見たことがあるのよ」ソフィアは説明代わりに付け加えた。「何度見ても慣れないものね」

　クロフォードは重いため息をついた。疲れているようだ。普段は勤務のほとんどを机に足を載せて過ごすか、ルーシーのような観光客にスピード違反の切符を切って過ごすのだろう。死体に興味をかきたてられるどころか、平穏な一日を邪魔されて苛立《いらだ》っているように見える。「さてと、本署には連絡を入れたし……あなた方はもうひとり到着するのを待っているんでしたね？」

「それがこれと、なんの関係があるんだ」

「単に確認してるだけです。用事があれば、自分はゲストハウスにいます。まもなく捜査チームが到着するでしょう。天気と交通事情によりますが」クロフォードは危ぶむような目でまだらな空を見上げ、カチリと音をさせて南京錠を押しこんだ。

「殺人だって？」斜面を下りながらアンディがぶつくさ言った。ほとんどの野次馬は散っていたが、ぼくらが死体を小屋に運びこむのを見ていた人々が、まだちらほら立っている。あの小屋に窓がなくてよかった。さもなければ、額が凍傷になる者が出たに違いない。

「あの男がひと晩中外にいて凍死したのは明らかだぞ。もう医者でもないのにしゃしゃり出て、あの警官にこれが殺人だと吹きこむなんてどういうつもりだ？」

　ソフィアがもう外科医でないことは知らなかった。クロフォードの要請に応じてソフィアが手を挙げたとき、キャサリン叔母がアンディの耳元で囁いていたのはそれだったのか？　五万ドルが必要な事情もそのことと関わりがあるのだろうか？　ぼくはちらっとソフィアを見た。アンディが侮辱するつもりで言ったとしても、ソフィアはまったく動じた様子はなく、表情も変わらない。

「どうして血が？」ぼくは頭に浮かんだ疑問を声に出した。「クロフォード警官の袖には血がついていた。あれが凍死だとすれば、なぜ血が出たんだ？　あの男は誰かに攻撃されたのか？」

「顔が黒ずんでいるのは凍傷のせいだ」アンディが言い返す。「きみはあの警官にいったいなんと言ったんだ、ソフィア？」

うちの一家にモットーがあるとすれば、それは、〝Non fueris locutus est scriptor vigilum Cunningham〟だ。このラテン語を英語にすると、〝カニンガムは警官にはしゃべらない〟という意味になる。ぼくはべつにラテン語に堪能なわけではない。グーグルで検索したのだ。アンディはソフィアが警官に協力したことに、キャサリンの代わりに腹を立てているのだった。ミドルネームを代理《プロクシー》にしたほうがいいくらい、アンディは〝代わりに〟何かすることが多い。

「あれは首の傷から出た血よ。ふたりとも足を持っていたからよく見えなかったでしょうけど、顔が黒いのは凍傷のせいじゃないの。灰のせいよ」

「灰？　炭が燃えてできる灰のこと？」ぼくは訊き返した。「こんなところで？」

「気管に灰が詰まってたし、舌の上にもかたまっていた。解剖すれば肺にもあるはずよ。

たしかに変よね。顔に火傷《やけど》の痕がひとつもなく、現場の雪に溶けた形跡がないという事実がなければ、死因は明らかだったはずだけど」

「わかるように説明してくれ」アンディは明らかに納得していなかった。

「あれは、いわゆる焼死ね」

8

死んだ男が誰にせよ、朝食のテーブルでこれだけ話題にされればさぞ本望だろう。昨日の昼食が個室だったのは、キャサリン叔母が予約を入れたからだったらしく、今朝はカニンガム一家もほかの客と同じように食堂のテーブルについていた。どのテーブルも今朝見つかった死体の話で持ちきりだ。長い木製のベンチのあいだを通っていくと、会話の断片が耳に飛びこんできた。「かちかちに凍っていたぞ！」「昨年は八番ホールのバンカーに足止めされたが、あの男のような目に遭うほどじゃなかった。あいつはチップショットを練習すべきだったな」「ここの宿泊客じゃないらしいね」「子どもたちから目を離さないようにしないと」

ぼくは列の後ろについて湯煎用の大きな鍋を通り過ぎ、皿に料理を盛った。長寿を目指して飽和脂肪を避けているのか、ベーコンには誰も手をつけていない。ぼくはベーコンをたっぷり皿に取って家族のテーブルに行き、ルーシーの隣、ソフィアの向かいに座った。母に近すぎるのが気になるが、この空席を無視してアンディとキャサリン叔母の向かいに座るのも気が引けたのだ。

ほかのテーブルで交わされている意見を聞くかぎり、あれは殺人だという説を披露するまたとない機会に思えたが、ソフィアは珍しく黙って俯《うつむ》き、皿に取りわけた食べ物をフォークで突いている。代わりにぼくは、ルーシーがマルセロに売りこんでいる最新の投資チャンス、エレベーターが必要なほど多層階商法《マルチレベル》の無謀なマーケティング案に耳を傾けるはめになった。マルセロはこの売り込みをやんわりと断っている。ぼくは昔、よくルーシーをからかったものだ。だが、あるとき、そういう会社は〈経済的にも事業者としても独立し自尊心を高めよう〉といかにもな理想を掲げ、女性を食い物にしていると気づいて考えが変わった。夫が服役中のルーシーは、格好の標的なのだろう。

マルセロはさすがというか、猛攻を穏やかに受け流しながら、女経営者ルーシーがしゃべり疲れるのを待っていた。が、そのマルセロも、ひと言付け加えずにはいられなかった。

「きみがその仕事を楽しんでいるのはいいことだが、気をつけたほうがいいぞ。ほら、彼らがくれたというあの車も、契約の条件はかなり厳しいそうじゃないか。とんでもなく高いリース料を払いつづけるはめになりかねないぞ」

「自分のしていることくらい、わかってるわ」ルーシーが怒って言い返した。「私たちは全額前払いしたのよ」誇らしげにそう付け加えたが、マルセロが信じていないのは明らかだ。ルーシーはそれっきり静かになった。

食堂を見まわすと、警官のクロフォードが窓辺の席にひとりで座り、山頂を眺めていた。殺人課の刑事たちが到着し、帰宅できるのを待っているのか？　明るいのはゲストハウスのなかだけで、鉛色の空は夕方かと見紛《みまが》うほど暗い。クロフォードはここに閉じこめられるのを心配しているのかもしれない。そういえばあの席からは例の小屋も見える。あの小屋に目を光らせているのだと気づいて、ぼくはクロフォードを見くびっていたことを恥じた。憂鬱そうなのは、これが殺人だというソフィアの言葉を思い返しているからだろう。ぼくもそのことについて考え、狭い範囲ででたらめに動いていた足跡のことを思い出した。いまはあれが、焼け死のうとしている男がよろめいていた跡だったことがわかっている。被害者は炎に包まれ、方向感覚を失って、どうにかして苦痛を逃れようと無我夢中で動いていたのだ。それなのに、どういうわけか見えない壁に囲まれた四角のなかには、雪が溶けた跡はまったくなかった。

「俺が言ってるのは」キャサリン叔母に熱心に話しているアンディの大きな声がぼくの思いを遮った。「ビットコインの経験から、何に注意すべきかわかっているってことだ。従来の株のように元金が二倍、三倍になる話をしているんじゃない。仮想通貨は次元がべつなんだ」ソフィアがポケットからさっと紙を取りだし、その上にすばやく×を書き、ぼくに向かって片目をつぶった。そういえば、ビンゴカードを確認していなかった。ルーシーが話していた相手はぼくではなくマルセロだったから、彼女の売り込みのマスに×をつけることはできない。右下のマス〈誰かが骨折するか死ぬ〉には×をつけられるが、これは悪趣味だ。とはいえ、ソフィアに負けるのは癪《しゃく》だから、少なくともみんなの前でつけるのは悪趣味だ、と心のなかで訂正した。

アンディがテーブルの真ん中に置かれた籠のクロワッサンに手を伸ばし、キャサリン叔母にその手をぴしゃりと叩かれた。

「ちゃんと手を洗ったぞ」

「洗い落とせないものもあるのよ」叔母がクロワッサンを紙ナプキンで包むように取り、夫の皿に置く。アンディがふくれ面でナイフとフォークを手にした。

「大丈夫、吹雪になる前に着くよ」マルセロが母に言った。兄のことだ。ぼくらのテーブルは静かだったから、全員の耳がマルセロの言葉を拾った。もちろん、ぼくの耳も。

「私たち、このままここに滞在するの？」ルーシーが尋ねる。

「誰かが上級者コースで木に激突するたびに、警察が滞在客を全員退去させると思うかね」マルセロがやれやれというように首を振る。「自然のなかでは命は脆《もろ》いものだ。正しい技と知識がなければ……山の怖さに敬意を払わなければ、ああいうことが起こる」マルセロはそう言って肩をすくめた。一事に成功する者は万事に成功する、そういう確信が透けて見える余裕に満ちた態度だ。だが、マルセロはラテの泡が足りないと十代の店員相手にわめく男でもある。バリスタに敬意を払わない男が、山に敬意を払うとも思えない。

「宿泊費は払い戻し不可なの」オレンジジュースを飲みながらキャサリン叔母が告げ、いちばん異議を唱えそうだと言わんばかりにソフィアをじろりと見た。「だから、このまま滞在するわ」

「そもそも、立ち去る理由はなんだね？」マルセロが続けた。「ああして被害者が出たあとは、誰もがこれまでより注意深く行動するはずだ」

アンディとぼくはソフィアに目をやった。ぼくはソフィアがどう反応するか興味があった。アンディは挑むような眼差しだ。ソフィアは俯いたまま、黙々と食べつづけている。

「マイケルがいやがるんじゃないかしら。警官がそこら中にいて、死んだ男について訊きまわっていたら」ルーシーが言った。

「警察には、マイケルに質問をする理由がない」マルセロが応じる。「昨夜は二百キロ離れた場所にいたんだからな」

「でも、思い出すのが辛いんじゃや――」

「ここに着いたとき、マイケルが自分で決めればいいわ」母が有無を言わせぬ口調で、この議論を遮った。ぼくらは全員予定どおり今夜もここに泊まる。交渉の余地はない。

「あれがブラック・タングの仕業だとしたら？」ソフィアがようやく口を開いた。アンディが驚いたように鼻を鳴らし、テーブルに落ちたクロワッサンの欠片《かけら》を吹き飛ばした。

「みんなも知っているでしょうけど、火事で死ぬ原因のほとんどが、焼けるからではなく窒息するからよ。炎が空気から酸素を奪うため、息ができなくなるの」

「朝食の席でする話じゃないぞ、ソフィア」マルセロが制する。

「少しばかり大げさじゃないか?」クロワッサンを喉に詰まらせたアンディが胸を叩く。

「ブラック・タングって?」ルーシーとぼくの声が重なった。

「最近の事件には疎いらしいな」アンディが『サイコ』風に宙を突き刺す仕草をする。

「ふざけないでよ、アンディ」ソフィアは言い返した。「あの小屋でも言ったけど、奇妙な点があるの——」

「俺を巻きこむのはやめてくれ」

「ねえ、アーニー?」

「きみの言うことを信じるけど、ぼくはあまりよく見なかったんだ」

「アーネストの言うことなんて当てにならないわ。平気で身内を裏切る人だもの」

「ルーシー、やめてよ」ソフィアは懇願するように言った。「聞いて、これまで読んだ記事からすると、今朝の死体は——」

「主役になりたがりの誰かさんが死因を特定した。だから、私たちはその判断を信頼すべき、ってわけね?」キャサリン叔母が驚くほど意地の悪い口調で、〝信頼〟という言葉をわざと強調した。「死体を見たのはほんの一、二分でしょうに」

「山の斜面を小屋まで運ぶあいだにじっくり見たわ。あれは絶対に凍死じゃない。クロフォード警官は、同僚の到着を待ちわびることになるでしょうね。これがどれほど難事件かわかっていないみたいだもの」

ミステリーに登場する警官は通常、二通りのタイプに分かれる。〝頼みの綱〟と〝残り滓《かす》〟だ。いまの段階で判断するに、ダリウス・クロフォードは残り滓だろう。爆弾を作る人間の指を当てにしないのと同じで、ぼくはクロフォードには期待していなかった。ソフィアも同じ評価を下しているようだ。

「自分が何を言ってるかわかってるの？」食堂で気に入らない相手に突っかかる女子学生のように、いまやキャサリン叔母はソフィアをあからさまに嘲《あざけ》っていた。「だいたい、素面《しらふ》ですらないんじゃないの？」

こんなにしょっちゅうクロワッサンにむせるとしたら、アンディにはハイムリック法（外因性異物で窒息しかけた患者の救命に用いられる応急措置）が必要になりそうだ。叔母の痛烈な非難にマルセロすらショックを受け、鋭く息を吸いこんだ。だが、ぼくはそこまで驚かなかった。交通事故を起こしたあと完全に断酒した叔母のことだ、少しでも酒が入っている者に苛立ちを感じたとしても不思議はない。

「叔母さんが手助けを申し出たようには見えなかったけど」ひとりは味方がいることがソフィアにわかるように、ぼくは口を挟んだ。朝食のテーブルで詳しく尋ねたりすれば非難を浴びるのがわかっていたから控えたが、ブラック・タングがなんにしろ、できればもっと知りたいという気持ちもあった。

叔母はぼくを無視してソフィアに言った。「私が誰かさんと違って何も言わなかったのは、あの警官が停職中の医者ではなく、現役の医者を求めていると思ったからよ」

ソフィアが医師免許を失いかけていることは、ほんの三十分前、死体を見ているときに知ったばかりだったから、ぼくはこの事実をまだよく理解できていなかった。ソフィアが中年の危機か何かで、転職でもしたのかと思ったのだ。だが、キャサリン叔母はソフィアを非難している。さきほど野次馬に混じっているとき、アンディに耳打ちしたのもこのことだろう。

ソフィアは赤くなって立ちあがった。つかの間、テーブル越しに叔母に飛びかかり、クロフォードの仕事を増やすつもりかと思ったが、代わりにナプキンをたたんでそれを皿に落とし、「私はまだ医師よ」と鋭く言い返して食堂を出ていった。

「あそこまで言わなくてもいいのに」ソフィアがいなくなると、ぼくは抑えた声で叔母に食ってかかった。

「驚いた、何も聞いてなかったの？　あなたたち、最近ずいぶん仲良くしていたみたいなのに。まあ、あまり進んで話したいことじゃないでしょうけど」

「話すって、何を？」

「ソフィアはもうすぐ告訴されるの」キャサリン叔母は鼻を鳴らした。それを聞いたとたん、五万ドルくらいとつぶやくソフィアの声がよみがえった。「手術台で亡くなった患者の遺族に」アンディが叔母の後ろで酒をあおる真似をした。それで叔母が鋭い舌鋒《ぜっぽう》で酔っているのではないかとソフィアを非難したわけがわかった。シャレーのドアの外に埋めてあった六缶入りパックが目に浮かぶ。ソフィアは酒が好きだが、飲みすぎたことはなかった。だが、酒を飲んで手術に失敗したのだろうか？　どうしてぼくに何も言わなかったんだ？

ぼくはマルセロに目をやった。「ソフィアが告訴されたら、弁護するよね？」マルセロは懇願するような目でキャサリン叔母を見たが、冷たい視線を返されると、首を振ってぶっきらぼうに言った。「あの子が招いたことだ」

まるでマルセロらしくない言葉だ。ぼくは昔から、ソフィアはマルセロにとって掌中の珠《たま》だと思っていた。「殺人罪で起訴されたマイケルのことは弁護したのに、自分の娘は弁護しないの？」

「マイケルは刑期をまっとうしたわ」ルーシーが言った。「あなたからはなんの助けもなかったけど」

「まだマイケルの肩を持つのか？」ぼくは唾を飛ばして抗議した。思ったよりも意地の悪い言い方になったのは、腹が立ってきたからだ。ルーシーにではない。ルーシーとぼくは、少なくともマイケルに関しては団結すべきなのだ。だが、どうやら彼女は現実に目をつぶり、自分の結婚生活が破綻した苦痛と向き合う代わりに、みんなが怒りをぶつけている対象（ぼく）に八つ当たりすることにしたらしい。

母はよくやるようにいきなり立ちあがり、みんなを黙らせた。全員が席を立とうとしたが、ぼくはまだ言いたいことがあった。腸《はらわた》が煮えくり返っていた。クロフォードが興味深そうにぼくたちを見ている。ぼくらは思ったよりも大きな声で話していたに違いない。ぼくらがカニンガムだということをあの男は知っているのか？　カニンガムがどんな事件でも自動的に容疑者にされる一家だということを？　マイケルがここに来るのを知っていたところをみると、たぶんぼくらのことも知っているのだろう。

「いい加減、そういうのやめたら？　食事のたびにかっかして席を立つなんて。ほんの短いあいだでも、穏やかに話すことができないの？　久しぶりの集まりじゃないか。家族らしくまとまる努力をしたらどうなんだ？」なぜこんなことを言ったのか、自分でもわからない。死体を見たせいか？　ソフィアがこの三年間のぼくと同じように除け者にされ、食堂を出ていくのを見たからか？　怒りをぶつける相手を誰にするか決めただけか？　案外、ベーコンを食べすぎただけかもしれない。

燃えている男が雪を溶かせなかったとしても、この週末、初めてぼくに向かって言葉を発したときの母は、どんな雪も溶かせそうな激しい怒りに燃えていた。

「家族の集まりが始まるのは、私の息子が到着したときよ」

妻

9

彼女の話はしたくない。

父

10

そろそろ父がどんなふうに死んだかを話すとしよう。

当時、ぼくは六歳だった。ぼくたちは警察から電話が来る前に、ニュースでそれを見た。映画やテレビドラマでは、家族に被害者が出ると、正装した警官が静かに玄関の扉をノックする。家にいる者はなぜか悪い知らせだと感じながら扉を開け、帽子を取った警官が立っているのを見て予感が的中したことを知るのだ。愚かに聞こえるのはわかっているが、その電話が鳴ったとき、ぼくは重苦しい響きだと思ったのを覚えている。その前に数えきれないほど聞いてきたけたたましい音と同じだったはずだが、鳴り方がいつもよりわずかに遅く、大きく思えた。

父は夜、家にいたためしがなかった。そういう〝仕事〟だったのだ。愛すべき思い出は、もちろん、いくつもある。だが、父のことを考えると、不在を示すものがまず頭に浮かぶ。父のいる場所を当てるより、どこにいたかを当てるほうが容易かった。居間の空っぽの肘掛け椅子。オーブンのなかの皿。バスルームの流しに残っている無精ひげ。三缶減った冷蔵庫のビール六缶入りパック。父は残された足跡であり、残された物だった。

その電話が鳴ったとき、ぼくはキッチンの食卓についていた。兄と弟は二階にいた。そう、兄と弟だ。そのことについてはおいおい話すとしよう。

テレビはまだついていたが、もうレポーターの無駄話はたくさん、と母が少し前に音を消していた。ヘリコプターのサーチライトがガソリンスタンドを照らし、大きな白い冷凍庫に激突したパトカーらしい車が見えた。ひしゃげたボンネットに、破れた袋から氷が飛び散っていた。でも、その時点ではまだ、ぼくは大変なことが起こっているのに気づいていなかった。母は興味のないふりをしていたが、薄々感づいていたに違いない。横目でちらちらテレビを見ていたし、何かを探すみたいにぼくの前にある戸棚をかきまわし、ついでだからと洗剤をつけたスポンジでベンチの一箇所をこすって、巧みにぼくの視界を遮っていた。それから電話が不吉な音で鳴り、ドアのすぐ横の壁に取りつけた電話機から母が受話器を取った。母が戸枠に頭をぶつけたドンという鈍い音をいまでも覚えている。「なんてこと、ロバート」という囁きも。でも、母が話している相手が父でないことはわかっていた。

ぼくは父が死んだときのことを、正確に知っているわけではない。正直に言えば、本気で詳細を知りたいと思ったこともなかった。だが、母が何も話してくれなかったとはいえ、長年のあいだにニュースの情報や葬儀の記憶を繋ぎ合わせてわかったことはある。これから話す父が死んだ状況には、いくつかの仮定と、かなり確信がある部分、確かに知っている事柄が混じっている。

まずは仮定から。父が強盗に入ったガソリンスタンドには、音のしない警報装置のボタンがあったに違いない。店員はおそらく顔に拳銃を突きつけられながらも、震える指でカウンターの下側を探り、そのボタンを探しあてた。たぶん、それによって通報を受けた警察が、付近を巡回中のパトカーに無線で知らせたのだと思う。

次はかなり確信がある部分だ。撃ち合いはパトカーが止まらないうちに始まったようだ。首を撃たれた人間は即死ではなく、苦しんで死ぬということもまず間違いない。溺れるような死に方だと聞いたことがある。最初に撃たれたのが、パトカーを運転していた警官だったこともほぼ確かだ。パトカーが氷の詰まった冷凍庫に激突したのは、その警官が首を撃たれたからだった。

パトカーの助手席に乗っていた警官が車を降り、ガソリンスタンドに入っていって、ぼくの父に三発ぶちこんだことは確実にわかっている。

なぜかというと、殉職した警官の州葬が行われたあと、その相棒がケーキの大きなひと切れを手にして母に近づき、「旦那のどこを撃ったか教えてやるよ」と、母のお腹に指でクリームをなすりつけ「ここと」と唸るように言い、べたべたの指をヒップまで移動させ「ここと、ここだ」と、最後にケーキの残りを母の胸の真ん中に押しつけたからだ。

母はたじろぎもしなかったが、仲間のところに戻ったその警官が、よくやったとばかりに背中を叩かれているのを見ながら、ためていた息を鼻から吐いた。

四章でぼくが参列した州葬は、実は父の葬儀ではなく、父が殺した警官の葬儀だった。ぼくらも参列しなくてはならない、そうすべきだ、と母は言い張った。テレビ局のカメラを向けられるだろうし、ニュースにも取りあげられるだろうが、行かなければもっとひどいことを言われる、と。ぼくが除け者にされるのがどういうことか思い知らされたのはこのときだった。そこでは、ぼくはぼくではなく、警官殺しの息子でしかなかった。

それはこの葬儀のときだけではなく、学校でも同じだった。その後デートの相手に子ども時代の話をするはめになったときも同じことが起こった。ガールフレンドに子ども時代の話はしたくなかったが、勝手にグーグルで検索された（暴力を振るう父親に育てられ、やはりトラウマを抱えていたエリンは、ぼくの気持ちを理解してくれた最初の女の子だった）。警官はぼくたちカニンガム家を目の敵にして、巡回区域で起きた未解決の暴力事件はすべてカニンガムの仕業だと決めつけた。当時十六歳で、州を出たことなど一度もなかったぼくを本ボシだと決めつけ、クイーンズランドから十時間も車を走らせシドニーまでやってきた刑事もいたくらいだ。屈辱を噛みしめながら北へ帰る十時間は、あの刑事にとってはずいぶん長く思えたに違いない。何しろ、第一容疑者だと信じこんだ相手は、運転免許証も持っていない十代の少年だったばかりか、後生大事に持ちこんだ〝現場で採取した毛髪の分析結果〟をマルセロにけちょんけちょんにこき下ろされたのだから。何が言いたいかというと、毛髪の一致というあてにならない証拠しかなくても（毛髪の分析結果が九〇年代から法廷で証拠とみなされていないのは、理由があるのだ）、カニンガムだというだけで容疑者リストに載せられ、たいてい第一容疑者扱いされる。二十年後、マックマフィン刑事が取調室にぼくを閉じこめ、ぼくが何を言おうと信じなかったのもそのせいだ。彼らにとって、ぼくはアーネスト・カニンガムではなく〝あいつの息子〟であり、母は〝あいつの妻〟だった。カニンガムという姓は見えない刺青《いれずみ》も同じ、ぼくらは警官殺しの一家だったのだ。

　母がぼくらの法律になった。母が警察や警官を無視したから、ぼくらも無視した。父が死んだあと母がマルセロに好意を抱いたのは、マルセロが弁護士として、父と同じケチな悪党を助けていたからだと思う。マルセロは法に敬意を払う代わりに、法の抜け穴やごまかしを探る。企業法とは、いわば一段階グレードアップした合法的な詐欺にすぎない。法を犯しているという点ではほかの犯罪者と同じで、違うのは企業法を犯す連中はいい車に乗っていることだけだ。それはともかく、いまでも父はぼくらに大きな影を落としている。もしも煤《すす》けた顔で死んだ男の事件に駆けつけたのが〝残り滓〟の田舎警官ではなく、都会の警官であれば、ぼくらはすでに第一容疑者として手錠をかけられていただろう。

　父がどんなふうに死んだかは、これでわかったと思う。ヤクでハイになり（父は注射器を持っていた）ガソリンスタンドで数百ドル盗もうとして、警官に射殺されたのだ。この事実を十章まで隠していたことは謝る。ここで説明したのは、まもなく父の死が重要になるからだ。それに、カニンガムであることが何を意味するか、ぼくたちがどういう経験から学んできたか話しておきたかったのだ。ぼくたちは長いこと外の世界に心を閉ざし、泡のなかに閉じこもって、互いを守ってきた。ソフィアは朝食のテーブルでその泡から自分が弾きだされたと感じたのだろう。兄の犯罪を警察に通報し、裁判で不利な証言をした一家の除け者であるぼくですら、まだ泡のなかになんとか留まりたくて、ソフィアのためにおざなりの弁護しかしなかった。カニンガム一家は団結し、あらゆることに対処してきた。あの晩、ぼくが蜘蛛の巣に覆われた空き地でマイケルの目のなかに父の片鱗《へんりん》を見るまで、そこからできるかぎり遠くに逃げようとするまでは。

Non fueris locutus……続きは思い出せない。

11

屋上への出口は、擦り切れた絨毯が敷かれ、ぎいぎい音をたてる階段を六階分上がった先にあった。一階通過するごとに、ぼくは廊下に目を凝らした。客室は各階に八室あるようだ。わざわざ確認している理由はいくつかある。客の総数を大まかに把握したかったのがそのひとつだ。全部で四十室。空室がいくつかあるとして、泊まり客の総数は六十人から八十人になる。クロフォード警官が各部屋を訪れ、聞き込みをしているかどうかも知りたかった。少しばかり死体を怖がっているようだったし、殺人の捜査など経験したことがないようだが、警官なら基本的な質問のリストぐらいは作れるだろう。死体が見つかった以上、いくつか緊急に確認しなければならないことがあるはずだが、聞き込みをしている様子はなかった。今朝の食堂が悲しみに包まれるどころか無責任な噂話《うわさばなし》に満ちていたことを考えると、スカイロッジの泊まり客に死んだ男の知り合いがいるとは思えない。あの男が死んだことを気にかけている者がいるかどうかさえ怪しいものだ。三つ目に、ぼくは昔からベッドが整えられ、タオルが交換されている部屋を覗きこむのが好きだった。エリンとホテルに滞在するときは、向かいの部屋はベッドの向きが違うとか、テレビが壁に取りつけられていたとか、カーテンの色が違うなどと、自分の部屋に戻って報告したものだ。そんなどうでもいいことを、と言われそうだが（どうだ、編集者、カットできるものならするがいい）、ドアが開いている部屋を通りかかれば、覗きたくなるのが普通じゃないか。覗かずに通り過ぎるほうがおかしい。

いま思うと、食堂の雰囲気でひどく気になったのはその点だった。誰も彼も開いているドアのなかを覗きもせずに、その前を通り過ぎていくように思えたのだ。

だが、人は誰でも好奇心を持っている。何しろぼくは、兄がどうするか知りたくて、後ろの座席に死体がある車に乗りこんだ男なのだ。ソフィアが言った〝ブラック・タング〟がなんなのかグーグルで検索したくて、携帯電話の電波状況を確かめるために屋上までせっせと階段を上がっている男、これからたくさんのドアのなかを覗こうとしている男でもある。そういう好奇心が人間には大切だと思う。

各階に張られた真鍮のプレートには、部屋番号と設備のある方向を示す矢印があった。食堂とバーは一階、乾燥室（ミステリー小説では重要な部屋には、常に適切な呼び名がある）も一階にあった。上階には洗濯室、図書室——パンフレットに載っている暖炉は、おそらくこの図書室のものだろう。ジムと、横に〝ビリヤード／ダーツ〟と説明がついた多目的室もある。ぼくは、いまのところはとてもリラックスできる状態でないとはいえ、死体のことは忘れてもっとこの休暇を楽しもうと自分に言い聞かせた。兄とビリヤードに興じる姿は想像できないが、兄弟の絆が強まるような楽しみを見つけられるはずだ。ぼくという的に、兄がダーツを投げるとか。

階段を上がりつづけ、〈屋上〉という表記の横にある小さな矢印が上向きから横向きに変わったとき、廊下に清掃係のカートが見えた。よし。勇んで室内を覗くと、ツインの部屋だった。役立たずの冷蔵庫が見えた。

屋上には、女性の先客がいた。朝食のあとの一服を楽しんでいる。ソフィアではないことは、その先客がこちらを向く前にわかった。ソフィアはたまにしか煙草を口元に運ばないタイプの喫煙者で、たいていは指先が焦げるほど短くなってからようやく気づき、「あちち」と叫んで、すぐに二本目に火をつける。ルーシーはソフィアとは違い、まるでガスを濾過《ろか》しているような吸い方をする。忙《せわ》しなく煙を吸いこんでいる姿から、先客はルーシーだとわかった。

屋上は寒かった。ぼくはポケットのなかにある、カートからくすねた（これもつい、いただく癖がついている）シャンプーのミニボトル数本の横に手を突っこみながら近づいていった。

「待って」ルーシーがそう言って、煙を目いっぱい吸いこむ。吸うたびに、これが最後、と自分に言い聞かせているのが見てとれた。本人は実際に最後のつもりで、煙草に火をつけるたびに固く決意するのだろう。結果的に、今回はこの決意がほぼ守られることになる。ルーシーがこのあと吸うのは一本だけだ。

「インターネットに繋がるかどうか見に来たんだ」ぼくは説明のつもりで携帯電話を取りだした（バッテリー残量54パーセント）。

屋上に立っているというのに、アンテナは一本しか立たないうえにひどく不安定だった。この種の小説ではよくある状況だが、仕方がない。おまけにまもなく吹雪になるし、建物のなかになんと暖炉つきの図書室（ぼくがこの難事件を解決することになる場所）まである。型どおりの状況だと言われそうだが、一応断っておくと、三八九ページまでは充電量がゼロになる携帯電話はひとつもない。電波の入り具合や、充電の描写がこの種の小説に頻繁に登場するのは事実だが、ぼくらは山のなかにいるのだから、これはあきらめてもらうしかない。

「さっきはごめん」肩を並べて立っているため、ぼくは山を見ながら何もない空間に向かって謝った。どうやら男という生き物は、並んで小便をするふりをしないと謙虚になれないらしい。「まだいろいろ混乱してるけど、あんなふうに怒鳴ったりして悪かったよ。同じ経験をした者同士、助け合うべきなのに」

「人のことより、自分の結婚生活をなんとかしたらどう？　私もそうするつもりよ」

勇気を奮い起こすためにニコチンに頼っている人間にしては、ずいぶん勇ましい台詞だ。

が、また言い争うのはいやだったから、ぼくはただこう言った。「たしかに」

ぼくらは山に目を向け、黙って立っていた。遠くのチェアリフトの機械音がかすかに聞こえてくる。早起きが苦手な人間には、まだブーツを履くには早い時間だが、活動的な連中は何時間も前に起きて新雪の上を滑っているのだろう。梢《こずえ》のあいだには、葉脈のような道路と、眼下の雪原を削っていく川の流れが見えた。真っ白な地面が途中で茶色の混じったまだらな白に変わっている。吹きさらしの屋上には木製テーブルが並び、真ん中に立っている閉じたパラソルが強風で揺れている。アンディの言うとおり、ゴルフのティーが刺さった人工芝の四角いシートが、屋上の片側に三つ置かれていた。遠くの片隅にあるアルミニウム製のフェンスの向こうでは、覆いが半分開いたスパから湯気があがっている。

気がつくと、ぼくは死体が見つかった山の斜面を見ていた。そこはどこからもずっと離れている。スカイロッジからいちばん近い、尾根の上のスキーができる斜面からも、丘の上の木立からも、谷に入ってくる道路からさえ相当距離があった。遮るもののない屋上からだと、スカイロッジに宿泊している客でないかぎり、あの場所で殺されることなどありえないのが見てとれる。ほかの場所からは離れすぎているのだ。

「あなたは死体を見たんでしょ？」いきなりそう訊かれ、ぼくはぱっと振り向いた。どうやらルーシーは、ぼくが雪に覆われた斜面の一画を見つめているのに気づいたらしい。ぼくは着いてから初めてルーシーをまともに見た。鮮やかなピンクの口紅をつけ、真っ黒なアイライナーで目を縁どっている。セクシーに見せたいのだろうが、寒さに青ざめた顔からどぎつい色が浮きあがり、まるで漫画のキャラクターのようだった。スキーをするには体にぴったりしすぎている黄色いタートルネックも、ひと目で新品だとわかる。「あなたとアンディが死体を運ぶ手伝いを頼まれたとき、私たちは近づけなかったからよく見えなかったの。あなたは見たんでしょ？」

ぼくは咳払いをした。「まあね。だけど、ハロウィーンの仮装にたとえれば、ぼくはロバの尻だったからな」

「なんですって？」

「ぼくが持ったのは死体の足だったんだ」

「どうなの？」ルーシーが答えを促した。「マイケルに似ていた？」

「ああ、ルーシー」ルーシーの声ににじむ絶望は、ぼくにも少しだけ理解できた。きっと朝食のときに、死んだのがマイケルかもしれないと思ったのだ。もしもマイケルだったら、家族のみんながもっと深刻な会話をしていたに違いないから、ほぼ違うと思いながらも、誰も直接、彼女に否定しなかったため、不安だったのだろう。「マイケルじゃなかった」

「全然似ていなかったの？」

「とにかく、マイケルじゃなかった。ここでマイケルに似てるのは、たぶんぼくだけだ。ぼくはこのとおり――」生きていると示すために、芝居がかった身振りで自分の体を叩いた。「うん、まだ立ってる。ソフィアがあんなこと言うから、みんな怖がっているだけさ。なんの話をしていたのか突きとめないか？」ぼくは携帯電話を掲げた。朝食のテーブルでブラック・タングについて知らなかったのは、ぼくを除けばルーシーだけだった。

ルーシーは首を振った。「もう調べたわ。少し前の事件だけど、そのときは大きなニュースになったみたい。マスコミがこぞって取りあげて、覚えやすい通り名をつけたの。誰かがブリスベンで年配の夫婦を殺し、その後シドニーでも女性をひとり殺したのよ」

ぼくがそのニュースを知らなかった理由がわかった。自分が陰惨な事件に関わったあと、同じようにおぞましいニュースを見たり聞いたりする気になれなかったのだ。「被害者の名前は？」

「ええと……」ルーシーは自分の携帯電話をスクロールして、記事のひとつを拾い読みした。「アリソン・ハンフリーズと……ウィリアムズ夫妻だわ、夫のマークと妻のジャニーン」

「ソフィアは三人とも窒息死だと言ってたね。つまり……拷問されたってこと？」

「窒息は時間がかかる死に方よね……私なら――」指で銃の形を作り、それを側頭部に当てて弾いた。「こっちを選ぶわ。窒息するよりましだもの。当時は連続殺人鬼かもしれないと恐れられたのよ。でも、二回で終わった。いえ、最初の被害者はふたりだから三回？ 夫婦って一回に数えるのかしら？ それとも死んだのはふたりだから二回になるの？ 連続殺人鬼の基準って何なのかしら？」

「ぼくの専門外だな」

「だけど、あなたはそういう本を書くんじゃないの？」

「ぼくが書くのは、そういう本の書き方だよ」

「犯人は目立ちたいのかも。突拍子もない殺人が二度起こるほうが、ありふれた殺人が何度も起こるよりも目立つでしょ。新聞も大きく取りあげる」溶けた痕跡のない雪の上で男が焼死するのは、突拍子もない殺人になると思う？　ぼくがそう訊こうとすると、ルーシーが言った。「ソフィアはどうかしてるわ。このリゾートに連続殺人鬼が隠れているなんてありえない。私はあなたが死体の男に見覚えがあるか知りたかっただけ。昨日の昼食のときに見たか、アンディとバーにいたときに見たか、このリゾートのどこかで見た人じゃやなかった？」

なんだか、死体のことばかり質問する理由を急いででっちあげたように聞こえた。「あれが誰の死体だったのか、どうして知りたいんだ？」

「だって、誰も死んだ人を知らないみたいなんだもの、なんだか気味が悪いじゃない。行方不明の人もいないみたいだし」

「宿泊客はどのホテルでも把握してるはずだ。あの男はひとりで泊まっていたのかもしれない」

「でも、ここの客は全員いるって噂よ」

「どうして知ってるんだい？」

「だって、いろんな人と話したもの。ロッジの経営者ともね。あなたもたまにはそうしたら？」

「死んだ男には見覚えがなかった」ぼくは打ち明けた。語り手のぼくが事件に興味を持つのは当然だが、事件のことを嗅ぎまわっている人間がぼくだけでないのは興味深い。犯罪小説では常に一連の容疑者の動機を検討するが、それは常に、尋問する側（つまり閃きを得た探偵の視点）から見た動機だ。ぼくは、実際にこの物語の〝探偵〟なのか？　それとも単に語り手だから探偵の役割を果たしているにすぎないのか？　ほかの誰かがこの事件について書けば、おそらく異なる物語になるだろう。結局のところ、ぼくの推理は探偵のそれにはおよばないのかもしれない。

　ルーシーがぼくと屋上に留まり、ときどき途切れる電波に我慢しながら手がかりを探すほど、この事件に興味を持つ理由はなんなのか？　ルーシーがかすかな失望をにじませ顎をこわばらせるのを見て、ふいにその理由がわかった。「死体の身元を探ろうとしてるのは、早くクロフォードをここから追い払いたいからか。死体の身元を突きとめるのが長引けば、ここに送られてくる警官の数が増える。マイケルがそれを気にしたら、この週末のきみの計画が台無しになる」

「気が散る要素はなるべく減らしたいの」ルーシーは囁いた。だったら、蛍光ピンクの口紅は落としたほうがいいと思ったが、それを指摘するほど残酷にはなれなかった。「マイケルには家族を取り戻す権利があるわ。この集まりは私が彼に家族をあげられる最後のチャンスなの」

ぼくはルーシーが屋上にいるもうひとつの理由に気づいた。彼女が屋上で一本しか立たない電波を探していたのは、兄からメールが来るかもしれないと思ったからだ。

「兄貴から連絡があった？」

「いいえ」

「彼女からは？」

ルーシーは笑った。「私の番号なんか削除してると思うわ。私は元妻だもの。あなたには？」

「連絡があるとは思ってなかった」

「たしかに私たちは似たような立場ね」ルーシーはため息をついた。

「兄貴に会うのが怖いの？」

「マイケルが変わったのはわかってるの。でも、どれくらい変わったか知るのが怖くて。昨夜は眠れなかった。夢のなかのあの人は、私が誰かさえわからないのよ。昔の彼が少しでも残っているとしても、それがどの部分なのか……。考えるのも怖いけど、全然違う人になっているかもしれない」

　ぼくが恐れているのはその正反対、兄がまったく変わっていないことだ。

　そういえば、ルーシーはこの三年、一度も金のことを訊いてこなかった。ぼくが大金を預かっていることを知らされていないのだ。これは妻に隠しておくには、ものすごく大きな秘密ではないか。

　ルーシーが片手を差しだしたのを見て、ぼくはまた驚きながらそれを握った。和解のしるしだ。ルーシーの手は、肘を摑んで止めなくてはならないほど震えていた。「あなたはマイケルを警察に密告しちゃいけなかった」ぼくが手を放す前に、聞き逃しそうなほど低い声でルーシーは囁いた。そして反論しようと口を開けたぼくを、片手を上げて制した。「あなたのせいだと言ってるんじゃないの。私はそれほど器の小さい人間じゃないわ。でも、あなたが警察に通報しなければ、このどれひとつとして起こらなかった。マイケルが結局服役することになったにせよ、べつの状況でそうなっていたはずよ。それだけはあなたが憎い」怒っている口ぶりではなかった。むしろ落ち着いた、真摯な言い方だった。だから本気だとわかった。「一度だけ直接言いたかったの」

　ぼくはうなずいた。この〝一度だけ〟も、〝もう一本だけ〟と同じ意味だろうが、気持ちはわかる。ぼく自身、この二十四時間で同じことを何度も考えた。ルーシーを責める気にはなれなかった。

風が運んできた、雪道と格闘する腹に響くような低いエンジン音が、屋上にこだました。スカイロッジへと下りてくる道に目をやると、木立から一対のヘッドライトが現れた。乗用車ではなく、引っ越しのときに借りるような中型トラックだ。雪に覆われたスキーリゾートには滑稽なほど不釣り合いなそのトラックは、跳ねるように上下しながら坂道を下りてくる。五分か、せいぜい十分もすれば到着するだろう。

「来たぞ」ぼくは言った。

ルーシーは深く息を吸いこみ、震える指で最後の一本となる煙草を取りだした。

12

ゲストハウスの正面玄関から斜面を登ったところにある駐車場にできた人だかりは、今朝早く山の斜面にできた人だかりとは違っていた。用心深い半円である点は同じだが、ぼくらは死体をひと目見ようと押し合うのではなく、いわば死からよみがえった男に会うために集まっているのだ。

カニンガム家の者はひとりも刑務所に面会に行かなかったから、マイケルがどれほど変わったかと案じているのはルーシーだけではないはずだ。ぼくの面会の申し込みが無視されたのは当然としても、気まずいからか恥じているからか、兄は誰にも会おうとしなかった。刑務所を繭とみなしてそこに隠れ、家族の何人かとは電話やメールで連絡を取り合っていたものの、面会には頑として応じなかった。離婚届を郵送することが手紙のやりとりと言えるかどうかわからないが、もしも言えるとしたら兄は何通か手紙も書いた。だが、それも数えるほどしかなかったから、兄の到着は実際、非常に大きな意味を持っているのだった。

ハンドブレーキを引く音がして、エンジンが停止し、トラックがサスペンションの上でかすかな音をたてたあと、聞こえるのは山から吹きおろす風の唸りだけになった。これに雷鳴が加われば雰囲気が盛りあがるが、嘘はつかないという約束を守るとしよう。トラックのタイヤには、チェーンが完璧に装着されていた。

ルーシーが髪を整え、手のひらに息を吹きかけてにおいを確認した。母が胸の前で腕を組む。

助手席のドアが開き、マイケルが降りてきた。

——読者のなかには、何かに気づいた人もいるだろう。だがひとまずその点は置いておいて、先を続けるとしよう。

三年も服役したあととあって、ぼくは無人島から戻ったような姿を予想していた。硬い髪を肩まで垂らし、もじゃもじゃの顎髭をはやして、これが文明か、と豆粒のような目をきょときょとさせている、そんな兄の姿を。ところが、予想は見事に裏切られた。たしかに昔より髪は長いが、きちんとウエーブがかかり、禿げるどころか昔と同じように豊かで、染めているようにさえ見える。髭もきれいに剃《そ》っているところをみると、床屋に行って身だしなみを整える時間があったに違いない。眉間にも三年という過酷な日々がもたらした余分なしわなどなく、血色のよい肌はなめらかで、目にも輝きがあった。寒さのせいか、それとも俗世間から離れ、強い陽射しや寒気、風とは無縁で過ごす刑務所暮らしは、意外とよいスキンケアになるのか。驚いたことに服役する以前より若く見える。最後に法廷の被告席で見た兄は、背を丸めてスーツを拘束衣のように着ていたのに、目の前の兄は颯爽《さっそう》として、まさによみがえったようだった。

前ボタンの襟つきシャツに黒いダウン・ジャケット。まるでエベレストに登るために雇われる登山家のようだ。山の空気をうまそうに深々と吸いこみ、音をたててそれを吐く。その音が谷に響き渡った。

「すごいな」マイケルは喜びの声をあげた。「キャサリン、最高の場所を見つけてくれたね」そして首を振り、大げさにこの場所の美しさに驚いていることを示した。よくわからないが、本当に驚いているのかもしれない。それからぼくの母に歩み寄った。いや、〝ぼくたちの母〟と呼ぶべきだろう。さもなければ〝彼の母〟と呼び、ぼくは〝オードリー〟という呼び方に徹するべきか。

マイケルは前かがみになって母を抱擁し、耳元で何か囁いた。母がその両肩を摑み、息子が本当にそこにいるのを確認するかのように揺すぶる。マイケルが笑ってまた何か言ったが、なんと言ったかは聞こえなかった。続いてマルセロの前に進むと、マルセロは兄の手をしっかり握り、父親らしい仕草で腕を軽く叩いた。

兄は半円をゆっくり回り、順繰りに挨拶していく。キャサリン叔母には抱擁と音をたてた頰へのキス。アンディは、気詰まりな相手には車の話がいちばん、とばかりに「いいトラックだ」と褒め、「下りてきた坂を上れるだけの馬力があるといいが」と付け加えながら握手を交わした。ぼくは胃がうねるのを感じながら、ひとりひとりと言葉を交わし、じりじり近づいてくる兄を見守った。こんなふうに並んでいると、まるで女王に謁見するみたいだ。心臓が喉までせりあがり、急にきつくなった何枚もの襟元に指を入れる。重ね着しすぎたかもしれない。このままだと兄が半円の端に達する頃には、雪のなかに溶けて三十センチは背が縮まっていそうだ。ソフィアは「おかえりなさい、マイク」というおざなりな挨拶とともに、学校のダンスでペアを組まされた相手にするように片方の腕だけを兄にまわした。兄は、マイキー、カナーズ、被告、などいろいろな呼び方をされてきたが、〝マイク〟と呼ばれたのは初めてかもしれない。ようやく彼が自分の前に立つ頃には口紅の半分を舐《な》めてしまったルーシーが、靴の踵がひとつ折れたみたいにマイケルの腕のなかに倒れこんだ。ルーシーはマイケルの首に顔を埋め、何か囁いた。「あとにしろ」兄はルーシーの隣にいるぼくにしか聞こえない低い声で言った。ルーシーはどうにか立ち直り、兄から離れて、落ち着いていることを示そうと口を閉じたまま深呼吸を繰り返した。ソフィアがその背中に手を当てる。それから兄は列の端にいるぼくの前に立った。

「アーニー」そう言って右手を差しだす。指は服役者らしく汚れ、爪のなかに泥が入りこんでいた。温かい微笑を浮かべているのは、ぼくに会えて喜んでいるからか？　それとも、刑務所で素人芝居がうまくなったのか？

ぼくは差しだされた手を取り、どうにか「おかえり《ウエルカム・ホーム》」と言ったものの、本当に戻ったことを歓迎しているのかも、これが家に帰ったことになるのかもよくわからなかった。

「キャサリンはいろいろ計画を立てているだろうが、時間を見つけてふたりで静かにビールを飲めるといいな」ぼくの脳内翻訳機は、即座に兄の言葉を、〝あの金がどうなったか知りたい〟と変換したが、この翻訳は兄の口調とは一致しなかった。ソフィアが話の内容を聞きとろうと、じっとこちらを見ている。おそらくルーシーを慰めているのは、さりげなくぼくらに近づくためだろう。「話したいことがいくつかあるんだ。おまえには借りがある。時間を作ってほしい」

　さきほどと同じように変換すれば、〝借り〟と〝話したいこと〟は脅しになるが、それにしては……謙虚な調子だ。この再会は、想像していたものとはまったく違っていた。目の前にいる男と、自分が作りあげた怒りをたぎらせ復讐に燃える男が、どうしても一致しない。みんなの手前、演技しているだけで、ふたりきりになったら仮面を取るのか？　だが、演技のようには思えなかった。兄弟の絆、血の繋がりがそうさせるのか、兄がぼくの言い分を聞いてくれるのを願って、ぼくはここに金の入ったバッグを持ってきた。握手と笑顔で応えた兄も、同じことを願っている気がした。

　ルーシーの忙しない呼吸のようにぼくは急いでうなずき、尻と舌のあいだのどこかから、「いいよ」という答えをひねりだした。

そのとき、運転席のドアが開いた。そして兄が助手席から降りてきたとき、ほとんどの読者が予想したとおりのことが起こった。

「スリル満点の道中だったわ」エリンが体を伸ばしながら言った。「ここのコーヒーがおいしいといいけど」

13

たしかに、これは章を改めるのに値するほど驚くべき新事実とは言えない。運転席にいるのが誰か、ぼくらはみな知っていた。当たり前だ。ルーシーはすでにここにいるのだし、キャサリン叔母がマイケルの迎えという大事な事柄をなおざりにすることなどありえないのだから。エリンがトラックから降りてきたのは意外でもなんでもなかった。マイケルと一緒にいるエリンを見るのも驚きではない。

エリンがトラックを降りてくるのを引き延ばしたと非難される前にひと言言っておくと、エリンはサスペンスを演出する才があるのだ。もっとも今回兄が歓迎の列の最後に達するまでトラックのなかに留まっていたのは、おそらく自分の登場でマイケルの到着を必要以上に気詰まりなものにしたくないという気持ちが働いたからだろう。

ぼくがふたりのことを知ったのは、マイケルが服役して半年ほど経ってからだった。ふたりの仲を突きとめたのはぼくが最初だったと思う。それから家族の残りがひとりまたひとりと、その事実に気づいていった。もっとも、ルーシーがぼくと同時に真実を知るところを何度も想像したものだ。ぼくの妻がいつもと変わらぬ朝食の席で、これからはマイケルを支えていくつもりだとぼくに告げたちょうどそのとき、化粧着姿のルーシーが上機嫌で、刑務所から届いた大きな黄色い封筒を開くところを（刑務所から送られてくる手紙類は、いったん職員が開封し、中身を確認したあとテープで封じるため、服役者から来た手紙だとひと目でわかる）。

たしかにぼくは、この事実を書くのを引き延ばした。

いつもと変わらぬ、という言葉の選択に首を傾げているとしたら、ぼくの朝食はほとんどがごく平穏なものだ。ぼくがいつもと違う朝食を経験したのは、これまで三度だけ。そのうち二度はすでに話したが、もうひとつには精子が関係している。だが、この話をするのは、もう少しぼくという人間を知ってもらってからにしよう。

人はよく〝結婚は情熱の火花を奪う〟と非難する。まるで世の中には超自然のエネルギー光線が存在し、その扱いを間違える、もしくはそれを置き違えることがありうるかのように。妻がぼくに内緒で、服役中のマイケルと電話やメールだけで（兄は面会を拒否していた）親密な関係を育むことができるとしたら、ぼくらの結婚はそうなる以前に終わっていたのだ。それに妻を悪者として描くのは不公平だ。エリンは悪者ではないし、ぼくらの仲はたしかに終わっていたのだから。自分が轢いた男を車に積んで兄が訪れた夜、ぼくらはすでに寝室をべつにしていた。さもなければ、ぼくがベッドに投げだした金をエリンも見たはずだ。だが、ぼくらの問題は火花ではなく、それをもたらすライターとか火打ち石、マッチの類いだった。それも消されたわけではなく取り除かれたのだ。火花は失われたわけではなく、ぼくらにはもうそれを作りだすツールがなかったのだった。

「あなたと気まずくなるのはいやなんだけど」その日、朝食のときに、左手の薬指にはめた結婚指輪を回しながら、エリンがつぶやいた。その仕草を見て、ぼくはエリンがどれほど痩せたかに気づいた。短期間の体重の増減は頬や腰の肉の落ち方でわかるが、指が痩せるのは……。ふたりとも体重が落ちていることはわかっていたが、少し前までは、エリンの指輪を抜くには、電動のこぎりを起動するときのように勢いよく引っ張らなくてはならなかった。それがぐるぐる回るほど緩くなったのを見て、自分がエリンに何をしているかを考えさせられた。誤解しないでもらいたい。ぼくらのあいだには暴力的なことは何ひとつなかった。怒鳴り合いも、皿の投げ合いも一切なかったが、ぼくらは一緒にいるだけで相手を苦しめるような関係になっていたのだ。エリンがあのとき指輪を回していなかったら、ぼくは違うことを言ったかもしれない。だが、エリンは指輪を回していた。だからぼくはこう言った。

「好きなようにすればいい」

エリンは心からの笑みではないことがわかるうつろな微笑《ほほえ》みを浮かべ、ルーシーにはまだ言わないで、と釘をさした。

朝食をとりながらする話ではないから、ぼくは何も訊かなかった。まあ、その後も何も訊かなかったが。もちろん、頭のなかではいろいろ考えた。エリンはスリルが好きなだけではないかと思うこともあった。死刑囚と恋に落ちる女性がいると、何かで読んだ覚えがある。なかには複数の妻がいる死刑囚すらいるという。相手が刑務所にいるから、安心して付き合えるのかもしれないとも思った。そういう関係なら文字どおり限界がある。ぼくとエリンを引き裂いたような問題も心配せずにすむ。エリンの人生に実体として存在しないマイケルが、ぼくと同じ欠点を持つのは不可能だから。ありとあらゆる考えが頭をよぎった。エリンはカニンガム家を盲信し、マイケルと付き合うことが忠誠を示す行為だと思った、ぼくよりも兄を信頼した、兄には火打ち石があったのかもしれない、と。できるだけ公平になろうとはしたが、意地悪な気分のときは、ふたりはぼくにはないなんらかの共通点を持っているに違いない、と思ったりもした。ちなみにこれは伏線と呼ばれるものだ。

何を考えているかは、マイケルのほうがわかりやすい。昔から、兄はぼくから何かを奪いたいだけではないかといつも思っていた。

エリンがトラックから降りてきたのは意外ではないが、大きな出来事ではあった。何しろ兄は三年も本当に誰とも面会せず、当然、セックスをする相手もいなかった。つまり、初めてふたりが一緒にいるところを目にしたのはぼくだけではなく、ふたりがカップルとして会うのもこの週末が初めてなのだ。エリンとマイケルの関係はまったくの謎で、それが実際に何を意味するのか、ぼくらはそれぞれ異なる考えを持っていた。運命論者か、ただ怠惰なだけか、ぼくはあっさり負けを認め、ふたりが付き合っている事実を受け入れた。とはいえ、ふたりをカップルだと思ったことは一度もない。値札がついたままの服を着て蛍光ピンクの口紅をつけたルーシーは、明らかにまだふたりのあいだに入りこむ余地があると感じたようだ。ほかの家族の反応はばらばらだった。驚いている者もいれば受け入れている者もいるが、ほとんどは懐疑的な様子だった。

いま思い返すと、ぼくは兄とエリンの関係に自分で思っていたほど無関心ではなかったのだろう。とっさに、ふたりがまだ寝ていないことが頭をかすめたのだから。エリンはその朝、ここから車でおよそ二時間の距離にある刑務所でマイケルを拾った。昨夜はぼくが想像したように、ひとりでモーテルの痒いシーツに包まれて眠ったに違いない。なぜそれが重要なのかわからない。たとえふたりがすでにひと晩一緒に過ごしていようと、どうでもいいではないか。だが、この思いが頭に浮かんだことは認めよう。わざわざ指摘したのは、おそらくルーシーも同じように考えてその事実にしがみついたはずだからだ。

エリンはマイケルよりも効率よく半円を回った。ルーシーがわざとらしく靴紐《くつひも》を結ぶふりをしてかがんだため、握手をする相手が少なかったこともある。エリンがぼくの前に立つと、ぼくは片手を差しだした。

「上等だ」笑いを引きだそうと、ぼくは内輪のジョークを口にした。

だが、エリンはにこりともせず、冷ややかに片腕だけで抱擁をしながら、ぼくの耳元に温かい息を吹きかけた。「あれは家族のお金よ、アーニー」

早口の、以前聞いたのと同じ台詞。アラン・ホルトンを埋めた夜、マイケルも同じことを言った。〝これは俺たちの金だ〟と。どういう意味かは考えるまでもない。あれは俺が稼いだ金、そのために人を殺した金だから俺のものだ、黙っていればおまえにも分け前を払う、という意味だ。エリンが耳元に顔を寄せたとき、何を囁かれると思ったのかわからない。謝罪の言葉か？　なまめかしい誘いか？　それとも、このふたつを組み合わせた、謝罪の意味をこめたなまめかしい誘いだろうか？　とにかく、あとで冷たいビールを奢れよ、と笑顔で言うマイケルの横で、その兄の伝言を口にすると思っていなかったことだけは確かだ。〝あれは家族のお金よ、アーニー〟これはどういう意味だ？　兄の思いどおりにしなければ、ぼくの身に何かが起こると脅しているのか？　わからない。エリンの目は真剣で、脅すような光はなかった。ただの警告かもしれない。ぼくが決めかねているあいだに、エリンはそばを離れていた。いずれにしろ、みんなの前で問いただすことはできない。

ぼくらはすぐにふたつに分かれた。ルーシーとソフィアが兄とぼくを囲む。ルーシーは兄を自分の目の届かないところにやりたくないのだろう。それにソフィアは、昨夜の申し出に関してぼくの気持ちが決まらぬうちに、マイケルと金の話をしてほしくないのだ。エリンは母とマルセロのそばにいた。顔色を読もうとさりげなく母に目をやると、見慣れない表情が浮かんでいたから、きっと温かく歓迎しているのだろう。キャサリン叔母がエリンたちに加わり、つかの間、所在なげにあいだに立っていたアンディが、ぼくらの輪に近づいてきた。

この場の雰囲気を決めるのは自分で、自分が何か言わなければ誰も何も言わないことに気づいたのか、マイケルが軽口を叩いた。「途中でガソリンスタンドを見かけるたびに立ち寄ってもらって、いろんなチョコレートバーを味見してきたよ」

「で、いちばんうまかったのは?」兄の友好的な態度を見倣おうと、ぼくはこの冗談に乗った。

「まだわからない」兄がうなずき、腹を叩く。「いちばんを決めるには、もっとたくさんのデータが必要だ」

ルーシーが、この場にそぐわない大きな声で笑った。

「なんでトラックなんか借りたの?」ソフィアが尋ねた。「招待状に〝山のロッジ〟って書いてあったでしょ? よくここまで上ってこられたわね」

「レンタカー屋の予約が満杯でね。ワゴン車を借りるつもりだったんだが、これしかなかった。エリンのハッチバックじゃ荷物を積めないからな。貸倉庫の期限が明日で切れるし、これ以上金をつぎこむのはばからしいと思ってさ。そういうわけで、あのトラックの荷台には居間の家具がそっくり積んである。こいつに山道を上る馬力があるかどうか、ふたりとも少し心配だったが、どうにかたどり着いたよ」

「雪山に肘掛け椅子を持ってきたのか？」アンディが笑う。ぼくは兄の使った〝ふたり〟という言葉に少し戸惑っていた。

「私なら何日か分余計に払ったでしょうね。わずか数ドルを惜しんで荷物を全部積んできたの？」ソフィアが尋ねた。

「あら、いい判断だったと思うわ」ルーシーがつぶやいた。「荷物の大半は、まだ私のところに——」

「これしかなかったんだから、仕方がない」兄がかぶせるように言った。「もちろん、だいぶ安くしてもらったよ。どうせ来週は荷物を移動させなきゃならないから、このまましばらく借りておくつもりなんだ。山道に挑戦した価値はあったよ」

「よかったら、荷物はうちで預かろうか？」ぼくは会話が途切れないようにそう言った。片方の耳でエリンとキャサリン叔母の会話を聞こうとしているせいで、半分うわの空だった。ここで助言をひとつ——サ行の音は空気中を伝わりやすいから、サ行が多いひそひそ話はやめたほうがいい。質問か答えかわからないが、キャサリン叔母が〝別々の部屋《セパレート》〟と言ったのが聞こえた。こんな言葉は聞きたくなかったが、耳が拾ってしまったのだから仕方がない。気がつくと、マイケルとソフィアが物問いたげにこちらを見ていた。ぼくは自分が何を言ったか思い出し、マイケルが〝いや、大丈夫だ〟と答えるのを待った。

「ああ、そうさせてもらうかも」兄は代わりにそう言った。

「私、煙草をやめたの」突然、ルーシーが口を挟んだ。

マイケルは、せっかく大人同士でワインを飲んでいるときに、宙返りを見せたくて部屋に入ってきた子どもを見る親のような目で、〝あっちへ行きなさい〟と言わんばかりに「すごいな」と褒めた。「で、このあとは楽しい計画が盛りだくさんなんだろう？　レストランの食事もバーの一杯も楽しみだが、ずっと建物のなかで過ごすつもりはないぞ」

「屋上にジャグジーがある」アンディとぼくの声が重なった。

「みんな！」マルセロが大声でぼくらを呼んだ。ルーシーがF1レーサーも顔負けの巧みな動きでアンディのすぐ前を横切り、マイケルの隣に立つ。ソフィアとぼくはその後ろをついていった。

「赤くなってるわよ、アーニー」ソフィアが低い声でちくりと嫌味を言った。「どうしたのよ、憧れのスターにでも会ったみたい」

ぼくは首を振った。「動揺してるのかな。マイケルがエリンと来るなんて」

「私も驚いた」ソフィアは鼻にしわを寄せた。「クイダード」ぼくはスペイン語を話さないのに、ソフィアはときどきスペイン語を使う。まあ、この単語は何度か聞いたことがあるから知っていた。〝気をつけて〟という意味だ。

マルセロたちの輪に合流したマイケルがそばに行くと、エリンは兄の尻ポケットに手を滑りこませた。ぼくたちが夫婦だったとき――いや、厳密にはまだ夫婦だから、一緒に暮らしていたときと言うべきだろう、エリンはほかの人たちの前でべたべたするのをいやがった。人前では愛情深いのに、家では暴力を振るう男親の手で育てられたせいで、度を超えた愛情表現は演技としか思えず、信頼できなかったのだ。ぼくらはめったに人前でキスもしなかった。キスどころか、せいぜい背中に手を置くくらいで、エリンがぼくの尻ポケットに手を突っこんだことなど一度もない。だから、マイケルに対するこの愛情表現は演技にしか見えなかった。所有権を主張しているのか？　ぼくに対して、それともルーシーに対して？　まあ、すべて嫉妬ゆえの考えすぎで、単に兄の尻のほうが触り心地がいいだけなのかもしれない。

「私たちは」マルセロがマイケルとエリンに向けて、だが全員に聞こえるような声で言った。「先に言っておくほうがいいと判断したんだよ。さもないと、ほかの人間から聞くことになる」

「何もいま言わなくても……」

「ルーシー、頼むよ。マイケル、私たちはこの週末きみに余分なストレスを与えたいわけではないんだ。だが、いい加減な噂を耳にするくらいなら、きちんと話しておいたほうがいいからな」

母がうなずいている。いつものように、マルセロの言葉よりもこちらのほうがはるかに重みがあった。兄はちらっと後ろを振り向いた。誓ってもいいが、ぼくを探しているのだ。マルセロの話が金のことだと思ったのかもしれない。あるいは兄とエリンに関することだ、と。

「この山で事故があってな。今朝、この少し上で男の死体が発見された。ひと晩迷って凍死したらしい」マルセロの目がひとわたりぼくらを見ていき、異議を唱えてみろと挑むようにソフィアの上で止まった。「簡単に言うと、そういうことだ」

「警察が来てるね」マイケルが考えこむような声で言った。「パトカーが小屋の横に駐まってるのが見えた。べつに気にしていたわけじゃないが、そういうことがあったのなら納得がいくな。気の毒な男だ」

「ほかにも知っておいたほうがいいことがあるわ」ソフィアが口を開いた。ルーシーがぱっと振り向き、すごい顔でにらみつける。マルセロが咳払いをして遮ろうとしたが、マイケルは片手を上げてそれを制した。軽くあしらわれた経験のないマルセロがあんぐり口を開け、谷間に響き渡るほど大きな音をたててそれを閉じた。「死んだ男の身元はわかっていないの。このロッジに滞在している客じゃないみたい。いまのところ地元の警官しかいなくて何もしてないけど、応援の刑事たちがこっちに向かっているのよ。ロッジの客に質問したがるかもしれないわ」

思いがけないソフィアの如才のなさに感銘を受けたらしく、全員がうなずく。ぼくはその手には乗らなかった。ソフィアは〝刑事たち〟とか〝質問〟という言葉でマイケルの神経を逆撫《さかな》でし、怖がらせようとしているのだ。

「凍死を調べに刑事が来るの？」いち早く何かがおかしいと気づいたエリンが、頭に浮かんだ疑問を口にして、心配そうにマイケルを見た。答える代わりにソフィアは曖昧な笑みを浮かべた。首尾よく不安の種をまいたのだ。

「ここに泊まるのがいやなら、場所を変えてもいいのよ」母が言った。「あなたの判断に任せるわ」

「心配することは何もない」マルセロが口を挟む。「私の経験では、刑務所にいたことは立派なアリバイになる。しかも、ここにいるのは、いわゆる経験豊かな警官ではない。死体を見て動揺していたからな。いまは刑事たちが来るのを待っているところだ。彼らは五分もすれば納得して引きあげるさ」

「それに、この宿は――」キャサリン叔母が口を挟んだ。こんなときに、〝返金不可なの〟と言うつもりか？

ぼくは叔母を遮った。「クロフォードという警官だよ」

「ええ、そうね」叔母はそれがどうしたというようにぼくを見て、続けた。「都会の警官みたいにけんか腰じゃないのはありがたいわ。カニンガムの名前も昔ほど知られていないし」

「気にすることないわ」ルーシーが急いで口を挟んだ。いま解散したら、数百ドル無駄にしてモーテルに泊まるはめになるばかりか、マイケルを永遠に失うことになると思ったに違いない。「うるさく質問してくるどころか、ほとんど姿を見せないもの」

「何もしていない警官って、あいつのことか?」マイケルがそう言って、ゲストハウスの前の階段を指さした。クロフォード警官がそこを急いで下りてくる。彼はぼくらに駆け寄り、新たに到着した男を探すように見回してマイケルを見つけた。

「マイケル・カニンガムか?」

兄は冗談めかして両手を上げた。「そのとおり」

「素直に認めてくれてよかった。きみを逮捕する」

14

キャサリン叔母の言うとおり、カニンガム家の悪評は昔ほど知れ渡ってはいないようだ。さもなければ、クロフォード警官はぼくらのなかに踏みこんでくる前に、まず身の安全を考えたはずだから。

「どういうつもり？」ルーシーが真っ先に嚙みつき、警官とマイケルのあいだに割って入った。

「誤解があるようね」渋るアンディを引っ張り、キャサリン叔母もその隣に並ぶ。

「落ち着けよ、みんな」アンディが小声で弱々しく笑った。生粋のカニンガムではないアンディは、こういうときには法を守り、警察に敬意を払う市民の立場を取る。

「そこをどいてください」クロフォードは左手に鞭《むち》のように手錠を垂らしていた。

「まったく警官ときたら。私たちにかまわないで」母がぴしゃりと言った。真っ先にマイケルの前に立つほど敏捷《びんしょう》に動けないものの、いまの言葉にこもった怒りだけでも十分盾になる。

以前読んだ〝母親は我が子を助けるためなら車さえ持ちあげる〟という記事を信じる気になった。まあ、お気に入りの我が子を助けるためなら、だが。

「オードリー、そんな言い方は逆効果だぞ」マルセロが言って前に進み出ると、クロフォードにロレックスをつけているほうの手を差しだした。「私は彼の弁護士だ。落ち着いて話し合おうじゃないか」

「まず手錠をかけさせてもらいます」

「警官ならその前にやることがあるだろう。この男はたったいま到着したんだぞ。いったいどうやって――」

「父さん」マイケルが言った。〝父さん〟がマルセロのことだとわかるのに、ぼくは少し手間取った。「いいんだよ」

だが、マルセロは完全に弁護士モードになっていた。「ここにいる警官が自分だけだという理由で、勝手に戒厳令を敷くことはできんぞ。被害者の身元がいまだに不明とあって、じっとしていられない気持ちはわかる。身元を突きとめるための、非公式な尋問には喜んで答えよう。しかし、この件に少しでも犯罪性があるという見解には承服できんな。カニンガム家の人間だという理由だけで容疑者扱いをするなど言語道断、偏見以外の何ものでもない。そんな真似をしたら、きみを告訴するぞ。この男を拘束したいなら、その理由と罪状を明らかにしたまえ。きみにはそのどちらもできないはずだ。私は無料奉仕を六分までと決めているんだが、その六分がちょうど終わったようだ。わかってもらえたかな？」

ぼくはマルセロの手厳しい非難を間近で聞いているだけで謝罪したくなったが、クロフォードは引きさがらなかった。「わかりませんね。これは殺人事件ですから、自分の裁量で必要なことをする許可を得ています」

この発言に全員が驚き、ソフィアがにっと笑った。マルセロが両手を拳に握り、めったなことでは驚かない母も片手で口を覆った。

「どこが事故なんだ」マイケルがあてつけがましくつぶやく。

「こんなことをして、きみは終わりだぞ」マルセロが唸るような声で脅す。ぼくですらわかる弁護士の捨て台詞《ぜりふ》だ。「私はこれよりも些細《ささい》なことで、人々を社会的に葬ってきた」

「自分はこれよりはるかに大きな困難から、人々を守るために働いてきました」

ゲストハウスの扉が閉まる音がした。目をやると、ぼくと同い年くらいの長身の女性がポーチに立っていた。顔は日に焼けているが、目のまわりが青白いのはおそらくスキーゴーグルのせいだろう。この寒さをものともせず、半袖のTシャツとベストといういでたちだ。シュノーケルつきのランドローバーで通りかかり、タイヤのチェーンを巻いてくれた女性だった。

「どうしたの、助けが必要かしら？　そうでなくてもみんな怯《おび》えているのに、何をわめいているの？」

「きみには関係のないことだ」議論の相手が増える見通しにうんざりして、マルセロが吐き捨てた。

「私はこのリゾートのオーナーよ。関係はあると思うわ」

「だったら、宿泊客に嫌がらせをするこのポアロ気取りの警官をなんとかしたまえ。パニックを鎮めたいなら、不用意に〝殺人〟などと触れまわらないことだ」

「〝殺人〟だなんて初めて聞いた」オーナーはクロフォードを見て片方の眉を上げた。「ほんとなの？　あの身元不明の死体《グリーン・ブーツ》のことよね？」

　色に基づいた通称に関するかぎり、ブラック・タングと違って、グリーン・ブーツはよく知られている。これはエベレストを登山中に死んだ男につけられたあだ名だった。エベレストでは遺体回収にも危険が伴うとあって、男の死体は登山道のすぐ脇にそのまま放置され、男が履いていた緑の蛍光色のブーツが登山者の道標のひとつとなった。今朝の男が履いていたブーツが緑でないことは、死体の左足を持って運んだから知っているが、どうやら身元不明のあの死体はそう呼ばれているらしい。

「彼の死には疑わしい点があるんです」クロフォードが答える。

「どうして？　この人がそう言ったから？」驚きと、たぶん高度のせいで、キャサリン叔母が普段より甲高い声で言い、ソフィアを指さした。「まじない師のほうが、ましな医学的意見を口にするはずよ。あなた彼に何を言ったの？　ちゃんとした刑事がここに着くのにあとどれくらいかかるのかしら？」

「私は医者よ」ソフィアはクロフォードに請け合った。

「この死になんらかの疑いがあるとしても、事実を無視してはいかん。マイケルにはアリバイがある」

「父さん、俺が――」

「いや、マイケル、私が対処する。きみはどうあってもその手錠を使う気かね？　疑っている根拠は、きみが掘り起こしたわが家の犯罪史と、警官同士の連帯だか忠誠心だろう？　つまり、自分が偏見の塊だと暴露しているばかりか、馬鹿をさらしているわけだ。今朝出所したばかりのマイケルが、どうすれば事件に関与できるのかね」

マルセロがわめきたてるのを聞いて、ぼくらは息を呑んだ。少しでも自分を支持してくれそうな相手を見つけたがっているように、クロフォードがぼくらを見回す。ぼくは目をそらした。ソフィアすら足元を見つめている。ブラック・タングとグリーン・ブーツに関してどんな意見があるにせよ、赤い顔《レッド・フェイス》が何を意味するかわかっているからだ。

「行こうか」マルセロはオードリーの手を取り、ゲストハウスへと歩きだした。

だが、マイケルはその場を動かず、不安そうにエリンと目を見交わしている。

脚色でもなんでもなく、このとき雷鳴が轟《とどろ》いた。

「やはりな」クロフォードが言った。「あんたから言うか？　それとも、自分が言おうか？」

「俺は誰も殺していない」マイケルは両手を上げてクロフォードに二、三歩近づき、ぼくを見た。「だが、捜査には喜んで協力するよ」

「マイケル、何をしてる！　クロフォード警官、まず私に――」

「彼は俺の弁護士じゃない」

「何をしているの？」オードリーが戻ってきて、マイケルの肩に手を置いた。「あなたは昨夜刑務所にいたのよ。いいから、それをこの男に言ってやりなさい」

「外は寒すぎるよ、母さん。なかに入ったほうがいい」

「刑務所にいたと言ってやりなさい。そう言うのよ、この男に」母はマイケルの胸をもう片方の手で叩きはじめた。それから、寒さと疲れのせいだと思うが、崩れるように雪のなかに沈みこんだ。マイケルは慌てて母を摑もうとしたが、雪のなかに座りこむ母に手を添えることしかできなかった。母は、助け起こそうと伸ばしたクロフォードとソフィアとぼくの手を押しやった。キャサリン叔母とルーシーが、年寄りを厳寒の戸外に引き留めているクロフォードに向かってわめきたてる。

「カニンガム夫人」クロフォードはわめき声がぴたりとやむほど大きな声で言った。「息子さんが出所したのは昨日の午後ですよ」

　昨日？　ぼくは混乱した。だが、そうなると――

兄がちらっとエリンを見る。ルーシーの顔がくしゃくしゃになり、最初の雪がぼくのまつげを濡らした。

「だからといって、マイケルが殺人犯だという証拠にはならない。わかったよ、マイケルは刑務所にはいなかったのだな。いいとも」マルセロが母に手を貸し、最善の策を考えながら言った。「しかし、ここにいたということにはならん。オードリー、なかに入ろう。濡れてしまう」それからマイケルを促した。「昨夜どこにいたか話してやりなさい。それで片がつく」

「あんたと一緒に行くよ」マイケルはマルセロを無視して、クロフォードに言った。

クロフォードがカチリと音をたてて手錠をかけ、安心させるようにマイケルを見た。兄の協力の裏に何があるかわかっているわけではないのだろうが、残り滓の警官は、これが事態を収拾する比較的害のない方法だと見てとったに違いない。ぼくは手錠がとても緩いのに気づいた。手が抜けるほどではないにせよ、跡がつくほどきつくない。クロフォードはスカイロッジのオーナーに顔を向けた――この時点ではまだだが、どうせもうすぐ名乗るのだ、名無しでは不便だからジュリエットと呼ぶことにしよう。「宿泊客の安全のために、この男を隔離しておく場所が必要なんですが」

「客室はだめね。全部なかから鍵を開けられるの。さもないと火災のとき危険だから」ジュリエットが答えた（ほら、名前があるほうが便利だ）。「ここはホテルで、刑務所じゃないんですもの」

「乾燥室はどう?」雪が降りだした空よりも暗い顔で、ルーシーが口を挟んだ。かすれた声には怒りがこもっている。乾燥室は濡れたブーツを置く木製の台とコート掛けしかない、クローゼットのように狭くて暑い部屋で、防寒服に染みついた汗と湿気がもたらす黴《かび》の臭いが充満している。ぼくはあとになるまで知らなかったが、ルーシーは乾燥室がどんなところかすでに知っていたに違いない。せこい報復だが、とっさにそれくらいしか思いつけなかったのだろう。ルーシーは満足そうに付け加えた。「外側に差し錠がついているのを見たわ」

「でも、あそこは人が過ごせるような部屋じゃないのよ」ジュリエットが答える。

クロフォードが顔を上げ、片手を差しだして雪を受けた。さっさと片づけてなかに入りたいらしく、マイケルに顔を向け、すまなそうに告げる。「ほんの何時間かのことだから」

兄はうなずいた。

エリンに言うことがあるなら、いまがそのときだ。刑務所がマイケルのアリバイを証明できなくても、エリンはできる。ぼくたちは、ふたりが付き合っていることをどのみち知っているのだ。ひと晩一緒に過ごしたからといって、それがなんだ? だが、エリンは何も言わなかった。ふたりが隠している秘密は、殺人容疑で乾燥室に閉じこめられるのを我慢するほど価値があるに違いない。いったいどんな秘密なのか?

「きみはどこの警察学校に行ったんだ?」肩で母を支えていなければクロフォードを殴りかねない剣幕《けんまく》で、マルセロが唾を飛ばす。「こんなことは違法だぞ!」

物語に登場する警官は、〝残り滓〟であろうと〝頼みの綱〟であろうと、定石どおりに行動するか、規則をまったく無視する。どうやらクロフォードは後者のようだ。ぼくはまたしてもこの男に驚かされた。

「喜んで協力するとも」マイケルが繰り返した。

「大丈夫だから」エリンが兄を抱きしめた。両手が兄の背筋に沿って滑り、今度はさっきとは違うほうの尻ポケットに入りこむ。といっても、ぼくはそれをじっと見ていたわけではない。

クロフォードと兄がゲストハウスへと歩きだすと、ぼくもほかのみんなと一緒にそのあとに従った。マルセロはオードリーをソフィアに任せて足早にクロフォードに並びかけ、法律用語を交えて罵りつづけている。

「もう少し離れてくれませんか」階段を上がったクロフォードが、厳しい声で遮った。告げた相手はマルセロだったが、ぼくらは全員足を止めた。それぞれが階段の途中だったから、傍目には舞台で演じているか、結婚式の集合写真を撮っているように見えたかもしれない。「まず体を温めて、そのあと話しましょう」

クロフォードが兄の背中に手を置き、ゲストハウスの扉へと導いていく。

「私が同席していないときにマイケルと話すことはできんぞ」マルセロが捨て台詞を吐いた。

「彼の言うことを聞く必要はないよ。俺の弁護士じゃないんだから」マイケルは振り向いて手錠をかけられた腕を上げ、両手を握って人差し指を合わせると、ぼくを指さした。

「彼がそうだ」

14・5

そのとおり。一度にたくさんのことが起こった。だからここでざっとまとめるとしよう。物語の途中で説明を入れるのは異例かもしれないが、きみたちに同じ認識を持ってもらうためだ。自分の認識能力に自信がある諸君は、ここを飛ばしてかまわない。

ミステリー小説ではたいてい、一箇所に集まったろくでなしの登場人物の背景を、少しずつ明かしていく。それから可能な動機として各人の背景とどこかで繋がる死体が登場する。ぼくもそれを真似てみよう。

物語の背景

三年半前、兄のマイケルは自分が轢いた男、アラン・ホルトンを後部座席に積んだ車でぼくの家に来た。死んだはずのホルトンは途中で息を吹き返したが、その後、死亡した。父がガソリンスタンドに強盗に入り、警官を撃ち殺してその相棒に射殺されて以来、うちの家族は警察を信用せず、警官は仇《かたき》だと思っている。だから家族からつま弾きにされるのはわかっていたが、ぼくは兄が人を殺したと警察に通報した。

現在の状況

ぼくらは出所するマイケルを迎えるため、スカイロッジ・マウンテン・リゾートに集まり、吹雪に見舞われようとしている。こういう本にはよくある成り行きだが、吹雪の山中に閉じこめられた、という月並みな設定ではない。ぼくらは閉じこめられたわけではなく、払い戻しのきかない宿泊料を惜しんで、場所を変える決心がつかないでいるだけだ。もっとも、マイケルが乾燥室に拘束されたいま、彼を残して立ち去ることはできないとあって、目下のところはここを動けない。だが、それは次の数章で語られることだ。

登場人物

一家がばらばらになった元凶はぼくだとみなす母のオードリー。国内屈指の法律事務所であるガルシア&ブロードブリッジの共同経営者で、大学の授業料に匹敵する高級時計をしている継父のマルセロ。彼は殺人罪で起訴されたマイケルを法廷で弁護したが、医療過誤で訴えられている娘ソフィアの弁護は拒んでいる。マルセロの連れ子でぼくの義妹であるソフィアは、父親の肩を手術したこともある外科医だが、おそらく医師免許を取りあげられるかもしれない医療過誤訴訟がらみで、少なくとも五万ドルを必要としている。超がつくほど生真面目で絶対禁酒主義のキャサリン叔母。叔母はこの週末の集まりの立案者でもある。名誉勲章のように結婚指輪をつけている叔母の夫アンディ。マイケルの元妻ルーシーは、裁判中マイケルを見捨てなかったのに、エリンと心を通い合わせた夫から離婚の書類を受けとるはめになった。別居中のぼくの妻エリン。すでに明らかだと思うが、過去のトラウマのせいでぼくとの仲が壊れたあと、マイケルとのメールのやりとりに慰めを見《み》出《いだ》し（どうやら、一夜もともにし）た。本当は昨日出所していたのに、今朝出所したと嘘をついた兄のマイケル。二十六万七千ドルの現金入りバッグをぼくに預けたのもマイケルだ。リゾートのオーナー兼コンシェルジュのジュリエットは、ロッジに来る途中、タイヤにチェーンを巻くのに四苦八苦しているぼくを助けてくれた女性でもある。見たところ新米警官らしいダリウス・クロフォード。雪の斜面で死体が見つかったときにはあたふたしていたが、いつの間にか立ち直って仕事をこなしはじめた。そして兄の犯罪を警察に通報し、家族に背を向けられたぼく。血塗られた金を預かっているのもぼくだ。どの登場人物もこういう本に相応《ふさわ》しいろくでなしだということも申し添えておく。

死体

今朝、雪に覆われたゴルフコースの真ん中で死んでいた正体不明の男。ソフィアはこの男がひと晩戸外で過ごしたために凍死したのではなく、ブラック・タングと呼ばれる連続殺人鬼に殺されたと考えている。だが、ルーシーの話では、このロッジの宿泊者のなかに行方不明の者はいない。ルーシーの言葉が信じられなければ、ロッジのオーナーであるジュリエット（宿泊者名簿を確認できる人物）が、被害者をグリーン・ブーツと呼んだことを思い出してもらいたい。これは身元不明の死者を示す俗称だから、ルーシーが耳にした噂話は正しかったのだ。問題は、死んだ男の身元が不明とあって、登場人物の誰にこの男を殺す動機があるかわからないことだ。

この時点で強調したい事柄をいくつか挙げておこう。

1　ソフィアがぼくのシャレーにいたとき、誰かがソフィアのシャレーからぼくに電話をかけてきた。

2　身元不明の男が死んだ時刻にぼくのシャレーでビールを飲んでいたから、ソフィアにはアリバイがある。死亡時刻は厳密には知らされていないが、ぼくがすでに告げてしまった。

3　マルセロは母の具合が悪いという理由で夕食会を中止にした。昨夜ぼくはアンディ、キャサリン叔母、ルーシーとは連絡を取っていない。

4　ソフィアとアンディとぼくは死体の顔を見たが、クロフォードは今朝、野次馬を極力遠ざけ、急いで物置小屋に死体を運んだから、死者の顔を見たのはぼくたち三人だけかもしれない。三人とも死んだ男に見覚えはなかった。

5　兄から預かったバッグいっぱいの現金がどういう素性の金なのか、ぼくはいまだに知らない。ただ、誰かがあれを狙っているかもしれないという気がしはじめている。

6　丘の斜面に残っていた死体までの足跡は三つ。そのうち戻ってきたのはひとつだけだ。昨夜は雪が降らなかった。

7　ルーシーの化粧は、エリンの男の好みやマイケルのレンタカー選びのセンスに匹敵するほどひどい。

8　ぼくは、〝兄と弟〟と言ったままになっていることを忘れてはいない。

9　マイケルは前夜エリンといた場所を白状するより、殺人の容疑者になることを選んだ。

10　次の死者が出るまであと九十四ページだ。

これらの出来事の真っただ中に、ぼくがいる。ミステリー小説の書き方の本を書く男。法律を学んだことなどないのに、その理由も、合法的かどうかもわからぬまま、ぼくを憎んでいるはずの兄に〝弁護士〟として指名された男。ルーシーが読みあげたウェブサイトの記事を信じるなら、この事件の犯人はひょっとすると連続殺人鬼かもしれない。

ぼくがフェアな語り手だと納得してもらえただろうか？

では、先に進むとしよう。

15

母を捕まえるのは簡単だったが、一団となってロビーに入ったあと、それぞれが思い思いの場所に散るまで待つことにした。兄は少し考えてから、あとで呼ぶ、とぼくに告げ、クロフォードに促されるまま乾燥室に向かった。〝あとで呼ぶ〟だって？　宮廷道化師ではあるまいし。おそらく、説得力のあるアリバイをひねりだしてから、ということだろう。

ほかのみんなはバーや食堂に向かうか、部屋へ引きあげた。表に面した窓にたくさん残っている額を押しつけた皮脂の跡を見るかぎり、マイケルの逮捕はほかの客のいい退屈しのぎになったようだ。マルセロは母の肩を軽く抱き、コートの身ごろで包むようにして、慰めの言葉を囁きながら上階へ導いていく。階段をひとりで上がれないほどではないが、手すりを頼る程度には老いている母に歩調を合わせ、ゆっくり上がっていった。クロフォードを追いかけ、怒鳴り散らすのではないかと思ったが、どうやらあきらめたらしく、携帯電話を操作している（バッテリー残量不明）。たぶん、クロフォードをクビにできる人間に電話するため、電波が入るところを探しているのだろう。

　ぼくは、二階に行くふたりが踊り場に達するのを待った。そこなら、母も逃げられないだろう。母と直接話をするのはずいぶん久しぶりだが、知っていることがあるなら、いまのうちに聞きだしておきたかった。

　だが、ぼくがふたりのあとを追おうとすると、誰かが肩に手を置いた。力を加えられたわけではない。ほんの少し後ろに引っ張られただけだ。キャサリン叔母だった。言いにくいことを告げようとする人間特有の、申し訳なさそうな顔をしている。パーティを早めに切りあげる理由を説明する妻の背後で、アンディもよくこういう顔をする。

「いまはそっとしておいてあげたら？」気遣いの塊で責任感の強い叔母らしい気配りだが、ほんの少し上から目線の台詞でもある。たしかに叔母はぼくの母よりひとまわり以上若いものの、母はまだそこまで老いてはいない。もちろん、本人にはばかにするつもりは毛頭ないのだろうが、母を年寄りだと思っているのは明らかだ。

「わかった」ぼくは厳かにうなずいた。「あと二、三人死ぬまで待ったほうがいいよね」それから、叔母にきつく当たらないとアンディに約束したことを思い出した。叔母は助けになろうとしているだけなのだ。「兄貴を助けるには、できるだけ情報を仕入れる必要があるんだ。そのうち母さんとも話さなくてはならないよ」

　キャサリン叔母はしぶしぶながらもぼくの言い分を受け入れたようだった。「とにかく、義姉《ねえ》さんを興奮させないようにして」ほら、まただ。母の気持ちを心配するのではなく、老体を労わるような言い方をした。「義姉さんがあなたに話す気になったとして、だけど。たぶん、ならないわよ」

「当たってみるしかないさ」

「どんなふうに切りだすつもり？」

「さあ。ひたすら下手に出るとか？」ぼくは肩をすくめた。「さもなければ、ぼくの母親でもあるわけだから、母性愛に訴えるとか」

叔母は冷たいのか思いやりがあるのか、どちらともつかない声で笑い、肩に置いた手を下ろした。「それがあなたの作戦なら、霊応盤《ウイジヤ・ボード》を持ってきているといいけど」つまり、ぼくには霊の助けが必要だってことだ。


母のオードリーは図書室にある、いかにも事件を解決する名探偵が好みそうな、背もたれの高い赤い革張りの椅子に座っていた。メアリ・ウェストマコットの小説を手にしているものの、ページを繰っているだけで読んでいる様子はない。ドアには図書室と書かれているが、書物を愛する人間にとっては悪夢のような部屋だ。古い木製スキー板とスノーボードで造られた書棚に並ぶ、ポテトチップスのようにページがぱりぱりの、高湿度で傷んだ黴臭いうえに黄色く変色したペーパーバックが壁を埋め尽くしている。ここを設計した人間は、本が燃えやすいことを失念していたらしく、部屋の一角の、パンフレットを飾っていた石造りの暖炉では、真っ赤な薪がパチパチはぜていた。その炎で室内は暑すぎるほどだが、おかげでほかのどこより湿った臭いがしない。暖炉の飾り棚には銃はなく、もちろん〝チェーホフの銃〟（無用な小道具）もなかった。飾り棚の剝製《はくせい》の鳩《はと》と、額に入れた戦時勲章で誰かを殺せと言われても、まず無理だ。

母はぼくに気づくと、本を閉じて立ちあがり、背を向けてWの棚にある残りの本を忙しなく手にしては戻しはじめた。

「ねえ、永遠にぼくを無視することはできないよ」

母は手にしていた本を戻し（メアリ・ウェストマコットはアガサ・クリスティが恋愛小説の執筆に使っていたペンネームだから、Wの棚では置く場所が間違っている気がするが、まあ、名前などどうでもいい）、ぼくが戸口を塞いでいるのを見て顔をしかめた。

「ほら見たことか、と言いに来たの？」母は胸の前で腕を組んだ。「マイケルを密告したのは正しいことだった、と？」

「母さんの具合がよくなったかどうか、知りたかっただけさ」

つかの間、沈黙が落ちた。ぼくが和解の手を差し伸べていることが、とっさに理解できなかったのか、あるいは昨夜の夕食会を中止にした口実をすぐには思い出せなかったのかもしれない。それから母は嘲るように鼻を鳴らした。

「心配してもらわなくて結構よ」母は曖昧にそう言った。余計なお世話だと苛立っているのが見てとれた。最近キャサリン叔母が、年齢と身体機能の低下を事あるごとに指摘してくるところにもってきて、ぼくにまで気を遣われてよけいに頭にきたのだろう。「用事はそれだけ?」母はぼくを回りこんで戸口に向かおうとした。

「兄さんは人の命を奪った。だからぼくは正しいと思ったことをしたんだ」あれは間違いなく正しい行動だったが、下手に出て〝思った〟と付け加えた。「いまだって正しいと思うことをしている」

「お父さんみたいな口ぶりね」母は首を振った。これは褒め言葉ではない。

ぼくは好奇心にかられた。母が父の話をするのは珍しい。「どこが?」

「ロバートはなんでも正当化したの。この仕事で足を洗う、これが最後だ、と言って。しかも、罪を赦《ゆる》してもらえると思いこんだのよ」

「赦す?」父にはなんの赦しも与えられなかった。警官ふたりと撃ち合って、ひとりを殺し、自分も射殺されたのだ。それとも母は、父が違法行為に走るたびに、家族のために必要なこと、正しいことだと自分を納得させていた、と言っているのか。ルーシーの喫煙のように、次こそは足を洗うと決意していた善良な男だった、と。「父さんは悪党だった。それはわかってるよね?」

「ロバートはばかだったのよ。ただの悪党なら、私もどうにかその事実と折り合いをつけられた。でも、自分が善人だと信じている悪党は——ロバートがあんな最期を遂げたのはそのせいよ。それなのに、あなたが同じ間違いをおかすのを見守れというの？　笑顔で平気なふりをしろというの？　家族がやっと元どおりになろうとしているのに……こんな厄介なことが起こるなんて」

母の言葉はぼくを動揺させた。ぼくが父と同じ間違いをおかそうとしているだって？　母はぼくが身元不明の男の死に関わっていると非難しているのか？　そんなことを仄めかすなんて、信じられない。傷ついたぼくは、一度も母に面と向かって言ったことのない言葉を口走っていた。「兄さんは人殺しだよ」

「たしかにマイケルは誰かを殺した。でも、それで人殺しになるのかしら？　人を殺して勲章を授かる人たちもいるし、仕事で殺す人たちもいる。マイケルも同じよ。あなたは自分の兄に殺人者というレッテルを貼るの？　だったら、キャサリンは？　ソフィアは？　ふたりとも人殺し？　マイケルにどんな理由があったにせよ、もし自分が同じ選択をする立場に追いこまれたら、あなたも人殺しになるの？」

「叔母さんやソフィアの場合は、兄さんの場合とは違う」

「そう？」

「今朝死体で発見された男は、母さんの意見に反対すると思うけど」

「マイケルはあの男を殺していないわ」

「ぼくもそう思う」反射的に口から出た言葉だったが、実際、ぼくは兄を信じていた。

「でも、誰かが殺したんだ。それに、あの殺人が兄さんの到着するこの週末に起きたのは、偶然にしてはできすぎてる。ぼくらに関係があるに違いない」

母はこの言葉に苛立ったように見えた。ぼくの後ろをちらちら見ている目のなかには、ほかにも何かがあった。

ぼくは思いきって一歩近づき、声を落とした。「死んだ男が誰だか知ってるの？」

「知らないわ」ネタバレを承知で言うと、母は嘘をついていない。「でも、カニンガムじゃない。大事なのはそれだけよ」

「母さんは何を知ってるの？」

「あなたは犯人を見つけたいのね？　ナイフか銃を持った犯人、誰が考えても悪者の犯人がいれば、たしかに都合がいいわ。そうすれば、心の底では真実だとわかっていることを無視できるもの。で、犯人を見つけたらどうなるの？　彼らはその報いを受けるの？　これが小説なら、最後に悪党が死ぬのはかまわない。実際、悪党は死んで当然よ。でも、マイケルがアラン・ホルトンに報いを受けさせたのだとしたら？　あなたが始まりだと思っていたのは、マイケルの物語の終わりだったとしたら？」母は早口にまくしたて、立て続けに息を吸った。母の言葉に含まれた真実が頭に染みていく。「私たちがここにいるのはあなたのせい。マイケルが乾燥室にいるのもあなたのせいよ。みんなあなたのせい。お父さんにそっくりだわ。お父さんは自分が私たちをどれほど辛い目に遭わせることになるかわかっていた。わかっていて、私たちを残して逝ってしまった。私たちはその代償を払ったのよ。私たち全員が」母の声には憎悪がこもっていた。「せめて闘うための武器を残してくれていたら……でも、何も残してくれなかった。銀行にも何もなかった。あなたはマイケルに同じことをしたのよ」

母はぼくが兄の金を預かっていることを責めているんだ。ぼくはちらっとそう思い、あの金のことをどうやって知ったのか訊きそうになった。だが、そうではない、母は父が預金を残さず死んだと言っているのだ。実際には、ぼくらはそこまで貧しかったわけではないが、女手ひとつで息子たちを育てる苦労はぼくにはわからない。もしかしたら、単に比喩的な意味だったのかもしれない。

「父さんは兄貴と同じ人殺しだった」ぼくは母の抗議を遮り、物事の善悪という単純な真実で切り返した。「違うのは、父さんがヤク中でもあったことだ」

「あなたのお父さんは、ヤク中なんかじゃなかった！」

「でも、注射器を持っていたんだよ。自分をごまかすのはやめなよ！」

「お母さんを動揺させるのはやめなさい」後ろから声がかかった。熱々の茶色い液体が入ったマグカップを手にして、マルセロが立っていた。冗談めかした口調だったが、すぐに図書室の緊迫した空気を感じとり、あいているほうの腕でぼくを戸口から押しのけた。母はその横をすり抜け、途中でマグカップを受けとると急ぎ足で廊下を遠ざかっていった。

マルセロが眉を上げる。「何があった?」

ぼくは首を振ったが、あまりにぎくしゃくした動きだったから、マルセロに動揺しているのを見抜かれた。

「わかるよ。何もかもめちゃくちゃだな。どうやらマイケルはきみと話をしたがっているようだ。このばかげた〝誰が彼の弁護士だ〟作戦は、おそらく数時間しか続かないと思うが、われわれが協力していると思わせることで、あのクロフォードという警官をこちらの味方につけられるなら、それもいいだろう」マルセロはぼくの疑わしげな顔に気づいて続けた。「もちろん、このままで済ますつもりはないとも。あとであの男を破滅させてやる。こてんぱんにやっつけてやる。だが、物事には攻めるべきときと引くべきときがあるんだ。私はいったんベンチに下がるとしよう。きみはマイケルの望みどおり、彼と話すべきだ。私たちは、クロフォードではなく、マイケルのやり方でゲームをしているんだよ」

継父というのは、スポーツがらみのたとえを口にするものなのか? それとも、そんなことをするのはマルセロだけか。

「でも、あなたは本物の弁護士だ。それも殺人罪に三年という短い刑期を勝ちとったほど優秀な弁護士だよ。これはかなり立派な結果だと思うけど、なぜマイケルはあなたに頼まなかったんだろう?」

「わからん」マルセロは肩をすくめた。「どうやら誰ひとり信頼していないようだな。きみにその理由を話すかもしれん」

「依頼人が無実の善人か悪党か、初対面で見抜くコツは？」ぼくは尋ねた。「弁護士が偏見を持っちゃいけないのはわかっているけど、みんながみんな、まっとうな人間ってわけじゃないよね」

「だから企業法務に鞍替《くらが》えしたんだよ。悪党の手伝いをせずにすむように。刑法で裁かれるのは人間の屑《くず》ばかりだからな」

「真面目に訊いてるんだけど」

「わかっているとも、相棒《メイト》」マルセロは肩に置いた手に力をこめた。昔からそうだが、よほどのことがないかぎり、マルセロはぼくに〝息子〟という言葉を使わない。たぶん、そう呼ぶことに抵抗があるのだろう。同じ相棒でも、〝メイト〟は〝バディ〟よりも少し真面目な、グレードアップした呼びかけだ。「さっき親父《おやじ》さんのことを訊いていたな」

「母さんは親父のことを、自分を善人だと思っていた悪党だと言うんだ」

マルセロは少し考えてから言った。「私にはなんとも言えんな」

マルセロなりの意見はありそうだが、無理に聞きだすのはやめにした。

「父さんとは友達だったんでしょ？　どんな人だった？　親しかったの？」驚いたことに、ぼくはそう尋ねていた。

マルセロは首の後ろをかき、言葉を探すように話しはじめた。「ああ。ロバートのことはよく知っていた」マルセロは腕時計にちらりと目をやった。どうやら父のことをあまり話したくないようだ。おそらく、その妻と結婚したせいだろう。「お母さんの様子を見に行ったほうがよさそうだ」

　ぼくは彼を引き留めた。「ひとつ頼みがあるんだ」マルセロがうなずく。「事務所には調査員とかパラリーガルがいるし、あなたは警察にもコネがある。ブラック・タングの被害者について調べてくれないかな？　ルーシーが言うには、殺されたのはアリソン・ハンフリーズという女性と、マークとジャニーン・ウィリアムズ夫妻らしい。どんな情報でもありがたいんだけど」

　マルセロはすぐに返事をしなかった。ぼくが探偵の真似事をするのを奨励していいものか、迷っているのかもしれない。「誰だって？　ウィリアムズ夫妻と……」

「アリソン・ハンフリーズだ」

「いいとも、お安いご用だ」マルセロは砕けた口調になった。愛情をこめて腕を軽くパンチされるかと一瞬焦ったが、そこまではされず、ぼくは胸を撫でおろした。キャッチボールで親子の絆を深めようなんて言われたら、どうしていいかわからない。「訊いてみよう」

　考えをまとめようと、ぼくは図書室に残った。気がつくと、〝人を殺して勲章を授かる人たちもいる〟という母の言葉を思い出しながら、暖炉の上の壁に飾られた勲章を見ていた。ガラスの嵌《はま》った額入りの、青いビロードに縁どられた濃い赤銅色の勲章だ。下のほうに、フォーチュンクッキーに入っているような長方形の紙片があるが、こちらは占いの代わりに、たくさんの点が何列も整然と並んでいる。モールス信号でも、ぼくにわかる暗号でもない。下の飾り板には〈1944年、機銃掃射のなか伝言を運び、多くの人命を救った功績をここに称《たた》える〉とあり、メダルにも〈武勇を称える〉と〈われわれも仕える〉という言葉が刻まれていた。

　事件とは無関係だろうって？　いや、ここで六行も費やして勲章を描写したのは、関係があるからだ。母の見方は偏見に満ちているとはいえ、すべての殺しが同等ではないという指摘は正しい。目の前の勲章がその証拠だった。母はぼくに、兄にはアラン・ホルトンを殺すもっともな理由があったと告げたのだ。

　みんなぼくのせいだという母の言葉に、屋上でルーシーが口にした、ぼくへの非難が重なる。ぼくはマイケルを刑務所送りにした。その裏切りにマイケルが怒りを燃やし、三年前よりもひどい男になっていたら？　正しいことをしたのに、罪悪感を覚えている自分が恥ずかしかった。兄は刑務所に行くだけの罪を犯したのだ。だが、いくらそう思っても、後ろめたさは消えなかった。自分は悪くないとわかっていても、少しも慰めにはならない。三年の服役は人生の明暗を分けるドアのようなものだ。ぼくが下した選択のせいで、兄がとんでもない人間になってしまったとしたら？

　このとき、ぼくは兄のためにできるだけのことをしようと決めた。兄の無実を信じたからでも、有罪だと思ったからでもない。ここに着いてからずっと、みんなに責められつづけているからだ。こんなことになったのは、全部おまえのせいだ、と。

　クロフォードが兄に手錠をかけたのは、ぼくが三年半前に警察に通報したからだ。法廷で実の兄を有罪にする証言をした後ろめたさからか、母に拒絶されたからか、骨の髄まで染みこんでいるカニンガムへの忠誠心がもたらす罪悪感からか。とにかく、ぼくはこれ以上の非難に耐えられなかった。だから、今朝の事件を徹底的に調べることにした。その結果、マイケルの赦しを得て家族の一員に戻る道が開けるかもしれない。もちろん、マイケルの棺に決定的な釘を打ちこみ、またしても警察に協力する裏切り者だとなじられる可能性もあった。今朝の殺しには、カニンガムが関わっている気がしてならない。家族が再びひとつになるためには、ぼくらの誰が人殺しなのか突きとめるしかないのだ。

　もちろんぼくの家族は全員が人殺しなのだが、いま言っているのは、誰が今朝の男を殺したか、という意味だ。

母

16

　本格的な降りになったみぞれ混じりの雪のなかを、雑用を言いつかった夫たちが車へと走っていく。その混乱で駐車場はほとんど見えなかった。彼らは斜めに吹きつける氷の粒から肘で顔をかばっているせいで前がよく見えず、半ば跳びはね、半ばよろめきながら進んでいく。鞭のような風が雪原から粉雪を舞いあげ、膝の下には、砕け散る波の泡のような霧が渦巻いていた。駐車場まではほぼ平らだが、全員が丘を登っていくときのように風に抗《あらが》って進まねばならない。車のロックが解除され、ときおり一面灰色の景色のどこかでオレンジの光が閃く。ポーチの張りだした日除けの下では、まるでリレーのように次の一団が縮こまり、両手に息を吹きかけながら吹雪に目をやっている。おそらく、この吹雪のなか、車のなかにあるものを本当に取りに行く必要があるのかと話し合いながら、どうやったらこの〝英雄的行為〟を妻とのセックスに繋げられるかと算段しているのだろう。

　ぼくはバーの窓際に並ぶ背の高い丸椅子に座ってソフィアとコーヒーを飲みながら、吹雪が次第に激しさを増すのを見守っていた。マルセロはゲストハウスのどこか奥のほうで、なんとかこの建物内の部屋を取ろうとジュリエットと交渉している。母はマルセロと一緒にいるか、ひとりでクロフォード警官に文句を言いに行っているかのどちらかに違いない。ぼくは兄の弁護士として何をすべきかわからず、乾燥室へ行く前にカフェインで景気づけをしているところだった。クロフォードは兄を乾燥室に閉じこめたあと外側からドアに鍵をかけ、廊下に置いた椅子に陣取り、見張り役をしている。ルーシーはバーの奥にひとりで座っていた。昼食代わりに頼んだ中ジョッキを手にしているが、結露したグラスを回しているだけだ。エリンは吹雪になる前に自分のシャレーに向かったらしく、バーにはいなかった。キャサリン叔母は紅茶のポットを傍らに置いて、クリアファイルのバインダーを広げている。あと何人殺されたら叔母の固い決心にひびが入り、ビールを頼む気になるのか？　たぶん、最低でもあとふたりは犠牲者が必要だろう。叔母が見ているのはこの週末の予定表に違いない。叔母のことだ、気象予想図までプリントアウトしてきたとしても意外ではなかった。おそらく週末の天気をどこでどう読み違えたのか、と首をひねっているのだろう。アンディがいる場所は、言うまでもない。

みぞれの勢いが少し和らいだと判断し、ポーチの夫たちが車に向かって走りだした。ぼくは窓ガラスを指先で叩きながら競馬のように中継した。「各馬いっせいにスタートを切りました。おっと、〝もっと早く行くべきだった号〟が出遅れたぞ。先頭は〝なあ、どうしてもあれが必要なのか号〟だ。鼻差でそれを追っているのは、〝男だからという時代遅れの考え方のせいで、こんな目に遭った号〟。数馬身遅れた〝間違いを認めるくらいなら凍死したほうがましだ号〟が必死に追いあげ……」

髭についた氷を払い落としながら、アンディが大股で入ってきた。コートを脱いで戸口の横にあるフックにかけると、キャサリン叔母の向かいの席にドスンと座り、テーブルに小さなバッグを置いた。「なあ、どうしてもこれが必要だったのか？」

ソフィアが大きな声で笑いだし、叔母がぱっと振り向く。ソフィアは急いで窓の外に目を戻し、吹雪に魅せられているふりをした。

「何かあったのか？」ぼくは訊いた。誰の話をしているかは明らかなのに、ソフィアはとぼけて肩をすくめた。「わかってるだろ。キャサリンのことさ。今朝の彼女はとくにしつこかった。きみたちがああいう言い争いをするほど親しいとは知らなかったよ」

「そうだった？　とくに気づかなかったけど」ソフィアは受け流したが、ぼくは納得しなかった。子どもが母親の視線を自然と感じるのと同じで、キャサリンの嘲りの対象にされた者は必ずそれを感じとる。だが、ソフィアはその話をしたくないようだ。「あなたはいまや弁護士ってわけね？」

「たぶん」

「事件の謎を解く十のステップとか、そういうのはないの？」ソフィアは魔法を紡ぐように片手を動かした。「片っ端から試してみたら？」

「ステップじゃなくルールだ。それにぼくが作ったルールでもないよ」身を乗りだし、内緒話のように声を落とす。「そもそも法廷物は嫌いなんだ」

「これからどうするつもり？」

「まあ、ロースクールに入って、どこかの法律事務所で経験を積むとなると、マイケルをあの物置部屋みたいなところから出すには、ざっと……八年かかるな」

「そんなことができるの？　つまり、マイケルはあなたを弁護士に指名できるわけ？」ソフィアはマグカップを大きく傾けて残りを一気に飲み、音をたてて受け皿に戻した。「そもそも、どうしてあなたを指名したのかしら？」

「知るもんか」実際、どちらの質問の答えもぼくにはわからなかった。ただ、〝話したいことがいくつかあるんだ。おまえには借りがあると思う〟という兄の言葉が引っかかっていた。「弁護士の資格がなくても、法廷で被告が自分を弁護することはできるだろ？　それと同じことかも。もちろん、法的にまったく認められない可能性もある。だけど、あの警官だって法律どおりに行動しているわけじゃない。そもそも法律がわかっているかどうかさえ怪しいもんだ。マイケルはそれを逆手にとるつもりかもしれないな。とりあえず警官の言うとおりにしておけば、自分の望みも叶《かな》えてもらえる。マルセロも兄貴とぼくが話すのはいい考えだと思っているようだし。せいぜい頑張ってみるよ」

「どうして汗くさい小部屋に閉じこめられるのが、マイケルの望みを叶えることになるのよ」

「いまのところ、考えられる理由はふたつだな。ぼくを弁護士に指名したことで、マイケルは好きなだけぼくとふたりきりで話せる。クロフォードがそれを阻止することはできない。さっきマイケルは、ぼくと話したいと言ったんだ。だからぼくを乾燥室に呼びたいのかも」

「もうひとつは？」

「ぼくを乾燥室に呼びたいってことは、逆に言えば、乾燥室に入ってきてほしくない人間がいるのかもしれない」

「怖がってるってこと？」

ぼくは肩をすくめた。考えられる仮説はこのふたつだけだった。ソフィアが目をこすり、あくびをして、再び窓の外に目を戻す。いまや丘の中腹にある間に合わせの死体安置所や丘の下にある湖ばかりか、駐車場すら見えない。わずか数メートル先は灰色に塗りつぶされ、それを背景に空中で舞っている氷の粒が、顕微鏡で覗いた灰色の細胞のように見えて、つかの間、ぼくは目の前の山を分子レベルで想像した。この嵐が過ぎたら、周囲の地形は変わっているに違いない。一枚の分厚い毛布をかぶせたように、膝の高さまでの純白の雪があらゆるものを覆い尽くしているだろう。ぼくらはこの山が原子ひとつひとつを再構築していくのを見守っているのだ。

「徹夜明けみたいな顔をしてるぞ」ぼくは言った。今朝見たとき、顔色が悪いのは寒さと死体を見たショックのせいだと思ったが、暖かい建物内でも、ソフィアはやつれて見えた。皮膚が引きつり、頬がこけている。受け皿にカップを戻すたびに音をたてるところをみると、手も震えているのだろう。アンディの何かを飲む仕草、キャサリンの辛辣な言葉がよみがえった。

「何よ？」ソフィアは即座にぼくの思いを読み、片方の眉を上げた。「私を尋問しているの？」

「昨夜何をしていたか教えてくれないか。ほら、アリバイとか。きみから始めるのが、いちばんよさそうだ」ぼくは好奇心を抑え、さりげなく切りだした。

ソフィアはため息をついてコーヒーの泡を指で撫で、それを舐めた。

「いいだろ、練習台になってよ」

「昨夜は、パパからオードリーの気分がすぐれないから、夕食会は中止になったと電話をもらった。で、このバーで軽食をとったの。食堂に行くのは面倒だったし、正直に言うと、あなたのところへ行って話す勇気を奮い起こすのに、少々お酒の力が必要だったのよ。あなたに会ったあとは、自分のシャレーに戻った。言い訳を聞きたい？　やつれて見えるのは、今朝のひどい出来事のせいよ。ところで、少しやつれて見える女は人殺しに違いない、と仄めかしてくれてありがとう。ついでに言うと、警官のクロフォードも含め、ここにいる全員のなかで、あれは殺人だと主張したのは私だけよ。だいたい、私がまっすぐ自分のシャレーに戻ったことは、あなたも知ってるじゃない。シャレーに入ったとたん、あなたから電話がかかってきたんだもの。つまり、あなたが私のアリバイよ」

「まあ、そうなるな」その点をもう一度考えた。さきほど、おさらいの章で書いた〝誰かがバッグの金を狙っている可能性〟が頭に閃いたのはこのときだ。「誰に金を借りてるのか教えてくれないか」

ソフィアは丸椅子の上でぱっと体を起こし、バーを見まわしてぼくをたしなめた。「そんなに大きな声で言わないで。だいたい、いまのはどういう意味？」

「金をくれと言ったろ。誰かに借りているのかもしれないと思ったんだ」

「何よそれ。わかった、もうお金はいらない。こんなふうに侮辱されるくらいなら結構よ。頼むべきじゃなかった。きっとなんとかなるわ」

「借金を返すためじゃなければ、なんのために五万ドルも必要なんだ？」

「誰にも借りてなんかいないわ」ソフィアの声にはなんの逡巡《しゅんじゅん》もない。この話はこれでおしまい、というきっぱりした口調だった。「ほかの話をしない？」

「ゆうべ誰かがきみのシャレーにいた」ぼくは言った。

ソフィアは目を細め、ひどくまずいものを食べたかのように顔を歪《ゆが》めた。どうやら驚いたようだ。部屋に誰かがいたことに驚いたのか、ぼくがそれを知っていることに驚いたのかはわからない。

「きみがぼくのシャレーにいたとき、電話がかかってきたよね。あの電話はきみのシャレーからだったんだ。あのあと同じ番号にかけ直したら、きみが出たからね。誰かが何かを探していて、うっかりボタンを押してしまったに違いない」

「もしかして、その誰かが今朝死んだ男だって言いたいの？　死んだ男が私の部屋で金を探していたって？」

「その可能性はあるんじゃないか？」

「で、私が自分を守るために借金取りを殺したわけ？」

「あるいは、誰かがきみを守るために借金取りを殺した」

ソフィアは答えなかった。刑事でも探偵でもないぼくには、急に黙りこんだのは気分を害したせいなのか、ぼくを焦らすためなのか区別がつかなかった。ソフィアはかすかに首を傾けた。「ばかげた質問に答える前に訊くけど、あなたはもう決めたの？」

「あの金のこと――」ぼくはさきほどソフィアにたしなめられたことを思い出し、声を落とした。「なら、そんな時間は――」

「それじゃ、まだ決めていないのね？」

「ああ、決めてない」

「私の命が危険にさらされているとしたら、決断する助けになる？」ソフィアは指先でカウンターを叩いた。

　ぼくは手を伸ばして、ソフィアの手に自分の手を重ねた。そしてできるだけ重々しく（と言っても大したことはないが）、尋ねた。「ほんとに？」

　顔を上げると、ソフィアは笑いをこらえていた。それからにっこり笑い、おどけて鼻にしわを寄せた。「もう！　自分が何を言ってるかわかってるの？　借金取りですって？何よ、それ。犯罪集団か何か？　だいたいこの国にマフィアがいるの？　私が南アメリカ出身だから、そういう連中と関わりがあると思うわけ？　それって人種差別じゃない？」

「犯罪集団というより、犯罪カルテルというべきだろうな。それにきみが南アメリカ出身だから言ってるとしたら、借金取りじゃなく、ヤクの運び屋だ」

「あらそう。だったら私を捕まえなさいよ」ソフィアはわざとらしい従順さで手首を揃えて差しだした。

「ごめん、少し疲れてるみたいだ。言い訳にはならないけど、どうも頭がまともに働かない」

「私のせいね。わかってる。お金が欲しいと頼んだ翌朝、かちかちに凍った身元不明者の死体が転がっていたんだもの、怪しいと思うのは当然よね。ねえ、私が頼んだのはバッグに詰まってるお金を見たからよ。マイケルにあのお金を手にする資格はないと思うの。それに、ええ、五万ドルあれば助かる。でも、それは個人的な問題。だから、お願い、べつの話題にしない？」

「べつの話題が気に入るとはかぎらないよ」そう言い返すと、ソフィアは喉の奥で笑った。よかった、無事仲直りできたようだ。「で、きみはぼくが昨夜よく眠れたか興味があるふりをするつもり？　さもなければここに来る道すがら聞いたポッドキャストを楽しんだか。どっちも答えは〝途切れ途切れに〟だ。それとも、ブラック・タングか〝もうひとつの話題〟について話す？」

「あれは騒ぎたてるようなことじゃないの」そのリズムでいやな記憶から気をそらしたいかのように、ソフィアはマグカップをスプーンで叩いた。これは自然な癖というより、さりげなく見せたいための意図的な仕草のようだ。「患者を死なせたのは、初めてじゃないし」

ソフィアは〝もうひとつの話題〟を選んだ。

「軽い気持ちで言っているとは思わないで。患者を亡くすのは辛いことよ。どんな場合でもね。だけど、手術にはいろいろな要素が絡んでくる。いまの医療技術は素晴らしいし、薬も昔よりずっとよくなってるけど、本当になんてことない処置にも危険が伴うの。折れた腕から塞栓症になることもあるのよ。知ってた？」

「誰かがそうなったの？」

「ねえ、私だって人間よ。そして外科医として様々な手術を行う。最高にうまくいく日もあれば、そうでない日もあるわ」

「つまり、間違いをおかしたってこと？　きみはとても腕のいい外科医だよ、ソフィア。なにせマルセロが信頼して、重要な手術を任せるくらいだ。法廷で机に拳を叩きつけるには、強肩が必要だからね。あれはマルセロにとって、歌姫ビヨンセの咽頭手術と同じぐらい重要な手術だったと思うな」

「ちょっと大げさじゃない？　それにパパの……まあ、パパがコントロールしたがりなのは知ってるでしょう？」またスプーンがカシャンと音をたてた。「問題の手術は何度も頭のなかで再現してみたの。だから誓って言えるけど、私はミスをおかしていない。そのときどきで正しい選択をした。今日、同じ手術をすることになっても、同じ手順で行うはず。彼らの疑いは調査で晴れるわ。ただ、関係者が少しばかり病院の責任者たちと仲がいいから長引いているだけ。そのせいであらぬ噂が立ってるのよ」

　ソフィアはちらっとキャサリン叔母を見た。これは想像かもしれないが、叔母がぼくらからさっと目をそらしたような気がした。まるでソフィアの視線が白いスヌーカーの球で、キャサリンの黒い球を弾き飛ばしたみたいに。叔母は医学界に身を置いているわけではないし、そこではなんの影響力もない。ぼくはほかのみんなに目をやった。アンディはどこかでカードを見つけ（案外、素人手品を見せるために常に持ち歩いているのかもしれない。いかにもアンディのやりそうなことだ）、ひとりトランプを始めていた。部屋の反対側では、ルーシーが座って煙草をくわえている。さきほど〝ルーシーは最後の煙草を吸った〟と言ったじゃないかと嘘つき呼ばわりされる前に断っておくと、すぐさま近づいてきたウェイターに、煙草は外でお願いしますと注意されたため結局吸わず、強風でがたつくガラス越しの外の景色に焦がれるような目を向けながら煙草をポケットに戻した。

キャサリン叔母の辛辣な非難がよみがえった。「そういう手術の調査では、外科医が酒を飲んでいたかどうかも調べるんじゃないの？」

「なぜ突然そんなことを訊くの？」

「キャサリンが酒に関してとくに厳しいのは、知ってるよね。そのキャサリンが何度かきみを非難した。最初は、あの男が殺されたと言い立てて、きみが家族の集まりを台無しにしたことに腹を立てているんだと思ったんだ。でも、きみはそんな人間じゃないのに、キャサリンはきみを、信頼できない、大ぼら吹きの酔っ払い扱いしているだろ？　まるで個人的な恨みがあるみたいに」

ソフィアは深く息を吸いこんで答えようとしたが、ぼくの気が変わった。「いや、いいんだ。ぼくは非難がましいことを言わずに、相手の話を聞くよう心がける必要があるな。ただ、キャサリンは事故のあとアルコール依存症者の自助グループにずっと参加してる。グループ内ではとても尊敬されているし、依存症のことも知り尽くしてる。きっと頼もしい味方になるよ。その必要があれば、だけど。ぼくらはきみの味方だ」

ソフィアは鼻を鳴らした。「キャサリンはものすごく高飛車なんだもの。彼女があの事故で断酒したと思っているとしたら、あなたの記憶もいい加減ね。ええ、たしかに事故のあと何週間かは飲まなかったかもしれない。でも、それまでやりたい放題やってきた人が、いきなりころりと変われると思う? 断酒に成功したのは、パパとオードリーに金銭的な援助を断ち切られたからよ。助言なら、ほかの人にもらうわ」

叔母の事故と顚末《てんまつ》、その後のリハビリは、ぼくの記憶のなかではひとつにまとまっていたから、ソフィアの話は驚きだった。「ぼくの質問にちゃんと答えてないぞ」

「私はワインをグラスで一杯飲んだだけよ」ソフィアはようやくスプーンを下に置いた。「少なくとも手術の八時間前に、食事をしながら。でも、手術中に患者が死ぬと、ものすごく細かいことまで調べられるの。で、実習生のひとりが、前の晩に私がバーにいるのを見たと言ったわけ。ほんとはバーじゃなくて、レストランだけど。その実習生は、はっきりしないけど、私が酔っ払っているように見えたと言ったの。それで、彼らの心証が悪くなった。その実習生はちゃんと見てなかったのかもしれない。私に恨みがあったのかもしれないし、大げさに言えと誰かにやんわり唆されたのかも」ソフィアは親指で指先をこすり、お金を示す仕草をした。「少しばかり〝色〟をつけるために。それで得をする人たちもいるんだもの。要するに、政治的な駆け引きね。もう二度と、医学生や実習生が飲みに行く店で夕食をとらないわ。バーに食事をしに行っただけだと言うのは、〈プレイボーイ〉誌を買うのは記事を読むためだ、と主張するようなものだから」

「〈プレイボーイ〉は、イアン・フレミングの作品を掲載していたよ」ソフィアの論点の助けになるかどうかわからないが、ぼくはそう言い、少し考えてから付け加えた。「マーガレット・アトウッドの作品もだ」

「そのとおりよ！　さっきも言ったけど、私は食事をしていたの。だから、手術中に集中力が散漫になったわけじゃない。あの手術にミスはなかった。それに、ねえ、病院では医者にスポーツ選手みたいな検査をしないのよ。仮に実習生がドクター・ガルシア＝カニンガムがワインを一杯飲むところを見た、と言ったとしても、そんな証言はなんの役にも立たない。患者が死ぬと、三十日以内に検視医のところに行くけど、それは手術を見直す標準的な手順で、疑惑があるから検視をするわけじゃないの。私に不利な点は何ひとつ見つからないわ」

ソフィアの説明は、自己弁護したい人間が自分の行為を正当化しているようにしか聞こえなかったが、ぼくはそれには触れなかった。「マルセロはなぜきみを弁護しないんだ？　病院にも弁護士はいるだろうけど、マルセロは凄腕《すごうで》だよ」

「さっき言ったように、政治的駆け引きよ。そういえば、いまやあなたも弁護士ね。どう、来週は空いてる？」

ぼくは鼻を鳴らした。「キャサリンはなぜあんなに刺々《とげとげ》しいのかな？」

「腹を立てているからよ……まあ、あの人はいつも怒っているけど。私の医療ミスの噂を聞きつけて、あなたと同じ質問をしに私のところに来たの。手を貸すと言うから、いまあなたに説明したことを話した。そうしたら機嫌をそこねちゃって。たぶん救いようがないと思ったのね。私だって、あの人のお情けにすがりたくなんかないし」

ぼくはうなずいた。いかにもキャサリン叔母らしい反応だ。

「ところで、私もあなたに訊きたいことがあるの」

「いいとも」

「どうして探偵の真似事なんかしているの？　ここには警官がいるじゃない。あいつに調べさせなさいよ」

「きみもわかってるだろう？　クロフォードは、今日とは言わないまでも、つい昨日警官になったばかりに見える。それに――」ぼくは窓を指の関節で叩いた。「この吹雪じゃ、頼みの刑事たちがすぐに到着するかどうかもわからない」

「だからって、あなたが調べなくても……」

「マイケルが助けを求めてるんだ。それに応える義務があると思う」

「義務とか借りとか、あなたたちはそればっかり。家族はクレジットカードじゃないのよ」

つまり、ソフィアは遠まわしに〝放っておいて、あなたには関係ないでしょ〟と告げているのだ。これがうるさく嗅ぎまわる人間（ぼく）に秘密を探られたくない相手（この場合はソフィア）がよく使う戦術であることは、ぼくもわかっている。ただし、これを〝おまえはこの事件に関わるな〟という場面と混同してはいけない。後者はクロフォードには起こりうるが、ぼくには起こらない。ソフィアが事件を調べてもらいたくない動機は、はっきりしている。兄がまた逮捕されれば、バッグの金はぼくの手元に留まる。そして今回は三年半も我慢したりせず、ぼくはあの金を使うか、欲しがる相手にあげるだろう。ソフィアがこんなことを言ったのは、職場で起こっている問題からぼくの注意を逸《そ》らしたかったからではなく、自分が五万ドルを手にできるよう、マイケルという邪魔者を排除したいからだと思う。とはいえ、人を殺してマイケルを嵌めようとしたのなら、こんなふうにぼくに警告するだけでなく、もっと必死に訴えるはずだ。ソフィアに利己的な動機があるのは明らかだが、そのために人を殺すことはありえない。

「アーネスト？」誰かに呼ばれて振り向くと、オーナーのジュリエットが入り口からバーを覗いていた。「クロフォード警官から伝言よ。お兄さんが話をしたいんですって」

了解、と手を振って立ちあがり、ぼくはすまなそうに言った。「兄貴の話を聞いてくる。せめて昨夜のアリバイを確認するよ」

「ああ、そういうこと」ソフィアはふざけてぼくの腕を叩いた。「あなた、妬《や》いているのね」

「べつに――」

「妬いてるのよ。身元不明の死体なんかどうでもいいんだわ。マイケルとエリンが昨夜どこにいたか知りたいだけ」

「マイケルはぼくらみんなに嘘をついた。その理由が知りたいだけさ」

「実際には、ふたつ嘘をついたわ」

「なんだって?」

「彼があなたについた嘘はふたつよ。貸倉庫の家具ですって? ばかばかしい。あれは真っ赤な嘘。マイケルのものは全部ルーシーのところにあるはずよ。逮捕されたときは、まだルーシーと一緒だったんだもの」ソフィアは、指摘するまでもない、と言わんばかりに首を振った。

「それがどういう――」

「あのトラックにほんとは何を積んでるのか、訊いてみるのね」

17

　ジュリエットは廊下でぼくを待っていた。タイヤにチェーンも満足に巻けない男は、矢印だけでは乾燥室にたどり着けないと思ったのだろうか？　ちらっとそう思ったが、ジュリエットは矢印と反対のほうへ歩いていく。いったいどこへ向かっているのか？　この種の小説にはときおり表紙の裏に地図が入っているが、手元にロッジの見取り図があれば役に立っただろうに。

「まだちゃんと自己紹介をしていなかったね」ぼくは、積みあげた白いタオルがいまにも落ちそうなカートのあいだを縫うように進むジュリエットの背中に言った。「みんなにはアーニーとかアーンと呼ばれてる」

「火葬のときの骨壺《アーン》？」

「いや、アーネストの短縮形」

「だったら、ちゃんとアーネストって呼ぶべきね」ジュリエットはそっけなく言い返した。

「きみは母とうまが合いそうだな」ぼくは横に寄り、ひしゃげた栄養ドリンクの缶が二個とチョコレートバーの包み紙がひとつ載ったルームサービスのトレーを避けた。「母もぼくにうんざりしているんだ」

ジュリエットは廊下の突き当たりの番号のない、つまり客室ではないドアの前で足を止め、鍵穴にキーを差しこんで振り向いた。「一刻も早くお兄さんに会いたいのはわかってるけど、すぐに済むから」ジュリエットの唇は、登山家の唇みたいに荒れていた。しょっちゅう強風にさらされているせいだろう、皮がめくれ、アイスピックを突き刺して登っていけそうなほどひび割れている。「それと、私はジュリエット」これで正式に名前が明かされたわけだ。編集者もほっとしたに違いない。「この前チェーンを巻くのを手伝ったわ」

まるで新しい情報を告げるような言い方に、ぼくは「覚えてるよ」と言ったが、意図せずしてかすれた声になった。いま考えると、変な誤解をされたかもしれない。ジュリエットはぼくをじっと見た。

「どうやら気に入ってもらえたみたいね。お母さまにもすぐに紹介してもらえそうだし。だけど、唇をじっと見るのをやめてくれない？」

キスしたいと思っていたわけではなく、めくれた皮をむしりたいと思っていただけだが、ぼくは赤面した。どちらにしても、無作法だったことに変わりはない。

ジュリエットがドアを開けると、そこは雑然としたオフィスだった。真ん中に机がふたつ並べてある。ファイルの管理方法は嵐のようとしか言いようがなく、様々な高さの書類の山が床を覆い尽くしていた。書類は壁際にずらりと並んだ書棚にも置かれていた。こちらは多少とも整理され、少なくともオレンジ色のバインダーに綴《と》じられているが、バインダーは縦に並べてあるのではなく横にして積みあげてある。バインダーの並べ方も知らないのに、タイヤにチェーンを巻けないぼくをばかにするのはどうかと思ったが、唇の件でたしなめられたのをまだ恥じていたから、口には出さなかった。机の真ん中には、バーベル代わりに使えそうな年代物のコンピューターが鎮座し、黄ばんだ白いキーボードが接続されていた。

　ジュリエットは黒い革の椅子に座ると、片手で硬そうなキーを叩きながらもう片方の手でぼくを招いた。

「いつからここに住んでるの？」ぼくはジュリエットに関する情報を集めるのと、このコンピューターがどの世紀の遺物かを知るために尋ねた。

「このロッジとジンダバインにある寄宿学校で育ったの」ジュリエットは汚れた古いマウスを机から引き剝がすのに気を取られ、うわの空で答えた。「戦争のあと、祖父とその友人たちが建てて以来、ここはずっと家族で経営してきたのよ。祖父はたぶん、人と距離を置きたかったのね。私は暖かいところに住みたくて、二十代のときクイーンズランドに引っ越したんだけど、祖父から引き継いで経営していた両親が亡くなって……六年前にここを売るために戻ったの。以来、雪に閉じこめられて出ていけなくなったわけ。それに……

家族の遺《のこ》したものだし」

「家族ってそういうものだよね」

「ええ」

「お祖父《じい》さんはどの戦争で戦ったの？　図書室に勲章があるけど」

「第二次世界大戦よ。それに、あれはフランクの勲章」

「フランク？」

「正式名はF－287。でも、祖父はフランクと呼んでいたわ。鳥のことよ」

「もしかして剝製の鳩？」ぼくは鼻を鳴らした。「驚いたな」

「あれはディッキンメダル。戦功のあった動物に与えられる勲章なの」

なるほど、〝われわれも仕える〟と刻まれていたのは、そういう意味だったのか。あの鳩は額のなかにあった紙切れを脚に巻いて敵の前線を越え、メッセージを運んだのだろう。味方の手に戻るまでには、ディズニーの映画になりそうな冒険をたくさん経験したに違いない。

「私が好きなのは水兵の士気を高め、ついでに鼠を食べて感染症を防止した戦艦の猫。いえ、ほんとの話よ。祖父たちはフランクを愛していたわ。祖父は鳩の群れを飼育し、訓練していたの。でも、フランクは特別賢かった。すべての機関銃座の位置を記した地図や敵兵の数、名前、座標といった情報を運び、たくさんの命を救ったそうよ。帰国後、祖父はフランクを剝製にしてもらい、あそこに置いたの。少し気味の悪い飾りだけど、私は好き」ジュリエットはパソコンの画面を叩いた。「見て、これよ」

そう言って、監視カメラの緑がかったビデオ映像を指さした。丘の上が映っているところをみると、おそらくカメラはゲストハウスの正面扉の上に設置されているのだろう。駐車場と私道の大部分、フレームの端にはシャレーのピラミッド形の影もいくつか映りこんでいる。残念ながら、死体が見つかった場所はフレームには入っていない。左下に表示されている時刻は午後十時の数分前だ。映像が緑っぽいのは、暗視フィルターがかかっているからだろう。

「これは何号棟?」ぼくはシャレーを指さした。

「偶数棟よ。二、四、六、八号棟」

マルセロと母が泊まっているシャレーは五号棟だから映っていない。ソフィアの二号棟は、画面のいちばん端に屋根の一部が細く映っていた。ぼくは六号棟のはずだったが、実際にそこに泊まっているのは一日前に到着したキャサリン叔母とアンディだ。ルーシーが何号棟なのかは知らなかった。「四号棟がぼくのシャレーだ」

「知ってるわ」

「宿泊客を監視してるなんて、プライバシーの侵害だな」

「あら、そう?」ジュリエットは言った。なんだかぼくの気を引いているみたいな口ぶりだが、この時点では、よくわからない。ついでに言うと、ぼくらが唇を重ねる話が出てくるのはまだ百二十七ページ先になる（しかも、ぼくはそのとき全裸だった）。

「シャレーにはほかのゲストも泊まってるのかな？」

「お宅のグループだけよ。半分は空っぽ」

「そうか。で、このカメラだけど、角度を変えられる？　いまのままだとあまり役に立ちそうもない」

ジュリエットは首を振った。「ケースのなかにボルトで固定してあるの。さもないと、嵐のたびに外れてしまうから。それに、これは監視カメラではなく雪を映すカメラよ。リゾートの天候や雪の積もり具合を知らせるために設置してあるの。適切な準備ができるようにね。タイヤにチェーンを巻くとか――」ジュリエットはぼくが侮辱されたことに気づくのを待って続けた。「適切な衣服を選ぶとか、リフトの一日券を予約するとか。それにビデオ映像でもないの。ほら、コマ撮り写真よ」

ジュリエットが再生ボタンを押して一時停止を解除すると、写真が次々に切り替わりはじめた。三分ごとにカメラのシャッターが下りるらしく、次の写真が表示されるたびに、左下の時刻が三分進む。再生される写真には、シャレーに向かう誰かの姿がときどき灰色のシルエットとして映るが、ぼやけた影にすぎず、何ひとつ特徴がわからないため、ほとんど役に立たなかった。私道の一部も写っているものの、動いている車が写るには、通りかかった瞬間が、ちょうど三分ごとにシャッターが下りるタイミングと重なる必要がある。ただ、すでに何度かシャレーとゲストハウスを往復して、急いで歩くのは無理だとわかっていたから、たとえ誰だか見分けはつかなくても、とんでもない早足でなければ、私道を歩いている人間は必ず写りこむことになる。その点は役に立ちそうだ。

ジュリエットはテープをそのまま回しつづけた。早送りにしてあるらしく、どの写真も画面に留まるのは三分ではなく二十秒程度だ。午後十一時少し前、誰かが四号棟に歩いていく。ソフィアがぼくを訪れるところだ。その十二コマほどあとで、ソフィアが急ぎ足で二号棟に帰っていく。ぼんやりした影から向かう方向やその意図を読みとるのは難しかったが、ソフィアの動きはぼくの推測どおりだった。ソフィアが写っている二枚のあいだに、二号棟のまわりを嗅ぎまわっている人間がちらっとでも見えるのを期待したが、ツキには恵まれなかった。あの電話をかけてきたのが誰にせよ、カメラに映らない三分のあいだに行動していたようだ。これは驚くべき幸運のおかげか、周到な計画の結果だろう。その後、画面は三分ごとに何事もなく切り替わっていった。ときおり誰かが煙草を吸いにゲストハウスから出てくるだけ。それと手を繋いで星空を見ているふたつの影。ゴルフコースへと丘を登っていく者は誰もいない。

まもなく何かが写っているらしく、時刻が午前一時を過ぎるとジュリエットのマウスを摑む手に力がこもった。それから三、四枚後、ジュリエットは目当ての写真を見つけて再び一時停止のボタンを押した。「これは興味深いと思ったの。身元不明の死体《グリーン・ブーツ》は宿泊者名簿にもスタッフのリストにも載っていないのよ。近辺のリゾートに無線で確認したところ、丘の向こう側にも行方不明者はいない。どこも今朝の死体の話題で持ちきりだけど、誰も何も知らないみたい」ジュリエットは机の上の、プリントアウトされた名前のリストを示した。おそらくここの宿泊客の名簿だろう。名前のすぐ横についている小さなチェックは、本人の無事が確認できたというしるしだと思われる。その件に関してはルーシーからすでに聞いていたが、これで確認できた。

ジュリエットがなぜこれほど関心を持っているのか、ぼくは考えていた。ちょっとした情報を与え、ぼくを誤った方向に誘導したいのか？　それとも、事件などめったに起こらないとあって、降って湧いた殺人事件に興奮しているのだろうか？　名前のリストに目をやると、その下にはるかに分厚い書類が見えた。〝ここに署名〟と指示の入った黄色い付箋が覗いている。書類のほとんどは見えないが、右上の隅のロゴには見覚えがあった。よく知られた不動産会社のロゴだ。どうやら不動産の契約書らしい。ジュリエットは口で言うほど雪に閉じこめられているわけではないのかもしれない。

「だから死んだ男は、真夜中にここに来たことになる。これがそうかもしれない」ジュリエットは画面を指さした。「確認したら、この車はまだ駐車場にあるのよ。クロフォードに頼んでナンバーを照会してもらえば、私たち、持ち主の名前を突きとめられるわ」

まるで相棒みたいな〝私たち〟という表現に、ぼくは少し驚いた。これまでのところジュリエットは、警官も含めて誰よりもこの事件に関して調べている。ぼくが主人公なのは探偵の適性があるからではなく、単にこの物語を書いているからだという事実を再び痛感させられた。画面に顔を近づけると、私道にヘッドライトがふたつ光っていた。人間よりも車のほうが、進んでいる方向がわかりやすい。この車が駐車場に向かっているのは明らかだ。ヘッドライトの光が暗視フィルターに射しこみ、画像全体が露出過多になっているとはいえ、車が四輪駆動のメルセデスだということも明らかだった。

「これはぼくの継父、マルセロの車だ。今朝クロフォードに怒鳴っていた男だよ」

「なんだ」

「でも、マルセロは昨夜遅くここに着いたわけじゃない。昨日は個室でみんなと一緒に昼食をとったんだから。つまり昨夜はどこかに出かけ、夜中に帰ってきたことになる」母の具合が悪いことを理由に、マルセロが夕食会を中止したことは黙っていた。きみたち読者には、正直に知り得たことを話すという約束をしたが、好奇心旺盛なリゾートのオーナーにはなんの義理もない。それにしても、マルセロが嘘をついたことを考えると、何時にここを出たのかが気になる。薬を買いに山を下りただけかもしれないが……。「昨日の夕方遅くまで戻してくれないか」

ジュリエットが画像を早戻しすると、午後七時頃、メルセデスのテールライトが写っているはずだ」マルセロの車が出ていくところも写っていた。カメラは車が坂道を上っていくところを捉えている。マルセロが夕食会は中止だと電話してきた直後、ぼくがうとうとしていた頃だ。

「残念」ジュリエットの関心が、ロッジを何時間か留守にした人間ではなく、死んだ男がいつ到着したかにあったのは明らかだ。だが、ぼくはこの発見に大いに興味を持った。マルセロが家族の夕食会を中止したのは、出かける用事ができたからだ。午後七時から午前一時過ぎまで、六時間以上もどこで何をしていたのか？　母はマルセロが出かけたことに気づかなかったのか？　実際に具合が悪くてシャレーで休んでいたのだろうか？　それともマルセロと一緒に出かけたのか？　次々に疑問が湧いてくる。メルセデスの窓はスモークガラスだから、運転者の特定どころか助手席に人が乗っているかどうかもわからなかった。

ジュリエットがぼくの頭に浮かんだ疑惑を口にした。「あなたのお継父《とう》さんが、誰かを連れて戻ったのかしら？」

「残りを見せてもらえる？　今朝の分まで」ぼくの要請に、ジュリエットは再び写真を早送りさせた。ぼくは丸みをおびた古いパソコンの画面に鼻を押しつけるようにして、次々に現れては消える三分ごとの写真に目を凝らした。「被害者がこの近くから来たとすれば、彼を知っている人間がいるはずなのに」

「私は死体を見ていないの。でも、さっき言ったように、このロッジの宿泊客やスタッフが全員無事だってことは確認済みよ。それに、この付近のホテルにも電話で確認した。クロフォード警官もジンダバイン警察署に問い合わせたそうだけど、行方不明者はひとりもいないの。クロフォードは、死んだ男が誰とも関係のない人物なら、死体の写真を見せてまわって宿泊客をむやみに怖がらせる必要はないと言ってる。私も同感よ。宿泊客はお金を払って滞在しているんだもの。トリップアドバイザーに悪いレビューが載るのは、できれば避けたいの。無料の朝食でカバーできることには限度があるでしょ」ふと、キャサリン叔母に朝食を無料にできる可能性があることを教えてやらないというあさましい思いが頭に浮かんだ。「山には事故が付き物よ。事故なら誰も動揺しない。ハイカーが迷ったのかもしれないでしょう？　あれを殺人だと騒いでいるのは、あなたたちだけよ。そのせいで、新米警官がすっかりはりきってる」

「だったら、なぜぼくにカメラの画像を見せたんだ？」

「あなたがあれこれ訊きまわって、みんなの不安を煽《あお》っているからよ。悪いけど、お宅の一家のことを調べさせてもらったわ。清廉潔白とは言えないようね。もしも今朝の男が殺されたのだとすると……人殺しがいることになる。私には宿泊客の安全を守る責任があるの」

カニンガム家の歴史を仄めかされ、ぼくは少しむっとし、内心身構えた。「この証拠は――」自分で口にしておきながら、ぼくはその言葉にはっとした。殺人事件だとは思っているが、いまのところは雪山で男が死んだだけだ。だが、これらの画像を〝証拠〟と呼べば、正式に殺人事件と言っているようなものではないか。「この情報は、ぼくじゃなくクロフォードと共有すべきじゃないか」

「クロフォードのことはよく知らないもの。警察は事故だと思って下っ端の彼を送ったんでしょうね。でも深刻な事態だとわかったいま、必要なら街の刑事を連れて巡査部長のマーティンが来るはずよ。ただ、この吹雪じゃすぐには無理ね。ひょっとすると、すでに出発して、どこかで立ち往生しているかもしれない。それに……はっきり言ってクロフォードは自分が何をしてるかわかっていないと思うの」

「同感だな」

「だから、いちばんましな馬に荷車をつけることにしたのよ。あなたは弁護士なんでしょ」

「違うよ。ぼくは本を書いてる」

「だったら、お兄さんはどうしてあなたが弁護士だと言ったの?」

「さあ。ぼくは犯罪小説家志望の連中が、ミステリーを書く手助けをしているんだ。それでエンディングを推理するのがわりと得意だから、この事件も解決できると思ったのかな?」問いかけるように語尾を上げた言い方は、自分の耳にも自信がなさそうに聞こえた。

ぼくはパソコンの画面に目を戻した。

　画面では夜明けを過ぎた写真が再生されていた。暗視フィルターは解除され、写真は緑ではなく冴《さ》えない灰色に変わっている。クロフォード警官のパトカーが入ってきて、ゲストハウスのほうに向かう。午前六時四十五分頃だ。首を傾け、片腕を助手席の背に伸ばしたクロフォードが、横顔を見せて大きなあくびをしているところが窓ガラス越しに写っていた。この時間にロッジに到着したということは、眠っているところを起こされたのだろう。

「誰が死体を発見したんだ？」ぼくは尋ねた。マルセロの車が戻ってきてからクロフォードが到着するまで、影はひとつも写っていなかった。犯人の写真どころか被害者の写真もない。「通報したのは誰なんだろう？　しかも、ずいぶん朝早くだったに違いない。ひどいショックを受けている客はひとりもいないみたいだけど」

「わからないわ。クロフォードに訊くしかないわね」

　画面が明るくなると、白い雪がレンズに反射して目を細めなくてはならなかった。まばゆい光のなかで、これまでよりもはっきりと人間の形をとった影が写真に現れはじめる。次の二枚ばかりでは、影がかたまって蟻《あり》の列のように丘を登っていく。四号棟の前でぼくとアンディが落ち合うところが見えた気がしたが、確信はもてなかった。写真が切り替わり、朝の出来事が過ぎていく。兄のトラックが到着し（滑稽なほど大きい）、ゲストハウスの入り口付近、顔が判別できるほどカメラの近くに集まったカニンガム一家が見えた。

それからマイケルが逮捕された。いまいましいタイミングでシャッターが下り、エリンが兄を抱きしめ、ジーンズの尻ポケットに手を入れるところも写っている。くそ、勘弁してくれ。

「こうした写真は、宿泊客が天候や雪の状態を確認するためのものだと言ったね？　ロッジのウェブサイトで見られるってこと？」

「ええ、ライブ配信がね。スカイロッジのホームページに載っているから、誰でも見られるわ」

「すると、そのホームページを開いていれば、シャッターが下りるタイミングはわかるな。三分のあいだに動けば、カメラには写らない」

「ここのネット環境では、うまくいかないと思うけど」

「たしかに。でも、三分の間隔は変わらない。シャッターが下りるのは三分ごとだ。時計をそれに合わせておけば、ホームページを見ていなくても、シャッターが落ちない三分のあいだに動ける」

「でしょうね」

「クロフォードが車を飛ばしてここに来るのに一時間かかったとすると、五時半前後には誰かが死体を発見したはずだ。それなのに写真を見るかぎり、パニックを起こして斜面を駆けおりてきた人間はひとりもいないし、ロッジのスタッフに異変を告げた人間もいない。

急いで丘を上がっていく連中が写りこんでいるのは、ずっとあとになってからだ。誰かが死体を見つけ、警察に連絡して、それからどうしたんだ？　ベッドに戻ったのか？」

「犯人が警察に通報したって言いたいの？　ここに警官を呼びたかったから？」

「すべての不可能を除外していけば――」

「――最後に残ったものがいかに奇妙であっても、それが真実だ」ジュリエットはぼくの言葉を引き取った。「ええ、私もシャーロック・ホームズはほとんど読んでるわ。ホリデー・リゾートには、洗濯機の後ろに落ちて行方不明になる靴下みたいに、黴臭い本が集まってくるのよ。誰も買わないし、誰も持ってこないのに、なぜかたっぷりある。だから、私も推理に関してはアマチュア探偵顔負けだと思ってちょうだい。すると、あなたは消去法でこの謎を解くつもり？」

「ええと」ぼくは口ごもった。たしかにそれがぼくの計画だったからだ。「まずそうするのが、広く受け入れられてるやり方だと思うけど」ぼくはジュリエットの下唇の、特に目立つ皮を見ないようにした。

「広く受け入れられているやり方ね」からかっているのが丸わかりの疑わしそうな口ぶりだ。「彼が最も合理的な謎解きの方法を作りだしたなんてびっくり。私たちは彼がとんでもない変わり者だってことを忘れるべきなのよね」

「コナン・ドイルが？　とんでもない変わり者だとは知らなかったな」

「犯罪小説を書いているのに?」ジュリエットは両手を振りあげた。「主役が作家の犯罪小説は大嫌い」

親愛なる読者諸君、もちろんぼくもアーサー・コナン・ドイルの本を読んだことはあるが、厳密に言えばドイルは〈黄金期〉と呼ばれる時代には属していない。だから、今回の捜査ではシャーロック・ホームズのやり方を真似るつもりだが、コナン・ドイルについて書いたことはないのだと、ぼくはジュリエットに説明した。

「むしろロナルド・ノックスみたいな作家に傾倒しているんだ。ノックスは三〇年代に活躍した推理作家のひとりだよ。いずれにしても、ぼくが書くのは犯罪小説じゃなく、ハウツー本だ。ほら、『初めての推理小説を書くための易しい十のステップ』とか『アマゾンのベストセラー作家になる方法』みたいな本」

「ああ。自分では書かないのに、小説を書くコツを書いて、それを決して本など書かない人たちに買ってもらうわけね」

まさしくそのとおり。自分が目標に近づいていると感じたいために、一ドル九十九セント払う作家志望者は驚くほど多いのだ。ぼくの本はそこそこよく書けているが、実際に彼らの役に立つわけではなく、作家になりたいという読者の願望をある程度満たすだけだ。誇らしくはないが、自分の仕事を恥じたことはない。

「生計を得る手段さ」

「ノックスって誰なの？」

「一九二八年に探偵小説のルールを書いた男だよ。ぼくはそのルールを、よく現代の殺人ミステリーと比べるんだ。現代の小説では、彼のルールがほぼ無視されている。最近のミステリーにはズルが多いんだよ。ノックスはこのルールを十戒と呼んだ。コナン・ドイルは、ノックスより前の時代になる。ところで、どうして彼を変人呼ばわりするんだ？」

「霊を信じていたからよ。決まってるでしょ。しかも、追いかけて捕まえようとした。最初の奥さんと息子を亡くしたあと、コナン・ドイルは交霊会を開いてふたりと話そうとしたの。自分の乳母が霊媒だと思ったのよ。奇術に種があることを公然と認めていたフーディーニに、あなたには不思議な力があると説得しようとしたくらいイカれていたの」

「十戒のひとつに、それがある」焼死したはずの男が雪を溶かさなかったことは、超自然の出来事と言えるだろうか？「ルール二だ。超自然現象を事件に絡めるなと戒めている」

「お兄さんがほかの人ではなくあなたに弁護を頼んだのは、あなたがその十戒とやらを知っているからかしら？　ずいぶん突拍子のない話に聞こえるけど」

「いや。マイケルがぼくを指名したのは、ぼくがいちばんカニンガムらしくないカニンガムだからだと思う」

「どういう意味？」

「ぼくは一家の鼻つまみ者なんだ」冗談めかして言ったつもりだったが、つい苦々しい声になった。

「そういうことを聞いたわけじゃ――」ジュリエットはみなまで言わずに首を振り、パソコンのウインドウを閉じて立ちあがった。「あなたの言うとおりね。この情報はクロフォードと共有すべきだった。とにかく、本物の人殺しがこのあたりをうろついていないことを祈りましょう。さもないと、私たちの生死はそいつの一存にかかってることになるわ。まあ、いざとなったら、あなたが書いたハードカバーの本でそいつを殴り殺せるでしょうけど」

「ぼくの本はデジタル版しかないんだ」意図せずしてきしむような声になった。「自費出版だから」

「そう……」ジュリエットは世界一面白い冗談を聞いたとでもいうように腹を抱えてみせた。「何が起こっているにしろ、この事件を解決するつもりなら、シャーロック・ホームズだけじゃなくほかにもいろいろ読んでいるといいけど。アーサー・コナン・ドイルですら、霊の存在を本気で信じていたんだもの」

18

乾燥室にいる兄と話をする前に、弟のことをいくつか話しておきたい。ひとつは弟の名前がジェレミーだということ。ふたつ目は、現在形で語るべきか、過去形にすべきか、よくわからないこと。弟の名前はジェレミーだが、〝ジェレミーだった〟と言うこともできる。どちらも正しいのだと思う（ぼくは文法に弱いだけで、嘘をついているわけではない）。三つ目は、弟が死んだとき、ぼくがすぐそばに座っていたことだ。

弟の死について書くのは難しい。その理由は利き手がギプスに包まれているからだけではない。

ジェレミーは、ファーストネームでしか呼ばれなかった。考えてみると、子どもの頃に死んだ人間はたいていそうだ。まるで生きていた年月が短すぎて、カニンガムのレガシーを受け継ぐことができなかったかのように。重要なのは流れている血でも出生証明書にある情報でもないと考えているソフィアは、そうは思わないかもしれないが、そういうソフィアにしても、どの順序でハイフンをつけるべきかにこだわっている。

何が言いたいかというと、鮮やかな色のクレヨンで大文字のEを何度も練習した幼い頃、ぼくは「アーネスト」だったが、小学校二年生のサッカーチームでは「カナーズ」、法廷の証言台でマイクの前に座ったときは「ミスター・カニンガム」と呼ばれた。やがて教会の入り口で配られる葬儀用のパンフレットや花輪に書かれるときには「アーネスト・ジェームズ・カニンガム」となるはずだ。そうやって、人は死ぬときにフルネームを取り戻す。それがレガシー、つまり人が何かを後世に遺すということだ。だから、幼くして死んだジェレミーは、ジェレミーのままで止まってしまった。

ジェレミーがカニンガム家の人間ではないと言っているわけではない。弟は正真正銘の、れっきとしたカニンガムだ。だが、弟をジェレミー・カニンガムと呼ぶことは、彼をぼくらに繋ぎとめ、実際よりもちっぽけな存在にすることになると思う。喉をからからにして真夜中にえずきながら目を覚ますとき、ジェレミーはカニンガムとしてぼくの夢のなかにいる。だが、錨《いかり》となる姓がないジェレミーは、空や風の一部であり、心をよぎる思いの一部なのだ。

犯罪小説でも名前は重要だ。ぼくは大詰めで探偵が偽名を調べ、そこに隠された意味を明らかにするとか、名前の裏に不可解なアナグラムが隠されていることがわかる小説をたくさん読んできた。ミステリー小説にはアナグラムが頻繁に登場する。本書に出てくる名前はほとんどが本物だが、法的な理由もしくは遊び心で変えたものもある。したがって、登場人物全員の名前を書きだして推理すれば、せっかくのどんでん返しを台無しにすることになりかねない（そうしたければ、べつにかまわないが）。ぼくの名前はアーネスト。これは本名であり、隠された意味は何もない。

ジュリエット《Juliette》・ヘンダーソン《Henderson》（アナグラムはレーダーホーゼン《Lederhosen》・ジェット《Jet》・ユニット《unit》になる。それが何を意味するかは好きなように解釈してもらいたい）は、ペンキで書かれた矢印をたどり乾燥室を探しあてるという難題をぼくに残して立ち去った。ふたりで事件を解決することにぼくがさほど興味を示さなかったから、がっかりしたのかもしれない。机に置かれた署名のない不動産の契約書と、トリップアドバイザーの口コミに関するさりげない発言から、ジュリエットが今朝の事件をあれこれ調べている動機は、推理小説マニアが持つ好奇心や宿泊客の安全を守る義務からだけではなく、ロッジの資産価値を守るためでもあるのだと推測がつく。殺人事件の捜査が長引いて、ロッジの買い手候補が考え直すのを恐れているのかもしれない。この売買が差し迫ったものだとすればなおさらだ。

クロフォードは（いま気づいたが、ぼくらは彼を自然と姓で呼んでいる。警官に対しては常にそうだ。これは理屈に合う。ジェレミーが苗字《みょうじ》を超えた存在だとしたら、それとは逆に、バッジを盾に権威を振りかざすクロフォードは、ファーストネームよりも小さな存在だから）、ぼくの姿を見て立ちあがった。弁護士らしい態度を取ろうと、ぼくは右手を差しだした。

「ジュリエットが、きみが興味を持ちそうな証拠を持っている。役に立つかどうかわからないが、ゲストハウスの私道の写真だ」ぼくは言った。「妙なことに、陽が昇るまで騒ぎだした人間はひとりもいないんだ。誰かがきみに連絡したに違いないが――」

「ええ、夜明け前に」クロフォードが結んだ。「ここに着くのに一時間近くかかりましたからね」

「連絡した人間は名乗った？」

「さあ。自分はひと晩中巡回していましたから。署で電話を取ったのは自分じゃないんです」

「なぜきみが来たんだ？　ジュリエットはきみがいつもの……ええと、巡査部長とは違うと言っていたが」くそ、もう名前を忘れてしまった。〝カ〟のつく名前？　いや、〝マ〟だったか？

ぼくの記憶を掘り起こす手伝いをする気はないらしく、クロフォードは肩をすくめただけだった。「自分がいちばん近くにいたんですよ」

「で、きみが到着したとき、誰かが死体のそばにいたのか？」この質問の答えはわかっているが、確認しておきたかった。

「さぞ大騒ぎになっているだろうと思ったんですが、誰もいませんでした」ぼくは雪のなかに残っていた死体までの三組の足跡のことを思い出した。被害者と警官、犯人と思われる人物のものだろう。この事実は、死体の発見者がいないことを示している。となると、通報したのは犯人に違いない。

「それに、まだ死んだ男の身元もわかっていない」すでに判明していたらクロフォードがすぐさま教えたくなるように、ぼくは気落ちした声で言った。「被害者の写真のコピーをもらえるかな？」少し考え、こう付け加えた。「弁護士として見ておきたいんだ」弁護士に相応しい、真摯な要請に聞こえたと思う。

「でも、あなたは弁護士じゃない。そうでしょう？　お父さんがそう言ってましたよ」

「継父だ」子どもじみて聞こえるのもかまわず、つい鋭く訂正していた。マルセロは、兄と話すようにぼくに勧めたくせに、自分が代わりに兄の弁護を務められるよう、ぼくには弁護をする資格などないとこの男に告げ口したに違いない。マイケルが進んで鍵のかかる部屋に閉じこめられた理由は話したくない相手がいるからだというぼくの予想が当たっていれば、ここまで必死に乾燥室に入ろうとしているマルセロは怪しいことになる。しっかり頭に留めておかなくては。「自ら弁護を名乗りでたわけじゃないが、兄の容疑を晴らすために精いっぱい努力するつもりだ」

「ですが、ここには子どもも泊まっています。死体の写真が出回る危険はおかせません。わかりますね？」

ぼくはうなずいて譲歩した。「たしかにぼくは弁護士じゃないが、きみには兄をここに閉じこめておく権限などないことぐらいはわかっている。兄がおとなしく協力しているからといって、兄の権利をないがしろにしてもらっては困るぞ」ぼくは愛すべき役立たずに見えるよう両手を上げた。「それに、兄にどんな権利があるか具体的にはわからないが、これじゃないことはわかっている」そう言って、ブーツが描かれた白いプラスチック製の札と、湿気でわずかに反っている分厚い木製のドアを指さした。

「お兄さんは気にしてませんよ」

「そんなことは関係ない。出所が一日早かったことで兄を疑っているとしたら、一緒にいたエリンのアリバイも疑わしいことになるが、きみは彼女を拘束していないじゃないか」

「自分が性差別主義者だと言いたいんですか?」

「きみは何もわかってないと言ってるんだ」

「しかし、彼女はカニンガム家の人間じゃないですよね?」

「なるほど。結局、それが疑いの根拠か」名前はクロフォードにとっても重要らしい。「だったら、きみは無能だと言わざるをえないな。とりあえず、弁護士のふりを続けられるように、ぼくをなかに入れてくれないか。そうすれば、きみも警官のふりを続けられる」

「本気でお兄さんのことを気にかけているんですね。法廷では不利な証言をしたそうですが」クロフォードはかすかに首を傾けた。ぼくは言い返さなかったが、今朝顔を合わせたときよりもぼくについていろいろ知っていることに苛々した。マルセロのやつ。乾燥室の鍵は一本のスライドボルトで、南京錠はついていない。クロフォードは指先で差し錠を弾き――万全の警備だ――ぼくが開けられるようにドアの前から離れた。「自分には兄弟がいないのでよくわかりませんが、家族ってそういうものなんでしょうね」

「兄が昨夜ここにいなかったとわかったら、さっさと出してもらうぞ。少なくとも、ちゃんとした部屋に移してもらう。いいな？」これは本気だったが、最後に弁護士らしい台詞でびしっと決めたいという気持ちもなかったとは言えない。クロフォードはためらいながらも、かすかにうなずいた。

もうひとつ決め台詞があった。「それと、今後はぼくの立ち合いなしに兄と話さないでもらいたい」

そう言うと、ぼくは乾燥室のドアを開けた。

ロビーにスキーロッジにありがちな湿った臭いが染みついているとしたら、乾燥室はまるで難破船のような臭いがした。客は汗と雪に濡れたスキーウェアをここで脱ぎ、翌日の朝までにほぼ乾くよう、ひと晩放置する。そのためここは熱と臭いが外に漏れないよう、密封状態に保たれているのだ。縁にゴムが張りつけられたドアは、密封が解除されたことを示すポンという音をたてて開いた。なかの湿気は、空気を肺に取りこむにはえらが必要に思えるほどすごい。息を吸うたびに、部屋を漂う黴の胞子が鼻孔から入ってくる。足の臭いがすると言ったら足に失礼なほど、臭いもひどかった。

乾燥室は縦長で、両側に靴を入れる長方形の箱が並んでいた。蓋の開いた箱のなかは、紐《ひも》を解いたスキーブーツがびっしり。ほとんどの中敷きがだらりと伸びた舌のように引きだされているか、取りだされて壁に立てかけられ、臭気の源になっている。靴置きの上はジャケットやレインコートをかけるラックで、そこにもブーツの中敷きが引っかけてあった。小さな湯沸かし器の前に置かれた華奢《きゃしゃ》な物干しスタンドには、靴下が隙間なくかかっていた。何より奇妙なのは、床に絨毯が敷いてあることだ。室内の湿気を吸いとってぐしゃぐしゃになった絨毯は、踏むたびにスポンジのような音をたてた。部屋の灯《あか》りは、突き当たりの開かない窓の上に設置されたオレンジ色に光るヒーターだけ。窓ガラスの外には雪がたまり、外の光を遮っている。

マイケルはその窓の下にある、蓋を閉めた靴入れに座っていた。急場しのぎに置かれたクッションのおかげで、多少は快適に見える。ルームサービスのトレーにはコーラの缶とサンドイッチ。手錠はなし、ジャケットも脱いでシャツの袖をまくっていた。法に逆らうカニンガムという悪評にそぐわぬほど、ぼくらの体はひょろりと細長い。これまでぼくらをフットボール選手と間違えた人間はひとりもいなかったが、膨らんだジャケットを脱いだマイケルは三年前と比べるとがっしりしていた。

「肩が厚くなったじゃないか。刑務所で鍛えたの？」

マイケルはその質問には答えず、自分の前にある椅子を示した。オレンジ色に光るヒーターが、蜂が飛んでいるような音をたてている。

「閉めてもいいんだけど」ぼくは四分の三ばかり開けてある廊下側のドアを示した。「ふたりとも窒息するかも」これは嘘ではないが、ドアを開けたままにしている理由のひとつにすぎない。ぼくはドアの近くに留まったまま、沈黙に耐えられず言葉を継いだ。ちゃかすようなことを口にするのは、ぼくが自分を守る手段だってことはさすがにもうわかってもらえたと思う。「ねえ、忘れたかもしれないけど、マルセロは弁護士なんだよ」

「いいから、座れ」

湿った空気を深々と吸いこんでどうにか足を前に出し、兄が示した椅子に腰を下ろした。膝がぶつかり、急いで椅子を後ろにずらす。マイケルはぼくをじっと見た。考えこむような顔で、好奇心を浮かべ、ぼくの顔に新しくできたしわを、三年の歳月が残した跡を見ていく。それとも、どうやって料理しようかと考えてるのか？

「ジェレミーのことを考えていたんだ」兄は言った。「おまえはまだ小さかったから、正確には覚えていないかもしれないな。どうだ？」

思いがけない話題に面食らったが、調子を合わせることにした。「まあね。だけど……ときどき、本当に覚えているのか、人から聞いた話を頭のなかで繋ぎ合わせて勝手に記憶を作りだしているのか、わからなくなる。どこまでが本当で、どこまでが想像なのか……」ジェレミーが死んだとき、ぼくはまだ六歳だった。それにあの日はほとんどうとうとしていたから、おそらく想像で補っている部分がほとんどなのだろう。「ほかの誰かの記憶を夢に見ているみたいな、気味の悪い夢を見ることがある。ときどきジェレミーは……死んでないみたいな……」

「わかるよ」マイケルは額をこすった。そういえば、夜中にアラン・ホルトンを車に積んできたときも、ハンドルの跡がついた額をこんなふうにこすっていた。「おまえは小さすぎて気づかなかったと思うが、母さんがおまえに厳しく当たってたのは覚えてるよ。俺たちは五人いたのに、気がついたら三人になってたんだからな。こんなふうに」マイケルはパチッと指を鳴らした。

ぼくはうなずいた。母から引き離され、兄とともにしばらく里親と暮らしたこともあった。

「そして、ようやく俺たちを取り戻すと……母さんは俺たちを失いたくないというより、俺たちがお互いを失うようなはめになるのを恐れた。それを考えたことがあるか？」

いつも考えているよ、とぼくは思った。〝みんなあなたのせい〟と母に言われたことも黙っていた。〝家族はクレジットカードじゃない〟とも言わなかった。

「ジェレミーのことはよく考えるよ」代わりに当たり障りのない返事をした。

「俺たち家族は三人になった。おまえと母さんと俺の。一年のあいだに父親と弟を失ったんだ。母さんがなかなかジェレミーの葬式を出さなかったけど、あれには理由があったんだぞ。葬式のことは覚えてるよな？　俺は母さんが続けてふたつも葬式を出す気になれないだけだと思っていたが」

「延ばすにしても、七年はずいぶん長いよね」ジェレミーの誕生日にぼくらがこぢんまりした葬儀をしたとき、ぼくはもう十代だった。

「実を言うと、俺はあのとき嬉しかったんだよ。自分が理解できる年になったと感じたからな。あの葬式で俺たちの絆はそれまでより強くなっただろう？　俺が言いたいのは、何も――」マイケルはひと言ごとに首を振りながら、床を見つめて続けた。「鉄梃《かなてこ》も戦争も、エイリアンの侵略さえ、カニンガム一家をばらばらにすることはできなかったってことだ。それを――」マイケルが目を上げ、ぼくの胸を指さした。「おまえがばらばらにした」

ぼくはたじろぎ、目を合わせるのを避けて俯いた。そしてルームサービスのトレーに、フォークしかないことに気づいた。ナイフはどこだ？　安全のためにもともとなかったのか？　それとも兄が袖のなかに隠しているのか？　「無実だと言いたくてぼくをここに呼んだのなら、さっさとそう言えよ」

「俺はアラン・ホルトンを殺した」マイケルはゆっくり言った。

ぼくは子どものように指を耳に突っこみ、兄に向かって舌を突きだしたかった。様々な可能性が目まぐるしく頭をよぎる。でたらめに被害者を選び、雪のなかでそいつを殺したことも告白するつもりか？　そんな話は聞きたくない。こんなひどい部屋に進んで閉じこめられたのは、おまえとふたりきりになるためだ。前もってルーシーと打ち合わせ、乾燥室を提案させたんだ。ようやく捕まえたぞ、とにやにや笑いながら言うつもりか？　仕返しをするためにエリンと寝た、なんて話は絶対聞きたくない（わかった、兄とエリンのことが気になるのは認める。でも少しだけだ）。ぼくは椅子を倒してドアに突進したかった。だが、そのためには立ちあがって、向きを変えなくてはならない。一歩も進まぬうちに、飛びつかれるに決まっている。もしもマイケルがナイフを持っていれば……。

こうなったら、交渉するしか助かる方法はない。「あの金はまだ――」

「意図的に殺したんだ」マイケルは片手を上げてぼくを制した。「あいつが動かなくなるまで首を絞めた。それから、おまえが……俺の弟が……俺を刑務所に送った」

まるでガラガラヘビのようにすばやく、兄が飛びついてきた。

突然、頭のなかが真っ白になった。まるで頭のなかで吹雪が吹き荒れているか、すでに死んでいるのに脳がまだそれを理解していないかのように。そして兄の手がぼくの――

背中にまわった。

首ではなく、背中だ。それにナイフも持っていなかった。兄はぼくを抱きしめていた。ぼくはおそるおそる昔より逞《たくま》しくなった兄の肩に腕をまわした。

「ありがとう」兄はぼくの肩に顔を埋めてつぶやいた。ぼくは呆然と座り、死んでいないかどうかまだ確信が持てないまま、この状況で〝どういたしまして〟という返事は適切か、それともばかげているかを判断しかねていた。兄は鼻をすすった。「家族の誰も、おまえが正しいことをしたとは言わなかったんだろうな。俺がそう言うとは思いもしなかっただろう？」

「まあね」

「ルーシーは嫌がらせで提案したに違いないが、ここは完璧だ」兄は乾燥室を見まわした。「安全だからな」

「安全って……何から？」

「俺は誰も信頼していない。本音を話せるのはおまえだけだ。法廷で証言台に立って、俺を有罪にしたのはおまえだけだからな。おまえなら、俺が正しいことをするのを手伝ってくれる。ここは暑いし、息が詰まりそうだが、あのドアは閉めてきたほうがいいぞ。俺は意図的にアラン・ホルトンを殺したと言ったが、これからその理由を話してやる」

19

「どう話せばいいか、三年のあいだ考えてきた」ぼくがドアを閉めると、兄はそう言った。三年もあったのに、切りだし方を練習していなかったのは明らかだ。「刑務所にいると、物事の全体が見えるんだ。まわりの世界は回ってるが、何もかも静止しているみたいで、じっくり物事を見られる。スピリチュアルなことを考えなかったと言えば嘘になるだろうな」

ぼくは眉を上げたに違いない。兄は弁解するような口調になった。

「生きる意味とか、そういう話をしたいわけじゃない。だが、人を殺したら、いや、殺そうと決意したら、その決断を秤《はかり》にかけるものだ。わかるか?」

「どうかな」そう言ったのは、そのときは本当にわからなかったからだが、これを書いているいまは、少しわかるような気がする。

「ホルトンを殺したときのことを、どう説明すればいいかわからない。頭に霞がかかって、まるでロボットのように動いていた、と言えばいいかな。自分の動きが制御できないみたいに……」そう言って、すまなそうに片手を差しだした。「言い訳のように聞こえるかもしれないが、違う。殺したあとどうなるかなんて、まるで考えてなかった。自分の行動がもたらすかもしれないダメージも、傷つけるに違いない人々のことも。俺は三年間、人殺したちとともに刑務所で過ごした。自分では……まあ、理由があって殺したと思っていた。私利私欲ではなく、もっと大きな理由のために。ところが、自分たちの行いを互いに褒めたたえ合う連中と一緒に過ごすうちに……くそ、なかには本当にくだらない理由で人を殺した連中もいるんだ」マイケルは刑務所暮らしを思い出したのか、腹立たしげに首を振った。が、本題から話がそれたのに気づくと、こみあげてくる思いを抑えこむように何度か瞬《まばた》きし、深呼吸をした。「すまない。命の価値について話そうとしているんだ。わかるだろ？　たとえばソフィアの訴訟を見てみろよ。死んだ患者の家族は病院に……エリンが言った金額は覚えてないが、何百万ドルもの慰謝料を請求している。彼らは弁護士とともにテーブルにつき、書類をめくって互いに合意できる金額に達する。そして〝うちの息子にはこれだけの価値がある〟と決めるわけだ」

「ソフィアの話は、関係ないよ」意外にもぼくは、とっさにソフィアをかばっていた。ソフィアは五万ドルが必要な秘密を頑として話そうとしないのに。

「ああ、関係ないな。だが、俺は説明しようとしているんだ。ホルトンの命をこの手に握り、どれほどの価値があるか測ったときのことを。あいつの命を奪うことが俺にどんな価値をもたらすかを」

「兄さんはホルトンの命より、自分の人生のほうが重いと判断したんだ」結局兄は、人を殺したという事実と折り合いをつけるために、何度も自分に言い聞かせたに違いない言い訳を口にしているだけだ。そして、ホルトンを殺した価値はあったと、ぼくを納得させようとしている。目新しいことは何もない。ぼくの気持ちは変わらなかった。首を振り、ぼくは言った。「あの金は返す。バッグは持ってきた」

「いや、違う、そうじゃない。つまり、金も、ほかのものも関係ない。その代価のことだ。命にどんな価値があるかを知るのはおかしな気分だ、と言ってるのさ」説得に失敗したと気づいて、マイケルはつかの間悲しそうに黙りこんだ。ヒーターの光を反射して、不気味な感じに目が光る。いまの言葉は脅しに聞こえた。〝俺はすでに人の命と大金を秤にかけて、金のほうが重いと結論を出した。おまえの命も躊躇《ちゅうちょ》なく秤にかけるぞ〟と。窓を塞いでいる灰色の雪の壁が、急に重苦しく感じられた。外で吹き荒れている雪嵐と、それが窓ガラスを圧迫している様子が目に浮かび、いまにも雪だまりがこの部屋に押し寄せ、ぼくらを埋めてしまいそうな気がした。「おまえが誤解しているとわかったときは、もっとおかしな気分だった」

　何が言いたいんだ？　人を殺して得た金に、あるいはそのせいで払わねばならなかった犠牲に不満があるのか？　ぼくはその疑問を、ここに書いたよりわかりにくい言い方で、マイケルにぶつけた。

「いや、俺が言いたいのは、自分がおかした過ちから学んだということさ。二度と暴力を選ぶことはない。それなのに、まだこれは金の話だと思ってるのか？」

「違うの？」

「あの金は……なあ、あれはそもそも俺たちが手にするはずの金だったんだ。俺たちはそのために死んだ。あいつらが払うのは当然だ」

〝俺たちの金〟またこの台詞だ。だが、〝俺たち〟とはマイケルと誰だ？　やはりカニンガム一家か？　ぼくは尋ねようと口を開きかけ、ふいに閃いた思いに頭のなかの歯車がぴたりと止まった。

アラン・ホルトンが死んだ夜も、兄は同じことを言った。あのときは、〝俺が盗んだ、あるいはそのために人を殺した、だからあの金は当然俺のものだ〟という意味だと思った。そしてその一部をおまえに分けると仄めかしたのだと。何時間か前に、エリンもぼくの耳元で〝あれは家族のお金よ〟と囁いた。そのときもぼくは、エリンが自分も家族に含め、ぼくも仲間に入れると仄めかしているのだと解釈した。マイケルとエリンは最初から単純な真実を告げていたのに、ぼくはそれを見落としたのだ。ふたりとも言葉どおり、あの金はもともと自分たちのものだと言っているのだった。

蜘蛛の巣が覆っている空き地と、あえぐような息遣いの男に覆いかぶさるマイケルの姿が目に浮かんだ。自分の決心を秤にかけ、命の価値を測っている兄の姿が。何もかも腑《ふ》に落ちた。だから兄は、数えなくてもバッグの中身が二十六万七千ドルだと知っていたのだ。

くそ。ようやく謎がひとつ解けた。

「あの金は盗んだものじゃなく、兄さんのものだった。あれは偶然の事故じゃなかったんだね。兄さんはホルトンを知っていた。あいつは兄さんに何かを売りつけようとしたの？」

まだすべてを鵜《う》呑みにできないとしても、ぼくに聞く用意ができたことに気づいて、兄は目を輝かせた。月並みな表現なのは百も承知だが、実際に兄の目がきらめいたのだ。まあ、古いホテルの配線に高圧電流が流れ、ヒーターの光が一瞬強まっただけかもしれない。

「アラン・ホルトンのことを話すべきだろうな。あいつと親父の関係も」

ぼくは驚いて兄を見つめた。ドアを閉めておいてよかった。

「父さんはホルトンを知っていたの？」

マイケルが真剣な顔でうなずいた。「これからする話は……突拍子もなく聞こえるかもしれないが、最後までちゃんと聞いてくれ。いいな？」マイケルはぼくの沈黙を同意だと解釈した。「ホルトンは警官だった」

「警官？」ぼくは大きく跳ねあがった眉を、指で戻したい衝動をこらえた。

「元警官だ」

「当然だね、死んでしまえば何もかも〝元〟だ」子どもじみた理屈なのはわかっていたが、ぼくはついそう言い返していた。「だけど、そんなばかな話がある？　警官を殺して、たった三年の刑期ですむはずがない」

「そのとおり。つまり、あの晩……ホルトンは警官じゃなかった。警官だったのは昔のことで、あいつは——」マイケルは指先をくるりとまわした。「不正行為に手を染め、恩寵《おんちょう》を失った。つまり、警察をクビになったのさ。その後はけちな仕事を渡り歩いて、やがて安物の中古品を売る店を始めた。ときどきヤクも売り、盗みも働いた。ホームレスだったこともある。しょっちゅうトラブルに巻きこまれていた。警官だった頃のやつを知っているマルセロは、けちな悪党だとわかっていた。警察にいたときも……清く正しい組織の輝かしい手本だとは言えなかったからな。実際、それこそ検事が三年の刑期に同意した理由だった。法廷でマルセロに、当時の警察の腐敗ぶりを明かされては困る連中がいたんだ」

なるほど、そういうことだったのか。「マルセロはホルトンの過去を判事にちらつかせ、三年という刑期を検事に同意させた。ここまではいいか？」

「だいたい。だけど、それが父さんとどう関係があるんだ？」

「まあ、待て。これから説明する」

「急いだほうがいいよ。弁護士は六分ごとに請求できるらしいから」

「前払いはたっぷりしてあるはずだぞ」

そう言われてはぐうの音も出ない。気のきいた台詞も真実の前では形無しだ。

　マイケルはコーラをひと口飲み、顔をしかめた。おそらく、開いている缶の中身が部屋に充満した足の臭いを吸収したに違いない。「ある日、ホルトンが連絡してきた。それもいきなりだ。俺が欲しいものを持ってる、それを売りたい、と。あの夜、ホルトンを積んでおまえのところに行ったのは、あいつがおまえにも同じ話をしたと言ったからだ。それが本当なら、おまえも……何が起こったかわかっている、と――」

「自分の話を兄さんに信じさせるために、そう言ったんじゃないか？」椅子の背もたれに背中を預けながらぼくは言い返した。「ぼくは何も知らない。あの男には会ったこともなかった」

「いや、会ったことはあるぞ」マイケルは肩をすくめ、ぼくが言い返す前に続けた。「もちろん、あの夜のおまえの反応を見て、あいつがおまえに話を持ちかけなかったことはわかった。おまえはひどいショックを受けていたし、混乱していたからな。それに俺が殺した男の名前がわかったあとも、おまえは証言を変えなかった。だが、あいつに会ったことがあるのは確かだ」

　ぼくが否定しようとすると、マイケルは身を乗りだし、人指し指でぼくの体の三箇所、腹と尻と胸の真ん中を、ゆっくり、一定の間隔で押した。マイケルが何も言わなくても、その動作とリズムに一致する台詞が頭のなかに響いた。

〝旦那のどこを撃ったか教えてやるよ。ここと、ここと、ここだ〟

20

「父さんのことは、ずっと忘れようとしてきた」たったいま兄から聞いたことを急いで頭のなかで整理し、そこに隠された真実を見つけようとしながら、ぼくは吐く息にのせてつぶやいた。

実際、父が死んだときの状況に関しては、長いこと意識的に頭から追いやろうとしてきた。ガソリンスタンドに強盗に入り、射殺された父親のことなど、考える価値もない。警官と撃ち合って死ぬなんて、最悪ではないか。勇敢な死、誇らしい死の対極、忘れ去られるべき死に方だ。兄の裁判でホルトンの名前を聞いたとき、まったく気づかなかったのはそのせいだ。マルセロは最初に提示した司法取引を検事に承知させ、ホルトンの汚濁にまみれた過去を闇に葬った。だからマイケルの話を聞かなければ、ぼくは何も気づかないままだったろう。州葬のとき母の前に立ち塞がり、喪服にケーキのクリームを塗りたくった男の姿が、記憶の底から浮かびあがった。青い制服の襟に留めてあった金色のプレート、そこにある〝ホルトン〟という名前。ぼくはそれを実際に目にしたのか？　それとも、この記憶はたったいま聞いたマイケルの話が作りだしたものか？　さきほどマイケルに打ち明けたように、これもまた、事実との区別がつかない部分か？　これではとても信頼できる語り手とは言えないから、読者には謝らなくてはならない。そもそも警官は名札をつけているのか？

それから、疑いをすべて押しやり、ぼくはこう言ってマイケルを驚かせた。「だからって何も変わらないさ。兄さんがあの男を殺していいことにはならない。ホルトンは親父を撃ち殺したかもしれないが」ぼくは敵に同情するという、カニンガムらしくない立場を選んでいた。「父さんは犯罪者だった。盗みの現行犯で逮捕されそうになり、ホルトンの相棒の首を撃ったんだ。ホルトンが兄さんの言うとおりの男だったとしても、相棒を撃たれたから撃ち返しただけだ」

「それは否定しない。だが、考えてみろ、俺たちはいい暮らしをしていたか？　親父は高級車に乗っていたか？　母さんは高価な宝石を着けていたか？　俺たちは犯罪で得た金で贅沢《ぜいたく》をしていたわけじゃない。親父が法を破ったのは家族を養うためだった。それが正しいことだとは言わないが、自分の懐を肥やすためにやったわけじゃない。親父はそういう人間じゃなかった」

「ずいぶん好意的な見方だね」

「いいから聞け。ホルトンはこう言ったんだ。嘘じゃないぞ。死ぬ間際に嘘をつくわけがない」父を撃ち殺したのがアラン・ホルトンだと知ったあとも、ぼくがまだ納得せず、よくやったと褒めたたえないことにマイケルは苛立っていた。コーラの缶に手を伸ばしたが、さきほどのひどい味を思い出したらしく、顎を動かして唾液を呑みこみ、咳払いをひとつした。「親父はあるグループに所属していた。〝ギャング〟と呼ぶのは少し違う。〝仲間たち〟か?」乾いた笑い声を漏らした。「彼らは自分たちを〈セイバーズ〉と呼んでいた。剣歯虎《セイバートウース》のセイバーさ。最初はケチな盗みしかしなかったが、グループの人数が増えてくると優先順位が変わった。セイバーズは片手間にヤクを売る盗人《ぬすっと》グループから、片手間に盗みをするヤクの売人になったんだ。ヘロインやコカインといったたちの悪いドラッグも扱うようになった。仕事も手口も荒っぽくなり、やがて誰かが強盗やヤクより誘拐のほうが金になると言いだした。親父はそこまでやる気はないと線を引き、セイバーズがその一線を越えると……」

兄の話を聞いて、図書室で母が言ったことを思い出した。〝でも、自分が善人だと信じている悪党は――ロバートがあんな最期を遂げたのはそのせいよ〟

「父さんは警察側に寝返ったの?」ぼくはマイケルの話を遮った(ここが図書室ならよかった。鋭い推理を披露するのは、臭い乾燥室よりあの図書室のほうがはるかに相応しい)。

マイケルがうなずく。「仲間が捕まっても、自分は見逃してもらうという条件で、親父は警察に情報を提供することにした。セイバーズを抜けるチャンスだと思ったんだな。警察のやり方はおまえも知ってるだろ？　大物を捕らえるためなら、小物は無視する。小物の親父は、警察がセイバーズの親玉を捕まえる手助けをしていた。だが、警察側の最大の目標は、セイバーズと繋がっている悪徳警官を一網打尽にすることだった」マイケルはこの言葉がぼくの頭に染みこむのを待った。「親父は強盗に入り、ドジを踏んで殺されたんじゃない。あいつらは最初から親父を殺すつもりだったんだ」

母の話では、父はヤク中ではなかった。だとすると、父が持っていた注射器は、ヤク中の強盗に見せようとホルトンが用意したのかもしれない。ヤクでハイになった男なら、パトカーを見ただけで発砲してもおかしくない。もしも父がホルトンとその相棒の秘密を暴露する直前だったとしたら、十分ありえる話だ。

「ホルトンが殺人みたいなでかい罪状で起訴されなかったのは残念だが、最終的にはあいつの悪行が明るみに出た。常習的に証拠品のロッカーからコカインを盗みだし、賄賂を受けとっていた。その罪に問われたんだよ。いくら警察が身内に甘くても、見て見ぬふりをするには限度があるからな」兄の発言は、見て見ぬふりをしなかったぼくへのあてつけにも聞こえたが、ぼくは言い返さなかった。「ホルトンは何年か服役し、それで過去の悪行のすべてが帳消しになった。警察自体の評判にも関わることだから誰もが口をつぐんだのさ。わかるな？」

正直な話、ぼくは兄の話を信じたい気持ちにかられていた。信じれば父の汚名をそそげるからではなく、これが真実なら母に関していろいろと説明がつくからだ。兄の話が本当なら、母が警察に根強い不信感を抱いていたのは、悪徳警官が夫を殺したからだけではない。罪を見逃す代わりに父をスパイとして使っていた善玉警官が、父をみすみす死なせたからだ。ぼくの行為は、母にとっては大きな裏切りだった。法は家族を守ってくれなかったのに、ぼくも父同様、その法の側を選んだのだ。

とはいえ、この話はあまりにもできすぎてはいないか？　兄がぼくを説き伏せるために三年かけてでっちあげたものではない、と言い切れるか？

「あのときホルトンがそれを全部話したの？」そう言った声に、つい疑いがにじんだ。いくら死にゆく男でも、そこまで自分に不利な告白をするだろうか。「肺を撃たれたのに、ずいぶんたくさんしゃべれたんだな」

「撃たれるまでは何も言わなかった。しゃべりだしたのはそのあとだ。それに、あいつがすべて話したわけじゃない。ホルトンに関して俺が知ってる事実の大半は、刑務所で仕入れたものだよ。服役囚はみんな、ホルトンを知っていた。半分はホルトンの質屋に盗品を持ちこんで買いたたかれたことがあった。ホルトンの店は故買屋でもあったんだ。シドニーでヤバいものを換金すれば、まわりまわってホルトンの手に渡っただろうな。残りの半分はホルトンに裏切られたことがあった。感激して俺に握手を求めてきたよ。よくやってくれた、と」マイケルは顔をしかめた。囚人たちのその反応に、いまも悩まされているのが見てとれた。ひょっとすると、殺し自体よりもきつかったのかもしれない。

　ぼくは目を閉じて、真っ白な蜘蛛の糸に覆われた空き地を思い浮かべた。〝様子を見てくる〟ぼくに背を向け、蜘蛛の巣に両腕を突っこんだ兄の丸まった肩を。〝もう埋められるぞ〟と言ったときの声を。

「あの空き地でホルトンが意識を取り戻したとき、兄さんは様子を見に行った。そのとき殺すことにしたんだね？」

　マイケルはそのときのことを思い出しているのか、催眠術にかかったような声で言った。

「こんなことを言うと驚くかもしれないが、俺は長いことホルトンを責めたよ。あのとき、正気に戻りかけているような気がしていたんだ。あいつが何も言わなければ、たぶん車に乗せて、おまえの言うとおり病院へ運んでいただろう。いまでも忘れないが、ホルトンの唇は血で汚れていた。その血が唇のあいだに糊《のり》みたいに張りついて、あいつがしゃべるたびに唇のあいだに小さな赤い橋ができた。なぜあのときホルトンが親父を撃った話をしたのかわからない。最期にもう一度俺たちを侮辱したかったのか。殺る度胸が俺にあるかを試していたのか。もしかしたら、殺してもらいたかったのかもしれない」マイケルは鼻の頭にしわを寄せた。「すまない。刑務所の精神科医なら〝責任転嫁〟と呼びそうな言い訳だな。人のせいにすべきじゃない」

「つまり、父さんを撃ったとホルトンが自白したから、かっとなって殺したってこと？」

マイケルは重々しくうなずき、両手を見つめた。その手をホルトンの首に回したときのことを思い出しているのだろうか。「あいつのそばに戻ったのは殺すためじゃない。あいつがしゃべるまで、俺は何も知らなかった。ホルトンは、親父が命がけで手に入れた情報を売ろうとしていた。誰かを売り渡そうとしていたんだ」

ぼくはまたバッグいっぱいの金のことを考えた。〝俺たちはそのために死んだ〟。兄の言う〝俺たち〟のひとりは、父のロバートだったのだ。「つまり、父さんがホルトンに撃たれたことがわかったあと、兄さんはあいつの持っているものは全部、自分がもらって当然のもの、父さんから受け継いだものだと思った。だからホルトンを撃ってバッグを奪い、金を取りかえしたってわけ？」

「そうじゃない。たしかに金は関係あるが、そういう事情じゃないんだ。俺は集められるだけ持っていったが、ホルトンにはそれじゃ足りなかった。俺はしくじったんだよ。少しぐらい足りなくても気づかないと思ったんだが」マイケルは悲しそうに首を振った。病院の待合室でよく見かける、〝残念ですが〟というあの表情だ。「ホルトンは俺に銃を向けた。俺は銃なんか持ってなかった。当然だろ。もみ合ってる最中に銃声がした。銃を持っていたのはホルトンだったのに、どうしてあんなことになったのか、いまだにわからない。俺は銃なんて撃ったこともなかったんだから。道路に座りこんだホルトンの脇腹からは、血がどくどく流れていた。俺はただ……やつをそのままにして、銃を排水溝に投げこんだ。

だが、車に戻り、ようやく少し落ち着いてエンジンをかけると、ホルトンが動いているのが見えたんだ。やつを轢くつもりだったのか、それともやつが車の前に飛びだしたのか、あのときのことはよく思い出せないが、気がつくとホルトンはボンネットの下に消え、動かなくなっていた。おまえに電話したのはそのときだ」

最初から二十六万七千ドルは中途半端な金額だと思っていた。ずっと腑に落ちなかったこの中途半端さが、突然、腑に落ちた。

「ホルトンが要求したのは三十万ドルだったんだね?」

「俺にはあれしか……ルーシーに……」マイケルは気まずそうな顔で言いよどんだ。「とにかく、俺はしくじったんだ。指定された金額を用意できなかった」

「どうやって、ルーシーに気づかれずにあんな大金を用意したの?」あの晩兄が言ったことがよみがえった。〝ルーシーにばれちまう〟あれは、隠れて飲酒していたことだと思ったが、マイケルがルーシーに隠していたのは、もっと大きな秘密だったのかもしれない。

「ルーシーは……」マイケルは目をしばたたいた。あの夜のことを正直に話すのは問題ないが、自分の私生活を事細かに話す気はないようだ。「ルーシーには経済観念がないんだ。あいつのビジネス……あれが少し厄介な状況だった。キャサリンに、金を断つのも思いやりだと言われて試してみたが、何もかも悪化しただけだった。金が入ればルーシーを助けてやれると思った」

「ルーシーはもう知ってるの？」

「どうかな。あのバッグを持ってるのはおまえだから。どこかで知った可能性もあるが、もしも知ってるとしても、おふくろに話してないことは確かだ」

「何を売れば、あんな大金になるんだ？」

「言っただろ、情報だよ。考える時間がたっぷりあったから言うが、実際、三十万よりはるかに価値のある情報だ」

「三十五年前に父さんを殺す価値があったのと同じ情報？　兄さんがこの部屋に閉じこめられているほうが安全だと思う理由もそれなの？　そんなに危険な情報なのに、なぜ手に入れたかったんだ？」

「言ったはずだぞ。ルーシーのせいで俺たちは借金で首が回らない状態だった。ホルトンは自分が持ってるものを直接売りに行けないから、代わりに売ってくれる人間を探していた。そして俺に声をかけてきた」するとあの金は家族の誰かが出したのか？　マイケルは落ち着きを失くし、ぶつぶつ言いながらあちこちのポケットに手を突っこんで何かを探しはじめた。「正直な話、それほど危険な仕事だとは思ってなかった。俺が知ってたのは、ホルトンがその情報を親父から手に入れたということだけで、ホルトン自身が事件に関わっていたことは知らなかったし。まあ、あいつも俺が危険な存在だとは思っていなかっただろうな。どっちも間違っていたわけだが」

「いったいどんな情報なのさ。ホルトンは誰に売れと言ったの？」

「見せたほうがわかりやすいんだが……」マイケルはポケットを探り、ジーンズを叩いて、コンタクトレンズのケースを取りだした（兄に眼鏡が必要だとは知らなかったが、目の前に壁がある狭い部屋に三年も閉じこめられ、近視になったのかもしれない）。続いて、丸めた糸くずをいくつかと、チョコレートの包み紙一枚、ペン、キー一セットも取りだす。「くそ、ナイフはない。何を探しているのか知らないが、ポケットのなかにはないようだ。「あとで見せるよ」

どこへ行ったんだ？」マイケルは気落ちした顔でつぶやいた。

「あの晩、兄さんは飲んでたよね」ずっと頭にあった問いが口を突いてでた。思ったより早口になったかもしれない。あからさまに疑っている言い方だった。マイケルがぱっと顔を上げた。その目には……ぞっとするような表情が浮かんでいた。ホルトンが最期に見たのもこれと同じ表情だったのだろうか？

「気持ちを奮い立たせるためさ。酔っ払っていたわけじゃない」マイケルは喉の奥で笑ったが、力のこもらない悲しそうな笑い方だった。「信じてもらえないと思ったよ」

「信じる？」ぼくは落ち着いた声を保とうと努めた。「兄さんを信じたから、車で待っていたんじゃないか。信じたから、共犯になったんだ」

「聞いてくれ――」

「さっきの父さんの話……兄さんがホルトンから何を買おうとしたにしろ、盗もうとしたにしろ、証明するものは何もない――」

「だから、聞いて――」

「ホルトンが兄さんになんて言ったか知らないけど、あの男がぼくに連絡したなんて、嘘っぱちもいいところだ」

「いいから、聞け！」兄はぼくが椅子をひっくり返しそうになるほど大声で怒鳴った。

急いで立ちあがり、ドアへと後退った。ぼくが怖がっていると気づいた兄の目から怒りが消え、代わりに叱られた犬のような恨みがましい表情が浮かぶ。それから自分も立ちあがり、ぼくを止めようと片手を伸ばした。

「ホルトンは、親父の話をすればどうなるかわかっていたに違いない」そう言った声はさっきより落ち着いていたが、必死に自分を抑えようとしているのが伝わってきた。兄は濡れた地面をスリップする車のハンドルと格闘するかのように、言葉を押しだした。「死にかけている男は嘘をつかない。本心を口にするものだ。おまえに見せてやればいいんだが――」マイケルは途中で言葉を切り、少し考えてから、さきほどポケットから取りだしたキーを掴んだ。「いくら話しても無駄だな。俺の言葉が信じられないなら自分で見てこい。そのあと残りを話す」

そう言ってトラックのキーを投げてよこした。ぼくはそれを胸で受けとめた。〝あのトラックにほんとは何を積んでるのか、訊いてみるのね〟ソフィアの言葉を思い出していると、実際に彼女の声が戸口の向こうから聞こえた。何を言っているかはわからないが、よほど急いでいるようだ。内側からは鍵などかかっていないのだから、ドアが揺れるほど激しくノックする必要などないのに。いきなりドアを開けるのは礼儀に反すると思っているのか？　ぼくにどんな話があるにせよ、それはあとでもいい。兄との話がまだ終わっていなかった。ぼくはソフィアのノックを無視した。

「ひとつだけ。今朝の出来事について何か知ってる？　それと、マークとジャニーン・ウィリアムズ夫妻やアリソン・ハンフリーズという名前に聞き覚えはない？」

「ハンフリーズ……」マイケルは首を振った。「その名前は知らないが、ウィリアムズ夫妻が……ブリスベンの住人なら知ってる」ぼくが椅子から落ちそうになるほど勢いよく身を乗りだすのを見て、兄は満足そうに言葉を続けた。「刑務所に入ってまもなく、返信先がブリスベンの私書箱になってる手紙がきた。その封筒にあった差出人の名前がM&J・ウィリアムズだった。その頃には、ホルトンからもらった情報は、最初につけた値より価値があると気づいていた。いろんな連中が欲しがっていたんだ。で、その手紙を書いてきたのが誰にせよ……まあ、いちばん創造力に富んだやり方だったよ。俺を脅そうとしてるみたいだった」

「どんなふうに脅してきたの？」

「あれは明らかに偽名だった」マイケルは笑いともつかない声を漏らした。「とにかく、いま言ったように、俺を怒らせようとしただけさ。さもなければ怖がらせようとしたか。返事は出さなかった。その連中がどうしたんだ？」

「ウィリアムズ夫妻は、今朝死体で見つかった男と同じ犯人に殺された可能性があるんだ。ソフィアに確認する必要があるが、手口が似ているらしい。とにかく、ぼくら全員が集まっているこの週末に、ここで殺されるなんて、偶然にしてはできすぎてる」

「しかも俺が例のものをここに持ちこんだときに。そうだな。関連があるに違いない。とにかくトラックのなかを見てこい。そうすればわかる」

ぼくは立ちあがった。「で、昨夜はどこにいたの？」それを訊かずに立ち去ることはできなかった。

「トラックのなかを見れば、その答えもわかる」

「よっぽどすごいものが入ってるんだろうね。宇宙船とか」

またしてもノックでドアが震え、ぼくはちらっと振り向いた。マイケルがうなずく。部屋を出るのに兄の許可を待っていたことに気づき、そんな自分がいやになった。

「何か落としたぞ」兄が椅子のすぐ横の床を見た。ポケットから落ちた小さな四角い紙を見て、ぼくは赤くなった。カードを拾ったマイケルは内容を読んで鼻を鳴らした。

「ソフィアか？」ぼくがうなずくと、マイケルは言った。「ひとつ見落としてるぞ」

マイケルはペンを摑み、自分が勝手に書きこんでいいものかどうか決めかねるように、つかの間ぼくを見た。それからカードを靴置き場の蓋の上に置いて、背をかがめ、ペンを走らせた。書いている内容は兄の体が邪魔で見えなかったが、しばらくかかった。長々と書いているか、じっくり考えているかだ。ぼくは所在なげに足を踏みかえ、ドアを振り向いた。いまや部屋の外からはクロフォードの声も聞こえてくる。

マイケルが体を起こした。息を吹きかけてインクを乾かし、親指を押しつけて乾いているのを確かめた。蓋の上に置いたコンタクトレンズのケースが開いているのを見て、手間取っていた理由がわかった。きちんと書くために、レンズをつけたに違いない。マイケルは部屋を横切ってきて（認めるのは恥ずかしいが、怖くて首の血管がどくどく打った）、ビンゴのカードを差しだした。ぼくはそれをひったくるように摑み、すばやく目を走らせた。ぼくのカードに、何を書きこんだのか？　ソフィアとふたりだけのお楽しみを兄に邪魔されたような奇妙な苛立ちを感じながら、変なことが書かれていないか気になって、ぼくはそれぞれのマスを確認した。あんなに長く身をかがめていたからたくさん書いたと思ったのに、さきほどと変わっているのは一箇所だけ、〈誰かが骨折するか死ぬ〉と書かれたマスに×がついているだけだった。

「それを失くすなよ。おまえを信頼してる。俺を信じてくれと頼んでいるんじゃない。よく見てくれと頼んでいるだけだ」ぼくは片手で握った鍵を見た。トラックのなかには何があるのだろう？　マイケルは〝よく見てくれ〟と言った。いつの間にか、兄は耳打ちできるほど近くにいて、唾を呑むとかすれた声で言った。「それと、エリンのことだが……」

「聞きたくない」ぼくは鋭く止めた。

兄はぼくの制止を無視した。「ふたりとも、こうなるつもりだったわけじゃないんだ」

好奇心がぼくのためらいを押しやった。何しろ、ぼくはホテルでほかの人々の部屋を覗きこむ男なのだ。「ぼくらが子どもを作ろうとしていた話を聞いた？　医者や診療所の話を？　ぼくらがだめになった理由を？　それだけがだめになった理由じゃないよね。ぼくはエリンが望むものを与えることができたはずだ。それだけじゃない、って言ってくれよ」

「アーニー――」

ぼくは突然、我に返った。「いや、答えは知りたくない。それに、兄さんの金をだいぶ使いこんでるし」（実際はそれほどたくさん使ったわけではないし、使ったことを恥じてもいた。最後に捨て台詞を吐きたかっただけだ）「ぼくだって、そうするつもりじゃなかったけどね」

部屋の外ではクロフォード警官とソフィアが、好奇心と心配が入り混じった表情を浮かべ、ドアのすぐそばに立っていた。聞き耳をたてていたのは明らかだ。ぼくは乾燥室のドアに密閉用のゴムパッキンがついていることに感謝した。それが一種の防音装置のような役目を果たし、ぼくと兄のやりとりは、ふたりにはほとんど聞こえなかったはずだ。例外は、たぶん、マイケルが怒鳴ったときだけだろう。それでふたりはドアを叩きはじめたのかもしれない。

ソフィアは〝やっと出てきた〟と言わんばかりの顔でぼくの腕を摑み、ゲストハウスの正面玄関へと促した。そして歩きながら話すと言い捨てて、ついてくるのが当然だというようにさっさと歩きだした。ソフィアが焦っている理由を聞いていないらしく、クロフォードは警戒する様子もなく差し錠を戻し、ドアの横に腰をおろした。

ぼくはソフィアのあとを追う前に、立ちどまってきれいな空気を吸いこんだ。乾燥室で噴きだした首筋の汗がたちまち冷たくなる。兄から聞いた話をそのまま信じる気にはなれないものの、兄が危険な存在ではないことを受け入れる気にはなっていた。兄が危険をここに運んできたのはほぼ確かだが、まだわからないことだらけだ。次にすべきことは明らかだった。マイケルの言うように、トラックの荷台にあるものが昨夜のアリバイを証明するとしたら、まもなく兄をあの暑くて臭い部屋から解放できるだろう。乾燥室で三十分過ごしたあととあって、早く兄をあそこから出してやりたいという気持ちが強まっていた。あとの謎はふたりで力を合わせて解けばいい。

歩きだしながら、ジャケットのポケットに突っこむためにビンゴカードをふたつに折った。キャサリン叔母の近くでうっかり落とそうものなら、怒鳴りつけられかねない。折り目をしっかりつけていると、もうひとつの書きこみに気づいた。まだインクが光っている。

マイケルはマスのひとつにある言葉を消し、べつの言葉に変えていた。しかも丁寧にピリオドまで入れてある。そこにはこう書かれていた。

アーネストが何かを~~台無しにする~~正す。

その修正を見たとたん、兄に対する愛情がこみあげてきた。これを書いているいまもそうだ。せっかくそういう気持ちになったので、母についてもう少し書くとしよう。正直に言うと、もっと前にそうしてもよかったのだが、またも脱線して乾燥室で兄の話を聞くシーンを遅らせたら、読者にこの本を壁に叩きつけられそうで躊躇したのだ。

21

これから話す出来事を説明するには、ぼくが見ていない出来事や、推測するしかないほかの人々の視点を通さねばならない。だが、すべて事実として語ることにしよう。人々の上着の色や天気（実を言うと、あの日の天気は覚えているから推測する必要はない。焼けるように暑い夏の一日だった）の話を再び組み立てなくてはならないとしても、妥協する価値はある。ぼくの記憶はほとんど役に立たない。途切れ途切れにしか覚えていない幼い日の記憶であるだけでなく、あの日、ぼくはほとんど一箇所に閉じこめられていたからだ。そして、ぼくの視点だけを一方的に話せば、母が誤解される可能性がある。

あれは重要な一日だった。誰かが死んだ日、母が誰かを撃った日、母が右目の上に傷を作った日でもある。あの日、母はいわば真にカニンガム家の一員となる資格を得たのだった。

あれは父が死んでから何カ月もあとのことだ。

母は昔から子どもたちに対しても世間に対しても、やられたらやり返す、不当な扱いを受けたら黙っていない強い人だ。すでに言ったように、ぼくは父を不在の空間で測っていたが、父の死後その空間はかつてないほど大きくなった。とはいえ、ぼくらはそれに気づく暇さえなかった。母がたえずぼくらを忙しくさせておいたからだ。ぼくらの課外活動は、まるでハーバード大学の受験を目指しているかのように三倍増しになった。少しでも空いている時間があれば、すぐさまそこに予定を入れられた。一度など、二日続けて髪を切りに行かされたこともある。

ぼくらはまるで天才少年のように、スポーツチームに放りこまれた（当時の年齢からすると、運動というより様々な道具で遊ぶのに近かったが）。ぼくは水泳、ジェレミーはテニス、マイケルはスポーツの代わりにピアノを習った（それなのに、いまや兄のほうがいかつい肩なのはどういうわけだ?）。ぼくらはほかの兄弟の練習にも付き合い、審判席に座り、黒板にいたずら書きし、プールの縁から足を垂らして遊んだ。どこかへ行くときは常に母を加えて四人一緒だった。子守りを雇う費用を節約できるうえに、三人まとめて忙しくしておけたから一石二鳥だったのだろう。母はぼくらが何もかも平常だと感じられるように努力した。父のことは話題にせず、父がいれば違う人生になっていたかもしれないと考える間もなく、ぼくらはがむしゃらに進みつづけた。母の友人たちは、最初に持ってきたキャセロールやラザニアを猫の餌にされたあと、ほとんど差し入れに来なくなった。ぼくのクラスのネイサンは父親が癌で死んだあと何週間も学校を休んだが、一度その話をしただけで、ぼくは幼い子向けのボーイスカウトに入隊させられた。

子どものトラウマを無理やり抑えこむ育て方には大いに疑問が残るとはいえ、母のやり方はある意味ではうまくいった。ぼくらの多忙なスケジュールに、母自身も慰めを見出していたのだと思う。ディズニー・チャンネルのホームコメディに出てくるように、三人並んで後部座席に座らせ、学校に送ったあと、職場に向かい、放課後学校に迎えに来てシートベルトをカチリと留め、いずれかの習い事へ連れていく。それが母の日課だった。ぼくらは家にいたためしがなく、父を失った悲しみに浸る暇もなかった。

大人になって再びトラウマを体験したあと（〝車に戻ってろ〟）、当時を振り返ると、母の行動のべつの面が見える。絶望的な出来事が起こったあとの数カ月、母はまるで夢遊病者みたいに、しびれたような頭で毎朝目を覚まし、決まった日課をこなしていただけのような気がする。買い物に行くだけでも、さっきの乾燥室のような重い空気をかき分けて進んでいくような重労働に思えたはずだ。あらゆる雑用が決断を下さねばならない重要事項に思え、それを果たすことに気力も体力も奪われて、結局何ひとつまともにできない状態だったに違いない。なぜ行ったのかもわからず、気がつくといつの間にかキッチンに座りこんでいる。火曜日にテニスではなく水泳教室に行き、二度も床屋に行くはめになった。忙しくてうっかりしたのではなく、昨日行ったことを忘れていたのだ。盛りだくさんの日課のおかげで、たしかにぼくらは忙しく動きまわっていた。決まったことを繰り返すのは楽だった。いまにして思えば、母の肩にはそうした決断を下す重責がずっしりとのしかかっていたのだった。

　問題の日も、すべてがいつもどおりだった。いつもと同じ朝食のあと、母はぼくらを車に乗せてシートベルトを留め、あらゆる信号を青で通過して、いつもより五分早く銀行に着いた。そこでコーヒーを淹《い》れ、ぼくの想像では青い上着に緑のネクタイを締めた天気の話が好きな上司と二、三、言葉を交わした。

　母はその銀行の上級職を退いたあと、様々な部門を転々としたが、このときは窓口係をしていた。いまはスーツを着てｉＰａｄを手にした大卒の職員が、横柄な態度で預金も払い戻しも顧客自身にやらせるが、一九九〇年代の銀行の窓口には、襟元をスカーフで飾った若い女性がずらりと並んでいた。あとで知ったのだが、母が勤めていた銀行は母にとてもよくしてくれた。ガソリンスタンドに強盗に入って警官を撃ち殺し、自分も撃ち殺された男の妻など、普通なら即刻クビだろう。だが、彼らは父の不名誉な死に寛大に対処し、父の死にざまが公になったあとも母を解雇しないことに決めた。そして父が死んだあとの何カ月か、ぼんやりした母がいくつか大きな失敗をしでかしたときも同情的で、母に追加の休暇さえ勧めた。母がこの申し出を受けたかどうかはご想像にお任せしよう。母は父の葬儀の三日後には、もう仕事に戻っていた。二日休むことになったのも、葬儀が金曜日に行われたためだ。

九時十分過ぎ、ちょうど仕事を始めたときに、支店長のオフィスに母宛ての電話がかかっていると連絡がきた。だが、母は忙しくてそれを受けるどころではなかった。九時半に再び電話が鳴ったときは、母のところに伝言はなく、電話はけたたましい音で鳴りつづけた。静かな行内では、普段ならかなりの騒音になったはずだ。支店長室のドアが開いていたからよけいだが、そのとき銀行の正面扉には鍵がかかり、窓口係はみんな両手を頭の後ろで組み、床に座らされていた。

行内には男がふたりいた。ふたりのいでたちは想像で補う必要はない。トレンチコートに帽子をかぶり、サングラスをかけていたのを知っているからだ。ひとりは窓口の現金をかき集め、もうひとりは行員の列沿いに歩きまわって静かにしろと怒鳴っていた。その男は、ちょうど選手が打席に立っていないときにバットを持つように、ショットガンのような黒い大きな銃の握りではなく銃身を持ち、それを体の横で振りながら行員のあいだを歩いていた。

警報は鳴っていなかった。誰ひとり通報ボタンに近づくことができなかったのだ。銃を持った男が金庫を開けさせようと支店長を殴ったとき、またしても電話が鳴りだし、窓口で金を集めていた男が毒づきながらオフィスに入り、受話器を外した。

これはすでに言ったが、母は息子たちにも世間にも黙ってやられている人間ではない。相手がケチな悪党ならよけいだった。次に起こったことは、夫を奪った犯罪、強盗という行為の愚かしさに対する、母の反抗だったのかもしれない。あるいは、銃を持っている男の存在そのものへの反発だったのか。引き金を引いたとき、母は彼らのサングラスの奥に、夫の顔と、夫が自分たちに遺していったあらゆる面倒事を見ていたのだろうか。それとも、その男の銃の持ち方では間に合うように撃てないと冷静に判断しただけか？　どの可能性がいちばんありえるのか、ぼくにはわからない。

ぼくに言えるのは、何を感じていたにせよ、母には反撃するに足る理由があったことだ。そして三十秒後には、母は鼻を折られたものの、男の銃を手にしていた。さきほどまでそれを持っていた男は床に尻餅をつき、銃を構えた母から後退っていた。大きな銃を撃つにはあまりにも至近距離だ。相手を真っ二つに引き裂けるほど近い。窓口の金を集めていた男が両手を高く上げ、落ち着け、と母を宥《なだ》めにかかった。母は床にいる男の胸に銃口を向け――ためらったかどうかはわからないが、それまでの麻痺しているような感覚はなくなり、頭の霞は晴れていたに違いない――引き金を引いた。

弾は男の胸のど真ん中に命中した。

そのとき装塡されていたのは、皮膚を引き裂く散弾ではなく、小さな布袋に詰めてあるビーンバッグ弾だった。警察が暴徒鎮圧用に使う、相手を殺さずに一時的に動きを封じる弾だ。したがって、厳密には〝非致死性〟ではなく〝低致死性〟に分類される。たまに肋骨が折れて心臓に突き刺さることもあるが、ビーンバッグ弾がもたらす死因でいちばん多いのは、あろうことか、本物の弾薬を装塡してしまうという手違いだそうだ。

心配は無用だ。ぼくは発射された弾が一秒に何メートル進むかを細かく描写するつもりはない。問題の銃の型式やそれを作っている工場の描写もしないし、弾道に影響を与える可能性のある相対的湿度や風の状態にも言及しない。ぼくが言いたいことはほかにある。

たとえ致死性が低くても、銃を持っていた男は銃口を突きつけられただけで恐ろしかったに違いない。母は肋骨を四本折っただけで、男を殺しはしなかった。

引き金を引いたとき、手にしているのが〝低致死性〟の銃だということに、母が気づいていたとは思えない。だが、それはまたべつの機会に話そう。母の傷は右目の上にあると、ぼくは言った。銀行強盗未遂の男は母の鼻を折っただけだった。そして警官と救急隊員が到着し、男たちが連行され、母の鼻に綿が詰められる頃には、午後も半ばになっていた。誰かがようやく受話器を架台に戻したとたん、またしても電話が鳴りだした。支店長のオフィスにかかってきた電話は、三人のカニンガム家の少年たちが、今朝はひとりも登校しなかったという学校からの連絡だった。普段はぎりぎりに着く職場に、母が五分早く到着したのには理由があったのだ。

母は銀行強盗を撃ったが、殺さなかった。

でも、その日誰かが死んだ。

しびれたような頭。夢遊病者のように歩きまわる状態。うわの空でおかしたミス。焼けるように暑い夏の日、ぼくたち三人は学校で降ろすのを忘れられ、チャイルドシートにベルトで固定されたまま、母が銀行の屋上に駐車した車のなかにいた。窓が割れたのは覚えていない。傷になるほど深く窓ガラスで切った母の額から滴り落ちた血も覚えていない。気がついたとき、ぼくは病院にいた。残りはあとで聞いた話だ。いまでもときどき夢のなかで窒息しそうになって目を覚ますことはあるが、正直に言えば、その日のことは何ひとつ覚えていなかった。記憶に大きな黒い穴がいくつもあって、ほとんど何も思い出せない。

わかっているのは、ジェレミーが死んだとき、ぼくが隣に座っていたことだけだ。

送信者：（名前は削除済み）

宛先：ECunninghamWrites221@gmail.com

件名：『ぼくの家族はみんな誰かを殺してる』用の写真について

やあ、アーネスト。

メールをありがとう。本のなかほどに写真のページを挿入するためには、光沢紙の差しこみとフルカラー印刷が必要なんだが、これは制作工程がまったく異なるため、かなり金がかかる。この本の予算内には収まらないな。きみなら適所に2、3描写を入れれば、同じ結果を得られると思う。申し訳ないが、予算を増やすことはできない。

ところで、調子はどうだ？ 独白の部分をもうちょい簡潔にできたかな？ きみにとっては、あれが様々な事実をまとめる方法だってことはわかるが、この本では大勢死ぬから、読者は冗長な独白を鬱陶しいと思うかもしれないぞ。表紙に銃弾の穴をあけるのはやめたよ。きみも少しやりすぎだと言っていたから、これは朗報だろ。推敲中に、また読んでほしい箇所が出てきたら教えてくれ。

敬具（名前は削除済み）

追伸。もうひとつの質問についてだが、ルーシー・サンダースの遺産管理者に印税の一部を送ることはもちろん可能だ。詳細を送ってくれれば、手続きをしておく。

継父

22

ようやくぼくは、ゲストハウスの玄関付近に立っているソフィアに追いついた。

「誰かが死体を置いてある小屋を嗅ぎまわってるの」ソフィアが両開きの扉を押し開けたとたんに雪が舞いこんできて、凍った結晶がぼくのブーツを叩いた。あまりの寒さに足が止まったが、ソフィアに引っ張りだされた。ポーチには誰もいなかった。さきほどの男連中すら、ついに頼まれたものを車から取ってくる任務を放棄したらしい。勇敢に吹雪のなかに飛びだして寒さに震えるより、暖房の効いている屋内に留まり、妻の嫌味を我慢するほうがましだと判断したのだろう。風が唸り、耳のなかで誰かがセロファンをすぐそばで握りつぶしているような音をたてる。「影が見えたの」ソフィアは少しためらい、付け加えた。「バーの窓から」

「だから?」ぼくはわめき返した。風が口のなかに吹きこんでくるせいで、それしか言えなかった。大急ぎで息を吸わなければならないほどの強風だ。

「犯人は犯行現場に舞い戻るものじゃなかった?」

そのとおりだが、戸口の気温の低さにぼくは怖気《おじけ》づいた。外に出るのは少し待とう、いやそれより、クロフォードを連れていこう、と言いかけたが、口を開く前にソフィアが片腕を額にかざし、勢いよく吹雪のなかに踏みだした。

距離があいたら、吹きつける雪のなかで見失う恐れがある。慌ててあとを追うと、一瞬後にはどちらが上り坂かさえわからなくなった。方向を間違えて斜面を下れば、凍った湖のどこかで薄い氷を踏み抜き、湖に落ちて溺れ死ぬはめになる。冷たい水に落ちた瞬間に肺が活動を停止する、とどこかで読んだ覚えがあった。水温があまりにも低いと、血管や血圧にも影響があり、一瞬で失神する可能性もあるのだ。氷を踏み破って落ちたが最後、氷の下からその穴を見つけるのは不可能だ。それに、溺れかけている人間が透明の氷を拳で叩くという使い古された設定には現実味がない。凍るほど冷たい水のなかでは、あらゆる機能が停止するからだ。拳で氷を叩くことすらできないなんて、落ちた人間はさぞがっかりだろう。ぼくが死ぬときは、怒りに駆られて大暴れできるチャンスに恵まれたいものだ。

いつの間にか、ソフィアを見失っていた。周囲を見まわしても、目に入るのは渦巻く雪とどこまでも続く灰色ばかり。耳を直撃する風はまるで悲鳴のように甲高い唸りをあげている。まるでチェーンソーのような音だ。突き刺す風から目を守ろうと肘で覆い、必要なときだけ顔を上げながら俯いて何歩か小刻みに前進すると、灰色の渦からいきなり大きな塊が現れた。熊だ。とっさにそう思ったが、ここはオーストラリアだ。熊がいるはずはない。でかい塊は車だった。ぼくは駐車場にいたのだ。ありがたい、進む方向は間違っていなかった。

激しい風に、サスペンションの上で車体が揺れていた。キャサリン叔母のボルボの窓がひとつ割れ、後部座席に雪が積もっている。あれがマルセロの車でなくてよかった。マルセロのメルセデスに雪が吹きこんだら、せっかくの革の座席が台無しになるばかりか、最新の電子機器もショートして使い物にならなくなる。そう思ったとき、いい考えが浮かんだ。あとで考えるために頭の片隅にしまっておくことにしよう。

斜面の上方に黒い塊がかろうじて見えた。駐車場とは離れているから車でないことは確かだし、三角屋根ではないからシャレーとも違う。あれが例の小屋だろう。おぼろげでも外観が見えるおかげで、行くべき方向が定まり、一歩踏みだしたとき、右手に兄が乗ってきたトラックが見えた。吹雪のせいではっきりしないが、大きさからして間違いない。荒れ狂う風のなかで車体がきしみ、小さい車輪の上でいまにも横転しそうなほど激しく揺れている。ポケットに入れたキーが脚に当たり、存在感を主張した。小屋のほうは後回しにするか。

右に向きを変えたとたん、誰かが腕を摑んだ。ソフィアだ。ぼくの耳に唇を押しつけ、声を張りあげた。「そっちじゃないわ」

　ソフィアはぼくを引きずるようにして駐車場から出ると、丘を登りはじめた。雪がいっそう深くなり、犯罪現場の足跡などとっくに埋もれていた。ぼくらは歩くたびふくらはぎまで埋まる雪に穴をあけながら進んだ。次第に平屋根の小屋の影が大きくなり、その上にこんもり積もる雪が見えてくる。風向きからすると正面から近づくほうが多少ましなのだが、ぼくらはすさまじい風と闘いながら側面を目指し、まもなく背中を波型鉄板に押しつけていた。小屋に当たって分かれた風が両側を回ってぼくらのすぐ前で再び合流する。川のなかで岩陰に身を寄せているようだ。耳元の甲高い唸りが幽霊のうめき程度になった。ぼくは吹きつける風に邪魔されずに大きく口を開けて何度か空気を呑みこみ、腕と肩に積もった三センチ弱の雪を払い落とした。手袋をしていないため、両手をポケットに突っこみ、少しでも温めようと忙しなく握っては開いた。頭上に張りだした日除けから氷柱《つらら》が下がっている。落ちてくる氷柱に貫かれるホラー映画の一シーンが目に浮かび、現実ではありえないとわかっていても、壁に背中を押しつけずにはいられなかった。

　ソフィアが小屋の角から首を伸ばして正面を確認し、急いで引っこめた。ぼくの脇腹を肘で小突き、〝見て〟と目顔で合図してくる。小屋の扉は開いていた。クロフォードが閉めるのに使った南京錠が雪のなかに落ちている。錠が切られたのではなく、南京錠を通した扉の取っ手がネジごと外されているのだ。

「クロフォードを呼んできたほうがいいな」

「だったら、あなたが行って」ソフィアは小屋の角を回ろうとした。

ぼくはソフィアを片手で制し、壁に押しつけた。「よせよ！」

「死体をもっとよく見たいの。ちょうどいいチャンスよ。クロフォードは二度と私たちを死体に近づけないに決まってる。彼がこの事件を解決できる見込みはないわ。あの人がやってるのは警官ごっこだもの。これが――」ソフィアは両手で見えない風船を割る仕草をした。「連続殺人犯の仕業なら、明日の夜明け頃には、ここにいる全員が死んでいるかもしれないのよ。手に入る情報はすべて手に入れて、自分たちを守らなきゃ。せっかくここまで来たんだし、小屋の扉も開いてるんだもの。たぶん犯人はもう立ち去ってるわよ」

「立ち去っていなかったら？」

「だからあなたを連れてきたんじゃないの、ボディガードとして」

「ぼくがボディガード代わりになるわけないだろ」

「じゃあ、こうしない？　ほんの一瞬だけ扉のなかを覗くの。まだ誰かがいたら、扉を閉めて鍵をかけ、閉じこめる。出入口は一箇所だけだもの。それからみんなを呼びに行く。どう？」

ぼくには訊きたいことがたくさんあった。取っ手が壊れている扉にどうやって鍵をかけるのか？　どうやったら扉を閉めておきながら助けを呼びに行けるのか？　犯人が武器を持っていたらどうなる？　カピッチェ《カピッチエ》のスペルは？

だが、ソフィアの言うとおりにするしかないことはわかっていた。助けを呼びにゲストハウスに戻るのはかまわないが、ソフィアのことだ、おとなしく小屋の外で待っているとは思えない。一緒にやるほうが安全だ。それに、トラックのなかに兄の容疑を晴らすものがあることを願っているが（アーネストが何かを正す）、今朝の死体をじっくり見るのは、兄の弁護にも役立つかもしれない――こんなふうに登場人物がばかげた選択をするのは、読んでいてさぞかし苛つくだろう。ホラー映画で登場人物が氷柱に突き刺されたのもばかげた判断のせいだった。だが正直に言うと、ぼくはほんの少し好奇心に駆られていた。

ぼくらはなかに誰かがいる場合を考え、氷柱がもたらすリスクも考慮して、壁に背中を押しつけたままじりじり角をまわり、ドアにたどり着いた。隙間に顔を近づけたソフィアが、蛇に噛まれたようにさっと頭を引っこめ、目をみはって〝誰かいるわ〟と口だけ動かす。ぼくが扉を指さして閉める仕草をすると、ソフィアは首を振ってぼくの目を指さし、次いで扉の隙間を指さしてから、ぼくがもっと扉に近づけるように後ろにまわった。そして背中を押した。〝あなたも見て〟と言っているのだ。裏切ったな、計画と違うだろ、という思いをこめてにらみつけると、またしても背中を押された。

もう一度にらみつけたいのを堪え、ひとつ息を吸いこんでから小屋のなかを覗いた。

身元不明の死体は、ぼくらが安置した場所で、何枚か重なった簀の子から手足をだらりと垂らし、仰向けにスカイダイビングをしているように胸を突きだしている。今朝と違うのは、誰かがその上にかがみこんでいることだ。背中しか見えなかったが、誰だかすぐにわかった。死体に集中しているせいで、まだぼくたちに気づいていない。ソフィアが最初に言ったようにそっと後退り、扉を閉めてなんらかの方法でなかにいる人間を閉じこめ、警官を呼びに行くのが理想的だろうが、ぼくはまるで見えない糸に引かれるように小屋のなかに入った。ソフィアが夢中で腕を叩くのも、ほとんど感じなかった。警告の囁きは風に吹き飛ばされた。

なかにいる人間は、ぼくが入ってきたことにまったく気づいていない。風で壁ががたつき、次第に増していく雪の重みで屋根がうめく音が、足音をかき消す。小屋のなかは凍るほど寒かった。冷気が金属の壁から入りこみ、コンクリートの床から立ちのぼってくる。白く霞《かす》む息を吐きながら、ぼくは咳払いをした。死体にかがんでいた人間がぱっと体を起こし、二歩後退って、降参、と言わんばかりに両手を上げた。

「上等だ」ぼくは内輪のジョークを口にした。

23

ぼくが口癖のように「上等だ」と言うわけを、エリンには結婚当初、こう説明したものだ。「誰かにアーネストはどうしてるって訊かれたとき、たとえ喧嘩中でも、〝上等だと言ってるわ〟と答えられるだろ」と。

エリンの肩が落ち、両手も落ちた。「あなたでよかった」それから、久しく見ていない満面の笑みを浮かべ、心からほっとしたようにため息をつきながら近づいてこようとした。

「ここで何をしていたんだ、エリン？」冷ややかな声に、エリンの足が止まった。

「まだマイケルと話していないの？」エリンの声には、思いがけなく混乱と驚きが入り混じっていた。兄と交わした、友好的とは言えない謎だらけの会話のあとでは、何もかもはっきりしたはずだと言わんばかりだ。「アラン・ホルトンのことを聞いた？」

「ああ」

「だったら……」それだけで説明のほとんどがついたかのように、またしても間があいたが、はっきり言わなくてはならないことに気づいたらしく、いつもの優しい教師のような声になった。「で、どう思った?」

「信じていいかどうかわからないな」エリンに嘘をついても仕方がない。昔から嘘をつくのはエリンのほうがうまいのだ。たしかにエリンが反論できない本のなかで、こんなことを言うのは公平ではないかもしれない。だが、本当のことだ。それに浮気をしたのはエリンのほうなのだ。

「すぐそばに死んだ男がいるのよ」エリンがぶっきらぼうに言った。

「ああ、見ればわかる」

「リゾートのオーナーは事故だと思わせたがっているけど、これは事故じゃない。あの人が事故だと主張しているのは、宿泊客がパニックを起こさないためだわ。でも、あなたも私も、これがカニンガム家の問題だとわかってる。カニンガムの誰かが……」エリンは〝関わっている〟とは言わなかったが、ふたりともそう思っていた。

ぼくはほんの少し譲歩した。「もしもマイケルの話を信じるとすれば、父さんを殺した男、ホルトンはもう死んでいる。それでめでたく一件落着のはずだろ。ほかに何があるんだ?」

「もしも?」

「兄貴が自分の話を信じていることは信じるよ。いまのところはそれしか言えない」

蜘蛛の巣がびっしり張った白い空き地を思い出すと、いまでも体が冷たくなる。マイケルの話を受け入れたくないのは、たぶんそのせいだ。ホルトンは悪党だと新聞には書かれていた。だが、あいつがどんな男で何をしたにせよ、あの夜明け前のひと時、実際に白い空き地にいた人間として、ぼくは彼の死を、あの殺しを正当化したくなかった。

「だけど、とても単純な話よ。ホルトンがあなたのお父さんを殺したのは、口封じのためだけじゃなかった。何かを手に入れるためだったの」エリンは考えをまとめながら、舌打ちするような音をたてた。「そして、それをマイケルに売ろうとした。私たちがここに来たのもそれが理由よ」

「ああ、兄貴から聞いたよ。でも、なぜホルトンはこんなに時間が経ってからその情報を売ろうとしたんだ？」

「仕事を失ったからかしら。それとも追い詰められていたから？　確かなのは、彼が手にしていた情報は、三十五年前に人を殺すだけの価値があっただけじゃなく、いまもその価値があるってこと」エリンは親指をぐいとそらして死体を指した。「もう一度、ここに死体があると繰り返す必要がある？」

「わかったよ。で、兄貴がホルトンから買ったのは、どんな情報だったんだ？」

「さあ」エリンはためらった。「マイケルは教えてくれないの。知らないほうが安全だって」

十戒のその九によれば、ぼくは思ったことをすべて明かさなくてはならない。このときぼくは、エリンが嘘をついているとは思わなかったが、まだ話していないことがありそうな気がした。

「だけど？」

「私たち、何かを掘り起こしたの」

そういえばゲストハウスの前で握手したとき、マイケルの手は汚かった。爪のなかに土が入りこんでいた。髭はきれいに剃ってあったし、髪も染め、すっきり整えてあったのに、なぜ爪のなかがあんなに汚れていたのか？「トラックの荷台に積んであるのはそれ？」

エリンがうなずく。

「そうか。何を掘り起こしたんだ？　金だな、きっと。どれくらい？　セイバーズの誰かの金か？　強盗で手に入れた金か？　宝石？　ヤク？」それなら納得がいく。

「たぶん。でも、私は見てないの」

声帯がまだ半分凍っているせいで、笑ったつもりが空咳になった。「これは宝の地図の奪い合いだったのか」

「笑わないで」エリンが胸の前で腕を組んだ。「私はマイケルを信頼してる」

〝信頼してる〟は、ぼくにはべつの意味に聞こえた。ぼくの頭はこの一語をそっくりべつの言葉に置き替えていた。

「これは――」

「やめて、アーニー。あのこととは関係ないわ」

関係ないとも言えるし、あるとも言える。カウンセリングのときでさえ、ぼくはいまほどエリンに真っ向から疑問をぶつけたことはなかった。原因は自分にあると思いこみ、恥ずかしさと悲しみが常に怒りを抑えていたからだ。でも、きちんとぶつけていたら……。家族を持つことがエリンにとって、ぼくにとってどんな意味を持つのか、朝食のテーブルでぼくが開けた不妊治療クリニックからの手紙がぼくらに何をしたか、ぼくらが作ろうとしていた〝家族〟に何をしたか。そういうことを落ち着いてじっくり話し合い、問題を乗り越えられたのかもしれない。

ぼくらはあの手紙を長いこと待っていた。人生をがらりと変える知らせを郵便受けから取りだすなんて奇妙な話だが、おそらくクリニックの連中は、電話で報告する必要があるほど緊急でも重要でもないと思ったのだろう。あの手紙はなかなか届かなかった。次々にトラブルが重なり、エリンはそれを不安そうに説明した。最初の手紙は住所が不完全で、エリンがクリニックに正しい住所を知らせなくてはならなかった。何週間もあとに届いた二通目は、雨のせいでぐっしょり濡れて判読できなくなり、エリンは打ちひしがれた。毎日、朝早く郵便受けを見に行き、車寄せを歩きながらピザ屋のクーポンつきチラシや不動産の広告のなかを探して、今日も届かなかった、と悲しそうに首を振ったものだ。

実は、ぼくはまだその手紙を持っている。あの朝ぼくは、そこにある結果を信じられずに見つめ、クリニックの知らせが間違っている可能性を考えながら、手紙を思いきり握りしめた。そして、腕が汚れ、手首に臭い汁がついているのもかまわず、手紙のしわを伸ばしてバターの横に置き、ほつれた髪を耳の後ろにピンで留めながらキッチンに入ってきたエリンに座ってくれと頼んだ。エリンが手紙を読み、顔を上げてぼくの顔を見たときに浮かべた表情……おそらくあのとき、ふたりとも結婚生活が終わったことを知ったのだ。しばらくのあいだはしがみついていたが、火花は消えてしまった。もしもぼくにまだ火花が残っていたとしたら、あの手紙を燃やすために使ったはずだ。

ぼくらはそれから一年半、同じ家に住みつづけた。どちらも出ていきたくなかったからだが、かといって留まりたいわけでもなかった。夫婦のどちらかが子どもを欲しがり、もうひとりがその望みを叶えられない場合、結婚生活は壊れる。

そう、あれはぼくが三回しか経験したことのない、波乱に満ちた朝食のひとつだった。

「じゃあ、真剣なんだ?」ぼくは尋ねた。この問いの意味はどちらもよくわかっている。エリンとマイケルのことだ。

エリンはため息をついた。「ええ、真剣な付き合いよ。だけどそうじゃなくても、私は彼を信じる。父親の良い面を知るチャンスを誰もが摑めるわけじゃない。素晴らしいことだわ」

なるほど、マイケルが父のロバートを深く理解する手助けをすることで、エリンは自分を虐待していた父親について気持ちの区切りをつけようとしているのか。

「ばかな、きみはもっと賢いはずだぞ」

「あなたはいつもそういう優しいことを言ってくれたわね」エリンは苦い笑みを浮かべた。

「トラックの荷台を見た？」

ぼくは首を振った。「キーを渡されたけど、きみのあとを追ってこっちに来たから」

「なかにあるものがなんにしろ、それを見ればあなたも納得するはずだってマイケルは言ってる」

またか。トラックに積んであるものがぼくの人生を変えるという台詞には、いい加減うんざりだ。

「このままじゃ平行線だ。お互いの意見が一致する点を見つけないか」ぼくは対立を避けてそう言った。

「ドクター・キムみたいな口ぶりね」

「あのカウンセリングには、ずいぶん金を使ったけど……こんな形で役に立つとは思わなかったな」ぼくは無理して笑みを作った。

「じゃあ、たとえば」エリンは元セラピストのけだるそうな声を真似た。「二人の意見で一致している点は何かしら？」

「ぼくらはどっちも、マイケルがその男を殺したとは思っていない」ぼくは簀の子の上の死体を示した。死体の横で普通の会話をしているのは、奇妙な感じだった。「それに、扉の取っ手を壊して詮索する気になったってことは、きみも凍死だという説明に疑問を持っているわけだ。そして誰かが、きみとマイケルが掘り起こしたものを狙っている、と思っている。一方、ぼくはとにかく兄貴が犯人じゃないことを証明して、せめて一度くらいは何かを正したい。それがぼくらの共通点だ。殺人事件を解決しようとしている、ってことが」ぼくは再び、物語の著者だから自動的に主役になるわけではないことを思い出した。どうやらこの事件には、殺人を犯したい人物よりも解決したい人物のほうがずっと多いようだ。「そこから始めよう。誰がその男を殺したかわかれば、兄貴が真実を話しているかどうかもわかる」

「片方が、もう片方を証明するのね」エリンはうなずき、セラピストを真似て眉間にしわを寄せ、人差し指の腹を合わせて顎を置いた。「今日は多少とも進展があったようだわ。どう?」

　ぼくはつい、笑っていた。ぼくらが恋に落ちたのには理由があるのだ。その後何が起こったにせよ、そのすべてを忘れるのは難しい。

「さっきはずいぶん熱心に死体を見ていたけど、何かわかった?」

「ねえ、私は専門家じゃないけど、これがただの凍死だとはとても思えないわ」エリンが死体にかがみこむ。ぼくは近づいた。

　今朝の死体をじっくり見るのはこれが初めてだった。足を持って運んでいるときは吐き気を我慢するので忙しく、クロフォードが撮った顔写真もちらっと見ただけだった。死体は目を閉じていた。小屋のなかが冷凍庫のように寒いため、髪のあちこちに氷の結晶が光っている。顔は黒い灰に覆われていた。最初に見たとき凍傷にやられたと思ったのは、そのせいだ。口のまわりに凝固したタールが光り、みみずばれのような赤い傷が首をぐるりと囲っている。ソフィアが言った切り傷だ。クロフォードの袖についたのはこの傷による血だったのだが、近くで見ると思った以上にグロテスクだった。何が巻きつけられていたにせよ、よほどきつかったらしく、皮膚が切れ、血まみれの裂傷が寒さで結晶化しはじめている。

　エリンがぼくの調査を遮った。「誰かが首を絞めたみたいね。その黒いのはなんなのかしら？　毒？」

「灰だと思う」ぼくはソフィアの説明を繰り返した。

「つまり、焼け死んだってこと？　雪の上で？」

　ぼくはうなずいた。「だが、周辺の雪はまったく溶けていなかった。それにもしも燃えていたとすれば、雪の上を転がって消そうとするんじゃないか？　火傷もできただろうし。ソフィアはこれが連続殺人鬼の仕業だと思っているんだ。新聞やテレビではブラック・タングと呼ばれているらしい。だけど、兄貴が父さんみたいにギャングの取引に巻きこまれたのだとしたら、ブラック・タングは用心棒か何かなのかな?」

「そうかも。人を焼き殺すなんて、ずいぶん残酷な殺し方よね。ものすごく傷つけたいとか、見せしめにしたいときの手口みたい。さっきの話だけど……これは灰なのに、周りの雪は溶けていなかったと言うの? 犯人は火をつけずに被害者を灰で殺せるの?」

「その昔ペルシャの王様たちが使った拷問方法よ」ソフィアが戸口から言った。「何よ、入ってきてもいいでしょ。このまま外にいたら、かちかちに凍っちゃうわ」

「拷問なら」ぼくはエリンに向かって片方の眉を上げた。「見せしめ、というシナリオにぴたりとはまるな」

「ソフィアはどこまで知ってるの?」エリンが腕を組む。「マイケルに、あなたしか信用するなと言われてるの」

「ソフィアは大丈夫だ。金のことも知ってる」

「アーニーが使っちゃったのは残念なことよね」ソフィアは意味ありげにぼくを見た。

「かなりたくさん。少なくとも五万ドルは。そうでしょ?」

エリンがじろりとぼくを見たが、その視線の意味はわからなかった。ぼくがマイケルの金を使ったことに苛立っているのかもしれないし、秘密を打ち明けるほどソフィアと親しくなったのが気に入らないのかもしれない。ぼくは後者だと思うことにした。自分は昨夜マイケルと一緒だったくせに、少しばかり身勝手じゃないか。「あなたはその連続殺人鬼のことを、ずいぶんよく知っているみたいね」エリンはまだ警戒するようにソフィアに言った。

その声に非難を聞きとったとしても、ソフィアはまるで表情を変えなかった。「被害者のひとりが、うちの病院に運びこまれたの。ハンフリーズという女性よ。誰かが彼女を見つけて救急車を呼んだのね。病院のみんながかろうじて間に合ったと思った。だけど、肺をやられていて、結局、呼吸器のスイッチを切らなくてはならなかった。興味が湧いたから、ポッドキャストをいくつか聞いたの。まさかその情報がここで役に立つとは思わなかったけど」

「それはよかった。ポッドキャストを聞けば、すべて解決――」

「いいからソフィアの話を聞けよ、エリン。ぼくらより詳しく知っているんだから」

「つまり、この犯人は中世の拷問が好きな、歴史オタクか何かだってこと？」

「たぶん」ソフィアはそう言ったものの、自信はなさそうだった。「実際にあった話よ。灰による窒息死と呼ばれている。アーニー、この前も言ったけど、住宅火災の死因はほとんどが火傷ではなく、窒息なのよ。ひとつには、火が空中から酸素を奪うため肺に取りこむ酸素がなくなるからだけど、火が消えても、煙を吸いこみすぎると、それが肺のなかに膜を作るせいで、空気中に酸素があっても取りこめなくなるの」

「古代ペルシャは、住宅火災で知られてたわけ？」ぼくは尋ねた。

「ばかね。この拷問を発明したペルシャでは、そのために、高さが二十メートル以上もある巨大な塔が特別に建てられたのよ。塔のなかには車輪や歯車みたいなものがたくさんあって、床には灰の山があった。ペルシャ人はその塔に冒瀆《ぼうとく》の罪を犯した者を押しこんだの。当時、冒瀆は死に値する罪だったから。もちろん、灰がたくさんある部屋に閉じこめただけじゃ、大した害にはならない。彼らは車輪を回し、巨大な歯車を動かして、灰を空中にまき散らした。罪人はそれを吸いこんで窒息死したわけ」

「ルーシーは、最初の被害者がブリスベンに住んでいた年配の夫婦だったと言ってたけど、その夫婦も同じ方法で殺されたのか？」

「ええ。まあ、ペルシャの拷問みたいに三階建ての塔で殺されたわけじゃないけど。それに、この被害者の首には絞められた痕がある」ソフィアは近くの作業台からドライバーを持ってきて、よく見えるように、それを死体の襟に差し入れた。「頬を覆っている灰の厚さと首の傷の深さからすると、犯人は灰を入れた袋を頭からかぶせ、首のまわりにきつく縛って、死んだあとその袋を外したんだと思う」

「雪の上に残っていた足跡は、誰かが狭い範囲を走りまわったようだった」

「ええ。酸素が足りないと、あっという間に方向感覚が失われるの。この男はおそらくパニックを起こして、かぶせられた袋をむしり取ろうとしたんでしょうね。ぐるぐるまわっている姿が目に浮かぶわ」

「それのどこが中世的なの」エリンは自分の言い方がきつすぎるのに気づき、謝るように両手を挙げた。「皮肉じゃないのよ、ごめんなさい。興味深いと思って。頭に袋をかぶせられれば、それだけで窒息する。なのに、どうして灰を入れる手間をかけたのかしら？」

「犯人は焦っていたんじゃないかしら？　夜が明けそうだったのか、リゾートのほかの客が邪魔に入ったのか。ブリスベンで殺された夫妻のときは、たっぷり時間をかけた。拷問に使われたのは塔じゃなかったけど、その現代版みたいなものだったわ。被害者夫妻は自宅のガレージで車に閉じこめられ、結束バンドで両手をハンドルに繋がれていた。誰かが立っていたみたいに車の屋根がへこんでいて、ガレージの床には落ち葉を吹き飛ばすのに使われるリーフブロワーがあった。犯人はきっとサンルーフから灰を注ぎ、そこにリーフブロワーを突っこんでその灰を空中に撒き散らしたんでしょうね。うちの病院の救急治療室に運びこまれた女性も同じだったわ。ブロワーを差しこむ箇所以外は、窓も換気ファンもテープで密封した浴室に閉じこめられ、両手を縛られていたの。そうやってゆっくり殺すのが、この犯人の好むやり方。言うまでもないけど、これはすべて推測よ」

「ポッドキャストで聞いた推測ね」エリンが念を押す。

「ええ、そう」

「空気で溺れるような感じなんだろうな」ぼくは言った。ぼくの窒息する夢と同じことが誰かの身に起こるなんて、考えただけでぞっとする。母の車に閉じこめられていた数時間のほとんど、ぼくは意識を失っていた。すぐ上に見える水面から顔を出せれば助かるとわかっていながら、最後の数センチがどうしても届かずに、水面のすぐ下で溺れたダイバーの話を読んだことがある。すぐそこにある空気に必死にたどり着こうとするのに、どうしても届かない、そんな状況は想像することもできない。「同じ犯人の仕業なら、灰だけじゃなく同じ道具が使われているはず、きみはそう思ったんだね。となると、首の痕は結束バンドでついた、ってこと？」

「だと思う。この食いこみ方からすると、プラスチック製の結束バンドみたいね。ロープではこうはいかない。スパッと切らずに皮膚を引き裂いてしまうのよ。釣りに使うワイヤーだと傷はもっと深くなる。でも、ほら、ここを見て……」ソフィアはほんの少し開いている死体の口を示し、携帯電話（バッテリー残量85パーセント）を取りだして、ライトで口のなかを照らした。マスコミが犯人をブラック・タングと呼ぶ理由は謎でもなんでもなかった。死んだ男の口には黒い炭がこびりつき、黒く煤けた歯の奥に太くて真っ黒いなめくじみたいな舌が見える。「これは死因とは関係ない、お飾りよ。窒息させるには袋だけで十分だった。灰は自分の仕業だと示す署名のようなものね」

「どうしてわざわざしるしを残すの？」エリンが尋ねた。

「救急治療室ではずいぶんひどいものを見てきたから、理由はいくつか思いつくわ。あなたには私が何を考えているかわかるでしょ、アーニー。こういうのを書いているんだから。

サイコキラーの手口の基本的原則は何？」

「ええと、最も一般的なのは、決まった手口を用いるってことかな。殺し方は彼らの手順の一部で、必ずなんらかの意味があるんだ。でも、手順がそれほど重要なら、すべて順序どおりにできない場合は殺す手間はかけないと思う。さもなければ殺す価値がない。ただし、途中で邪魔が入ればべつだ。それに誰かがこの山で焚火《たきび》をしていたとも思えない。だとしたら、跡が残っているはずだ。だから、ぼくの仮定がどんな助けになるかわからないな」

「あなたが思うほど火は必要じゃないのよ。要するに、灰塵を空中に散布すればいいの。ガーデンセンターや金物屋に行けば、大袋入りの灰が売ってるわ。犯人は灰をここに持ってきたんじゃないかな。準備をしてきたのよ。だから私のさっきの仮説のほうが、可能性が高いと思う」

　ソフィアがこれから口にすることを察し、それがエリンとマイケルの仮説にぴたりと当てはまることに気づいて、不安がこみあげてきた。ふいに金属が捻《ね》じ曲《ま》がる音がして、クロフォード警官が小屋の扉を勢いよく引き開けた。よほど急いできたらしく、顔が真っ赤で汗ばんでいる。まだ南京錠がぶら下がっている壊れた取っ手を片手で掴み、もう片方の手で警官が使う重いフラッシュライトを掴んでいた。クロフォードはぼくたち三人の顔を交互に見て、何度か口を開けたが、自分の怒りを表現する言葉を選ぶことができずにいるらしく、結局こう叫んだ。「出ろ！」

ぼくらは叱られた子どものようにうなだれ、一列になって、「すみませんでした」と口ごもりながら外に出た。吹雪はさっきより少しましになったらしく、ゲストハウスが見えた。こんもりと積もった雪で、いっそうアイシングをかけたばかりのお菓子の家に見えた。

ぶっきらぼうに歩くクロフォードに追い立てられ、ぼくらは丘を下りていった。編集者には、〝ぶっきらぼうに歩く〟のは無理だと言われたが、クロフォード警官に追い立てられた身としては、そうとしか言いようがない。だから、そのままこの表現を残すことにする。ぼくがトラックのキーを掲げると、エリンはうなずいた。そこで、ぼくらは駐車場に向かいはじめた。エリンはソフィアに顔を向け、クロフォードには聞こえないように囁いた。

「さっきの仮説って？」

「ブラック・タングは、この殺人が自分の仕業だと表明しているってこと。自分がここにいることを、私たちに知らせたいの」

24

　トラック後部には屋根のなかに収納される巻き上げ式の扉がついていた。縁の張り出しに空のコーヒーカップが置いてある。キーはスムーズに回った。扉のハンドルを九十度回したところで、ぼくは手を止めた。これはひょっとして大きな見せ場じゃないか？　近くで身を乗りだしている三人に目をやると、エリンは荷台にあるものが、ぼくの信頼を勝ちとるのに十分かどうかを一刻も早く知りたそうに、そわそわしている。ついでにマイケルが教えてくれなかったことを、ぼくから聞きだしたいのだろう。ソフィアは、マイケルの秘密がとうとう暴かれるとばかりに、にんまりしていた。クロフォードはもどかしそうだ。少し前、彼は精いっぱいの威厳をこめ、まっすぐゲストハウスに戻るべきだと主張したのだが、本気で止めに入る気はないと読んだぼくに断られたのだ。この予想は当たり、三人ともゲストハウスに戻るのを拒否すると、クロフォードは無理強いせず、ぼくらがこれ以上ばかな真似をしないようあとをついてきた。ぼくはといえば、失望させられるのを覚悟していた。マイケルに言ったように、荷台に隠されているのが宇宙船みたいなものでないかぎり、兄に対する考えが変わることはないだろう。

　後部の扉を五センチばかり持ちあげた。が、爆発は起こらない（ばかげて聞こえるかもしれないが、ぼくは様々な場合を想定していた。恥ずかしながら認めると、そのなかでも〝扉を開けたとたんにトラックが爆発する〟は、まだましなほうだった）。のろのろと扉を上げたのは、緊迫感を高めるためではない。扉が車体と接している部分が凍っていたのだ。なかの暗がりを確認するための細い隙間を開けるだけで渾身《こんしん》の力が必要で、凍った金属に触れた手が火傷したように痛んだ。再び力いっぱい持ちあげようとすると、誰かがぼくの腕に手を置いて止めた。

「マイケルが積み荷を見せたいのは、あなただけかもしれないわ」エリンが言った。「とにかく、最初に見てほしいのはあなただと思う」

　エリンが積み荷に関してある程度知っているのは明らかだ。なんと言っても、マイケルがそれを掘り起こすのを手伝ったのだから。中身が金か、少なくとも高価なものだと思っているのだろう。運ぶのにトラックが必要なくらいだから、金にしろ宝石にしろ、大量にあるに違いない。〝マイケルに、あなたしか信用するなと言われてるの〟とエリンは言った。兄自身も、まったく同じことを口にしていた。信頼できるのは、自分を有罪にする証言をしたぼくだけだ、と。靴下や靴が悪臭を放つ部屋に甘んじて隔離されたのも、誰にも知られずぼくにトラックのキーを渡すためだったに違いない。ソフィアとクロフォードがついてくることは、兄の計画には含まれていない。エリンの言うとおりだった。

「まずひとりでなかを見てみるよ」ぼくは風に負けじと声を張りあげた。「ほら……危険な仕掛けがあるかもしれないし」

見え透いた口実だということはわかっている。現にソフィアが呆れて天を仰いでいた。除け者にされたのを怒っているのか？　いや、ぼくがエリンとマイケルの肩を持つたびに、五万ドルが自分の手から遠ざかっていくような気がするだけかもしれない。そうか、物置小屋でいきなり口を挟んできたのは、そのせいか。ソフィアが声をかけてきたのは、ちょうどエリンとぼくが共通項を見つけ、力を合わせる気になった直後だった。

トラックの積み荷は証拠の一環だ、隠滅されないように見張る必要がある、などと理屈をつけて留まろうとするかと思ったが、クロフォードは意外とあっさりうなずいた。どうやら警官としての職務を果たそうとするのをあきらめたらしい。エリンがふたりをトラックの横へ連れ去ったあと、ぼくはさらに二度凍りついた扉と格闘し、ようやく持ちあげた。

空気はまだ凍るようだった。空が暗灰色一色とあって、扉を開けても荷台の奥まで光が届かない。荷台の両側には家具を固定するのに必要なロープや滑車、吊り紐がかけてある。奥のほうに、特徴のある形のものが見えた。あれはまるで……。

確信が持てず、近くで見ようと荷台によじ登った。奥にあるものへと向かうと、車体がきしみ、車輪の上で揺れた。なかのよどんだ空気は、あろうことか掘り起こされたばかりの土の臭いがする。エリンの言葉がよみがえった。〝私たち、何かを掘り起こしたの〟

　暗さに目が慣れてきた。トラックのなかに兄の無実と彼が昨夜いた場所を証明するものがあるとしたら、いったいなんだ？　様々な可能性を想像していたが……目の前の積み荷があまりに想像とかけ離れていて、ぼくはつかの間、呆然と立ち尽くした。それから荷台の側面を叩く音がして、ソフィアが声をかけてきた。くぐもってはいるが、はっきり聞こえる。「で、何が積んであるの？」

　ぼくは後部に戻り、扉を下ろして暗闇に自分を閉じこめた。エリンの言うとおりだ。これはぼくだけが見るべきものだ。


　その棺には、まだたくさんの土がこびりついていた。どうりで土の臭いがするわけだ。携帯電話（バッテリー残量37パーセント）のライトで照らしたところ、上等な硬材の棺に見える。おそらく樫でできているのだろう。良好な状態が長持ちするように丁寧にニスが塗ってある。両側に装飾的な真鍮の持ち手がついていた。新しいようには見えないが、百年前のものにも見えない。どれくらい古いのか特定するのは難しかった。夜通し墓を荒らしていたとすれば、マイケルとエリンはまだベッドをともにしていないことになる。それを知ったらルーシーは喜ぶに違いない。

　これはホルトンの棺だろうか？　その可能性が真っ先に頭に浮かんだのは、単にマイケルがほかの棺を掘りだす理由がわからなかったからだ。もしもホルトンの棺なら、最初にあの男を埋めたのが兄であることを考えると、ずいぶん皮肉な巡り合わせではないか。だが、この棺はホルトンのものではない。愛され、尊敬されていた人間のための、葬儀で蓋を開けることを前提にした装飾的な棺だ。兄の話では、アラン・ホルトンは悪党で、刑務所の囚人たちにも恨まれていたらしいから、ホルトンのために立派な棺を買う人間がいるとは思えなかった。

ぼくは指先を軽く表面に走らせながら、棺の端まで歩いた。薄い金属の床を移動するにつれて、トラックの車軸がきしむ。棺の縁にぐるりと打たれていた釘が、蓋を開けられるように引き抜かれている。これは棺ではなく、何かを収納しておくための棺に模した箱ではないか。その可能性もあることに気づき、兄はすでに目的のものを取りだしているかもしれないと思った。そう、棺のなかに物を隠すのはよくあることだ。だが、これが何かの隠し場所で、マイケルがすでに中身を取りだしているとしたら、なぜぼくに見せる必要がある？　それに中身が死体なら、長いこと地中に埋められていた人間が誰なのか、どうやって見分ければいいんだ？　それが誰にせよ、骨の山を見たところで誰の骨か特定できるわけがない。あれこれ考えていると、指先が磨かれた表面に入っている刻みに触れた。何かのしるしだ。ぼくは携帯電話（バッテリー残量36パーセント）のライトでそれを照らした。

無限大を表すシンボルが刻まれている。

ふいに記憶がよみがえった。立派な棺を必要とする州葬。樫材に永遠の絆を刻みこむスイス製のアーミーナイフ。胸にあてられた帽子と白い手袋と金ボタン。なかにある骨が誰のものか見分けるのは不可能だが、ぼくはこの棺を知っている。

兄とエリンが掘りだしたのは、アラン・ホルトンの相棒、父が撃ち殺した警官の棺だった。

25

とにかく、蓋を開けなくては。たとえこれがパンドラの箱だとしても。

棺の蓋はとてつもなく重かった。高価な棺には、遺体から滲《にじ》みでた水分が外に染みださないように鉛が内張りしてあるのだ。その余分な重みがなくても、地中の湿気と二メートル近い土の重みで接合部は自然と歪む。いわば棺の死後硬直が起こるのだ。兄が蓋を開けていなかったら、ぼくひとりの力では到底持ちあがらなかっただろう。棺をトラックに積むために、兄とエリンは側面にかかっている自在に動くロープと滑車を使い、間に合わせの牽引《けんいん》装置を作ったに違いない。

だが、ぼくはひとりでやるしかない。蝶番《ちょうつがい》のある側から蓋の縁に指を引っかけ、全体重をかけて引っ張れば、なんとか開けられるだろう。寒さのことを考えると、かなりの重労働だった。吹雪の山中に止まっている、四面を金属に囲まれたトラックのなかは、ほぼ冷凍庫状態だ。吐いた息がたちまち氷の結晶になるなか、ぼくは必死に蓋の縁を引っ張った。最初の数センチが、いやになるほどゆっくりきしみながら開く。だが、蓋が上がってくると勢いがついて一気に開き、尻餅をつきそうになった。さいわい、棺がひっくり返って骨に埋もれるはめにはならず、棺はわずかにぼくに向かって揺れたあと、バランスを取り戻した。まるであまり動きまわるなと訴えるように、またしてもトラックの車体が耳障りな音をたてる。

ぼくは棺のなかを携帯電話（バッテリー残量31パーセント）で照らした。

なかは空っぽではなかった。心のどこかでは空かもしれないと思っていたせいか、死体が目に入るとショックよりも安堵を感じた。少なくとも棺のなかには、あるべきものがある。

ここで手短に死体に関する科学的知識を披露すると、密封の度合いと棺の素材にもよるが、三十五年の歳月を経た死体は半ミイラ化するものの、まだ筋肉組織のすべてが溶けるわけではない。骨が塵《ちり》に変わるのは百年近く経ってからだ。そういうわけで、目の前の骸骨は薄片状の灰色の腱《けん》に覆われていた。このときはまだそれを知らなかったから（これを書くためにあとで調べた）、ぼくは戸惑った。このほぼミイラ化した死体から、兄は法医学的あるいは直感的にぼくに何を読みとってほしいのか？　なんだって兄はこんなものを掘り起こしたのか？　わけがわからない。

棺のなかにほかのものが隠されている可能性はまだあるが、金目のものであれば、兄がすでに取りだしたに違いない。そういえば乾燥室で、見つからないと言いながら、あちこちのポケットを探し、ぼくに何かを見せようとしていた。しかし、ポケットに入るような小さなものなら、なぜこんな大きな〝器〟に隠すのか？　そもそも探していたものを取りだしたのなら、なぜ苦労して棺自体をトラックに積みこみ、ここまで運ぶ必要がある？

棺のなかをもっとよく見なくてはならない。携帯（バッテリー残量31パーセント）のライトは、まず人間の足の名残を照らしだした。それだけを見ると、小さな鳥のように見える。二本の細長い骨が鳥かごに見えなくもない。ぼくは脚に沿ってライトを動かし、高校の生物の授業を思い出しながら分解途中のワックス状の脚におかしな点はないか探した。この骸骨は、これまで見たどの標本とも違ってばらばらだった。肋骨が一部崩れ、余分に肋骨があるように見える。服の名残は、胸にかかったぼろぼろの帆布についている金ボタンが数個と、恥骨の空洞に残っているベルトのバックルだけだ。

ぼくが見ているのは父に首を撃たれて死んだ男だったが、とくに何も感じなかった。罪悪感も、嫌悪もこみあげてこない。今朝、山で見た死体と同じように、感じるのは純粋に学問的な興味だけだ。まして兄からこの男は悪徳警官で、父を殺そうとしたと聞いたばかりだ。棺のなかの死体は、ぼくにとってはなんの意味も持っていなかった。長いあいだ、父の死に関しては何も知ろうとしないことで必死に自分を守ってきたぼくは、大昔に死んだこの警官についても何ひとつ知らなかった。名前すらうろ覚えだ。

だが、最後に見たとき、この男の頭はふたつではなかった。

葬儀のときには蓋が開いていたから、棺のなかは見ている。あのときは、間違いなくひとりしか入っていなかった。すると、もうひとつの頭は誰なのか？　どんな経緯でここに入ったのか？

同じくらい腐敗しているふたつ目の頭蓋骨は、ひとつ目よりもだいぶ小さかった。革のような皮膚がぴたりと張りついた頭蓋が下に傾き、顎が白いシルクのクッションと向き合う形で置かれているため、後頭部にあいたぎざぎざの穴が見えた。耳のまわりに無数の亀裂がある。銃痕か殴られた傷かわからないが、いずれにせよ、これが致命傷だったことは間違いない。よく見ると、細く華奢な背骨がひとつ目の骸骨へと入りこんでいる。肉が落ちるにつれて、二体の肋骨が絡み合ったようだ。さきほど腐乱して崩れたと思った肋骨は、実際はふたり分だったのだ。

ぼくは背骨から恥骨、曲がった膝、大きな骸骨の腰のすぐ上に休むようにのっている足（骨だけになった小さな鳥）までたどった。ふたつの死体は、ヨーコ・オノとジョン・レノンの有名なローリングストーン誌の表紙のような格好で絡み合っている。生物の成績はCだったとはいえ、この棺の中身を見れば、ひとつだけは明らかだ。細い骨の持ち主は小柄だった。おそらく子どもだろう。

兄は警察官の骸骨に向かって体を丸めている子どもの死体をぼくに見せるため、この棺を墓から掘りだし、ここまで運んできたのだ。そのわけを訊かなくてはならない。ぼくは後部扉へと半歩踏みだした。

　すると、トラックが動きはじめた。

　最初の揺れで少し体がぐらつき、踵に体重がかかった。静止している足の下で動きだしたトラックの動きに内臓が適応しようとしているのか、胃が小さなバンジージャンプを行う。荷台が暗いせいで、まだ倒れずに立っていることを脳が認識してほっとするのに二、三秒かかった。ぼくは揺れる船内を歩く船乗りのような足取りで、じりじり扉に向かって進んだ。そこまではたった数メートルしかなかったが、それから、わずか数秒のうちにたくさんのことが起こった。誰かがトラックの側面を夢中で叩いた。

「アーニー、いますぐトラックから降りて！」エリンかソフィアかわからないが、女性の声がそう叫んだ。

　ぼくは倒れないように気をつけながら急ごうとした。後ろの扉に向かうのに丘を登っていくような抵抗を感じるということは、トラックは前に動いていることになる。側面に垂れているキャンバス地の紐類はすべて、運転台のほうに傾いていた。外からトラックの側面を叩く音はまだ続いていたが、叫び声のほうは、いまや回転の速度をあげた車輪の音にかき消されそうだ。とはいえ、〝急げ〟と急《せ》かされているのはわかる。何が起こっているかはわかっていた。トラックは丘を下っている。そしてその先に待つのは凍った湖だ。

後部扉ががたつきながら五十センチほど開き、細い光が射した。エリンがトラックの速度に遅れまいと息を切らし、早歩きしながら頭を突っこむ。「降りて、アーニー。急いで！斜面が急になったわ」

「いったい何があったんだ？」ぼくはわめきながら、床の傾きに逆らってよろよろとエリンのほうに向かった。

「ハンドブレーキが外れたの。きっとあなたが歩きまわって車体が揺れたせいね。突然、動きだしたのよ。クロフォードがブレーキを踏むために運転席に上がろうとしてる。雪の上に茶色い染みがあるから、ブレーキオイルが漏れたのかもしれない。トラックを止められないとまずいから、とにかく降りて」エリンはシャッター式扉の下を摑んだものの、摑んだまま走りつづけることができなかった。わずか数秒のうちに早歩きが小走りに変わる。斜面を下るトラックのスピードはそれほど出ていないが、積もった雪の上を、脛まで埋まりながら走るのは簡単ではない。駐車場から道路までは約百メートル、そのあとは湖まで二百メートルぐらいだ。勾配が急になるのは道路を越えてからだが、トラックの車体の重量を考えると、いったんスピードがついたら止めるのは不可能だろう。とにかく、道路を越える前に飛び降りなくてはならない。

「かがんで、飛び降りて」エリンが片手を差しだす。「雪は柔らかいから大丈夫。転がりでればいいわ」

片膝をついてしゃがみこんだとき、トラックがまたがくんと揺れた。ぼくはさっきより大きな揺れの反動で倒れ、エリンが伸ばした手を掴みそこねた。側面から垂れた紐に手を伸ばしたが届かず、そのまま尻餅をついて後ろ向きに滑っていき、勢いよく運転台の壁に背中をぶつけた。傾斜が少しきつくなったと見えて、トラックのなかのあらゆるものが動いていた。掛け金から下がっている紐やロープが鞭のように壁とぼくの顔を打つ。どこかで道具箱が落ちたらしく、ボルトやスパナが床から跳ねて、奥の壁に当たった。ドライバーの先端がぼくの目をめがけて飛んでくるのが見えた。とっさに頭を傾けた直後、耳のすぐ横の金属壁にぶつかり、床に落ちた。

それから、尾をひくような甲高いきしみ音が聞こえた。床をこすりながら、棺がぼくのほうに滑ってくるのだ。数百キロの鉛と木と二体の骸骨が。避けようとしたが、混乱した頭と重力のせいで、ぼくは釘づけになったかのように動けなかった（何度か言及してきたように、片手でキーを叩き、この原稿を書いている理由が、まもなく明らかになる）。

右手首で痛みが炸裂《さくれつ》し、尻に敷いて長時間座っていたかのように感覚が麻痺した。運転台の壁から体を引き剝がそうとすると、肩が引っ張られた。右腕がぼくの指示にまったく従ってくれない。ばかみたいだが、とっさにその理由がわからず、ぼくは右腕を見下ろした。腕に激突した棺が、右腕を壁に釘づけにしているのだ。骸骨の手と腕を見たばかりとあって、腕のなかの何十という小さな骨が折れているところが目に浮かび、吐き気がこみあげた。だが、それよりもっと大きな、差し迫った問題がある。それまでは、斜面をゆっくり下るトラックの荷台から飛び降りるだけでよかったが、いまや速度があがりつづけているというのに、身動きがとれないのだ。

怪我をしていないほうの腕で右の肘を引っ張ってみるも、ぴくりとも動かなかった。棺と壁のあいだに挟まっている手首を動かし、ほんの数ミリでもいいから隙間を作り、腕をずらせないか試してみる。だが、棺が重すぎた。動かした指がぬるぬるする。出血したのだ。ショックで痛覚が麻痺しているせいで痛みはまったく感じないが、指を引っ張ったときに手の皮膚が裂けたのだった——これはあとで救急隊員から聞いたことだ。さらに三人が死に、犯人を突きとめて山を下りたあと、垂れている皮膚を湾曲した金属の針で縫っている救急隊員に、医学用語では〝広範囲皮膚剝脱〟の状態だと教えてもらったのだ。実際にそれが起きたときに知らなくてよかった。知っていたら気を失っていたに違いない。

救出してもらえる見込みがあるかを知るため後部扉に目をやり、パニックに襲われた。深い雪にもかかわらずエリンはまだ遅れずについてくるが、その顔が恐怖でこわばっている。トラックのなかの何かにつかまってよじ登ろうとしては、結局摑みつづけられずに遠ざかり、また戻ってきてよじ登ろうとする。

「動けないんだ」棺が腕を圧し潰しているのがエリンに見えているかどうかわからず、ぼくは叫んだ。床に落ちたネジやボルトが転がってくる。「湖まであとどれくらいだ?」

「答えは――」エリンは息を切らしていた。トラックの速度より、積もったばかりの深い雪に足をとられるせいだろう。腰の高さの荷台に飛び乗ることができないのはそのためもある。「知りたくないと思う」

それ自体が答えだった。残された時間はあまりないどころか、もうほとんどない。ぼくは棺に足の裏を押しつけ、まっすぐ押す代わりに横にずらそうとした。腕が肩から外れそうになるほど力をこめたが、棺はまったく動かない。

「道路はどこだ？　道路脇にある雪の土手で……」息が切れて声が途切れる。「止まるかもしれない」

「さっきの揺れがそれよ。トラックはまっすぐ土手を突き抜けたの」エリンが答える。くそ。ぼくを転がしたあれが雪の土手だったのか。なんて役立たずだ。

ぼくは頭のなかの地図をリセットした。すでに道路を通過したとなると、まもなく斜面がこれまでよりずっと急になるはずだ。

「アーニー」新しい声が加わった。ソフィアが追いついたのだ。細い光とトラックの加速でよく見えないが、上下するソフィアの頭らしいものが視界に入ってきた。「どうしたの？　三十秒もしたら私たちは追いつけなくなる。いますぐ飛び降りて！」

「腕を圧し潰されて動けないんだ」

「待って、それは棺――？」

「私が飛び乗るのに手を貸して」エリンが遮った。

「乗りこんでも大丈夫?」

「大丈夫じゃないに決まってるでしょう。いいから、私を押して」

あらゆるものが滲みはじめた。アドレナリンが薄れてきたらしく手首が痛みだし、その痛みが腕全体に広がっていく。視界の縁がぼやけ、目の焦点が定まらなくなってきた。ぼくはエリンとソフィアを見つめようとした。ふたりは光のなかにいる。どちらもはっきりした輪郭を持っている。だが、無限の彼方《かなた》にいるようだ。それから、三つ目の影が現れた。「だめだ」男の声、クロフォードだ。「窓ガラスを割ったが、運転台が高すぎてよじ登れない。もう時間がないぞ……早く……」次の言葉はくぐもっていたが、どうにか聞こえた。「彼を引っ張りだせなかったのか?」

「動けないの」ソフィアが言う。

「動けない?」

「怪我をしてるのよ」

「ひどい怪我か?」

「さあ」

「飛び降りられないほどひどい怪我よ」エリンが鋭く言い返す。

「いてっ、足元に気をつけてくれ」どうやらエリンに足を踏まれたらしく、クロフォードがわめく。三人が力を合わせて扉をまた少し上げたとみえて、トラックのなかに光が溢れた。クロフォードが言った。「くそ、あれは……？」

突然、不安が完全なパニックに変わった。斜面が急になったらしく、いまや三人とも必死に走っていた。射しこんできた光で、ぼくの状況が見えたことがさらにパニックを煽ったに違いない。エリンがクロフォードに自分をなかに押しこめとわめきはじめた。クロフォードが、女性には危険すぎると言い返す。普段なら、そんなのは勇気に名を借りた性差別だとエリンが激怒したに違いない。

エリンの代わりにクロフォードが乗りこんでくるのを待っていると、巨大なバックルつきの長いロープが鞭《むち》のようにぼくの顔を打った。とっさに左手でそのロープを摑み、渾身の力をこめて引っ張る。だが、そのロープを壁にかけたのが誰にせよ結びが甘かったらしく、ロープはあっさり外れ、巨大なバックルが音をたてて床に落ちた。ぼくはロープを手繰り寄せ、片手で腰に回して結んだ。緩くしか結べなかったが、それで十分なことを祈るしかない。

「急いで！　なんとかしなさいよ、アーニー！」悲鳴のような声で叫んだのはソフィアだ。さっきよりも少し離れている。そういえば、クロフォードがトラックに乗りこんだ音がしなかった。あいつがエリンを止めたのは、自分が男らしくぼくを助けるためではなく、単に危険だったからか。結び目を確認して顔を上げると、わずかなあいだに三人の姿は驚くほど小さくなっていた。気がつくと、すべての紐がまっすぐ垂れている。重力が正常に戻り、みぞおちの慣性も消えている。トラックが止まったのだ。

これはよい知らせのはずだが、ソフィアとエリンとクロフォードが止まったのは、トラックに追いつけなくなったからではなく、それ以上追うのが危険だからだ。救出は間に合わなかった。

ぼくは凍った湖のど真ん中で、四トンの金属の塊のなかに閉じこめられていた。


不気味な音をたててきしむ氷や、蜘蛛の巣のように表面に広がるひびを描写して、わざとらしい臨場感を演出するのは省略しよう。五秒とたたないうちに、車体が氷を突き破って大きく揺れ、三十度に傾いた。トラックは、ぼくが背中を押しつけている運転台を下にしてゆっくり沈んでいく。続く揺れで傾きが四十五度になった。急いで脱出手段を考えなければならない。

とっさに浮かんだ大まかな計画に沿って、ぼくは重いバックルを渾身の力で放った。だが、高く投げすぎて、まだ半分下りたままの扉に当たって跳ね返り、ぼくのところに滑ってきた。床沿いにそのバックルを滑らせると、今度はうまくいき、シャッター式扉の外へ滑りでた。それがぼくの体重を支えられる何かに引っかかるのを期待したわけではない。湖上にそんな物があるわけがないのだ。だが、ぼくは何かを氷の上に残しておきたかった。

水のなかに落ちたあとの最大の懸念は、落ちた穴を見つけられないことだ。固定されていないとはいえ、あのバックルを引っ張らずにおけば、それをたどって水面にたどり着ける可能性はある。トラックの壁が水圧でうめくような音をたて、水が滴る音に合わせて、冷気が匂ってくる。確信はないが、すでに車体は水面下にあるのかもしれない。ぼくは左手で棺の真鍮の持ち手を摑み、次の瞬間に備えた。チャンスは一度きりだ。

　あっという間に、それが起こった。またしても氷が砕ける音がしたかと思うと、ぼくは仰向けになり、半分開いた扉を通して小さな空を見上げていた。トラックは九十度に傾いている。この瞬間を待っていたぼくは、さきほどのように重力に逆らって棺を押しのけるのではなく、真鍮の持ち手をトラックの天井へと引っ張った。車体が傾く前なら、これは重いバーベルを持ちあげるに等しい無謀な行為だっただろうが、いまや棺は直立している。それを倒せばいいだけだ。棺が倒れれば腕が完全に潰れてしまうのを無視して、ぼくは渾身の力を振り絞った。そしてようやく、期待どおりのことが起こった。

　棺が倒れたのだ。

失礼。これではぼくの感激が正しく伝わらなかったかもしれない。棺が、倒れた！

　棺は天井（いまは壁）に激突し、筋交いのようにぼくの上で斜めになった。蓋が開き、塵と骨が運転台の壁（いまは床）に散乱して、ぼくの手（いまやぺちゃんこ）はようやく自由になった。万一、棺が元の場所に戻ったときのために横転して、潰れた手を摑む。濡れているのを感じたが、どれほどひどく潰れたか確かめる勇気はなかった。水が冷たすぎるのかショックのせいか、痛みは感じない。

ぼくは立ちあがって空を見上げた。さきほど投げたバックルのロープはまだ上へと伸びている。誰かがぼくの名前をわめくのが聞こえたような気がしたが、確信はない。〝独房〟と化した荷台を見まわした。床だった壁を、左腕だけでよじ登るのは不可能だ。バックルはどこにも引っかかっていないから、ロープを摑んで上ることもできない。言うまでもなく、トラックはまだ沈みつづけている。壁のひとつに開いた穴から流れこんでくる水が、くるぶしを洗っていた。北極圏には雪を表す言葉が驚くほど豊富だというが、この水の冷たさを伝えられる言葉があるとは思えない。何年も前、不妊治療クリニックの検査結果が届くのを待っていたとき、陰嚢熱《いんのう》が精子数を減少させる要因のひとつとされていることがわかり、ぼくはブリーフをボクサーショーツに替え、氷の袋を肩に担いで浴槽に運んだものだった。当時のぼくは、これほど冷たい水なら素晴らしい効き目があると胸を躍らせたかもしれないが、いまは恐怖しか感じない。心臓が止まるほどの冷たさに、麻酔をかけられたみたいに感覚が麻痺している。キャビアとなるチョウザメの卵はこうやって収穫されるのを思い出した。チョウザメを冷水で麻痺させ、腹を裂くのだ。

真上にある後部扉からも水が流れこみはじめた。最初は片端から注がれてくるだけだったが、すぐにいくつもの滝ができ、凍るように冷たい水が膝に達した。バックルがトラックのなかに滑りこまず氷の上に留まっていることを願いながら、扉の隙間を見上げ、腰の結び目を左手で確認する。ぼくの計画は簡単だった。流れこんだ水が体を出口にできるだけ近づけてくれるまで待ち、荷台が水でいっぱいになったら、トラックが沈んで離れていくのと同時にまっすぐ上へと泳ぐ。そのとき荷台に閉じこめられずに半分開いた後部扉へ向かうためには、床沿いに進まなくてはならない。水の冷たさで意識を失わないよう、またバックルを引っ張らないよう気をつける必要もある。だが、たとえ引っ張ってしまったとしても、とにかく上を目指す。単純に聞こえるが、言うは易しだ。そのとき、腰に巻いてあるロープがぼくの体を上に引っ張るのを感じた。まるで誰かが手繰り寄せているかのように。

水が胸に達した。注ぎこむ水の音以外には何も聞こえない。目に入るのは水しぶきと泡が飛び散る小さな空、それがどんどん細くなっていく。首から下は冷たい水で感覚が麻痺し、チョウザメのことをまた思った。ショックのせいで心臓が止まれば、溺れる苦しみは味わわずにすむ。そう思うと多少は恐怖が薄れた。

上だ、上、上を目指せ。ぼくは頭のなかで唱えた。それから空が消え、ぼくは深く息を吸いこんだ。上、上、上を目指せ。

26

目が覚めると、真っ裸だった。

脳が細切れの記憶を繋ごうとする。誰かがぼくを引きずって凍った湖を横切り、土手に引きあげてくれたのか？　五感が戻ってくると、外にいるにしては寒くないことに気がついた。まるで悪夢にうなされた子どもよろしく、首の回りまできっちりシーツと毛布に覆われ、ベッドに横たわっている。ぼくは瞬きして頭の霧を払った。

目線が高くないから、ここはシャレーのロフト・ベッドではない。ゲストハウスの客室のひとつだろう。どの部屋か、手がかりになるような特徴はなかった。灯りを落とし、カーテンが引かれている。苛立たしいことに、そのせいで時間がわからない。意識を取り戻した最初の言葉が、「いま何時？」か「どれくらい気を失っていた？」という決まり文句になるのは癪だった。ぼくが目覚めたのに気づかず、ドアの近くでふたつの影が小声で会話していた。右手がずきずき痛む。上がけを押しやり、怪我の程度を見ようとすると、右手は花柄の鍋摑みに包まれていた。おそるおそる引っ張ったが、鍋摑みは動かない。左手の人差し指をそっと入れて探ると、粘つく薄膜を感じた。どうやら皮膚が鍋摑みの綿繊維にくっついてしまったようだ。

誰かが肩に手を置いて、鍋摑みを引っ張るのを止めさせた。「私ならそのままにしておくわ」目を上げると、リゾートのオーナー、ジュリエットが首を振っていた。その後ろからキャサリン叔母が覗きこんでいる。「見ないほうがいいと思う」

キャサリン叔母がオレンジ色の小さなボトルから錠剤をひと粒振りだし、差しだした。「オキシコドンよ。強力な鎮痛剤」それだけ聞けば十分だ。ぼくは錠剤を口に放りこんだ。強力な鎮痛剤を持っている言い訳のように、叔母がぼそりと付け加える。「脚が痛むの」「どれくらい意識を失ってたのかな？」悔しいことに、ぼくは結局そう尋ねていた。

叔母は窓に歩み寄ってカーテンを開け、昨夜ぼくが眠ったときと同じ黒い空を見せてくれた。雪はやんでいるようだが、まだ風が強いらしく窓枠が音をたてている。

「三、四時間よ」ジュリエットが言った。体を引きあげるようにして上体を起こしたとたんに咳の発作が起こり、シーツがまくれて、ぼくは必死に急所を隠そうとした。叔母が、手のひらを広げて視界を遮りながら、白いタオル地のローブを差しだす。そのとき、マルセロも部屋にいるのが見えた。小さなソファに座り、黙ってぼくたちを見守っている。これは少し意外だった。マルセロは必要なときは頼れる存在ではあるが、病人に付き添うタイプの継父ではなかったからだ。

咳が止まらず、目の前に星が散った。まだ起きあがってはいけなかったのだ。ジュリエットがぼくをそっと押してベッドに戻し、寝てなさい、と命じた。そしてキャサリン叔母に片手を差しだし、鎮痛剤を惜しんで首を振る叔母を大きな咳払いで促した。キャサリン叔母があきらめたようにため息をつくのが聞こえた直後、小さな錠剤が唇のあいだから押しこまれ、それを最後に意識が遠のいた。

山の夜は特別な闇をもたらす。とくに日が沈むのと反対側の尾根は、すぐに暗くなる。暗さを妨げる街の光がないとあって、墨を流したような闇は午後遅くなのか、それとも真夜中なのか、夜明けなのか、判別がつかない。ぼくが次に目を覚ましたのは、その闇のなかだった。少なくとも今回はローブを着ていた。

キャサリンとジュリエットはもういなかったが、マルセロはまだ窓のそばに座り、ひとつだけのスタンドの灯りで、おそらく図書室から調達した本を読んでいた。そしてぼくが身じろぎしたのを聞きつけると、本を置き、椅子を近くに引き寄せた。ぼくは再び体を起こし、こみあげてきた咳をこらえた。体が浮いているように軽いのは、鎮痛剤のせいだろう、痛みはさきほど目覚めたときよりずっと和らいでいる。渋るキャサリン叔母からふたつ目の錠剤を手に入れてくれたジュリエットのおかげだ。

「気がついてよかった」マルセロは、年配の男が感情表現をするとき特有の、半分唸るような声で早口に言った。ぼくらの父親世代は愛情表現が苦手で、ほとんどがくしゃみをするみたいに一気にしゃべる。

「どうにか生き延びられそうだ」その見通しが変わるのを恐れ、ぼくは右手には目を向けずに尋ねた。「ほかのみんなはどこ?」

「覚えているかどうか知らんが、きみは最初に目を覚ましたあと、また気を失ったんだ。意識があったのはほんの短いあいだだった。キャサリンとリゾートのオーナーは、ついさっききみに食べさせるものを探しに行ったよ」

「兄貴はどうしてる?」

マルセロは肩をすくめた。「きみから話を聞くことができると思っていたんだが。クロフォードはまだ私を入れてくれないんだ」

「なんだ、あいつがぼくを助けようとしているあいだに入らなかったの? 見張りは誰もいないし、鍵は外からかけるボルトだけなのに」

「ああ、思いつけばよかった」唇の端からさっと舌が出た。嘘を示す無意識の仕草とも、唇が乾いているともとれる。高地のリゾートではあっという間に唇が乾燥する。そう思ったとたん、喉が渇いて、いがいがすることに気づいた。無理やり咳払いをすると、マルセロが立ちあがり、バスルームに入っていきながら言った。「それに、私たちはみなきみが湖でやってのけた離れ業に釘づけでね。ほかの客から見物料を取るべきだったな。注目の的だったぞ」マルセロは椅子に戻り、水が入ったグラスを差しだした。「しかし、きみの言うとおりだ。あの隙にこっそり乾燥室に入ればよかった」

ひと息に水を飲みほしたが、まだ喉が渇いていた。溺れたあとは、とてつもなく喉が渇くものらしい。少なくとも声は出せるようになった。

「ぼくの看病を買ってでるなんて珍しいね。それとも、ぼくが目を覚ましたら、真っ先に話したかっただけ？」

「きみの心配をするのが、それほど意外かな？」マルセロは居心地悪そうに身じろぎし、いまの言葉を笑ってごまかそうとした。「まあ、質問がないわけではないが」

「かまわなければ、ぼくから質問する」そうは言ったものの、マルセロの許可を求めているのではないことはふたりともわかっていた。法廷と法のプレッシャーなどものともしないマルセロ・ガルシアが、守勢にまわるのは珍しいことだ。だが、マルセロはぼくが何を知っているか知りたがっている。つまり、身動きできない状態とはいえ、ぼくのほうが優位に立っているのだ。その事実に喜びを感じ、体が目覚めるにつれてひどくなる手の痛みも多少和らぐ気がした。

マルセロは深く息を吸いこみ、音をたてて歯のあいだから吐きだした。「マイケルから何を聞いたんだね？」

「アラン・ホルトンのことを」

マルセロは目を閉じ、一拍置いてから開いた。このゆっくりした瞬きは知っている。ほんの数秒でいいから時間を巻き戻せたら、と願うとき、人はよくこうする。自分のパートナーがほかの相手とベッドにいるのを見たくなかったとき、嘘だとわかっていることを聞きたくなかったとき、あるいは真実を聞きたくなかったときに。つかの間目を閉じることで、世界をそれが起こる前の状態に戻そうとするのだ。朝食のテーブルで手紙を読まなければよかったと願うときにする瞬きと同じだった。

「すると、セイバーズのことを知っているんだな」

「少しだけ。あなたほどじゃないと思う。だから知ってることを教えてくれないか」

「あれはギャングというよりも、共通の利益を持つ者たちの集まりだった。きみのお父さんは名前からして気に食わないようだったが、名無しというわけにはいかんからな。彼らは主に強盗をやった。警察の注意を引くほど頻繁にやったが、しつこく追われるほどじゃなかった。ロバートは生活に必要なだけの仕事しかしなかった。警察にとっては犯罪者というより、厄介者に近かったんだ。しかし、やがて状況が悪化した」

マルセロはぼくの反応を見ながら話していた。兄からどの程度聞いているかを探り、それによってどの程度真実を削れるか見極めようとしているのだ。ぼくはポーカーがものすごく下手だが、自分が浮かべている自然なしかめ面（手の痛みがひどくて、話を聞きながら歯ぎしりを抑えるのがやっとだった）が、便秘か驚きのせいにしか見えないことはわかっていた。

「私はたまたまきみのお父さんやその友達と知り合いになったんだ。企業法務に移行する前のことだ。当時はオフィスを訪れる人間を、誰彼かまわず弁護していた。安い料金で、粘り強く弁護したものだ。窃盗罪を不法侵入に減刑したことも何度かある。そうこうするうちに依頼人が増えはじめた。口が堅いと思われたんだろうな。仕事ぶりが気に入った連中が知り合いに私を推薦し、そのまた知り合いに勧め……と繋がりができていった。セイバーズの顧問弁護士ではなかったし、法を犯したことも一度もないが、同種のグループが電話をかけやすい弁護士だったのは確かだ。もちろん、彼らが何をしているか気づいていたがね。ソフィアのために金が必要だった」

「ソフィアのために」ぼくはうわの空で繰り返した。

兄が乾燥室で言ったことを思い出していたのだった。〝親父が法を破ったのは家族を養うためだった〟マルセロが言っているのも同じことだ。ただ、マルセロの言葉は信じられなかった。なぜなら、兄の話では、父は贅沢する金を作るために罪を犯したわけではないからだ。プラチナのロレックスをつけている男に、同じことが言えるとは思えない。違うか？

「嘘じゃないぞ」いかにも言い訳じみたダメ押しだ。マルセロは、ぼくがロレックスを見ているのに気づいてそれを掲げ、指先で叩いた。「これは贅沢じゃない。きみのお父さんが、遺書でジェレミーのために遺したものだ。残念なことに、あの子には渡してやれなかったが」

ぼくは驚いて顔を上げた。兄の話をようやく信じはじめたのに、ちょっとした齟齬《そご》で、またしても信じられなくなった。兄は父がロビン・フッドのようなもの、良心的な泥棒だったと言い張った。だが、違法に得た金でロレックスみたいな贅沢品《ぜいたくひん》を買っていたのなら、やはり結局は金欲しさに盗みを働いていただけではないか？　そして自分が死んだあとに遺せるほど高価な腕時計を持っていたとすれば、どこかにもっと貴重品を隠していたと考えるのは、あながち的外れとは言えない。エリンは明らかにそう思っている。アラン・ホルトンが売りつけようとしたのはその隠し場所だ、と兄も思ったのかもしれない。人を殺してまで誰かが狙っているのも、そのお宝ではないか？

「ロレックスの宣伝文句を知っているかね」

妙な質問だ。マルセロの自慢話を聞いている時間はないが、簡潔な広告の文句が頭に浮かんだ。「こういう時計は、代々受け継いでいく家宝、みたいなキャッチフレーズじゃなかった？」

「そのとおりだ。この時計が見つかったのは、しばらく経ってからだった。ほら、つまりジェレミーの――」マルセロは気詰まりな様子で咳払いをした。「これはきみとマイケルのもので、私はただ管理しているだけだ」

「それにしては、ずいぶん長いこと持ってるね」

「きみのお母さんと話し合って、お母さんが死んだらふたりのうちどちらかに遺す、ということにしたんだ。お母さんが作った遺言書にそう書いてある。だが、欲しければ、いますぐきみに渡してもいいぞ」マルセロは時計を外そうとした。たんなる虚勢だろうか？　相手が断るのを半ば見越して、友達にピザの最後のひと切れを勧める、みたいな。

ぼくは鍋摑みをはめた手を上げた。「いまのところ腕時計はとくに必要ない」

「これが欲しくなれば、いつでもきみとマイケルのものだ。だが、何よりもこれは代々受け継がれるように作られている」マルセロは感傷的な目でロレックスを見た。父が装身具に同じ気持ちを持っていたとはとても思えない。「私がこの時計をつけているのは、きみたちふたりと、きみのお母さんの面倒を見るというお父さんとの約束を忘れないためだ」

ぼくは苦しい咳で、せせら笑いを隠した。ぼくには、金持ちの男が高価な時計をうっとり見つめ、死んだ友人の妻に言い寄って結婚したのは立派な行為だった、と正当化しているようにしか思えなかった。マルセロの虚栄心を糾弾すれば、キャサリン叔母の鎮痛剤（正直に言って、いまのぼくはあれがもっと必要だ）より大きな満足感を得られるのは間違いないが、それでは肝心な問題から大きく逸れてしまう。いまはそれよりもっと重要なことを明らかにしなければならない。「セイバーズの弁護を引き受けていたのなら、父さんの弁護もしたんだろう？　父さんの弁護士だったたんだよね？」

「私たちはそうやって知り合ったんだ。そしてお互いを知るにつれて、親しくなった。何度も説得したんだが、お父さんの生き方を変えるのは難しかった。しょっちゅう逮捕され、しまいには、いわゆる費用全額負担の四十五日の禁固刑を食らった。当時きみはまだ三つか、四つだったと思う」父が六週間拘留されたときのことが記憶にあるわけではないが、マルセロの話は、留守がちだった父に関して知っている事実と符合する。「私もロバートも、それで目が覚めたんだ。ロバートはやり直す気で出てきた。その頃には私も、素性のわからぬ金が入った封筒を受けとるのにほとほと嫌気がさしていた。ところが……そう簡単にはいかないものでな、ロバートはなかなか足を洗えなかった。まもなく状況が変わって、セイバーズは以前より暴力的になり、平気で重罪を犯すようになった」

「兄貴は、誘拐のほうが強盗より儲《もう》かる、と言っていた」

「そのとおりだ。そうこうするうちに、金庫を開けるのを拒んだ不動産屋が撃たれた。幸い死ななかったが、以前のセイバーズなら決してそんな荒っぽい真似はやらなかった。それがいまや、引き出しから装身具をかっさらうだけでは満足せず、金庫の中身を狙うようになり、それでも満足できずに銀行預金をターゲットにしはじめた。八〇年代半ば、誘拐で身代金を稼ぐのが流行《はや》っていた頃だ。セイバーズはそれを真似、その仕事が気に入った。しかし、誘拐は警察の注意を引いた。警察はその気になればセイバーズのメンバーをひとり残らず、なんらかの従犯で引っ張るだけの証拠をすでに摑んでいる。ロバートはもう一度捕まったら、きみたちが髭を剃るような年齢に達するまで出所できないとわかっていた」

「それであなたが仲介して父さんに取引させた」ぼくは一語一語絞りだすように言った。外の雪の上に置いたら溶かせそうなほど、痛む手が焼けるように熱を持ち、脈打っていた。

「父さんは刑事免責と引き換えに、警察の手先になったんだね？」

マルセロは手首の時計をくるりと回し、直面したくない過去を消そうとするように、またしてもゆっくり瞬きした。「ああ、私は話をまとめる手助けをした。セイバーズの幹部を教える、というのが最初の取引の内容だった。しかし、ひとつ問いに答えるたびに、その刑事はさらにふたつ訊いてきて、ロバートにセイバーズに留まって悪事を働きつづけるよう要求した。ひどい話だ。刑事を満足させるためにセイバーズに留まれば、ロバートは罪を犯しつづけることになるんだからな。その刑事はロバートに悪徳警官の正体、つまりどの警官がセイバーズから賄賂を受けとっているのかを突きとめろと迫った。動かぬ証拠を手に入れるまで、ロバートにセイバーズを抜けさせるつもりはなかったんだ」

「つまり、ホルトンとその相棒が悪事を働いてる決定的な証拠が手に入るまでは、ってこと？　マイケルは、父さんが死んだあの事件は罠《わな》だったと言ってる。つまり、父さんは免責してもらうために、ホルトンと相棒の罪を暴く必要があったんだね？　父さんはこのふたりが黒幕だという証拠を摑んだのかもしれないな」

マルセロは肩をすくめた。「私もずっとそう思ってきたよ。だが、ロバートは私に証拠を見せてくれなかった。それはロバートと、彼をスパイとして使っていた刑事の秘密だった。ロバートはよく笑っていたよ。刑事たちが自分にさせているのは、スパイ顔負けの潜入任務だとね。秘密捜査官のような役割を楽しんでいたようだ。少なくとも、最初のうちは」マルセロは言葉を切ると、昔を思い出し、友人を懐かしむかのように、椅子の背に深くもたれて両手で膝をさすった。

父が、マルセロのような男が懐かしく思う男、警察のスパイという重要任務を任される男だったと思うと、不思議な気がする。その事実で汚名が消え、家族に語り継がれる男となるのか？　マルセロの話で、ぼくのなかの父の像はほんの少し膨らんだ。スパイ顔負けの仕事を冗談の種にする男。友人がいた男。物思いに沈むマルセロのそばで、ぼくは壁に頭をもたせ、目を閉じて右手の痛みを頭から締めだそうと努めた。

潜入捜査。指示を出す刑事。スパイ行為。頭のなかで新たな情報を吟味する。スパイ小説に関するハウツー本も執筆しているから（これはあまり売れなかったが）、ロバート・ラドラムやル・カレの本で得た知識も多少はある。

「私が知っているのはそれだけだ」マルセロの声がぼくの物思いを破った。

「そう？」半分死人のような見た目に油断して、マルセロがもっと告白する気になることを願い、ぼくは目を開けなかった。が、マルセロがこの餌に食いついてくる様子がないので、少しプレッシャーをかけることにした。何しろ、いまのぼくは弁護士なのだ。非情な行為も許されるだろう。「兄貴の裁判のときも、それをすべて知っていたんだよね。訴追側がホルトンの薄汚れた経歴を隠しておきたがることを承知していたから、ホルトンの過去を利用して司法取引を迫った。だから誰もマイケルが口座から大金を下ろしたことも、その金の行方も詮索しなかった。だけどなぜ、誰もホルトンが撃たれたことを追及しなかったの？」

「金？　なんの金だ？」

訊き返されて、ぼくは少しばかり動揺した。マルセロは当然、兄の口座を確認したはずではないか？　殺人で裁かれている男の口座の金の出入りに、誰も気づかなかったなんていうことがあるのか？　たとえ少しずつ引きだしていたとしても、結果的に大金になったのは明らかだったはずだ。とはいえ、殺人事件の裁判で具体的にどういうことが調べられるのか、ぼくは知らない。今後はもう少し法廷物を読むことにしよう。

「何を仄めかしているか知らんが、私は手持ちの札を駆使してマイケルのために最高の司法取引を引きだした。それが私の仕事だからな」

「マイケルのためにはルールを曲げるのに、どうしてソフィアを助けようとしないんだ？」マルセロが医療過誤の裁判で娘の弁護をしないことに決めたのを思い出し、そう尋ねた。

「それは……」マルセロの声が尖《とが》り、座り直したのか衣擦《きぬず》れの音がした。「必ずしも真実ではないぞ。信じてもらえないかもしれないが、私はあの子にとって最善だと思うことをしているんだ」

「真実ってなんなのさ？」ぼくは声を張りあげ、目を開けて、溺れかけたせいでたぶん充血している目でにらみつけた。マルセロはちらっと廊下のほうに目をやった。おそらく、誰かが入ってきて話が中断するのを恐れているのだろう。つまりマルセロには、まだふたりだけで話したいことがあるのだ。気持ちを高ぶらせたせいで右手の痛みが増したが、マルセロに圧力をかけることができたようだ。「ぼくが兄貴と話し、今朝見つかった死体をじっくり調べはじめたあとでトラックのハンドブレーキが外れたのは、偶然のはずがない。エリンはブレーキオイルが漏れているようだとも言ってた。誰かが故意にやったんだ。三十五年前に葬ったつもりの真実、アラン・ホルトンと兄貴が浮上させた真実を隠したがっている人物の仕業だと思う。父さんは死ぬ前、動かぬ証拠を見つけようとしていた。そしてホルトンがマイケルになんらかの情報を売りつけたことは――」

「わかった、わかった」マルセロはまたしてもドアに目をやりながら、食いしばった歯のあいだから言葉を押しだした。「あの晩ロバートは刑事と会い、重要な証拠を渡すことになっていた。私が知っているのはそれだけだ。ロバートは殺人を目撃したんだと思う」

そういうことか。

「子どもの、だね」ぼくはズバリそう言った。

マルセロは冷水で麻痺したチョウザメのように青ざめた。「どうしてそれを知っているんだ？」

「勘かな」

「私のこれも勘だが……勘と推理だな」マルセロは何を言い、何を隠しておくべきか迷っているように、どっちつかずの口調で言った。「ロバートが死んだあと、私は彼を殺すほどでかいヤマとは一体何なのか、しばらくのあいだひそかに探ってみた。ロバートが銃を携帯しはじめるほど怖がっていたことを考えると、よほどでかいヤマだったのだろう。当時、銃を携帯するのは普通じゃなかったんだ。セイバーズが以前よりも荒っぽい仕事をするようになったことは話したな。傷害事件を起こしただけでなく……きみも言ったように、稼ぎのいい身代金目当ての犯罪に手を染めた。だが、子どもがいるロバートは、誘拐だけは我慢できなかった。しかし、ロバートが殺される一週間ほど前……そういう事件が起きたんだよ。金持ちの子どもが誘拐されたんだ。家族は身代金を払う金はあるのに、金の代わりに切りそろえた新聞紙をスーツケースに詰め、犯人を出し抜こうとした。よくある話だ。不幸にして、少女が見つかることはなかった。証拠はひとつもないが、セイバーズの仕業であることは明白だった。マイケルはきみに――」

「その少女の名前は？」ぼくは咳込むように尋ねた。

「マコーリーだ」

「何マコーリー？」あの骸骨に、せめて本当の名前を持たせてやりたい。

「レベッカ」

「身代金の要求額は？」

「三十万ドルだった」

　ぼうっとした頭に、兄の言葉がよみがえった。〝俺は集められるだけ持っていったが、ホルトンにはそれじゃ足りなかった〟

　ホルトンはレベッカ・マコーリーに関する情報、何十年も前に誘拐され、殺された少女の情報をマイケルに売ったのだ。おそらくは、犯人の名前を。その情報に遺体の在処《ありか》も含まれていたのは確かだ。レベッカの遺体は警官の棺に隠されていた。ほかの人間の棺に入れて地中に埋めるほど完璧な隠し場所があるだろうか（このくだりを書いているときに、山中とは比べものにならないくらい高速のインターネット接続のおかげで、遺体を棺に隠すのは、シカゴのマフィアが人を消したいときに使う常套手段《じょうとうしゅだん》だということが判明した。どうりで、警官たちが知っていたはずだ。この手段はセメントで固めて海に捨てるのと同じくらい頻繁に使われていたのだ）。

　ホルトンが遺体の在処を知っていたのは、彼が隠した当人だったからだ。

　そういえば、あの葬儀のとき、警官と家族のあいだでちょっとした言い争いがあった。

警官のひとり（いまではホルトンだったとわかっている）が、相棒は火葬を望んでいたと言い張り、遺体を焼きたがった。だが、家族はそれを退け、土葬にした。ホルトンは取り乱していたが、いまならその理由がわかる。同じ棺に隠したレベッカを土葬にするのは、燃やして灰にするほど完璧な証拠の隠滅にはならない。

で、その情報の値段は？　その答えは簡単だ。ホルトンはマイケルに、自分には誘拐された娘の家族が支払うはずだった金額を受けとる資格があると主張して、同じ額を要求したに違いない。三十五年前の身代金を。そして兄は誰のせいで父が死んだのか知るために、三十万ドル払う気になった。

ぼくは自分の悪行を必死に隠そうとするホルトンの姿を想像しようとした。少女の死体と、取りそこなった身代金。父がその証拠を持っていることをホルトンが知っていたとすれば、父を殺す動機になる。相棒が死んだとき、ホルトンは少女の死体を隠すチャンスを摑み、自分の秘密を埋めた。

「兄貴はレベッカの死体を見つけたよ」ぼくは思いきって棺に隠されていた子どもの死体がレベッカだと仮定し（実際、ほかの可能性は考えられない）、その事実をマルセロに告げ、驚いて目をみはるマルセロに打ち明けた。「トラックの荷台にあった。出所したあと、マイケルはまっすぐ棺を掘り起こしに行ったんだ。あの棺を掘り起こすのに三年待ったってことは、遺体の在処をマイケルに話したのはホルトンだったことになる。ただ、もしも父さんがレベッカ殺害の証拠を握っていたとしても、その証拠はレベッカの遺体の在処じゃなかった」

「レベッカが埋葬されたのは、ロバートが殺されたあとだから、だな」マルセロはうなずいた。「つまり、ロバートがあの晩、刑事に渡そうとしていたのは、別の情報だったことになる。少女の遺体の在処ではなく、ほかの証拠だ。きみは、ホルトンが売ろうとしていたのは、それ――ロバートが刑事に渡そうとした最後の情報だと思っているのか？」

「たぶんね。でも、なぜホルトンが兄貴に、自分が犯した殺人に関する情報を売ろうとしたのか、いくら考えてもわからない」この謎の答えがわからなければ、ぼくの推理は成り立たない。謎の答えを摑んだという確信はまだ持てなかった。

「犯人がホルトンではなかったとしたら？　やつは犯人をかばっていただけかもしれないぞ。当時ホルトンは警察官だった。そのホルトンが借りのある人間がいたとしたら、おそらく危険な輩《やから》だったろう」

犯人がほかにいたという説は、乾燥室で兄から聞いたことと一致する。ホルトンは誰かを売り渡そうとしていた、と兄は言ったのだ。三年の刑期ですんだのは、法廷で当時の警察の腐敗ぶりを明かされては困る連中がいたからだ、とも言っていた。様々なピースがあるべき場所に収まりはじめていた。

マルセロは新たにわかった事実がぼくの頭に染みこみ、ぼくが自分を信じたかどうかを見極めようと、じっと見守っていた。「話を三年半前まで早送りすると、ホルトンの人生は悪化していた。何度か服役しては娑婆《しゃば》に戻るのを繰り返し、まさにその日暮らしといった状況にあった。もしかすると、歯車が狂いはじめたのはレベッカ・マコーリーの一件からだと思ったのかもしれんな。そこで昔かばった黒幕を強請《ゆす》ろうと決め、父親に関する真実を話すと約束してマイケルを唆したのだろう」

「なぜぼくが選ばれなかったか、わかる気がするよ。ぼくは家族の歴史にはあまりこだわらないから。兄貴がぼくだけを信用しているのは、法廷で自分に不利な証言をしたからしい。つまり、ぼくは怖がるほど多くを知らないから、ってことだ。怖がるべきだったのは明らかみたいだけど。とにかく、それで兄貴はぼくを信用したんだ」

マルセロは顎をこわばらせた。おそらく、マイケルは三年という軽い刑を勝ちとるために苦労した自分を信頼すべきだった、と主張したかったのだろう。だが、考え直したらしく黙っていた。

この場では口にしなかったが、マルセロの年齢も彼を容疑者リストに含める理由になる。いまぼくが探しているのは、三十五年前に人を殺し、今朝また人を殺した人間だ。となると、容疑者は母のオードリー、マルセロ、アンディ、ひょっとしたらキャサリン叔母に絞られる。叔母は当時まだ若かったが、かなり奔放だったから、とんでもない厄介事に巻きこまれた可能性はある。まだ寝小便をたれる年齢だったぼくは、第一容疑者にはならない。

しかし、それはふたりの被害者が同じ犯人に殺されたと仮定しての話で、動機が単純な復讐だとしたら？　怒りはロレックスと同じくらい受け継がれるものだ。年齢という条件を取り去れば、ぼくら全員が容疑者になる。レベッカが本当は生きていて、成人して人を殺している可能性だってある。

「ぼくらは大事なことを忘れてる。この十二時間で父さんは善人だったと何人もぼくに言ったけど、本当はそうじゃなかったら？　父さんがレベッカを誘拐し、殺したんだとしたら？」

マルセロは身を乗りだし、ぼくの肩をぎゅっと摑んだ。「きみがロバートをもっとよく知ることができなかったのは残念だよ。弁護になるかどうかわからんが、きみがお父さんをもっとよく知っていたら、彼が少女を誘拐し、殺すことなどありえないとわかったはずだ。正直に言うが、私にはアラン・ホルトンが犯人だったとも思えんな。そんな度胸のあるやつじゃなかった」

「だったら、当時、ホルトンと繋がりがあった人間を探すしかないな。ホルトンの相棒の名前は？」

「クラークだ。ブライアン・クラーク。聞いたことがあるかね？」

読者諸君がすべてを結びつける手がかりとなる名前を期待していたのだとしたら――クロフォード、ヘンダーソン、ミロット（これはアンディの姓で、キャサリン叔母は結婚したあとミロット姓を名乗っている。それに実際はミルトンであることを、そろそろ白状してもいいだろう。いくつかの名前は、面白くするために変えたと最初に断ったが、ミルトンもそのひとつだ）——がっかりさせて申し訳ない。

「いや、ないな。そいつかホルトンに、子どもはいなかったの？　といっても、そのひとりが一家の犯罪者としてのレガシーを守るために、カニンガム家を標的にするとは考えにくいけど……」

「そのとおりだ。それに、ふたりとも子どもはいなかった」

がっかりしたのか、マルセロはそれっきり黙りこんだ。ホルトンの相棒の線は行き止まりだ。すべての結びつきや仮説を頭に留めておくのが難しくなってきた。ひどい頭痛が、右手の痛みに重なる。メトロノームのように規則正しく痛みが襲っては引き、引いては襲う。

　どれくらいマルセロと話していたのかわからないが、ぼくは疲れ果てていた。つかの間目を閉じたに違いない。ぼくにとっては一瞬に思えたが実際にはもっと長かったらしく、誰かに頬を指先で叩かれて目を開けると、マルセロの顔が目の前にあった。

「すまない。キャサリンが戻ったら、さっきの錠剤をもうひとつもらってやるから、私の話を聞いてくれ。私は怖いのだよ。知ってはならぬ事実を知ってしまった者たちが恐ろしい目に遭うのではないかと心配なんだ。不運にも——」彼はいかにも遺憾だというように、最後の言葉のあとで間を置いた。「いまはきみもそのひとりだ。ブラック・タングのことは、ソフィアが朝食の席で口にするまで聞いたことがなかった。ところが、被害者について調べてくれときみに頼まれてから、ブラック・タングのことが頭を離れない。いまの話は何年も頭にあったとはいえ、じっくり考えたことも、誰かに話そうと思ったこともなかった。しかし、今朝ブラック・タングのことを知ったあとは、無視できなくなってな。たしか偶然は存在しないというのは、きみの十戒のひとつだったな？」

ぼくは弱々しく笑った。厳密には少し違うが、たしかにノックスの十戒にも、彼が所属していた推理作家クラブの宣誓にも、似たことが書かれている。その点では、マルセロを評価しよう。「ぼくの本を読んでいるんだ」

「きみのことはいつも気にかけているよ」またしても子どもが謝るときのような早口の小さな声だったため、もう少しで聞き逃すところだった。「誰かが何かを片づけようとしているのは確かだ。きみのお父さんを死に追いやった取引には、三人が関わっていたのだよ。私と彼だけではなく」

指で頰を叩かれるより、その言葉のほうが目覚まし代わりになった。ぼくはブラック・タングの被害者を調べてくれと頼んだときのマルセロのためらいを思い出した。たしかマルセロは、名前のひとつを訊き直し……。

「その刑事の、父さんをスパイとして使っていた刑事の名前は？」

「知らないほうがきみのためだぞ」
「だろうね」
「アリソン・ハンフリーズだ」

27

「起きてるわ！」キャサリン叔母が肩でドアを押し開けながら、嬉しそうに叫んだ。赤い十字をスプレーで横に描いた、くすんだ緑色の大きなプラスチックケースを抱えている。たぶん昔は釣道具入れにでも使われていたのだろう。ぼくはマルセロとの会話を中断されたことなど気にならないほど、叔母に会えて嬉しかった。そう、ものすごく嬉しかった。

「手が痛くて」少しあからさまだったかもしれないが、ぼくはそう言った。

「次の一錠が飲めるのはあと……」叔母は救急箱をコーヒーテーブルに置き、かがみこんでマルセロの腕時計を見た。「まあ、知らないほうがいいと思うわ」

「頼むよ」

叔母は救急箱を開けて中身をかきまわし、満足そうに舌を鳴らしてぼくに何かを放った。緑の小箱が上がけの上に落ちた。「パナドールで我慢しなさい」ぼくの恨めしそうな眼差しに気づいたらしく、表情を和らげた。「痛むのはわかってるわ。でもせっかく助かったのに、薬の過剰摂取で死なせたくないの。この人が人工呼吸をしなくてはならなかったのよ」そう言って、親指をぐいとそらしジュリエットを示した。

　これは意外ではないはずだ。読者諸君はすでにぼくとジュリエットが唇を重ねることを知っていたのだから（ついでに言うと、これから四ページ以内に誰かが死ぬことも）。

「裸にしたのも私なの」ジュリエットが気まずそうに言った。「知っていると思うけど、濡れた服は重篤な低体温症《Hypothermia》を引き起こすのよ」口にしている言葉とは裏腹に、ジュリエットの口調は〝たぶん知らないでしょうね〟と言っていた（きみたちが初稿を見ていれば、ぼくが知らなかったことがわかる。編集者は、ぼくの初稿のこの部分を二重線で消し、編集者特有の恩着せがましさをにじませて訂正すると、自分が正しいことをわざわざ告げるためにページの余白に〝Hypo=cold（低体温）、Hyper=hot（高体温）〟と書きこんだ）。

「でも、私は大したことはしてないわ。あなたが腰にあのロープを巻きつけていたのが幸いして、エリンが――」

「エリン？」一気に記憶が戻ってきた。氷上のあの声、湖に沈む直前に、誰かがバックルがついたロープを引っ張ったことが。「どういうこと？」

「エリンはあなたがあのロープを外に投げるのを見たの。ソフィアの話だと、クロフォードが引き留めようとしたけれど、エリンはその手を振り切ったそうよ」ぼくの頭をよぎった思いよりはるかに冷静な声で、キャサリン叔母が説明してくれた。「エリンがあなたの命を救ったのよ」

「エリンはどうしたの？　無事なの？」ぼくは立ちあがった。頭に一気に血が上り、足元が定まらない。四本の手がぼくを支えた。叔母にベッドへ押し戻されそうになったが、ぼくはその手を振り払ってドアに向かった。「エリンはどこ？」

「氷の上に出ていったのよ」キャサリン叔母が言った。

「エリン！」ぼくはドアを開け、よろめきながら廊下に出た。「エリン！」

次の瞬間、本人にぶつかった。

「びっくりさせないでよ、アーニー」エリンは後ろによろめき、手にしたトレーを慌てて持ち直した。トレーにはソフトドリンクの缶と熱々のフライドポテトを入れた器がふたつ載っている。眉間にしわを寄せ、エリンが言った。「横になってなきゃだめじゃないの」

それからぼくの肩越しにほかの三人を見て繰り返した。「横にさせておかないと」

バランスを崩したのか、エリンに飛びついたのか覚えていない。日頃は誰かに抱きつくような人間ではないのだが、このときばかりは、気づいたときにはオキシコドンで力の入らない腕が許すかぎりの力でエリンを抱きしめていた。エリンもぼくを優しく抱き返してくる。ぼくらはつかの間、雪山にいることを忘れ、ふたりの関係がすっかり変わり、エリンがもうすぐ別の人生を歩みはじめることを忘れた。

「氷風呂は久しぶりだったよ」ぼくはエリンの耳元で囁いた。エリンはぼくの肩をぎゅっと摑んでしゃっくりするように笑いだし、すぐにすすり泣きがそれに混じった。ぼくらはしばらくそのまま、お互いの腕のなかで震えていた。ぼくはうなじが涙に濡れるのを感じた。

いよいよ秘密を打ち明けるとしよう。ぼくが朝食のときに読んだ不妊治療クリニックからの手紙は、いい知らせのはずだった。ぼくの精子はオリンピックのチームにも参加できそうなほど勢いがよかったのだから。氷風呂にボクサーショーツ、禁酒と牡蠣《かき》の摂取、すべて精子の数を増す試みだったのだが、そんなものは最初から必要なかったのだ。ぼくは検査結果を読んで混乱し、クリニックに電話を入れた。エリンは検査結果を聞いて喜んでいた、と彼らは言った。結果を知らせるため何度電話してもぼくが捕まらないので郵便で送ったのだ、と。電話など一度もかかってこなかったと告げると、クリニック側が確認した結果、登録されていたのはぼくの電話番号ではなくエリンの携帯の番号だったことがわかった。エリンは、ぼくが郵便で結果を知らせてもらいたがっている、と彼らに告げたのだ。その要請がぼくのカルテに貼ってあるという。しかも、彼らは最初から正しい住所に通知を送っていたのだ。だから、なぜぼくがメールで検査結果を要請しつづけているのか理解できなかったと彼らは言った。この会話の途中で、ぼくはエリンが毎朝真っ先に郵便受けを見に行っていたことを思い出した。最初に送られた検査結果は間違った住所に配達されてしまった、と言ったことも。二通目は雨でぐしょ濡れになったという話も。

あの朝、朝食のテーブルでクリニックから送られてきた検査結果を読んだあと、そのすべてが頭のなかで熱帯低気圧のように荒れ狂った。その朝ぼくがエリンよりも先に郵便受けを覗いたのは、まったくの幸運からだった。毎朝そうしていたので、エリンはつい油断したのだろう。検査結果に目を通すうち、不信の念が湧いて、ぼくは家の前の縁石のところに置いてあるゴミ箱を確認してみた。そして一週間前の炒《いた》め物《もの》から出た臭い汁を片方の手首から滴らせながら、アルミニウムの小包を摑んで家のなかに戻った。曜日のラベルが貼ってある避妊ピルの包みだ。

ぼくらの火花が消えた瞬間だった。

だが、いまはそんなことなどどうでもいい。エリンはぼくの命を救ってくれた。そしてまだここにいる。

頭のどこかで、後ろにいる三人が何事かと集まってくるのがわかった。おそらくまたぼくが気を失うのを恐れて目を離さずにいるのだろうが、彼らの視線が重たくのしかかってくるような気がした。誰かがあの棺を湖の底に沈めようとしたのは間違いない。ついでにぼくを殺したかったのか、ぼくは巻き添えを食っただけなのか。トラックの荷台を見ろと勧めたのは兄のマイケルだ。でも、兄は苦労してあの棺を掘りだし、ここに運んできた当人でもある。ぼくを殺そうと罠にかけるつもりなら、もっとましな餌をぶら下げたはずではないか。あるいは乾燥室でぼくに襲いかかることもできた。完全に信頼できるかどうかはともかく、兄は恐ろしい秘密をぼくに教えてくれた。今度は様々な断片がどのようにひとつにまとまるのか、訊きださなくてはならない。

　エリンはぼくがふらつきながら階下に下りるのを手伝ってくれた。マルセロたちは横になるべきだと抗議したが、強力な鎮痛剤とアドレナリンで頭が目まぐるしく回転し、じっと寝てなどいられなかった。冷たい風が玄関から吹きこんできた。いったいなんの光か、霜に覆われた正面の窓を通してまばゆい光が入ってくる。乾燥室のドアはゴムの縁が外れるスポッという音をさせて開いた。密封されているせいで、ドアを開けるまでなかの臭いがさっきと違うことに気がつかなかった。それから、むせるような灰の臭いが鼻を突いた。

叔母

27・5

これはネタバレではない。

ぼくはこれから乾燥室で兄マイケルの死体を見つけるわけだが、観察力の優れた読者は、すぐ前の章タイトルだった継父のマルセロが殺したと推理したかもしれない。たしかにその可能性はある。

昔からぼくは、謎を解く手がかりは、ページに書かれていることだけではないと思っている。なんといっても本は実体のあるものだから、一行アキや白紙のページ、章タイトルが、著者の隠している秘密を暴露することもあれば、どんでん返しがあるという宣伝文句が、せっかく巧妙に織りこまれたひねりを台無しにすることさえある。本書のようなミステリー小説では、あらゆる単語に、いや、句読点にさえ手がかりが隠されているのだ。ぼくの言うことがぴんとこなければ、いま手にしている本について考えてみるといい。左の指で押さえているページがまだだいぶ残っていれば、殺人犯が明かされたとしても、それが真犯人ではありえない。なぜなら、残されたページが多すぎるからだ。同様のことが映画にも言える。誰より知名度が高いのに台詞が最も少ない俳優は、まず間違いなく悪役だ。道路を渡ってくる登場人物が突然ワイドショットになれば、まもなく彼らは車に轢かれる。優れた作家は、その語り口で読者に不意打ちを食わせてはいけない。物語のなかで不意打ちを食わせねばならないのだ。手がかりは実体のある本そのものに織りこまれているのだから。

　つまり何が言いたいかというと、この本を書いているのがぼくだときみたちが知っていることを、ぼくは常に心に留めておかねばならない。

　読者諸君が自惚《うぬぼ》れる前に言っておくが、きみたちはまだ事件の真相を見破ってはいない。本書で使われている論理から学べることはあるだろう。しかし、それは事件の真相ではない。ネタバレを承知ではっきり言おうか。マイケルを殺したのはマルセロではない。マルセロはブラック・タングではない。

　ぼくは約束どおりずっと真実を語ってきたし、プロットには穴があると言ったが、その穴はこれではない。実は、プロットの穴はひとつ前の章にあった。覚えているだろうか？　このプロットにはトラックが通過できるほど大きな穴がある、とぼくが言ったことを。ぼくは文字どおりの意味でそう言ったのだ。

28

灰の薄片が空中に渦巻いていた。その細かい粒子が鼻孔の先端で躍り、鼻が痙攣《けいれん》する。乾燥室は最初に入ったときより明るかった。ヒーターのオレンジ色の光だけでなく、奥にあるいまやガラスの割れた窓から月の光が射しこんでくる。窓を覆っている雪だまりに筒状の穴があいているのだ。マイケルはその下に倒れていた。頭のてっぺんから爪先までうっすらと黒い灰に覆われたその姿は、射しこんでくる月明かりのなか、黒い影のように見える。傍らのコート掛けのまっすぐな支柱に、結束バンドで両手首を繋がれていた。

エリンがあげたはずはないから、悲鳴をあげたのはぼくに違いない（エリンは片手を口にあてていた）。それを聞きつけたジュリエットが駆けつけてきたそうだが、まったく覚えていない。ぼくは滑るように兄の前に膝をつき、鍋摑みを引き裂くように外して（かなりの皮膚が一緒に剝《は》がれたが、痛みは感じなかった）、結束バンドを切ろうとした。だが、潰れた指ではとても無理だった。後ろではエリンが、鋏《はさみ》かナイフを持ってきて、ソフィアがバーにいたら連れてきて、とわめいていた。

ぼくは結束バンドを外すのをあきらめ、左手でマイケルの顔を撫ではじめた。瞼を開くように、顔を覆っていた灰を拭う。灰の下の肌は冷たく、炭色の塵で髪も灰色に見えた。肺に息を吹きこむためには仰向けに横たえる必要があったが、結束バンドを切るものはまだ届かない。ぼくは立ちあがって、コート掛けの枠を蹴った。木製の柱がぎざぎざに裂け、兄の体が横向きに倒れる。その体を仰向けにして、馬乗りになり、片手で胸を叩くと、黒い汚れを口から拭い、息を吹きこもうとした。だが口のなかにひどい臭いが注がれただけで、タールのべっとりついた粘つく唇はぴくりとも動かない。上体を起こし、また拳を振りあげた。動かすたびに折れた腕に激痛が走る。再び兄の口に口を押しつけたが、吐き気がこみあげ、マイケルの頭のすぐ横に嘔吐した。汚いが、本当のことだ。マイケルがずっと前に死んでいるのはもうわかっていた。それでも、自分の口からタールを拭い、もう一度息を吹きこみ……何度も繰り返さずにはいられなかった。やがて誰かが肩に手を置き、ぼくを兄から引き離した。

最後に見たとき、兄の汚れた頬にきれいな皮膚が点々と見えた。ぼくの涙が落ちたところだった。

一家はバーに集まっていた。あちこちに少しずつかたまっている。マルセロは母のオードリーと座り、母の手を握りしめていた。母に肩を抱かれたルーシーも一緒だった。義理の家族の常で、母と息子の嫁であるルーシーはうまくいっていたとは言えないが、ふたりは息子であり夫だった男の死をともに悲しんでいた。どちらもマイケルを愛し、マイケルに心からの信頼を置いていた。いまはふたりとも大切な者を奪われた悲しみに暮れている。キャサリン叔母はさっきから歩きまわり、アンディは床に仰向けになっていた。

ぼくがここにいるのは、乾燥室に戻るのを許してもらえないからだ。どうやら、ヒステリックになっていたらしく、ふらふらと出ていくのを恐れてエリンが付き添っているが、エリン自身もショックで呆然としていた。エリンもマイケルを失ったのだが、母のそばでルーシーと一緒に悲しむわけにはいかないのだろう。マイケルが死んだいま、エリンはカニンガム家で自分がどういう立場にあるのかと考えているに違いない。毅然《きぜん》とした態度だが、引き結んだ唇の上にはかすかな涙の跡があった。

おそらく気を紛らわすためだろう、ジュリエットはカウンターの向こうで忙しく動いていた。少し前、彼女はぼくの肩に毛布をかけ、ホットチョコレートを持ってきてくれた。どちらも、落ち着きを取り戻すのに驚くほど役に立ってくれた。それに、カップを渡しながらぼくの左手を優しく撫でた温かい手の感触も。誰がつけたのか、いつの間にか鍋摑みはぼくの手に戻っていた。キャサリン叔母がジュリエットに歩み寄り、温かい飲み物を頼んだが、部屋番号を訊かれ、怒ってカウンターを離れた。

バーにいないのは、ソフィアとクロフォード警官だけだ。ぼくらはふたりが検死報告に戻ってくるのを待っているのだった。ぼくも乾燥室にいて隅々まで調べ、見事な推理で犯人を突きとめようとしている、と言いたいところだが、まだひどいショック状態にあって、現場を分析するどころではなかった。

　謎の答えはまだわからないとしても、一家全員が集まっているこのバーは事件の概要を明確かつ簡潔に述べるのに相応しい場所だろう。だが、ここの雰囲気は、探偵が片手をポケットに入れ、胸を張って歩きながら自分の賢さを披露する客間や図書室とはかなり異なっている。探偵役のぼくからしてまだバスローブ姿だから、胸を張ってみんなの前を闊歩《かっぽ》したら、冴えた頭脳以外のものを披露してしまう危険もあった。そもそもここにいる〝聞き手〟からして容疑者というより、悲劇を生き延びた者の集まりだ。

　兄マイケルの死ですべてが変わった。

早朝に見つかった死体は、ただ奇妙で残酷な方法で殺された、見知らぬ他人だった。真っ黒な灰を吸いこんでいるのに雪が溶けていないという不可解な状況のせいで、病的に聞こえるかもしれないが、ぼくらは知的好奇心に駆られた。あるいはソフィアが持ちだした連続殺人鬼の仕業という仮説に反対の者は、あれが殺人であることを無視した。いずれにしろ、身元不明の死体《グリーン・ブーツ》は解くべき謎、不都合だが好奇心をそそる謎でしかなかった。推理小説に登場する探偵気取りで闊歩していたぼくに、死んだ男本人のことを思いやる気持ちがあったとは言えない。

だが、今回の被害者には名前がある。悲しいことに、名前も姓もすべてわかっている。マイケル・ライアン・カニンガムだ。

そしてぼくは？　兄が拘束され、容疑者だと決めつけられた責任の一端は自分にあると思い（そもそもぼくが警察に通報したせいで兄が服役しなければ、この事件の容疑者扱いをされることもなかったのだ）、一刻も早く仮の独房から兄を出すため、雪山で死んだ男に何が起こったか突きとめようとしていた。兄が殺されたいま、どうやらぼくが兄を死に追いやったという事実を受け入れなくてはならないようだ。コート掛けに結束バンドで繋がれ、灰が部屋の空気を満たすのを見守るしかなかった兄の姿、爪が裂けるほど必死に首をかきむしるしかなかったグリーン・ブーツの姿が頭を占領していた。オキシコドンが切れてきたのか体が震えはじめ、ぼくはカップにカチカチと歯をぶつけながらホットチョコレートをひと口飲んだ。

バーの外には荷物や子どもを抱えたゲストハウスの客が並んでいた。さきほど階段を下りてくるときに見たぎらつく光は、建物正面の車回しに停まっている巨大なスノータイヤを装着した二台のバスのヘッドライトだったのだ。客が出ていく開いた扉から、凍るような風が吹きこんでくる。客の不満をさばくのにうんざりしたジュリエットが、雪嵐が一時的におさまったときを見計らってジンダバインに連絡し、山を下りたい客のためにバスを呼んだのだ。立ち去るなら急がなくてはならない。嵐が弱まったのはほんの短時間だけで、予報によるとまもなくさらに激しくなるからだ。宿泊費の返金もばかにならないはずだから、悪天候だけなら、ジュリエットもこんな手はずを整えたりはしなかっただろう。実際、オフィスで話をしたときは、客に警告するのをためらっているようだった。だが、ぼくが事故に遭ったあと、バス会社に連絡を入れることに決めたのだ。これは正しい決断だったことがまもなくわかる。

宿泊客は最初のうち、バスで戻るのに乗り気ではなかった。たしかに天気は悪いが、暖炉もあるし、ボードゲームやバーもある。そもそもここを訪れる客の大半は、そういうものが目当てなのだ。今朝死体が見つかったという事実はあるものの、死んだのは見知らぬ男で、事件に首を突っこんでいたのはぼくらカニンガム一家だけだった。しかも公式の見解ではまだ、死んだ男は凍死したことになっている。悲劇ではあるが、せっかくの休暇を切りあげるほどではない。八時間かけて街に戻るあいだ、子どもたちにそり遊びができない理由を説明するほうが厄介だ。しかし、ふたり目が、それも明らかに最初の事件より残酷な方法で死ぬと、〝聞いたか？〟という囁きは、たちまち恐怖に駆られた〝知らないか？〟という噂となって広まった。車で帰れる客は、まわりの雪をかきだし、大急ぎでスカイロッジをあとにした。吹雪が収まるまで車は置いていくしかないとあきらめた残りの客は、先を争ってバスに乗りこんでいた。

クロフォードがバーに入ってきた。両手を握り合わせているソフィアも一緒だった。全員が身を乗りだした。アンディですら体を起こし、子どものように床にあぐらをかいてふたりに目をやった。

「マイケルは死んだわ」あえて口にする必要はなかったが、ソフィアはそう言った。ソフィアの見立ては、はっきりと顔に書かれていた。今朝、身元不明の死体を物置小屋に運んで吐いたときもひどい顔色で、そのあと震える手で紅茶を飲んでいたときも疲れているようだったが、いまや病人のようにやつれている。寒さとストレス、悲しみのせいかもしれないが、これ以上死人が出たら倒れてしまいそうなほどまいっていた。ソフィアがあまりに辛そうなので、キャサリン叔母ですらソフィアの医者としての見解に反対しなかったことだけが、せめてもの救いだ。「殺害されたことは間違いない。両手を拘束され、窒息させられたの」

「くそ」マルセロがつぶやく。クロフォードはぼくが死体を発見したあと、乾燥室に誰も入れないように最善を尽くしたが、ソフィアだけは入室を許可した。マイケルが殺されたことはすでにみんなに知れ渡っていたため、ソフィアの最初の発言にショックを受ける者はひとりもいなかったが、死因を知っていたのはエリンとぼくだけだった。窒息したと聞き、マルセロの悲痛な顔が恐怖に歪むのが見えた。ぼく同様、ついさきほどぼくたちが交わした会話を思い返しているのだろう。

〝誰かが何かを片づけようとしているのは確かだ〟

「もったいぶるのはやめて、ソフィア」エリンが食ってかかった。否定の段階を飛ばして、怒りをたぎらせているのだ。「あなたが正しかった。そうはっきり言いなさいよ」

ソフィアは部屋を見まわした。次の発言がどれほどみんなを怒らせるか探りながら、まだ二台目のバスに座席を確保できるか考えているのかもしれない。それから、あきらめてため息をついた。嘘をつくことはできない。みんなと一緒に泣き崩れることも許されない。ソフィアは息を吸いこんで、身内の死因を説明する役目を引き受け、穏やかな口調で言った。医者には悪い知らせを告げる特殊な才能があるのだ。「ええ、エリン。マイケルは今朝発見された男と同じ方法で殺されたんだと思う」

「まだそう決まったわけじゃないわ」ルーシーがすばやく反論した。そういえば、ルーシーはまだ今朝の死体を見ていない。だから凍死だという話を疑う理由はなかった。「こんなのばかげてる！　あなたはみんなを怖がらせているだけ。今朝の男は、ひと晩外にいたせいで死んだのよ」

「現実から目を背けないで、ルーシー。あの男も殺されたの」ソフィアは異論があるなら言ってみろというように部屋を見まわした。ルーシーは言い返したくてうずうずしているが、なんと言えばいいか思いつかないようだ。「誰かがあの男の頭に大量の灰が入った袋をかぶせたの。そんな演出がなくても、ポリ袋をかぶせられただけで窒息したでしょうけど、灰はいわば、この犯人の名刺代わりなのよ。犯人はマイケルにも同じことをした。彼の場合は灰が直接の死因だったけど。私たちが……」ソフィアは自分の発見を裏づけてくれと頼むように手を差し伸べたが、クロフォードはうなずいただけだった。「調べたところ、割れた窓にはガムテープを貼った跡が残っていた。窓を覆っていた雪だまりが、筒状にくり抜かれていたの。ドアの縁にぐるりと張られたゴムで、乾燥室はほぼ完全に密封されている。それが防音の役目を果たしたに違いないわ。しかも、私たちはみんな湖に集まっていた。犯人が雪のなかの筒状の穴に循環器を押しこみ、プラスチックとガムテープとたぶん固めた雪でそれを割れた窓に固定すれば、乾燥室の気密状態は保たれる。なかの空気を灰だらけにするのは簡単だったはずよ」

キャサリン叔母が何か尋ねようとしたが、涙で言葉が詰まった。叔母は手の甲で目を拭い、また歩きだした。

「ちょっといいかな？」アンディが片手を上げた。彼はほかのみんなほど取り乱していないが、誰よりも心配そうで、さっきから何度も窓とバスに乗りこむ人々の列に目をやっている。自分の身を守りたいだけだとしても、誰かが質問するのはありがたかった。ぼくはとてもそんな状態ではなかったから。「循環器というのは？」

「灰で窒息させるためには、部屋の空気を動かさなくてはならないのよ。雪だまりは筒状にくり抜かれていたから、誰かがリーフブロワーをそこに通したんだと思う」

そういえば、強風のなかソフィアと物置小屋へ向かう途中、風がチェーンソーのような音をたてていた。ぼんやりとそれを思い出すと、自分がひどく愚かに思えた。あれを聞いたとき、なぜ不自然な音だと気づかなかったのか？　だが、耳のなかに吹きこむ風は、チェーンソーの音や列車の音、悲鳴など、あらゆる類いの音に聞こえる（つまり、ぼくはこの情報をわざと曖昧にしたわけではない。わざとであればルール八に違反したことになる）。あれがリーフブロワーの唸りだったとしたら、マイケルはぼくが小屋で探偵ごっこをしているあいだに殺されたことになる。つまり、きみたちがきちんと読んでいたとすれば、そのときぼくと一緒にいたソフィアには、いまや両方の殺人にアリバイがあるわけだ。

「どうしてリーフブロワーだとわかるの？」ルーシーが言い返した。マイケルの死因にけちをつけたい理由はわからないが、頑として事実を受け入れようとしないのは、兄の死そのものを受け入れられずにいるからだろう。

「それは」ソフィアは譲歩した。「ブラック・タングに関するニュースから推測したの。それと、いま言ったように、雪だまりに筒状の穴があるから」

「いいえ、私は信じないわ。今朝見つかった男は凍死したのよ。それから、あなたが……」ルーシーはクロフォードを指さした。「私のマイケルをあの部屋に閉じこめた。そして誰かが……」ルーシーは涙で喉を詰まらせながらもどうにか続けた。「このパニックを利用して、誰かが……チャンスとばかりに……」気をとり直し、一気に言い切った。

「殺し方をニュースで見て真似するのは、そんなに難しくないわ。私だってネットで記事を見つけたんだもの」責める相手を探しているのだろう、説明しながら迷うように部屋を見まわしていく。ルーシーは「あなたがマイケルを無防備にしたのよ」とクロフォードをなじり、「あなたがこのパニックを引き起こしたんだわ」とソフィアに責任をなすりつけ、「あなたが私たちをここに集めたから、こんなことになったのよ」とキャサリン叔母に向かってわめいた。誰かを非難するたびに怒りを募らせ、ヒステリックになっていく。

それからエリンに目を留めた。翳《かげ》が顔をよぎったというのは大げさだが、その瞬間ルーシーの目には獰猛《どうもう》な光が宿った。何かに気づいたのだ。エリンを標的にできる理由に。「いま言ったように、動機のある人間が思いがけず舞いこんだチャンスに飛びついたんだわ。服役中、たしかにマイケルはあなたとやり取りしていたけど、あなたはただの暇つぶし。遊び相手だった。だって、出所すれば私が待ってるのを知っていたんだもの。出所したら、あなたはもう用なしだった。ええ、私を見たら、マイケルが目を覚ますのはわかってたわ。だって、私を愛してないなら、なぜあれをすっかり……」残酷な笑みがルーシーの顔に広がった。「マイケルはあなたに言ったのね。そうでしょう？　ここに着いたあと、間違いをおかしたことに気づいた、と？　あなたはそれを聞いてどう思ったのかしら？」

それからルーシーは憎々しげにぼくをにらみつけた。「それにあなたは」鼓動が一気に跳ねた。ルーシーはあの金のことをばらす気だ。二十六万七千ドルは兄を殺す大きな動機になる。ルーシーはせせら笑いを浮かべた。「エリンに手を貸したんじゃないの？　なぜ目が覚めたとたん、大慌てで階段を下りてマイケルに会いに行ったの？」ルーシーは訴えるように部屋を見まわした。「まだ誰もマイケルが殺されたのを知らなかったから。第一発見者になりたかったからよ。そうに決まってる」

これは常套句だ。長広舌のあと、人は「そうに決まってる」と結ぶことが多い。エリンがぼくの隣で歯ぎしりするのが聞こえるような気がした。テーブルの下で痙攣するように脚が動いている。

ぼくは弁明することにした。「どうしてぼくが兄貴を殺さなきゃならないんだ？」

「妻を寝取られたからよ」

「ルーシー！」母が鋭く叫んでルーシーから身を引く。母がぼくの味方をしたことに、ぼくもルーシーと同じくらい驚いていた。「誰を非難しようとあなたの勝手だけれど、なかから開けられない唯一の部屋にマイケルを入れろと主張した人間は、ひとりだけよ」

バーのなかが静まり返った。母の言うとおりだ。これまでずっと静かだったが、母が激怒しているのは一目瞭然だった。ほかのみんなと同じように、責める人間を見つけたのだ。ぼくをかばったわけではなかった。ルーシーにナイフをねじこみたかっただけだ。マイケルをこのスカイロッジで逃げることのできない唯一の部屋、乾燥室に閉じこめるよう提案したのは、たしかにルーシーだ。ぼくは兄があの部屋に閉じこめられた責任を感じているが、実際に兄をあそこに閉じこめろと提案したのはルーシーだった。その罪悪感に耐えられず、バーにいる者をひとり残らず非難していたのだ。

ソフィアに小声で何か言われ、クロフォードがロックを解除して、自分の携帯電話を差しだす。ソフィアはルーシーの前にしゃがみ、小さな画面を見せた。

「これを見るのは初めてね？」ソフィアは落ち着いた低い声で言い、画面にある写真を示した。「この男は外の寒さで凍死したわけじゃない、ここには殺人鬼がいるのよ」

ルーシーはさっと青ざめた。カニンガム一家が勢ぞろいしている部屋にいる理由さえ忘れてしまったかのように呆然として、顔を上げた。ぼくとエリンは以前、これを〝怒りの二日酔い〟と呼んだものだ。つまらぬことで言い争った翌日、冷たい朝の光のなかで自分の愚かさに気づく。いまのルーシーはまさにそれと同じで、混乱してばつが悪そうに見えた。

「これが今朝、死んでいた人？」ルーシーは囁くように言った。死体の黒ずんだ顔に、ぼくらと同じものを見てとったに違いない。奇妙な、暴力的なやり方で殺されたのだ、と。しかも、外に出られない乾燥室に閉じこめるよう提案することで、自分がマイケルを殺人鬼に差しだしたも同然だという事実を否応《いやおう》なく突きつけられた。

ソフィアがうなずく。非難するのではなく慰めるつもりで事実を示したのだろうが、ルーシーは自分が責められているとしか思えないようだった。

「もうここにはいられない」ルーシーは立ちあがった。「ひどいことを言ってごめんなさい、アーネスト、エリン、みんな。本当にごめんなさい」ルーシーはバーを出ていった。

誰も本気で止めようとはしなかった。戻ってくるように呼びかけながら、ロビーまでおざなりにあとを追っていったクロフォードに、ルーシーが少しきつい口調で「あんたがボスでしょ」と、いかにもあてつけのように言うのが聞こえた。ぼくらは戸口から顔を出し、念のため、マイケルが横たわっている乾燥室とは逆の方向へ向かうのを確かめた。ルーシーはのろのろと階段を上がっていく。図書室へでも行くつもりなのか。あるいは屋上に出て、携帯の電波が入るところを探すつもりかもしれない。煙草を吸うためではないことは確かだ。ルーシーが最後の一本を吸ってしまったことは、ぼくもきみももうわかっている。

29

「ソフィア」ルーシーが出ていくと、オードリーが優しく呼んだ。この週末初めて聞く母の落ち着いた声だったから、ぼくらは聞き耳をたてた。「息子が死んだのよ、どうして死んだのか知りたいわ。私たちはみんな取り乱しているの。そしてみんな、誰かを責めたがっている」気のせいか、母がちらっとこちらを見た気がした。「情報は多ければ多いほどいいわ。誰の仕業か突きとめて、犯人がまだここにいるならこの手で殺してやりたいもの」母は息を吸いこみ、しっかりした声で続けた。「だから、リーフブロワーと袋いっぱいの石炭で、どうやれば人を殺せるのか説明してくれる?」ぼくはこれを落ち着きだと思ったが、違った。母の声は氷のように冷たかった。

「石炭じゃなく灰よ。灰の薄片」ようやく自分の仮説を披露できるのが嬉しいのか、ソフィアの声は興奮でかすかに震えていた。「とてもたくさんの灰の微粒子。吸いこむとそれが肺のなかでセメントみたいに固まるの。だからいくら息をしても肺が酸素を取りこめなくなり、窒息するのよ」

母は少し考えて片手を回し、グラスのワインをまわすように灰をかきまわす真似をした。

「そのためには、かなりの量を吸いこまなくてはならないわね？」

「ええ。かなり。ただ、外の空気が入らない密封された部屋であればべつよ」

「母さんは、どれくらいかかるか訊いているんだと思う」ぼくもその答えが知りたくて口を挟んだ。母がほとんどわからないくらい小さくうなずく。

「ああ……何時間もかかるわ」

「何時間も？」母は愕然《がくぜん》として顔を歪めた。

「苦しいの？」キャサリン叔母が涙ぐみながら尋ねる。

ソフィアは何も言わない。その沈黙が答えだった。マイケルは相当苦しんだに違いない。

「何時間も？」母が繰り返す。ぼくは母がクロフォードに向かって言っていることに気づいた。確認を求めているわけではない。説明しろと言っているのだ。「こちらのドクターが親切に科学的な説明をしてくれた。だから、今度はあなたに訊くわ。おまわりさん、私の息子はあなたが見張っていた部屋のなかで、何時間も苦しんで死んだの？」

クロフォードは咳払いをした。「奥《マ》さん《ム》、お言葉を返すようですが」これはあまりいいスタートではなかった。母は昔から形式ばった話し方も言い訳も大嫌いなのだ。「ドアが密閉されているせいで、なかの音は聞こえないんですよ」

それに風が唸りをあげていた、とぼくは言いかけたが、前回、警官の味方をしたときに学んだ教訓を思い出し、口から出かかった言葉を呑みこんだ。
「でも、正直に言うと、何も聞こえなかったのは……」クロフォードの声が尻すぼみにな
った。
「さっさとおっしゃい」
「自分がドアのそばにいなかったからです」
突然、バーのなかが静まり返り、いまにも爆発しそうなほど空気が張りつめた。このま
ま沈黙が長引くか、それとも母が立ちあがってクロフォードの頭を引きちぎるか？　全員
が息を止めて成り行きを見守った。結局、どちらにもならず、母は囁くような低い声で言
った。
「私の息子をなかから鍵の開かない部屋に閉じこめたまま、部屋の前を離れたというの？」
マルセロが宥めるようにその背中を叩いた。
「奥《マー》――」クロフォードはまた〝マム〟（今回はアメリカ風に〝マーム〟）と呼びそうにな
り、口をつぐんだ。だいぶ動揺しているようだ。「カニンガム夫人」と呼び直し、続けた。
「鍵はかかってませんでした」
集中力が切れかけていたアンディも、疲れ果てて意識が飛びそうになっていたぼくもソ
フィアも、はっとしてクロフォードを見た。
「ジュリエットが、吹雪が弱まったら、また悪化する前に希望者には山を下りてもらおう

と思っているとも言ったんです。そこで彼女と相談して、マイケルを客室のどれかに移そうと決めました。これまでのところ協力的でしたからね。本人にそう言いに行くと、眠っていました。これはきみがマイケルと話したあと、ぼくがきみたちのあとを追って小屋に行く前だよ、アーネスト」クロフォードは馴《な》れ馴《な》れしくぼくの名を呼んだ。「マイケルはドアに背を向け、作業台に丸くなっていた。頭をクッションに載せて気持ちよく寝ているようだったので、起こさないことにしたんです。ジュリエットも一緒だったから、この話を裏づけてくれます」

「ええ、この人の言うとおりよ。私も一緒だった」

「そのあと、自分はこのふたりを――」クロフォードはソフィアを除いて、エリンとぼくのほうに顎をしゃくった。「小屋から追いだし、アーネストは『タイタニック』まがいの目に遭いました。彼をここに運ぶ頃には、バスが到着していたので、客を誘導する手伝いを頼まれたんです。それに自分の車で帰る客のために雪かきもしなくてはならず、次から次へと仕事があったんですよ。でも、誓って自分がドアの前で目を光らせていないときに、鍵をかけてマイケルを閉じこめておくつもりはありませんでした。マイケルが目を覚まして、乾燥室を出られないという事態になったら困りますから。万が一……」クロフォードはそれが示す皮肉に気づいたのか、〝火事〟とは言わなかった。「なので乾燥室を離れる前に鍵を開けました。それは確かです」

ぼくは乾燥室のドアを開ける前に差し錠を外したかどうか、必死に思い出そうとした。外さなかったような気がする。クロフォードの言うとおりだ。乾燥室のドアは施錠されていなかった。

「最後にマイケルを見たとき、窓ガラスは割れていた？」ぼくは尋ねた。

クロフォードはジュリエットに問いかけるような目を向け、ジュリエットが肩をすくめるのを見て首を振った。「覚えてない」

「マイケルが眠っていたのは確かなのか？」

「それは……本人に確かめたわけじゃないから」

「マイケルは呼吸していた？」今度はジュリエットに尋ねた。

「とくに……確認しなかった。疑わしいことはひとつもなさそうだったわ」

「何を考えているの、アーニー？」ソフィアが訊いてきた。

「今朝の死体は、プラスチックの結束バンドで首を切られていた。マイケルが両手を拘束されるのに抵抗したとすれば、手首に食いこんだはずだ。ぼくが見つけたとき、マイケルの手首に傷はなかった。きみは傷を見た、ソフィア？」

ソフィアは少し考えてから答えた。「いいえ。出血もあざも見なかった。犯人に抗ったとすれば、あって当然だけど。ただ、あそこは灰だらけだったから、そのせいで気づかなかっただけかもしれない」だが、その可能性はないと思っているのは明らかだった。「殴られて、気絶したのかしら。だとすれば、殴ったのが誰にせよ、マイケルが背中を向けるほど信頼していた相手ね」

ぼくは頭に浮かんだことを口にした。「すると、窓ガラスはすでに割れていたかもしれないし、割れていなかったかもしれない。ぼくがマイケルを発見したときは、窓ガラスが割れていることにすぐに気づいたよ。ガラスの欠片が飛び散っていたし、部屋のなかに光が射しこんでいた。それに風も吹きこんでいた。つまり——」エリンが肘で鋭くあばらを小突いたが、無視した。全員が時系列を繋《つな》ぎ合《あ》わせるぼくを見守っている。細かく分析するのは、ショックから立ち直る助けになった。誰もが一刻も早く部屋に引きあげ、誰にも邪魔されずにこの悲劇を悲しみたいに違いないが、全員これが重要なことだとわかっていた。うまくいけば、犯人を突きとめられるかもしれないのだ。「きみが兄を見たとき、窓ガラスはまだ割られていなかった、と仮定しよう。兄が眠っていたか、そうでなかったかはべつにして」またしても、エリンが肘で小突いてくる。「なんだよ？」ぼくは怒って小声で尋ねた。

「すごく冴えてる推理だけど、乾燥室で起きていたマイケルと最後に会ったのがあなただってことを強調することになるわ」エリンは小声で言ったが、全員に聞こえた。

ぼくはバーにいるみんなに目を戻した。なんだ。みんながぼくを凝視しているのはそのせいか。

「ぼくが乾燥室を出たとき、マイケルは生きていたよ」ぼくは断言した。だが、誰も厳しい表情を崩さない。まるで陪審員に向かって申し開きをしているような気がした。尋ねられてもいないのに同じことを繰り返すのは、後ろ暗いことがある者だけだ。口をつぐんでいるべきなのはわかっていたが、信じてもらいたくて、もう一度言わずにはいられなかった。「ぼくが乾燥室を出たとき、マイケルは生きていた」

結局、カニンガム一家はひとりもバスには乗らなかった。急いで山を下りたがっている者がたぶん殺人犯だ、と全員がひそかに思っていたからだ。そう、この時点で、ぼくらのほとんどが殺人犯はカニンガムの誰かだと思っていた。ぼくとソフィアのほかにも、誰が犯人か突きとめたいとこの場に留まっている者もいたが、残りは不安と反発のあいだで揺れ動いている。母はマイケルの遺体と一緒でなければ立ち去らないと宣言し、遺体をバスの車体の下にある荷物置き場に入れるのを拒否した。キャサリン叔母はルーシーのことを心配して留まり、アンディは妻のキャサリンが留まるから留まった。マルセロが留まることにしたのは、たぶん、ようやくゲストハウスに部屋を取れることになったからだ。クロフォードはぼくらにここを離れていいとも悪いとも言わなかったが、ぼくらを置いて立ち去るわけにはいかない。さもないと、ついに刑事たちが到着したとき、一家が虐殺されている理由を説明するはめになりかねないからだ。ジュリエットはカニンガム家にゲストハウスを燃やされては困るから、ぼくたちを残して立ち去るわけにはいかない、と冗談を言った。結局ゲストハウスは焼け落ちることになるのだが、このとき彼女はまだそれを知らない。

ぼくらはバーにこもっていた。悲しみや怒りが次第に薄れ、マイケルの思い出話が涙とともに静かに語られた。アンディは、ぼくの結婚式で花婿側の付き添いを務めた兄のスピーチの話をした。「マイケルのやつ、アーニーの本を真似て、〝完璧なスピーチのための十戒〟を披露したら受けると思ったんだな。だが、度胸をつけるために少しばかり飲みすぎて、十のうち七つまで忘れちまった」この面子で取りあげるのはばかげた話題に思えたが、みんなが鼻水をすすりあげながら笑いだし、気まずい雰囲気が一気に和やかになった。ぼくは兄が犯した罪をたんなる間違いだったと受け流すほど単純ではないが、三年半前にあの事件を起こすまでは、兄がぼくにとっても大切な家族だったことは事実だ。

みんな留まることがわかると、少し休んだほうがいいと誰かが提案し、同意のつぶやきが広がった。クロフォードはマイケルの遺体を動かさないことに決め、乾燥室に鍵をかけて、なかに入らないようぼくらに釘を刺した。いまやゲストハウスは空室ばかりとあって、ジュリエットはぼくらに新しい部屋の鍵を差しだした。ぼくはシャレーのほうがよいと断った。ぼくを殺したがっているやつがいるとしたら、少なくともロフトの梯子を上がってくるときに姿が見える。いずれにせよ、シャレーには戻る必要があった。今朝バッグに入っている現金を確認してから、だいぶ時間が経っている。金の近くにいたかった。マルセロがあの現金のことを知らないとわかったいま、知っているのはソフィアとエリンだけなのがありがたかった。あの金はぼくがマイケルを殺す立派な動機になる。マイケルと話した最後の人間としてそうでなくても疑われているのだ。二十六万ドルあまりのマイケルの金、家族の金を預かっていることがばれたら、みんなに生きたまま八つ裂きにされかねない。

　みんなあくびをしながら、急ぎ足にバーを出ていった。キャサリン叔母が通り過ぎるとき、ぼくは肘で小突き、夜飲む鎮痛剤をボトルごとくれないかと頼んだ。

「だめよ、あれはものすごく強い薬なの。私が持っているわ」叔母は申し訳程度に顔をしかめて謝り、鍋摑みをはめているぼくの手のひらに一錠だけ落とした。

　最初に二階で錠剤をくれたときも奇妙に思ったのだが、このケチぶりは明らかにおかしい。たしかに叔母は脚の痛みに苦しんでいる。その痛みがときに耐えがたいほどになるのもわかる。普通なら鎮痛剤で痛みを和らげるところだろうが、叔母は違う。あの事故以来、叔母は自然療法に徹することを選んだ。医者は根拠のない「戯言」だと言うだろうが、医者の意見など叔母には関係ない。叔母は心を入れ替え、アルコールと同時に一切の薬物を断ったのだ。何ものもその決心を揺るがすことはできない。叔母は頭痛に軽度の鎮痛剤パナドールを服用することも、職場でのいやな出来事を忘れるのにワインを飲むこともしない。エイミーを出産したときですら、鎮痛剤の類いは一切断った。いったん決めたからには、何があってもその決意を貫きとおす、キャサリン叔母はそういう人だ。

　大人になると、この誓いを守ることが叔母にとってどれほど重要なことかわかるようになった。叔母は酔って事故を起こしたせいで片脚に大怪我《おおけが》を負った。だから、たとえそれが自分のためになるものにせよ、身体機能の正常な働きを阻害するものには軽蔑しか感じないのだろう。もう二度と判断力を失いたくないと思う叔母にとっては、自分の体や精神の持つ能力を保つほうが、痛みを緩和するより重要なのだ。ぼくがソフィアに、必要なら断酒会のことを叔母に訊くように勧めたのは、叔母がどこまでも信念を貫く人だからだ。

　それだけではない。キャサリン叔母は周囲の人間に元気を与える人だ。面と向かって本人に言う気はないが、叔母は脚の痛みや片脚の後遺症を幾ばくかの贖罪《しょくざい》だと感じているのだと思う。事故の夜、助手席に座っていた親友のことを思えば、自分は苦しむのが当然だと感じているに違いない。その親友がどうなったか知りたければ、ぼくが最初に挙げた、人が死ぬページを確認するといい。

　だが、ぼくは考えすぎていたのかもしれない。事故の後遺症による痛みが年とともに悪化し、ついに医者の助言に従う気になった可能性もある。寒い季節は痛みがひどくなるのかもしれない。とはいえ、このリゾートを選んだのは叔母だ。もしも寒さで痛みが増すなら、ここを選んだこと自体が腑に落ちないが……叔母は、ぼくの怪我には鎮痛剤が必要だ、とおそらくはアンディに圧力をかけられて譲歩したものの（もっとも、ぼくが最初に気がついたとき、咳払いで叔母から二錠目をせしめたのはジュリエットだったが）、最小限の量しか与える気になれなかったのか？　思いどおりにできるなら、ぼくに鎮痛剤を与えるのではなく、痛みをまぎらす呼吸法を指導していたかもしれない。ルーシーに売りつけられた、怪しげなアロマオイルをすりこまれた可能性もある。

そこでぼくは、一錠の鎮痛剤を感謝して受けとり、とうに冷めたチョコレートで飲みほすと、カウンターにマグカップを置いてバーをあとにした。驚いたことに、エリンがゲストハウスのロビーでぼくを待っていた。入り口の扉はまだ開いたままで、床のタイルを滑っていく氷の粒が見える。

「どう頼めばいいかわからないけど……」エリンはそのあとを続けられず、俯いた。吹きこむ風が髪を乱す。それから顔を上げてぼくの目を見ると、周囲の空気が一瞬で変わった。

「今夜はひとりでいたくないの」

妻

30

エリンがぼくの名前を囁く声が上から聞こえてきた。吹雪が再び激しくなり、四面から押し寄せる風と雪に、ちっぽけなシャレーがうめくような音をたて、まるで潜水艦に乗っているような錯覚をもたらす。エリンにロフトを譲ったあと、ぼくはようやくバスローブを脱ぎ、ボクサーショーツと昔好きだったバンドのTシャツに着替えてソファに横になっていた。一緒にいたいというエリンの言葉はぼくへの誘いではない、ひとりでいるのが不安なだけだ。だから、ぼくは一緒に梯子を上がってベッドインするという展開はまったく期待も予想もしていなかった。

「起きてるよ」

エリンがロフトのベッドで寝返りを打ったような音がして、さきほどよりほんの少し近いところから声がした。「で、どう思う？」

「わからない」ぼくは正直に答えた。「だけど、ブラック・タングのことが頭から離れないんだ。灰を使った拷問はずいぶん変わった手口だよ。ミステリー小説なら、面白いトリ

「でも、ルール四に抵触するんじゃないの？」エリンがうわの空で言った。「ほら、科学的説明が必要となる、というルール。雪のなかにくり抜いた穴がルール三の秘密の通路にあたるかどうかはわからないけど」

ぼくは長年ハウツー本を書いてきたから、ロナルド・ノックスの十戒はエリンもぼくと同じくらいよく知っている。ぼくらはチームだと思わせるために、十戒を引き合いに出しているのだろうか？　ぼくと子どもを作りたくなくてあれほど大胆な嘘をついておきながら、こんなふうに所有欲を丸出しにするなんて奇妙じゃないか？　しかも、ぼくのロフトのベッドまで使って。

「それが問題なんだ。ああいう殺人は格好の記事になる。新聞の第一面を飾るにはもってこいだし、そのうちドキュメンタリー動画も配信されるだろう。独特の殺し方は犯人からの声明だけど、真似るのも簡単だ」

「誰かが私たちに、ブラック・タングがここにいると思わせたがっているかもしれない、ってこと？」

「悪名高い連続殺人鬼がここまでぼくらを追ってきた可能性と、誰かがその殺人鬼の仕業に見せかけて人を殺している可能性の、どっちがありえると思う？」

「ソフィアは最初からブラック・タングの仕業だと力説していたわ」エリンが言った。

「私たちを怖がらせようとしているみたいに」

「ソフィアは医者だし、ブラック・タングの被害者を実際に見ているからさ。それに、報道されていないことは何ひとつ言ってない」

「彼女をかばっているみたいね」

「ソフィアは信じられる」これは少しひどい言い方だったかもしれない。そこでぼくは話題を変えた。「それより、兄貴はどうやってきみに墓荒らしの手伝いをさせたんだ？」

この質問はエリンの不意を衝《つ》いたようだった。「お墓を掘りに行くなんて知らなかったのよ。ついていったら、そうなったの」

「だけど、最初はどうやって関わったのさ」〝関わる〟に含まれた二重の意味が風船のように膨れ、部屋を満たした。

「マイケルとルーシーは経済的な問題を抱えていた。私とあなたは……私たちはあれからずっとぎくしゃくしてて……ほら、問題を分かち合えば重荷は半分になる、というでしょ。私には慰めが必要だったの。それだけよ」ぼくはそういう意味で訊いたわけではなかったが、エリンの告白を止めなかった。「この山の雪と似てるかもしれない。小さな雪片が大量に降ってきて、気づくと膝の高さまで積もっている。あるいは、肺に吸いこまれた灰みたいなものとか。このたとえは残酷すぎる？　物事は少しずつしか動かないけど、時間が経ってみると、だいぶ動いている。でも、あなたと部屋をべつにしたあとのことよ。ルーシーは知らなかった」

　兄とエリンの関係がだいぶ前から続いていた、兄がホルトンを殺した例の夜よりも前に始まっていたというエリンの告白は、本来ならぼくを打ちのめしていたに違いない。だが、今日は何度も大きなショックを受けたせいで、ほとんど何も感じなかった。

　兄がホルトンを殺した夜に言ったことが、ふいによみがえった。〝ルーシーにばれちまう〟。殺人の裁判ではあらゆることが明かされる。あれは、自分の浮気も暴露されるという意味だったのだ。だが、結局ルーシーにはばれなかった。さもなければ、マイケルがエリンとひと晩一緒に過ごしたとわかったときに、あれほどショックを受けるはずがない。だが……実際は夫が浮気していることを知っていたのだとしたら？　〝ルーシーにばれちまう〟。兄はエリンと寝ていたのに、あの夜の時点でもまだ結婚生活にしがみついていた。ルーシーと別れる決心をしたのはずっとあとだ。エリンはそれを知っているのだろうか？　ルーシーがマイケルの死にエリンよりもはるかにショックを受けていたことが、その答えになるかもしれない。ルーシーはどうだ？　マイケルとエリンの仲に関して、ぼくが思っていたより多くを知っていた可能性はあるだろうか？

　ぼくはエリンの思い違いを訂正した。「いまの質問は、どうしてこの事件に関わったのか、という意味だったんだけど」

「いまさら言っても仕方がないけど、マイケルと私は、私たちは決して――」

「その話はもういいよ。兄貴がどう説明したのか教えてくれないか。それに、きみがなぜ兄の話を信じたかが知りたい」

「最初は信じなかったわ。でも……あなたが隠しているお金を見つけたの。探してくれとマイケルに言われたのよ。あなたがお金を隠しているなんてありえないと思ったけど、そんな嘘をついて、マイケルになんの得があるのかわからなかった。だから探してみたの。あなたって隠すのが下手よね」エリンは自分が嗅ぎまわったのを棚に上げ、ぼくのせいみたいな言い方をした。まだぼくらが幸せだったとき、本当はチョコレートなんか食べたくなかったのに、つい食べてしまったのは見えるところにぼくが置いたからだ、と責めたときみたいに。「それから、ほかにも筋が通っている部分があるか考えはじめたの。本当だと信じたかったのかもしれない。あなたとあんなひどい終わり方をして動転していたし、これは……ばかげて聞こえるのはわかってるけど、贖《あがな》いになると思った。マイケルとふたりで、あなたに埋め合わせができると思ったの。だからマイケルに協力したし、マイケルにあなたも仲間に入れると約束させたのよ。あのお金は私たちの、私たち三人のものになるはずだったの」

〝家族のお金よ、アーニー〟

また、この言葉だ。ただ、今回はようやくぼくも理解した。

「いま言っているのは、バッグに入った金のことじゃないんだね。きみは自分たちが掘りだしたのが……」このすべてが宝の地図のためだったのか？「待ってくれ、きみはマイケルとふたりで何を掘りだしたと思っているんだ？」

「出所する前、マイケルに、みんなには出所の日を一日ずらして伝えてくれと頼まれたの。回収しなくてはならないものがあるから、トラックを借りてくれとも頼まれた。作業は夜しかできないが、回収場所はわかっている、一日あればすべて終わる、って。指示どおりにしたら、昨日の夜、墓地に着いたの。墓を荒らすなんていやだと言ったけど、マイケルにただの土と木だ、きみの助けが必要だ、と言われて手伝うしかなかった。それで紐と滑車とトラックのエンジンを使って、あの棺を地中から引きあげたのよ。マイケルは蓋を開けてなかを覗いたあと、ここに運ぶ必要があると言った。だからトラックに積んで、運んできたの。マイケルは満足そうだったわ。殺されることになるなんて思ってもいなかったはずよ。あなたのお父さんは強盗だったでしょ、だから棺の中身は盗品だと思ったの。たとえば、ダイヤとか。もちろん、マイケルが墓を荒らすつもりだなんてまったく知らなかった。知っていたら、泡を食って逃げだしていたわ」

「ホルトンが何を売ったのか、マイケルはきみに話さなかったと言ったね。でも、棺を掘るのを手伝ったのなら、どうして何が入っているのか訊かなかったんだ？」

「訊いたわ。でも、知らないほうが安全だと言われたの」

「ぼくにも訊かなかったね」

「だって、あの棺の中身を知っている人間は、ひとり残らず死ぬか、死にかけたんだもの」エリンはぼくの手を見た。「マイケルは何かを企《たくら》んでいたんだと思う」

「だから事件が起きたのかな。今朝の死体は誰でもないとしよう。あの男が殺されたのは、ブラック・タングかその模倣犯がここにいるとぼくらに思わせるため、さもなければ犯人の邪魔をしたためで、最初から標的は兄貴だったとしたら？」

「棺の中身を知っている人間に危険がおよぶことになる」

これはマルセロが仄めかした仮説と同じだった。マルセロはトラックに棺が積んであったことを知らなかった。エリンは棺の中身を知らなかった。ふたりの理屈からすると、いちばん多くを知っているぼくがブラック・タングの次の標的だということになる。

「もうひとつ教えてくれないか。嘘はなしだぞ。四年も一緒に暮らしたのに、きみはぼくと人前でキスすると考えただけでたじろいでいた。それなのにマイケルとは……なんでなんだ？」はっきり指摘しなくてもわかってくれるのを期待して、ぼくは間を置いた。ぼくがふたりの様子をじっくり見ていたことは、できれば認めたくない。

「何を言いたいの？　いまさら私たちが人前でべたべたしなかった話を持ちだしてる場合じゃないでしょ？」

「クロフォードがマイケルを連れていく前、ゲストハウスの前の階段で、マイケルの尻ポケットから何を取りだしたんだ？」

エリンがみんなの前でマイケルの尻ポケットに手を入れたときも気になったが、そのときは嫉妬のせいだと考えた。だが、ジュリエットがオフィスで写真を見せてくれたとき、たまたまカメラがその瞬間をばっちり捉えているのを見て、またしても違和感を覚えた。乾燥室でぼくにトラックの鍵を渡す前、マイケルはぼくに見せたいものがあって何かを探していたが、見つけられなかった。そのときに気づくべきだったが、ふたりの仲をやっかむ気持ちが、違和感を覚えた理由を覆い隠してしまったのだ。ぼくはエリンを知っている。エリンはあんなふうにおおっぴらに愛情を表現するタイプではない。

頭上でシーツが擦れる音がして、何か軽いものがクッションの、ぼくの頭のすぐ横に落ちた。暗がりで手探りすると、指が小さなプラスチックを摑んだ。ボトルのキャップみたいな形だが、それよりほんの少し幅も高さもある。形はむしろショットグラスに近い。目の上にかざすと、雲に隠れた月の薄明かりのなかで次第に見えてきた。片面がきらりと光った。光を反射する透明のプラスチック、いや、ガラスかもしれない。

「あなたって、ほんとに鋭いわよね」エリンが言った。

そういえば、あの夜マイケルが車寄せからバックで車を出すとき、ダッシュボードから転がり落ちたものがあった。後部座席にあるものに気を取られていたせいで、確かめなかったが、あのとき落ちたのはこれだったに違いない。ショットグラスかと思っていたが、実際はそうではなく宝石商が使うような拡大鏡だった。形は円錐形《えんすいけい》で、レンズのあるほうの端を目に当て、対象を拡大して見るための道具だ（編集者が〝ルーペと呼ばれる〟とメモを残してくれたから、最初から知っていたふりをして、ここからはそう呼ぶことにしよう）。

明らかに害がなさそうだから、証拠として押収されなかったのだろう。だが、マイケルにとっては、逮捕される前に座席の下を探って拾い、出所時に封筒に入れて戻されたのを手元に残しておくほど重要なものだったのだ。

「どうしてこれを取ったんだ？」

「頭を使ってよ。私は盗品を掘り起こしたと思ったのよ。ダイヤ？　金塊？　どういう盗品を棺に隠すと思う？　マイケルがこれを持っているのは、その価値を確認するため以外にありえないでしょう？　ホルトンは盗品を扱っていた。だから、ふたりの取引の内容に当たりをつけたわけ。ポケットからこっそり抜きとった理由は――」エリンは言いにくそうに咳払いした。「マイケルがあの棺の中身を話してくれなかったからよ。それを確かめたいと思ったのかもしれない。この週末が思ったとおりにいかず、予想外の出来事が起こった場合に備えてね。ほら、ルーシーと」

「兄貴を完全に信頼できなかったのか？　浮気するような男は、また同じことをすると思った？」狭量であることは重々承知だったが、自分が正しかったことを証明したくて、ぼくはそう訊いていた。キャサリン叔母からもらった鎮痛剤のせいで自制心が働かなくなっているに違いない。まっとうな精神状態なら、こんなことは決して言わなかったはずだ。

「それもあるかもしれない」エリンは人がしぶしぶ事実を認めるときに使う、あの低い、恥じるような声で言った。「自分が話す決心をしないうちは、私もあなたに話せないことを知っていたのに、マイケルはなかなかルーシーに私たちのことを話さなかった。すっきり別れられるようにルーシーの借金を払って、と彼に頼んだわ。ルーシーに離婚の書類を送ったのはだいぶ経ってからよ。それだって、まだあなたにひどく腹を立てていたからだと思う。そのとき初めて、マイケルはあなたから何かを奪いたかっただけなんじゃないかと思った。この週末は、そういうことが全部よみがえったのよ。私を一緒にここに連れてきたのは、私たちの関係をあなたに見せつけるためだという気がしたの」

「つまり、兄貴が山から下りるまで棺の中身の価値を確認できなければ、きみを分け前から外すこともできないと思って、これを兄貴から盗んだわけか」

「そう言われると少し被害妄想に聞こえるけど、マイケルが私ではなく、あなたにトラックの鍵を渡したのは事実よ」エリンは言った。「それにあなたがひとりでトラックに乗りこまなければ、クロフォードとソフィアにも棺の中身を見られて、何があるのかみんなにわかってしまう。あなたは少なくともバッグのお金のことは秘密にしておきたがっていたから、あの棺に何が入っているにしろ、それも黙っていてくれるかもしれない。だから、ひとりで見るように勧めたのよ」エリンが食いしばった歯のあいだから息を吸いこむ音がした。心配で眠れないときの癖だ。そういうときはいつも肩を撫で、ぼくがそばにいる、万事うまくいく、と慰めたものだった。驚いたことに、ぼくの腕は横の空っぽの場所へと動いていた。これが筋肉の記憶というやつなのだろう。「どうやら、棺の中身は私の予想とは違っていたようね」エリンが期待するように言葉を切ったが、ぼくはその手には乗らなかった。「だから、いまはこう思ってる。マイケルはそのルーペであなたの持っているお金を調べたかったんじゃないかしら」

そうだろうか？　たしかに筋は通る。偽造紙幣については詳しくないが、本物にはどこかに通し番号か何か、微細な印があるはずだ。その後調べてみると、実際、ぼくの予想は正しかった。

「とくに洒落《しゃれ》てもいないし、高価なものでもないな」ぼくはルーペを指に挟んでまわしながら言った。目が暗がりに慣れ、さきほどよりもよく見える。「高校の理科室にあったのとそっくりだ。その気になればどこでも手に入る。だけど、きみの言うとおり、ホルトンは盗品を扱っていたから、これは彼のものだったんだろう。マイケルがホルトンから奪ったんだ」

「だったら、ホルトンがマイケルのお金を調べるためにこれを持ってきたのかしら。そして紙幣が偽物だとばれて、争いになった？」

「マイケルがルーシーに知られずに、どうやって二十六万七千ドルもの金を作ったのかずっと考えていたんだ」ぼくは打ち明けた。「大金だからね。それなのに、兄貴を弁護したマルセロも、兄貴と付き合いはじめたきみも、まったく知らなかった。まだぼくの手元にあるか、兄貴がきみに頼んで確かめたくなるほどの大金だってのに」

「でも、あのお金が偽物だとすでに知っていたのなら、どうして確認する必要があったの？」

「さあ」

「その逆だったとしたら？」エリンは言った。「お金を持ってきたのはホルトンで、マイケルが偽札だと気づいて機嫌をそこねた」

ぼくはエリンが口にした仮説を考えてみた。マイケルはホルトンから何かを買うつもりだったと断言していたが、あれは本当だったのか？　もしもマイケルが売る側だったとしたら？「あの金が偽札で、そのせいで人を殺す価値なんかないとしたら、手元に置いておく必要がどこにある？」

「一部は使ったでしょう」エリンは断定的に言った。

「少しね。何も問題はなかった」

「偽札だからって価値がないとは言えない。それか、お金は本物で、ただ印がついているだけかもしれないわ。ほら、警察が身代金なんかにつける印」

「ありえるな」ぼくは何かを見落としている。だが、それがなんなのかわからなかった。

エリンの仮説のひとつ、エリンが言った何かが真実に近いという気がする。とにかく、謎を解くには情報が足りない。〝俺は集められるだけ持っていったが、ホルトンにはそれじゃ足りなかった〟とマイケルは言ったのだ。つまり、あの金が偽物だという可能性は低い。

仮説の種がつきて、ふたりとも黙りこんだ。シャレーという潜水艦がさらに百メートル沈んだように、大きな音をたててきしんだ。しばらく沈黙が続き、エリンは眠ったように思えたが、ふいに頭上のロフトから青白い顔がせりだし、闇に浮かんだ。

「ごめんなさい、って言ったら、少しは気が晴れる？」

「何を謝るんだ？」

「すべて、かな」

エリンの口調から、何かを仄めかしているのはわかった。その隠喩が、ソファに仰向けになって星に向かって話すぼくのところにふわふわと漂ってきたが、何を言おうとしているのかわからなかった。

「そうか」

「それだけ？」

「うん」ぼくは精いっぱい眠そうな声でつぶやいた。が、早鐘を打つ心臓の音がロフトまで届いたに違いない。枕全体を震わせるほど大きく、心臓が脈打っている。

「どうしてだか知りたくないの？」

「何か言いたいから話してるの？　それとも眠れないから？」きつい言い方をするつもりはなかった。結婚している夫婦の場合は、辛辣さと愛情の境目が曖昧だから、こういう言い方をしても許される。だが、別れて暮らしているいまは、軽くからかったつもりでも、刺々しく聞こえた。

「両方じゃいけない？」エリンの声には、たしかに訴えるような響きがあった。

「かまわないけど」ぼくは口調を和らげた。「明日、睡眠不足のせいでぼくが連続殺人鬼に追いつかれたら、きみのせいだぞ」

エリンの白い歯が暗がりのなかで閃いた。笑ったのだ。「あなた、そういう皮肉がうまいのよね」

「きみが謝る必要はないさ、エリン。ぼくもきみにプレッシャーをかけるべきじゃなかった。ただ、きみは幸せだと思っていた。きみも子どもを欲しがってるとばかり思っていたんだ。自分がどれほど圧力をかけていたか見えていなかった。長いこと腹を立てていたけど、いまはきみの選択に腹を立てる権利なんてないことはわかってる。ただ、きみは嘘をつくべきではなかったと思うし、きみが選んだ相手が兄貴以外だったらよかったと思う。その点だけは乗り越えられそうもないけど、きみはもう十分苦しんだ。謝る必要はないよ」

これは本心の半分だけだった。本音を言えば、エリンの言い訳を聞きたくなかったのだ。

言い訳はもう十分聞いた。セラピーでも、家でも、囁き声やわめき声、テキストやメールで。ときには涙ながらに、ときには憎しみをむきだしにして。あらゆる形のあらゆる言い訳を聞いた気がする。

それから、エリンはこう言ってぼくを驚かせた。「私、母を殺したの」

31

その言葉は爆弾のように小さな部屋に放たれた。こういう告白に、なんと応じればいいのか？　エリンが父親に育てられたことは知っている。付き合いはじめたとき互いに共感を覚えたのは、それが理由のひとつだった。だが、ぼくはエリンから、母親は子どもの頃病気で死んだ、と聞かされていた。

「母は私の出産で死んだの」エリンはほとんど囁くように言った。「私のせいじゃない、と言うつもりでしょ？　だけど関係ないのよ。父には私が母を殺したと言われたし、私もそう思う。私が母を殺したのよ。ええ、たまにそういうことが起こるのも、私の責任じゃないこともわかってる。でも……。だから、みんなに母は癌で死んだと説明することにしたの。それなら、ほかのいろんな言葉の代わりに、〝まあ、可哀《かわい》そうに〟と言われるだけだから。だけど、父には最後の最後まで毎日責められたわ。父に選ぶことができたら、私の代わりに母の命を選んでいたことは、ずっとわかっていた」

　エリンが父親に虐待されていたのは知っていたが、そこまで直接的な非難と憎しみをぶつけられていたとは知らなかった。「子どもにそんなひどいことを言うなんて」ぼくはつぶやいた。「知らなかったよ」

「どうか信じて、あなたを傷つけるつもりはなかったのよ。ただ、どう言えばいいか……赤ちゃんを作ろうと話し合ったあと……」エリンの声が涙に呑まれ、落ち着きを取り戻すのに少しかかった。「あなたはとても興奮して、赤ん坊のことを話すだけで信じられないほど幸せそうだった。実際に子作りを始めてもいないのに、そのことばかり考えて夢中になっていたわ。私はあなたが望む妻になりたかったの。それに、私が同意したとき、あなたはとっても嬉しそうだったんだもの。でも、それから……あなたのせいだと言っているわけじゃないのよ、説明しようとしているだけ。それから怖くなったの。そして、もう少し時間が欲しくなった」

エリンはため息をついた。「妊娠する覚悟ができるまで、あと何週間かピルを飲みつづけるだけ、自分にそう言い聞かせたし、実際、そのつもりだった。最初の何週間かはよかった。ふたりともとても幸せで、あなたは目を輝かせていた。その輝きを消してしまうなんて、とてもできなかったの。ただ……ほんの数週間のつもりが数カ月になり、一年になって、突然あなたは私が妊娠しない理由を突きとめようと言いだした。クリニックで医者の診察を受け、小さなプラスチックのカップを手にしているあなたを見たら、真実を告げることなんてできなかった。何も知らないふりを続けるしかなかった。ピルをやめて、あなたが真実を知る前に奇跡の妊娠を打ち明ければいいのはわかっていたけれど、どうしてもできなかった。だから、クリニックの知らせを引き延ばしつづけたわ。あと一通手紙を処分すれば、もう一度だけ電話を無視すれば心の準備ができる、と自分に言い聞かせ、ピルの処方箋をもらうたびにこれで最後だと決意した。でも、気がつくと薬局で次の処方薬を受けとるのを待っていた」

いまやぼくも泣いていた。「ぼくは赤ん坊を作る器が欲しかったわけじゃない。きみが欲しかったんだ。ありのままのきみが。ぼくが興奮していたのは、ふたりが心を合わせて子どもを作ると思ったからだ。正直に話してくれたら耳を傾けたよ」

「でも、私の覚悟ができない本当の理由を知らないんだもの、私がまだその覚悟ができないと言えば、きっと説き伏せようとしたはずよ。いつもの面白くて魅力的なやり方で、なんとか説き伏せようとしたに違いないわ。一年か二年は黙っていたとしても、また説得しようとするに決まってる。母のことは話せなかった。十代の頃、母は病気で死んだというほうが物事は簡単だと気づいたときから、誰にも話していないの。非難の目を向けられると思うだけでつらくて……十分な時間があれば、あなたが欲しがっているものをあげられると思った。あげようと努力したのよ」

途切れ途切れに言葉を紡ぐ涙声を聞いていると、胸が張り裂けそうになった。「同情してほしいわけじゃない。どうして怖かったか話そうとしているの。物理的に傷つくのが怖かった、ええ、母のように死ぬのが怖かったわ。でも、それより何より、もしも私に何かがあったら、あなたが生まれた子どもを、あれほど欲しかった赤ん坊を、私の父が私を見たのと同じ目で見るんじゃないかと怖かった」

「ぼくは家族が欲しくてたまらなかったんだ」

「ああ、アーニー、わかってるわ」

「もう家族がいるのを忘れていたのかもしれない」ぼくはため息をついた。「ごめんよ」

「何よ、謝ってるのはわたしのほうなのに」エリンは喉が詰まったような笑い声をあげた。

「嘘をついてごめんなさい。あなたが欲しがっているものをあげられない人間になりたくなかったの」

「そうなったとしても、ぼくは同じようにきみを愛したと思う」まだ愛している。だが、それは口にしなかった。強力な鎮痛剤で感覚が半分麻痺していても、それを告白するのはあまりに辛すぎる。ぼくはこのとき、何か言うべきだったのかもしれない。たぶん、それがいまこれを書いている理由のひとつだ。本は実体のあるもので、読まれるために書かれるものだから。

ややあって、エリンの声がまた聞こえてきた。「梯子を上ってきたい？」

エリンはマイケルを失い、ぬくもりを求めているだけだ。偽りの招きに応じたとしても虚《むな》しいだけ、明日はまたすべてが辛くなる。それはわかっていたが、どう答えるべきか迷わずにはいられなかった。

「そうしたいのは山々だけど」しばらくして、ぼくは言った。「上らないと思う」

32

その夜、ぼくは結婚式の夢を見た。夢というよりも記憶に近いかもしれない。マイケルはまっすぐ立っていられずにスピーチの原稿を置いた書見台にもたれ、花婿の付き添い《ベストマン》のスピーチのルールその三を回らぬ舌で口にしようとして、ゲストの笑いを誘っていた。母オードリーですら微笑んでいる。

マイケルがビールをあおり、指を一本立てて——待ってくれ、ちゃんと覚えてるんだから——しゃっくりをして袖で口を拭い、もう一度〝奥さんが幸せなら《ハッピー・ワイフ、》人生幸せ《ハッピー・ライフ》〟と言おうとする。ゲストがどっと笑うと、自分の道化ぶりではなく気の利いたスピーチが受けたと思い、マイケルも顔をほころばす。兄はもう一度しゃっくりをしたが、さきほどとは音が違っていた。しゃっくりというより……まるでえずくような音をたて、目をむいて喉を摑んだ。窒息しかけているのだ。笑いつづけるゲストの前で、マイケルの唇から真っ黒いタールの泡がこぼれだした。

翌朝は灰色の空で薄暗く、吹雪はおさまるどころかさらにひどくなっていた。驚くほどたくさん雪が積もったせいで、肩を押しつけて必死に押さないと扉が開かなかった。外に出たぼくらは三十秒もしないうちに脛までびっしょりになり、寒さに震えていた。渦巻きながら落ちてくる氷の粒が砂バエのようにむきだしの肌を嚙む。残っている車は一様に白い帽子をかぶり、ゲストハウスの壁際には、一時停止した波のような雪だまりができていた。

エリンとぼくはぎくしゃくした雰囲気で、シャレーで支度中もほとんど言葉を交わさなかった。昨夜の告白とエリンの誘いのあととあって、何を言えばいいのかわからなかったのだ。鍋摑みをはめたまま寝てしまったため、いまやその生地が皮膚と半分くっついて取りたくても取れない。仕方なく鍋摑みをつけたまま、縫い目が裂けそうになるのもかまわず、無理やりサーマルインナーを着た。ぼくが片手で四苦八苦しているのを見かねて、エリンが頭にぴったりした帽子を引きおろし、耳を覆ってくれた。昨日は薪のはぜる部屋にいるような格好で寒い戸外で震えるはめになったから、今日は十分に備えようと、まともなほうの手に手袋もした。そしてシャレーを出る前に奥の戸棚をあさり、アイロンを摑んだ。エリンが片方の眉を上げたが、そんなものを摑む理由を知りたくないらしく、出かかった問いを呑みこんだ。

ポケットには例のルーペが入っている。エリンがまだ眠っているうちに目が覚め、朝の光でそれをじっくり調べてみた。片側に50ｘとあるのはおそらく倍率だろう。試しにバッグから五十ドル紙幣を取りだし、ルーペの先にそれをかざした。

作家にとっては便利な、昔からある隠し芸のおかげで、ぼくには五十ドルのオーストラリア紙幣に関する知識がひとつだけある。黄色い五十ドル紙幣は二〇一八年にデザインし直され、イーディス・カウアンの肖像の下に彼女の就任演説の細密印刷が加えられた。だが不幸にして、そのなかの〝責任（レスポンシビリティ）〟の綴《つづ》りに間違いがあった。しかもそれがわかったのは半年後で、すでに紙幣は何千万枚も出回っていた。これは夕食会で披露する面白い小話にはもってこいだった。ぼくはまず五十ドル札を持っているかと尋ねてテーブルを回り、綴りの間違っている紙幣を見つけてから、この逸話を披露する。そして乾杯しながら、〝出版社が作家に十分な報酬を払わない証拠だな。ぼくらがもっとたくさんこの紙幣を見ていたら、ずっと前に綴りの誤りに気づいただろうに！〟と叫んで大いに場を沸かせたものだ。ぼくの紙幣に関する知識はその程度だが、手にした紙幣を調べると、たしかにタイプミスが見てとれた。つまり、これは偽札ではなく本物である可能性が高いことになる。

思ったとおり連続番号もあった。興味深い色つきのダッシュと、左下には小さなホログラムもある。とはいえ、綴りの誤りも含め、そうした特徴はどれも肉眼で見えるからルーペは必要ない。50ｘの倍率では、ポリマー素材の繋ぎ目や、異なる色のインクのにじみさえはっきり見える。このルーペは何かほかのものを調べるためのものだ。ぼくはあきらめた。何を探しているかわからなければ、見つけるのは無理だ。

　駐車場の車を通り過ぎるとき、ぼくはエリンの注意をひこうと肘をそっと叩いた。唸りをあげる吹雪のなかでは、声はほとんど聞こえない。そこでぼくはアイロンを構え、マルセロのメルセデスに向かってうなずくと、雪を跳ね散らしてそちらに向かった。そして、シャレーにあったいちばん重い物であるそのアイロンを窓ガラスに叩きつけた。ガラスはぶつけた箇所のまわりがわずかにへこみ、ひびが入ったが、砕けなかった。濃い色のなかに長く白い線が何本も入っただけだ。

　これは昨日キャサリン叔母の車のまわりに落ちているガラスを見て浮かんだ思いつきだった。昨日は半分死んだ状態で、とても試すどころではなかったが、同じように吹雪のなかに放置されているキャサリン叔母のボルボを見たら、べつの車の窓が割れていても怪しまれないはずだ、と思ったのだ。だが、警報装置のことは失念していた。窓にひびが入ったとたん、それが鳴りはじめた。警報の音は、風の唸りがかき消せないほど大きく、風もちょうどゲストハウスのほうへ吹いている。おまけにハザードランプがかがり火のように点滅しはじめた。エリンは誰かが調べに来たときのために周囲を見張っていたが、視界がわずか数メートルしかないとあって、ほとんど役に立たない。とにかく急がなくては。

　再び窓を叩くと、さらにへこんだ。卵の殻のようにひび割れた隙間から風が吹きこむが、ガラスはまだ割れない。が、三度目に叩くと窓全体が砕け、ぼくの手はガラスを突き抜けた。鍋摑み（このときは非常に役に立ってくれた）をつけた手で窓枠に残ったガラスの欠片を落とし、車内に上半身を入れた。エリンが不安そうな表情で、いつでも走りだせるように足踏みしている。欲しいものはわかっていたからそれを摑み、ソケットからコードの束を引きちぎって体を起こすと、行くぞ、と叫ぼうとエリンに顔を向け——誰かに顎を殴られた。

積もったばかりの雪のおかげで、倒れてもさほど痛みは感じなかったはずだが、倒れる前に、ボクシングのコーチよろしくエリンが抱きとめてくれた。

「アーネスト、きみか？　くそ！」マルセロが殴った手を振りながら驚いて叫んだ。

ぼくは殴られた顎をおそるおそる触りながら体を起こした。マルセロが使ったのは右手、つまりロレックスをしているほうの手だが、ありがたいことに手術した肩が拳の力を削いでくれたらしい。さもなければ、バーベルで殴られたような衝撃を感じたはずだ。歯がまだ全部あるのが不思議なくらいだ。

「すまない」マルセロが言った。「ルーシーの車を調べに来ていたら、警報が鳴ったものだから。恐ろしい事件が起こっていることを考えると、誰かが……待て……ここで何をしていたんだ？」

マルセロは自分の車を見た。壊れた窓のことを考えているに違いない。ぼくはドアのすぐ下にアイロンを落としたことに気づいた。すでにうっすらと雪に覆われているが、まだ見える。慌てて片足で車の下にそれを押しこんだ。マルセロが窓に近づいた。なかを覗いたら、ダッシュボードの下に垂れているコードで、何かがおかしいと気づくに違いない。

「嵐で窓が割れるのが見えたんだ」そう言ったぼくの声は不自然なほど大きかったが、うまくマルセロを振り向かせることができた。「素敵な革の座席が台無しになるのはもったいないから、何か覆うものを探そうと思って」

「いいやつだ」マルセロは言って、片腕をぼくに回し、車から遠ざけた。「革のことなんかどうでもいい。なかに入ろう。いや、待ってくれ……」マルセロは雪のなかに膝をついた。すでに何度も止まりかけている心臓が、またしても止まりそうになる。マルセロは唸りを発しながら立ちあがり、片手を伸ばしてぼくにも見えるようにそれを差しだした。だが、その手が摑んでいるのはアイロンではなかった。「携帯電話を落としたぞ」そう言ってそれをぼくの手に置いた。

たしかに、こういう〝幸運な偶然〟は十戒その六に違反すれすれの行為だが、どんな名探偵にも多少の幸運は必要だ。探偵に不利な出来事が積み重なることで、緊迫感がいや増すのはわかっている。ただ、現実の世界でも、ときにはドミノが絶妙な倒れ方をすることがある。それに、正直な話、なぜマルセロにアイロンが見えなかったのかぼくにはわからない。何かに気を取られているせいだろうか？　新しいガラスを入れる費用とか？　あるいは白い息でよく見えなかったのか？　案外、ぼくの顎を殴った手の痛みで注意力が散漫になっていたのかもしれない。もちろん、ぼくが受けとったのは電話ではなく、それとよく似た機器だった。液晶パネルがついた小さい長方形の電子機器だ。マルセロはそれが何か気づくべきだった。が、余計な質問をするつもりはない。昨日危うく死にかけたのだから、今日は多少の幸運に恵まれてもいいと思う。

そこでぼくは、さっき自分がもぎ取ったばかりの携帯用GPS装置をマルセロがよく見る前にひったくり、ポケットに突っこんだ。

ゲストハウスの前には、見るからに不格好な車が停まっていた。腰まで届きそうなものものしいキャタピラーの上に、窓のある真っ黄色の四角い車体が載っている。まるで軍用戦車とスクールバスを合体させたような車だ。エンジンがかかり、車体の下からシュウシュウ音をたてて蒸気が噴きだしている。

その周りを何人かが囲んでいた。ソフィア、アンディ、クロフォード、ジュリエット、もうひとりは知らない男だ。たぶん、刑事だ。そう思ってほっとしたが、人々の輪に加わると、その男が胸に〈スーパーシュレッド・リゾート〉と刺繡《ししゅう》の入ったビニールのレインコートを着ているのが見えた。青と金色のオークリーのサングラスから、口元のバンダナ（頭蓋骨と交差した骨のマークが口を覆っている）、片脚全体にクイックシルバーのブランドロゴが入ったスノーパンツまで、身に着けているものすべてに、リゾートの名前が入っている。そのせいで、ステッカーだらけのビール専用冷蔵庫みたいだ。おそらくスノーボードが好きなのだろう。顔のなかで唯一素肌が見える鼻は、明らかに何度も折れた跡がある。近づくと、スーパーシュレッドのロゴはバス戦車の側面にも入っていた。この男は、尾根を越えた隣の谷にあるリゾートの職員に違いない。

ぼくはほかの人々を押し分け、アンディとソフィアのあいだへと進んだ。ソフィアは真っ青な顔でぶるぶる震えている。目の前で起きていることにはうわの空で、一刻も早くゲストハウスに入りたそうだ。ぼくがエリンと連れ立って到着し、エリンが昨日と同じ服を着ていることに、少なくともひとりは片方の眉を上げるのを予測していたが、今朝は誰ひとりつまらないゴシップに関心を持つエネルギーなど残っていないようだった。みんなの視線は一緒に戻ってきたマルセロに集まり、ぼくらには向かなかった。

「ここを離れるの？」ぼくは尋ねた。目の前の乗り物は、どう見ても分厚く積もった雪のなかを移動するために設計されているし、たまたまここに立ち寄ったとは思えない。

「どうでした？」ジュリエットがぼくの言葉にかぶせるようにマルセロに尋ねた。

「シャレーは空だった。彼女の車はまだそこにある」

「なんてこと」

「よかったら、尾根の上まで連れていきますよ」歩く広告塔は、身に着けているもの同様いかにもスノーボーダー風の喋《しゃべ》り方《かた》で言った。これが行方不明の女性の話でなければ、ところどころで若者言葉を挟んでいたに違いない。発音にかすかなカナダ訛《なま》りがあるところをみると、雪を求めて一年のうち半年を北半球で、残りの半年を南半球で過ごす手合いのひとりだろう。「でも、この吹雪じゃ、轢かないかぎり見つからないと思うけど？」

「何があったの？」ぼくは再び尋ねた。

「ルーシーの姿が見えないんだ」マルセロがようやく答えてくれたが、映画を観《み》ているとき「いまのどういう意味？」と訊かれた男のように、うわの空の口調だった。「昨夜から誰も姿を見ていない」

そういうことか。マルセロは、ぼくに襲いかかったとき、ルーシーが昨夜ここを出たかどうか確認しに駐車場に来ていたのだ。集まったカニンガムのなかにキャサリン叔母と母の姿が見えないのは、おそらくゲストハウス内を捜しているからだろう。

歩く広告塔はみんなを見まわした。「こんなこと訊いて気を悪くしないでくれよ、ジュリエット。けど、いったいここはどうなってんの？　俺はいますぐ、あんたたちをジンダバインに連れていくべきだと思うな」

「この人はギャヴィン」ジュリエットが男の腕に手を置いた。ふたりはよく知っている仲らしい。季節労働者同士はすぐに仲良くなるのだろう。だが、ギャヴィンが口にした質問からすると、マイケルが殺害されたことを話すほど親しい間柄ではないようだ。「吹雪がひどくなっているから、この雪上車じゃないと」ジュリエットはそう言ってバスとも戦車ともつかない黄色い乗り物の側面を叩き、虚《うつ》ろな音を響かせた。「山を下りられないの。ギャヴィンは私たちを連れていくと言ってくれたのよ」

「ただし、行くなら急がないとな」ギャヴィンは心配そうな顔で空を見上げた。

「ルーシーを置き去りにするの？」エリンが言った。

「山を下りるなら、いましかないですよ」ギャヴィンは肩をすくめた。「ここにはおまわりが大勢いるかもしれないけど、俺はひとりなんで。自分とこのスタッフの心配もしなきゃだし」

「ここにいるおまわりはひとりだけだ」マルセロが訂正した。「それも大した役に立っておらん。いいかね、われわれは全員で引きあげるか、ここに残るかだ。家族だからな」

　マルセロがこんなことを言うのは奇妙な気がした。なんといっても、ルーシーはマルセロの元継息子の嫁、つまり元義理の娘にすぎないのだ。とはいえ、ガルシア家の義理の家族に対するルールは、ぼくの家族のルールとは違う。それに、法律と衝突するのがカニンガムの特徴だとしたら、ここに来る途中でスピード違反の取り締まりに引っかかり、切符を切られたルーシーも、たしかにぼくらのひとりかもしれない。

「来てくれたのはありがたいのよ」ジュリエットが言った。「でも、行方不明の女性を残していくわけにはいかない。私たちを乗せて一回だけこのへんを回ってくれない？　恩に着るわ」

「ウイスキーを奢ってくれる?」

「昔みたいに?　いいわよ」

奔放な夜の記憶を思い出してすっかり活気づいたせいか、彼のサングラスの色が変わった。「オーケー。で、誰が一緒に来るんだ?」

「私が行こう」アンディが進んで応じたのは、若者っぽいギャヴィンに刺激されて急に行動したくなったせいか、動いていれば役に立っているはずだという思いこみからだろう。あるいは単に、ガタガタ走る大きな乗り物に乗ってみたかっただけかもしれない。

私たちのどちらかが行くべきよ、というようにエリンがぼくに軽くぶつかってきた。

「ぼくも行くよ」

ギャヴィンは初めてぼくに気づいたらしく、ノース・フェイスの手袋をした片手を差しだした。ぼくは鍋摑みをつけた手を挙げ、すまなそうに握手を辞退した。

「イケてるね、その手袋」ギャヴィンが言った。

クロフォードもぼくらに従おうとしたが、ジュリエットがその前に立った。「あなたはここにいて采配を振るってちょうだい。エリン、マルセロ、あなたたちはキャサリンとオードリーを手伝ってゲストハウスの残りを探して。ソフィアは」ジュリエットはソフィアを頭のてっぺんから爪先まで見た。「正直言って、横になったほうがよさそう」ソフィアがほっとしてうなずく。「ギャヴィン、私も行くわ。わかってる、例の書類にも目を通すわよ」ジュリエットはギャヴィンの目がぱっと輝いたのに気づいたに違いない。「急がせないで。ただ見るだけよ。アーネスト、アンドリュー、乗ってちょうだい」

ぼくはジュリエットが全員の名前を知っているのに感心し、彼女にそう告げた。ジュリエットは肩をすくめ、点呼の人数が少なくなりつづけているから覚えるのは簡単だ、と返してきた。かなりひねりの利いた辛口のユーモアだが、ぼくは笑みを浮かべた。そして、ジュリエットが一緒に来るのを嬉しいと思っていることに気づいた。

ギャヴィンは不格好な乗り物の後ろにまわってドアを引き開け、ぼくらが三段のステップを上がっているあいだに、運転席に向かった。これは乗り物とも言えないような代物だった。後部には座席ではなく長いスチール製のベンチが両側に備えつけられている。なかは冷凍庫よりもっと寒く、肋骨が折れるほどの強さで寒気が体を締めつけてくる。あらゆるものにガソリンの臭いが染みついていた。ギャヴィンが木の枝のようなシフトレバーを一速《ロー》に入れたとたん、唸るようなエンジン音とともに床が振動した。

建物のあいだはゆっくり進んだが、まもなくギャヴィンがアクセルを踏んで丘を上がりはじめると、ぼくら三人はあちこちに体をぶつけるはめになった。ぼくは窓の上にあるスチール製のバーにしがみつき、霜のついた窓ガラスの外を覗こうとした。ギャヴィンの言うとおりだ。ルーシーがこの先にいるとしたら、見つけるよりも先に轢くことになる。この車の車輪が戦車みたいに巨大であることを考えると、轢いても振動を感じるかどうか。

ルーシーが丘を上がり、足跡を残していたとしても、降りしきる雪がとうにそれを消していた。

体を揺すぶられながら、ぼくはマルセロから渡されたGPS機器をポケットから取りだした。太陽電池式だが、いくらかバッテリーが残っているらしく、画面はすぐに明るくなった。ぼくは最近マルセロが車で行った場所を突きとめようと、メニューを探した。簡易地図が画面に表示される。スカイロッジには印さえなく、空白のど真ん中に小さな矢印のアイコンがあるだけだ。最寄りの道路が見えるまでズームアウトする。緑の線は、ここからははるか遠くに思える〈ビール！〉というパブの看板の近くから始まり、ジンダバインの方角へと下りたあと、どういうわけか谷の反対側の丘を登っていた。マルセロの車が直近で向かった先を示すその線は、完璧なUの字を描いている。片道およそ五十分の道のりだ。ぼくはわけがわからず、顎をかいた。ジュリエットに見せてもらったライブカメラの写真からすると、マルセロがスカイロッジを離れていたのは六時間。そうなると、次の疑問が生じる。マルセロは、スーパーシュレッド・リゾートで四時間も何をしていたのか？

「これじゃ、見つかりっこないな」十五分もすると、アンディが音をあげた。ぼくらは山の斜面の半分あたりまで来ていた。スキーリフトのてっぺんにある投光照明が光輪を作っているものの、窓の外に見えるのはそれだけだ。ここまで上がると、木も岩も何もない。誰もが答えずにいると、アンディはジュリエットの肩を叩き、大声で繰り返した。「時間の無駄だ、と言ったんだ。雪が深すぎて、足跡なんかまるでわからん。気でも違ったんじゃないかぎり、ルーシーがここを登ってきたはずがない」

「でも、捜してみないと」ジュリエットが叫び返す。狭い車内を満たすエンジン音が、飛行機の貨物室で話しているようにうるさい。「下から見ると、リフトは実際より近く感じるし、斜面もそれほど急には見えないのよ。車が動かなくて、あそこまで登ろうと思ったのかもしれない。歩きだしてしばらく経つまでは、大変なことになったとは気づかなかったはずよ」

「道路に出てヒッチハイクした可能性もある」ぼくは付け加えた。

「ええ、その可能性もあるわ」

「だが、どうしてひとりで……」とりわけひどい揺れがきて、アンディの口からしばし言葉を奪った。「……吹雪のなかへ出ていくんだ？」

「怖かったのかもしれないよ」

アンディはうなずいた。「ああ。ソフィアに写真を見せられたとき、かなり動揺していたようだったからな」

あのときぼくは、ルーシーはただ死体を見て動転しただけだと思った。だが、アンディの言うとおり、ルーシーは取り乱していた。そして直後にバーを出た。あれはソフィアの脅しだったのだろうか？　ぼくら全員の前でルーシーを脅すなんてずいぶん大胆だが、ブラック・タングが大胆であることはもうわかっている。それでも、あれが脅しだったとすると、どういう類いの脅しだ？　〝あんたの正体を知っている〟という脅しか？　それとも、〝あんたを殺しに行く〟という脅しか？

アンディも同じことを考えていたらしい。「だが、いくら怖くなったからって、どうしてこんなところに来るんだ？」

「目的の場所までたどり着けると思ったのかもしれないわ」ジュリエットの声は少しこわばっていた。彼女もルーシーが丘を登ったとは思っていないのだ。だったら、ぼくらはどうしてここを捜しているんだ？

「吹雪のなかを？」アンディが首を振った。「そんなの自殺行為だ」

ジュリエットが一瞬だけぼくと目を合わせ、俯いた。そのとき、ジュリエットは、ルーシーがなぜ猛吹雪のなかを出ていったと思っているのかがわかった。そういえば、ルーシーはバーで罪悪感に駆られていた。身元不明の死体の写真を見て、慌ててバーを出ていったのはそのあとだ。ひょっとすると、実際にソフィアに脅されたのかもしれない。結局のところ、複数の死を繋いでいるのは、いまのところ殺しの手口だけだ。そしてエリンが言ったように、ブラック・タングの手口は簡単に調べられる。ルーシーがそれをグーグルで調べたのは確かだ。最初の二件の被害者をぼくに教えてくれたのはルーシーだった。しかもルーシーは、ぼくらの誰よりもマイケルに腹を立てていた。マイケルがエリンと一緒にここに来たのを見て、ついに我慢の限界を超えたのかもしれない。
ぼくは厳しい顔で凍った窓の外を見つめているジュリエットを振り向いた。
ぼくらはルーシーを捜しているのではない。ルーシーを追っているのだ。

（元）義姉

33

ギャヴィンの車は尾根のてっぺんにあるリフトの終点で停まった。巨大な柱が黒くて太いケーブルを空へと持ちあげている。ぼくの横の窓から見ると、そのケーブルから一定の間隔で下がっている三人がけのベンチが、渦巻く雲のなかへと落ちていくように見える。アンディの側からは、丘の尾根伝いに波状の金属板でできた小屋へとベンチが入っていくのが見えた。ギャヴィンがその小屋の前で雪上車を停め、ジュリエットが飛び降りて、なかを確認した。ルーシーが吹雪から身を守るため、そこに避難しているかもしれないと思ったのだろう。ジュリエットは首を振りながらすぐに戻ってきた。

車が再び動きだし、ケーブルに沿って丘の反対側を下りはじめた。これはいい考えだった。リフトの柱は白い渦巻のなかに黒くそびえている。もしもぼくがこの斜面で身動きがとれなくなっていたら、ケーブルとあの柱を目印に進むに違いない。もちろん、ルーシーがどこかへ向かっていたと仮定しての話だ。リフトのベンチがぼくらの頭上で風に大きく揺れ、九十度近く回っているのを見て、あれに乗っていなくてよかったと思わずにはいられなかった。柱に達するたびに、ギャヴィンはスキーの回転競技よろしく勢いよくギアを切り替え、その周囲を回った。後部のぼくらは険しい斜面で前のめりになりながらも、冷たい窓ガラスに額を押しつけて目を細め、真っ白な景色に目を凝らした。だが、ルーシーの姿はどこにも見えない。

地面が平らになったところで、ぼくらは下りのケーブルのそばに立っているべつの金属製の小屋を通過した。ジュリエットがまた車を降りて、なかを確かめ、すぐさま戻ってきた。最初からかすかだった望みがさらに薄れていく。スカイロッジから遠ざかるほど、ルーシーがそこまでたどり着けた可能性が低くなるからだ。

数分もすると、ひとかたまりの建物が現れた。スーパーシュレッド・リゾートに到着したのだ。

「くそ」アンディが電話を叩きながらつぶやいた。「役立たずめ」

「ここの電波はまだまし？」ぼくは尋ねた。

「いや、バッテリーがなくなった。きみのは？」

「忘れたの？　ぼくの携帯は湖に潜ったんだ」

スーパーシュレッド・リゾートは、ホリデー・リゾートというよりも軍の基地みたいに見えた。巨大な四角い建物がたくさんある。まるで寮のようなこの宿泊施設には、おそらくスカイロッジのシャレーの十分の一の価格で泊まれるに違いない。そのため、スカイロッジの十倍は泊まり客がいるようだが、どこも静まり返っていた。まるで廃墟《はいきょ》になった遊園地のような不気味な雰囲気だ（たぶん、ゲストはみな部屋で縮こまっているのだろう。ひどい吹雪とはいえ、そこまでひどいわけではないから、死体がごろごろしているのでないかぎり、立ち去る理由はまったくない）。風にはためく道案内用の三角形の蛍光旗や、降るそばから踏み固められていくらしい広い道が、多少とも活動を感じさせる。人影の見えない雪のなかで、〈送迎車〉と〈食事〉の看板が、本来なら賑《にぎ》わっているであろう場所に侘《わび》しげに立っていた。雪上車は難破船のあいだを通るように、エンジンの音を響かせてそこを通り抜けた。静かで、不気味だ。人がいる気配はするのに、人の死に絶えた街みたいにひっそりとしている。

ここはスカイロッジとは正反対のリゾートだった。ここに来る客は、疲れを癒《いや》して若返る代わりに、興奮と楽しみを味わうことを目的にしている。宿泊代で節約した金を、リフト券やレンタル品に使うのだ。共同のバスルームとそれがもたらす白癬への感染もパッケージの一部。バーが閉まる午前三時から、リフトが動きはじめる午前六時までのあいだ身を置く場所が必要でなければ、ベッドさえいらないに違いない。

ギャヴィンは巨大な地図のそばで停まった。分厚い氷の下に、山を下りる道が様々な色の線で示されている。地図の右側は、リフトの名前の横についている一連の赤いライトを除いてすっかり凍っていた。ライトが赤いのはどのリフトも止まっているからだ。

「悪いね、みんな」ギャヴィンはバスの運転手みたいに、座ったまま振り向いた。「もちろん、スカイロッジまで送るけど、その前に温かい飲み物でもどうかな？　ジュリエットと俺はビジネスの話があるんだ」そう言って横のドアを開けた。

「こんなときに？　冗談でしょ？」ジュリエットは動こうとしない。

「行方不明の女性がここに来てるとすれば、なかにいるはずだよ」ギャヴィンは言った。「あんたの友達が宿帳を確認すればいい。もっとも、行方のわからない客は、うちにはひとりもいないけど」

「確認したほうがいいかもしれないな」ぼくは声に出して言った。「きみが見落とした名前に気づくかもしれない」

「俺はコーヒーを飲むよ。あればアイリッシュ・コーヒーがいいね。それと携帯を充電したい」アンディはスチールのベンチから腰を上げ、背を丸めて後部に立つと、両手で尻をこすった。「暖かい場所でひと息入れなきゃ、痔《じ》になりそうだ」それからジュリエットの苛立たしげな顔に気づいた。「なんだよ？　ルーシーはここに来てるかもしれないぞ？」

　そして後部のドアを押し開き、ザクッと音をたてて雪の上に飛び降りた。ぼくもあとに続いた。アンディの言うことも一理ある。たとえルーシーがここにいる可能性は低いとしても、誰かが身元不明の死体《グリーン・ブーツ》を知っているかもしれない。それに一連の殺しが始まる前の晩マルセロが来たのは、ここのホテルなのだ。ジュリエットがあきらめて車を降り、ギャヴィンのあとについて、まるで飛行機の格納庫のような、いちばん大きな建物へと向かった。

山のこちら側も、向こう側と同じくらいひどい吹雪だった。風にあおられてリフトのケーブルがきしむ音が聞こえる。道路に列をなした車が、巨大なシロアリの塚のようだ。最初はまっすぐ雪だまりに突き刺してあったに違いないスキー板とスノーボードが、いまは乱杭歯《らんぐいば》のように傾き、ところどころ倒れている。スキーのポールの多くにカチカチに凍った手袋がかけてあるところをみると、屋内に避難したゲストは、少ししたら斜面に戻るつもりだったに違いない。

「ものすごく不気味だな」建物に近づきながら、アンディが低い声で言った。窓のひとつで脈打つオレンジの光だけが、人間がいるという唯一のしるしだ。頬があまりにも冷たくなりすぎて、アンディの息があたるとちりちりした。「なんだか幽霊船みたいだ。そもそも、人がいるのか?」

ギャヴィンが格納庫みたいな建物に近づくにつれて、なかから車のクラクションか空襲を告げるサイレンか火災検知器の警報のような音が聞こえ、重低音が足元の地面を震わせた。みぞおちに不安がこみあげ、ぼくはいまの状況を細かく分析しはじめた。ギャヴィンはルーシーを捜すのが目的というより、ぼくらを、少なくともジュリエットをここに連れてきたがっていたようだ。それに、ルーシーの姿が見えずにぼくらは心配しているが、死んだわけではない。こういう本では、実際に死体を見るまでは決して、誰かが死んだと思ってはいけない。たいていは、その後姿を現す。『そして誰もいなくなった』はみんな読んだことがあるはずだ。

一方で、ギャヴィンは十分怪しいとはいえ、中盤をとっくに過ぎたこの時点で犯人が初めて登場するのは、フェアとは言えない。そんなことをしたら、十戒の最初のルールを忘れたのかとノックスに八つ裂きにされるだろう（読者諸君、きみの左手の親指は、まだ残っているページが多すぎると告げているはずだ）。

そうは言っても、いまはピークシーズンで、ここは吹雪などへっちゃらの筋金入りのスリル大好き人間が集まるリゾートなのだ。本来ならこのリゾートには何百人も宿泊客がいるべきではないか？　だが……彼らはどこにいる？

ギャヴィンが格納庫の扉を開けたとたん、その疑問の答えがわかった。

なかに入ったとたんにぼくらは吹雪の唸りなど問題にならないほどの大音響に迎えられた。エレクトロニック・ミュージックががなりたて、鮮やかな色のストロボが閃いて目を直撃する。腹に響く重低音が壁を震わせていた。回転するスポットライトが、首と手首からサイリウムライトを下げた、蛇のようにくねくねと動く体を照らしだす。緑のレーザー光線に囲まれたステージの上では、男が片腕を空中に振りあげていた。椅子とテーブルが壁際に寄せられ、食堂はダンスフロアに様変わりしていた。ぼくらはその狂乱のど真ん中に踏みこんだのだ。

ギャヴィンは踊り狂う人々のあいだを縫うようにして進んでいく。できるだけ彼から離れまいと、三人とも急ぎ足になった。格納庫のなかは暑かった。この数日でいちばん暑く、空気が汗で重くなっている。むさぼるようにキスをしている男女もいた。アンディはせめぎ合う体と音と光が織りなす幻想に魅せられ、呆然と見つめている。下着とスキーゴーグルだけ、スノージャケットとスノーボード・ショーツだけの人々が、ケープ代わりのタオルを肩にかけて手袋やTシャツを頭に巻きつけているかと思えば、ハワイのレイを首にかけて目出し帽をかぶったビキニ姿の女性が、巨大な多彩色のソンブレロを被っている。ぼくの鍋摑みも、彼らのなかではまったく違和感がなかった。

一列に並び、水平のスキー板にねじこんだ六個のショットグラスから酒を飲んでいる半裸の男たちに、ぼくは危うく首をすっぱり切られそうになった。バーのカウンターのそばがいちばんこみ合っていた。太い黒の活字体で大きく〝現金払い〟と書きこまれたメニューは、元の値段が消され、何倍も高い値段に書き直されている。ギャヴィンはべつのドアに達し、それを開けてぼくらのために押さえてくれた。ぼくらは廊下に出た。最後の数歩は、アンディを引っ張らなくてはならなかった。

「なんなの、あれ」ジュリエットがあえぐように言い、壁にもたれた。ここの床も重低音で振動しているが、少なくともまともに息はできる。「すごい騒ぎね」

「ああ、すごい！」アンディは抑圧されていた若い頃の気持ちを思い出したかのように目を輝かせた。「俺たちは間違ったリゾートを選んだぞ！」キャサリン叔母が一緒なら、夫の発言にぴしゃりと言い返すだろうに。

「最初はあんなじゃなかったんだ。誰かがDJセットを持ちこんで、それを使ってもいいかと訊くから、許可したのさ。以前もバンドやなんかを呼んだことはあるしね。吹雪がおさまるまでのちょっとした暇つぶしに、ちょうどいいと思って。ところが吹雪がひどくなるにつれて、なかの乱れっぷりもひどくなった。みんな、少しばかりはめを外してる」ギャヴィンは肩をすくめた。「楽しんでいるんだから、害はないさ」

「スカイロッジは死人が出たのに、助けも呼べないのよ」ジュリエットが警告した。「ここで何か起こったら、誰が助けに来てくれるの？」

「きみんとこは、パーティなしで死人がふたりと行方不明者がひとり出てるんだろ。うちはパーティありで、いまんとこはみんな元気潑剌《はつらつ》だ」ギャヴィンは言い返しながら、廊下を先に立って歩いていく。「それに、あれを中止させるのは無理だ。誰も聞く耳を持ちゃしない。電気を落としたらブーイングの大合唱になりそうだし、バーを閉めたら冷蔵庫を壊されてあさられるのは目に見えてる。大丈夫、吹雪が過ぎれば、外に出て自分たちで酔いを醒ますさ。疲れ果てるまでほっとくしかない」ギャヴィンはくすくす笑った。「けど、年寄りの夫婦には気の毒なことをしたよ。あのふたりは、尾根の向こうのリゾートを予約すればよかったと思っているだろうな」

「バーの大幅な値上げも、ありがたい臨時収入になるんでしょうね」

「ぼくに飢え死にしてほしくないだろ？」ギャヴィンはにやっと笑った。

ぼくらは曲がりくねった廊下を進みつづけた。思ったとおり、この宿の内装はスカイロッジとは正反対、どちらかというとホテルというより大学の寮に近い。図書室の代わりに共同キッチンなどのスペースに区切られ、暖炉の代わりに液晶テレビがところどころに置かれている。素材はステンレスが多い。ギャヴィンのオフィスも、同じくらいあか抜けなかった。フエルトが裂けたビリヤード台は、ボトルの丸い跡が残る樫材の枠つきだ。ただし、立ったまま使うデスクには、ジュリエットが使っているものよりはるかに高価なパソコンが置かれ、モニターがふたつ接続されていた。コルクボードには、スカイロッジを含め、山全体のA3用紙大の地図や、様々な天気図と衛星写真が留めてある。ギャヴィンは机の向こう側にある小さな黒い金庫、ではなく冷蔵庫からコロナビールを数本取りだし、エドワード・シザーハンズよろしく、指に挟んでぼくらに差しだした。アンディが真っ先にひとつ受けとったが、ぼくは首を振った。

「まだ捜索の途中なのよ、ギャヴィン」ジュリエットがボトルを片手で払う。ぼくらふたりが断ったのを見て、アンディは気まずそうにボトルを摑んだまま、口をつけなかった。

ギャヴィンは降参だというように、両手を差しだした。「わかってるって」彼がパソコンのキーをいくつか叩くと、埃《ほこり》だらけのモニターのひとつが明るくなった。何度かクリックを繰り返し、アンディとぼくにスクリーンを示して、エクセルのスプレッドシートを呼びだす。キャサリン叔母はこの男も家族の再会に招いたのか？　スプレッドシートを見たとたん、そんな思いがぼくの頭をよぎった。「ここの宿帳だよ」ギャヴィンはぼくに言った。「インターネットも使える。五分だけいいかな？」最後はジュリエットに向かって言った。ギャヴィンはジュリエットに用事がある。だから子どもにゲームをあてがうように、アンディとぼくにパソコンをあてがったのだった。「話を聞く価値はあるよ」

「もう言ったはずよ。お金じゃないの」ジュリエットはドアに向かい、それを開けて押さえた。「外で話しましょう」

ギャヴィンがぱっと顔をほころばせた。アンディがビールの誘惑に負け、後ろめたそうな顔でひと口飲んだ。

ぼくはパソコンの画面を見た。スプレッドシートは、スーパーシュレッドのほかの部分とは違って、きわめて整然としていた。宿帳というタブはひとつしかなく、もうひとつのタブは「部屋確認」だ。それに目を通したい気持ちはあるが、室内でインターネットを使える誘惑に負け、インターネット・ブラウザを開いた。

ロナルド・ノックスが実際より百年遅く生まれていたら、ルールその十一を作り、グーグル検索を禁じたに違いない。とはいえ、ノックスはとうにこの世を去っているし、去りたくないぼくとしては背に腹は代えられない。情報は多ければ多いほどいいのだ。

ニュース記事をグーグルで検索しても、読書と同じときめきは味わえない。だから、〝ブラック・タング〟と〝ブラック・タングの被害者〟を検索するクリックやスクロールの描写は省くとしよう。ニュース記事を一言一句たがえず本に書き移すのも能がない。それに、いまは二十一世紀で、まともにインターネットを使えるのは二日ぶりだから、少しばかり余分な調べものをしても許してもらいたい。その結果、ぼくは次の事実を学んだ。

• 灰、窒息、古代ペルシャの拷問に関して、ルーシーとソフィアから聞いた話が本当だと確認した。ルーシーが言ったとおり、この情報は誰でも入手できる。つまり誰でも真似ができるのだ。
• 〝ブラ〟と打ちこんだだけで、グーグルは過去の履歴から自動的に〝ブラック・タング〟を表示した。ギャヴィンもブラック・タングについて検索していた事実は、スカイロッジの事件が思ったより遠くまで伝わっていたことを示している。
• ブラック・タングによる殺害現場は非常に広範囲にわたっており、最初の事件は三年前（アラン・ホルトンが死んだあと）、二番目の事件はその一年半後に起きた。
• アンディに頼まれ、仮想通貨の価値を調べた。

- 最初の被害者、マークとジャニーン・ウィリアムズ夫妻はブリスベンに住んでいた。マークは六十七歳、ジャニーンは七十一歳だった。ふたりはブリスベンで三十年フィッシュ&チップスの店を経営したあと引退した。ぼくが読んだのは、〝人生とはなんと不公平なものか〟という論調の記事だったから、ふたりの死がよけい悲しいものに思えた。それによると、子どもがいなかったふたりはボランティア活動に従事し、様々な会の理事を務めていた。里親として大勢の子どもたちを育てた模範的市民で、みんなに愛されていたようだ。弔問客が教会の外にまで列をなしている葬儀の写真を載せた記事もあった。どうやら夫妻は、恐ろしいギャング団のメンバーではなさそうだ。また、ふたりの死に関するソフィアの説明は正しかった。ふたりとも自宅のガレージのなかで、車のハンドルに結束バンドで縛りつけられ、犯人がサンルーフからリーフブロワーで車内にまき散らした灰で窒息死したのだ。
- 第二の事件の被害者、アリソン・ハンフリーズがシドニーのアパートで発見されたときは、まだ息があった。犯人はバスルームの窓をテープで目張りし、天井の換気扇から灰を注いだのだった。五日後、生命維持装置のスイッチを切る決断がなされ、ハンフリーズはソフィアが勤務している病院で死亡した（これはスカイロッジの物置でソフィアから聞いた話と一致する）。世間も警察もハンフリーズの死をウィリアムズ夫妻の死と関連づけ、ちょうどこの事件の記事で編集補佐をしていた校正者が、連続殺人鬼に名前をつけろと言われてブラック・タングが生まれたのだった。

•ついでにフェイスブックを急いでチェックした。

•アリソン・ハンフリーズのリンクトインによれば（職歴欄の雇用期間：二〇一二年から現在、という死後のリンクトインのプロフィール欄ほど悲しいものはない）、ハンフリーズは警察を辞めコンサルタントとなっていた。なんのコンサルタントをしていたかは不明だ。

•スカイロッジの販売価格（ぼくは契約書にあった不動産会社の名前を覚えていた）は、問い合わせをしなければ教えてもらえない。三・四というトリップアドバイザーの評価は、直近の死体が考慮に入っていない割には辛口だ。

•ルーシーがSNSを確認したい誘惑に駆られ、昨夜屋上に行ったかもしれないと思い、彼女のインスタグラム・アカウントを開いた。案の定、インスタグラムには新しい投稿があった。身元がわかる詳細をぼかした、残高は数千ドルと端数の、銀行口座の預金のスクリーンショットだ。キャプションにはこう書かれていた。〝仕事はきついけど、最後は報われる。経済的に独立したい人はぜひ連絡を。スワイプして、この素晴らしい会社のおかげで私ができた経験をぜひ見てみて。#日々の努力　#稼ぎながら学ぶ　#ビジネスリトリート　#ボスベイブ〟

スワイプすると、スカイロッジの屋上から撮った美しい山の眺望と、初日の昼食時に全員（遅れたぼくを除く）で撮った二枚の写真が載っていた。岩山の上で輝く青い空にあまりにもがっかりしたぼくは、ルーシーが家族の集いをいかにも会社の保養所で同僚と楽しんでいるふりをしている（#成功するまで成功したふりをすべし、のほうが相応しいハッシュタグだったろう）ことを、嘲る気にもなれなかった。この写真は吹雪の前日の午後に投稿されたのだ。ルーシーのインスタグラムから新しい情報はひとつも得られなかった。

スカイロッジのホームページをふたつ目のモニターで開き、ライブカメラをクリックした。ほぼ完全に真っ白だ。だが、そこでジュリエットとギャヴィンが戻ってきたため、宿帳に目を戻した。漫然とゲストの名前に目を通すだけでは、何もわからない。これは当然、予測されたことだ。よくある名前がずらりと並び、どれもみな同じように見える。突出した名前があったとしても、スクロール中にうっかり見過ごす確率のほうが圧倒的に高い。ふと思いつき、ウィリアムズとハンフリーズ、ホルトン、クラークを検索してみたが、この苗字のゲストはひとりもいなかった。おそらくスノーボーダーだろう、ディランという名前がやたらと多い。最後に「部屋確認」のタブをクリックした。縦一列に並んだ部屋番号の欄、予約されたベッド数の欄、〝所在確認〟の欄にはY（イエス）／N（ノー）が書きこまれている。誰がこのホテルにいるかを確認し、行方のわからない人間がいるかを見極めようとしたらしい。その欄に目を走らせると、すべてがYだった。つまり全員の所在が確認されているのだ。

ジュリエットはコルクボードに留めてある山の地図を見ていた。そわそわして、一刻も早くここを立ち去りたそうに見える。なんといっても、ルーシーがまだ行方不明なのだ。「何かわかった?」十分な時間を与えたと判断したらしく、ジュリエットがそう尋ね、肩越しに覗きこんだ。「私の友人もこの種のビジネスに関わってるの」ジュリエットが見ているのは、ぼくが開いたままにしてあるルーシーの銀行口座のスクリーンショットだった。「みんな嘘なのよ。こういうのをフォトショップで加工して投稿し、お金を儲けているふりをしなさい、って言われるの。仮にこの入金が本物だとしても、これだけ稼ぐのにいくら使ったことか。ほとんどが自分自身のお金で、それが損をしたぶん減額されて戻ってくるだけ」

エリンは、ルーシーが抱えている借金のことをマイケルから聞いたと言っていた。それがふたりの気持ちを近づけた理由のひとつだった、と。それなのに兄は、どうやって二十六万七千ドルもかき集めたのか? ルーシーとマイケルはお互いに自分の借金を秘密にしていたのだろうか。

ぼくは最後にもう一度、活《い》きのいい手がかりが見つかることを願い、それぞれの部屋に泊まっている客の名前をスクロールしていった。やれやれ、ディランだらけだ。それからまた、ここがスカイロッジとは正反対のイベント・リゾートであることを思い出した。三十五年前の歴史的な犯罪を連想させる名前を探すには、不向きな場所だ。四十歳以上の人間がこういうリゾートを訪れるはずがない。退職祝いにカンクンへのクルーズに出かけるようなものではないか。

だが……。

「ギャヴィン」ぼくは急いで部屋のリストに目を通しはじめた。「たしか年配の夫婦が泊まっていると言ったよね？」

「ああ。部屋にこもりきりなんだ。ありゃあ、選ぶリゾートを間違ったんだな。正直言って、ここにはいろんな客が来るけど、あのふたりは全然こういうリゾート向きの客じゃないね。ずっとルームサービスを頼んで、食事にも下りてきやしない。普段はルームサービスなんてやらないんだが、なんだか申し訳ない気がしてさ」

「チップもはずんでくれるんでしょ？」ジュリエットが口を挟んだ。

「いま言ったように、ここの客層とは違うからね」

「一二一四号室だね？」ぼくはすでにオフィスから出ていきかけていた。「案内してもらえる？」

「いいけど」ギャヴィンは面食らって、ぼくに追いつこうと息を弾ませながらついてきた。ジュリエットとアンディもついてくる。「知り合いか何かか？」

リストでぼくが見つけた名前が、ほかの三人になんらかの意味を持っているとは思えなかった。二十四時間前ならぼくにとっても、なんの意味もない名前だった。だが、偶然なとありえないのだ。そしてスプレッドシートには、彼らの名前がはっきり書かれていた。

ぼくらは一二一四号室に到着した。考えてみると、すべての始まりはスプレッドシートだった。そしていままさに、スプレッドシートが解決の糸口を差しだそうとしていた。

一二一四号室の泊まり客はマコーリー夫妻だ。

「いや、まだ知らない」ぼくはノックしながらギャヴィンの問いに答えた。

34

　エドガーとシヴォーン・マコーリーは、ぼくがアーネスト・カニンガムだと名乗ると、熱心に部屋に招き入れた。ふたりは母のオードリーよりも年上だったが、母より元気そうに見える。エドガーはウイスキー愛飲者らしく団子鼻を赤くした男で、若草色のポロシャツの裾を、ベルトをした茶色いスラックスにきちんとしまいこんでいた。大判のバーバリーのスカーフで体を包んでいるシヴォーンは、艶やかな銀色の髪をピクシーカットにした小柄な女性で、山を上ってくる途中で見かけた、霜のついた葉のない枝のような細い腕をしている。たしかにふたりとも、このホテルの客層とは違う。

　ふたりの部屋は細長かった。左側には二段ベッド、右側にはハンガーラック（クローゼットや衣装ダンスを置くスペースはない）が、ぽつんと置かれた椅子の隣にあった。机はない。椅子とベッドの下段のあいだに本が積まれ、テーブル代わりにそこに載せたスーツケースの上にトランプのカードが散らばっている。入り口の近くには、小さなバスルームだ。このリゾートはクルーズ船の船室と同じで、最小限のスペースに必要なものが詰めこまれていた。室内はここにあるすべてと同じように、濡れて、湿った臭いがする。だが、目に見える範囲に灰は舞っていない。

　ふたりは大げさにぼくらを迎え入れた。エドガーは吹雪についてまくしたて、シヴォーンはカップがふたつしかないのでひとりには我慢してもらうしかないと謝りながら、電気ケトルを手に立ちあがった。まだビール瓶を指先からさげているアンディが、自分は結構と告げるように瓶を少しだけ持ちあげる。ジュリエットとアンディとぼくは、膝を胸につけるような格好で、たわんだ下段ベッドにぎこちなく座った。ギャヴィンは戸口に立ったままだ。

　エドガーはひとつしかない椅子に腰をおろし、膝に肘をついて身を乗りだした。「この吹雪だから、会えないかもしれないと心配していたところだ。きみたちがここに足を運んでくれて、こんな嬉しいことはない」エドガーの英語は、なるべくオーストラリア訛りをなくそうとしているイギリス人のような発音だった。上流階級だが、生まれつきではなく、あとからマナーやイギリス英語を身に着けた感がある。「マイケルからなんの連絡もなくてね。おそらくわれわれと同じように立ち往生しているんだろうと、ひたすら待っていた。見たとおり、普段われわれが使うような宿ではないんだが、ある意味、スリルがあったよ。そうだね、おまえ《スウィーティ》？」

「ええ、あなた《ラヴ》」ケトルの蒸気で眼鏡のレンズを曇らせ、シヴォーンがバスルームから顔を出して答える。「スカイロッジの母屋が満室だったの。あの可愛らしいシャレーから母屋まで雪のなかを歩くには、少し年を取りすぎているし。いずれにしろ、マイケルが私たちはこちらに滞在したほうがいいと考えたのよ。二段ベッドで眠ったのは、ずいぶん久しぶりだけれど。まあ、それも面白かったわ。今回の旅の目的を考えると、ちょっぴり冒険を味わうみたいで」

ふたりが兄のマイケルを待っていたという事実にも意表を衝かれたが、ふたりの態度にはもっと驚かされた。敵意を向けられるに違いない、もしかすると怖がられるかもしれないと思っていたのだが、なんだか……わくわくしているのか？　ぼく以外の三人はマコーリー夫妻が誰だか知らないため、話すのはぼくの役目だが、何を言えばいいのかわからなかった。まさか、大昔に死んだ娘の遺体は尾根のすぐ向こう側にある、といきなり告げるわけにもいかない。

「それで」エドガーが代わりに水を向けてくれた。「あの子を見つけたのか？」

彼のひと言で、どういう事情なのかだいたいの見当がついた。ぼくはできるだけ調子を合わせ、自分の推理が当たっているかどうか試してみることにした。「ええ、見つけました」すぐ横で目をむいているアンディのことは無視した。アンディの考えていることはわかっている。あの子って誰だ？　「でも、少々問題が生じて……」

「彼はまたお金を欲しいと言ってるのね？」熱々の紅茶を入れたカップをふたつ持ってバ

スルームから出てくると、シヴォーンは落ち着いてマグカップを差しだした。怒っている様子はまったくない。「かまわないのよ。私たちも、マイケルはもっと欲しがるかもしれないと思っていたの。だから、余分に持ってきたわ」シヴォーンはそう言って、テーブル代わりに使っているスーツケースを示した。

「ええと……」ぼくは適切な返事を思いつけずに言いよどんだ。このふたりはマイケルが死んだことを知らないようだ。実際、ぼくがマイケルの代理でここに来たと思っている。とはいえ、これが演技だという可能性もあった。その場合は、なるべく情報を小出しにしたほうが嘘を見破りやすい。「その前に、いくつかはっきりさせたいことがあるんです。助けてもらえませんか？」ふたりの顔に戸惑いが浮かぶ。ぼくはできるだけ感じのよい、くったくのない笑みを浮かべて急いで付け加えた。「その……兄はぼくにあれこれ用事を言いつけるんですが、ちゃんと説明してくれたためしがないんです。ここに来る理由も、ほとんど何も教えてもらえなくて。ぼくはただ、あの金額が適正かどうか確認したいだけなんです。決して」強請りに来たわけではないと知らせて、ふたりの不安を取り除ければと、ぼくはスーツケースのほうに片手を振った。「そちらではなく、ぼくら家族の問題なんです」ふたりはまだけげんな顔で目を見交わしている。そこで、ぼくはこう言った。「いま言ったように、ぼくらは見つけたんですよ」

エドガーがこの餌に飛びついた。「何を知りたいんだね？」

ぼくは賭けに出た。「これまでマイケルにいくら渡したんですか?」

「三十万だ」エドガーが答えた。

ぼくはどんな答えが返ってくるか推測のつく質問から始めたかった。マイケルがマコーリー夫妻とアラン・ホルトンの仲介をしていたのは明らかだ。それはぼくにも見当がついた。あのバッグの金はマコーリー夫妻のものに違いない。だから、誰も、ルーシーもマルセロも警官たちも、あの金に気づかなかったのだ。マイケルは、マコーリー夫妻に自分が手にしていないものを売っていたのではないか? そして夫妻からせしめた半金をホルトンに渡して必要な情報を手に入れ、残りの半金を自分のものにするつもりだった。だが、情報を手に入れたのはいいが、刑務所に行くはめになり、いままで取引を完了させることができなかった。この山に死体を持ちこんだのはそのため、取引を完了させるためだったのだ。

だが、わからないことはまだある。アラン・ホルトンの売り物は、おそらく父がアリソン・ハンフリーズに渡すはずだった最後の情報だろう。それは、レベッカの誘拐と殺害の決定的証拠だったはずだ。マコーリー夫妻がその証拠を手に入れたいと望み、それに大金を払う気になったのはわかる。だが、父はレベッカがあの棺に入れられる前に死んだのだから、父の最後の情報はレベッカの死体の在処ではありえなかった。

「そのなかには四十万あるわ」ぼくが具体的な金額を尋ねる前に、シヴォーンがスーツケースを指さして言い、夫に向かって謝るように顔をしかめた。交渉は苦手なうえ、娘について少しでも早く知りたいと焦っているのだ。「写真の分として、要求された金額に十万上乗せしたの」

この金額はぼくの予想と合っている。スーツケースのなかの三十万ドルが半金だったとしたら、ホルトンの言い値はやはり三十万だったのだ。誘拐の身代金も三十万だった。しかし、そうなるとべつの疑問が生じる。あれがマコーリーから受けとった金だったとすれば、どうして二十六万七千ドルしかなかったのか？　そもそも、写真の分として、簡単に十万ドル上乗せすることができるなら、マコーリー夫妻はなぜ三十五年前にちゃんと身代金を払わなかったのだ……待てよ……写真だって？

「待ってください。なんの写真ですか？」

シヴォーンが口ごもった。「マイケルが言うには――」

「すまない」エドガーが身を乗りだし、トランプのカードが落ちるのもかまわず、スーツケースを自分に引き寄せた。彼は片手を守るようにその上に置いたが、ぼくはその目にかすかな恐怖を見てとった。エドガーは、もしもぼくらがこのスーツケースを持ち去りたければ、それができることを知っているのだ。しかもついさっき妻が金額を教えてしまった。ふたりとも、犯罪者やカニンガムとの取引には慣れていないようだ。「きみは誰だと言ったかな？」

シヴォーンが脅しには屈しないと言わんばかりに背筋をぴんと伸ばした。「一緒にいるふたりは誰？　それにマイケルはどこなの？」

「兄は死にました」

ふたりは声もなくぼくを見つめた。

「でも、お嬢さんの遺体は見つけましたよ。いまどこにあるかお教えします」

「ああ、よかった」シヴォーンが安堵のあまり脚の力が抜けたように、すぐ横のラックを摑んだ。「ごめんなさい。いま言ったのは……」

「かまいませんよ。それにその金もいりません」〝おい、本気か？〟と言うように、アンディが肘でぼくを小突いた。「でも、兄が死んだのは彼が見つけたもののせいです。彼が掘り起こした秘密が何にしろ……ほかの誰かがそれを葬りたがっている。空白の部分を埋める手伝いをしてもらえませんか。お嬢さんについて知りすぎている人間は、危険にさらされているようなんです。ぼくとぼくの家族も含めて。たぶん、いまはあなた方も」

「どうすれば手伝えるのかね？」エドガーが言い、シヴォーンがその後ろでうなずいた。シヴォーンはとにかく娘のことが知りたくて、自分たちに降りかかるかもしれない危険など二の次に見える。

いちばん訊きたいのは写真のことだが、始まりから順を追っていくべきだろう。「兄とはどうやって知り合ったんですか？」

「彼のほうから連絡してきたんだ」エドガーが言った。「途方もない話を持ちこんだ。正直言って、娘の事件についてはこれまで、ありとあらゆる話を聞き、報告を受けてきた。何年も私立探偵を雇い、調べつづけてきたんだ。合法的な組織もあれば、法すれすれの連中もいたが、彼らがもたらした結果はみな同じ、まったく役に立たなかった。懸賞金を出すと発表すると、ひっきりなしに電話がかかってきたよ。そういう経験をしてきたから、インチキ話は聞けばすぐにわかる」

「でも、探偵を雇っていたのは事件当初の話よ。この二十八年はあきらめていたわ」シヴォーンが付け加えた。二十八年というのは、ずいぶん中途半端な年月だ。「最近では、連絡といえばあの事件を映画にしたいとか、本を書きたいという人たちばかり」

「だが、マイケルは違っていた。私たちにはすぐにわかった。彼は事件のときに犯人に金を渡すことになっていた警官の話をした。その受け渡しがうまくいかなかったんだが……アラン・ホルトンという名の男だ。きみのお兄さんは、レベッカが埋められている場所をホルトンが知っている、と言った。それだけでなく、娘を殺した犯人に関する証拠も持っている、と」

「写真ですね」ぼくは半分独り言のようにつぶやいた。マルセロは父が殺人を目撃したと思っていた。だが、父は目撃しただけでなく、それを写真に撮ったに違いない。犯人がその写真を隠蔽したいと思うのは当然だ。

「ああ、殺人の写真だ、とマイケルは言ったんだ。それを持ってくることになっていた。きみはその写真を見たのかね？」

「話が戻りますが、アラン・ホルトンはお嬢さんの誘拐事件に関わっていたんですか？」シヴォーンがうなずいた。「あのときは五十人もの警察官が関わっていたわ。それと刑事がひとり。べつに偉ぶるつもりはないけれど、ただの誘拐ではなかったの」

どういう意味かはわかっている。金持ちの子どもはニュースになるのだ。

「きみは写真を見たのか？」ぼくがさきほどの質問に答えなかったことに苛立ち、エドガーがまた尋ねた。

「いいえ、見ていません。でも、マイケルが持っているはずです。あるいは持っていたか。兄は用心深かったから、どこか安全な場所に隠してあるんでしょう。それがどこなのか、いまのところはわかりません」ぼくはシヴォーンに顔を戻した。「どうして、いまなんですか？　お嬢さんが死んだとわかっているのに、おふたりは七十万ドルも費やそうとしている。なぜ犯人が要求したとき、三十万ドル払わなかったんです？　そうすれば、レベッカはまだ生きていたかもしれないのに」

「不躾《ぶしつけ》なことを言うつもりはないんですよ――私たち、急いでいるものですから」ジュリエットが申し訳なさそうに口を挟んだ。

「かまわんよ」エドガーが顔をしかめ、妻の代わりに言った。「長い年月が経つうちに、物事の価値は変わる。いま考えると、あれは間違いだったことがわかるが、当時は捜査の指揮を執った刑事を信頼し、金を払うのは最後の手段だという指示に従ったんだ。払えない金額ではなかったし、払うべきだったが、当時は莫大《ばくだい》な金額に思えた。いまならいくらでも払う」

「その刑事は、アリソン・ハンフリーズですね？」

エドガーとシヴォーンはうなずいた。こっそりビールを飲もうとしたアンディが、飲みそこね、ビールを服に垂らして赤くなった。

「どうしてアラン・ホルトンは、自分であなた方に情報を売らなかったんです？」

「私たちは、マイケルが彼と関わりがあることを知らなかった。ホルトンが内側から工作した、というのはマイケルが言ったことだ。私たちはマイケルが知っている情報を買おうとしたにすぎない」

「ホルトンを殺すために、マイケルにお金を払ったわけじゃないのよ。いまの質問がそういう意味なら」シヴォーンが口を挟んだ。「あの事件のことは新聞で読んだけど、私たちは人殺しを頼むような人間じゃないわ」

「マイケルとホルトンは組んでいたのだろうな。ホルトンは私たちの弱点を知っていた。娘に関して私たちを納得させられるだけの情報をマイケルに与え、それがうまくいったわけだ。だが、分け前のことで争いになったんだろう。よくあることだ。私たちの投資は無駄になったのだろうとあきらめていたよ」〝投資〟とは奇妙な言葉を選んだものだ。しかし、まあ、雪山に若草色のポロシャツというのも奇妙な取り合わせだ。

「するとマイケルが刑務所から手紙をくれたの」シヴォーンが言った。「証拠写真がある、とね。そしてここに着くまでには、娘の遺体も手に入れている、と。だから、私たちはここに来たのよ」

「こちら側の約束を果たすために」エドガーがぼくにも果たしてもらいたいと思っていることは、その重々しい口調から明らかだった。

マイケルのやつ、うまくやったものだ。どうやら濡《ぬ》れ手《て》で粟《あわ》だったようだ。問題は、ホルトンと落ち合ったとき、バッグの中身が三万三千ドル足りなかったことだ。だからホルトンは俺に銃を向けた、とマイケルは言っていた。この部分はわかった気がする。金が足りなくなった理由はマコーリー夫妻には関係ないから、あとで検討することにして、ぼくはほかの関係者について考えた。

アリソン・ハンフリーズ刑事は脚光を浴びた誘拐事件で陣頭指揮を執ったが、捜査は失敗し、レベッカは両親のもとに戻らなかった。おそらく職を失わないために藁《わら》にもすがりたい気持ちだったはずだ。だから最初の取り決めを守らず、父のロバートの尻を必死で叩きつづけた。つまり、マルセロが言ったように、父がもたらしたあらゆる答えにさらにふたつの質問を投げつけた。ハンフリーズはどの警官が自分のチームを裏切っていたかなんとしても突きとめたかった。答えはアラン・ホルトンとその相棒ブライアン・クラークだ。父はそれを突きとめたために殺された。ハンフリーズは一年半前、未解決だったこの事件の再捜査を始めたのだろうか？　だから襲われたのか？

ぼくの推理にはまだ穴がいくつかある。ホルトンとクラークは死んだのだから、写真を争って人を殺すことはできない。だが、吹雪のなかにうっすら見えるリフトの鉄柱のように、少しずつ形をとってくるものがある。

「スカイロッジで死んだのは、マイケルでふたり目なんです」期待をこめてぼくを見つめているエドガーとシヴォーンに言った。「もしかしたら、あなた方はもうひとりの被害者も知っているかもしれない。誘拐の交渉に手を貸していた警官のひとりだったとか。ジュリエット、ふたりにあの男の写真を見せてくれないか？」

「私は持っていないの」ジュリエットがすまなそうに言った。「見てもいないわ。うちの泊まり客もスタッフも全員無事だと確認できたから、その必要がなかったし。クロフォードはパニックを起こしそうなゲストには写真を見せてなかったの」

ぼくはマコーリー夫妻に目を戻した。「ここには誰かと一緒に来られたんですか？　友達とか、警備の人間とか？」

「いや、ふたりだけで来た」エドガーが答えた。

「それより、娘はどこにいるの？」ぼくの答えを待ちきれなくなったのか、シヴォーンがすすり泣きながら言った。「お金を受けとって！　早く受けとってちょうだい！」そう言ってスーツケースを突きだす。ぼくは反射的に押し戻した。その力が少し強すぎたらしく、シヴォーンは後ろによろめいた。倒れはしなかったが（それには部屋が狭すぎた）、軽く壁にぶつかり、それからがっくりと肩を落としてスーツケースを胸に抱きしめた。「私たちが知っているのは誓ってそれだけよ。あの子をちゃんと埋葬してあげたいだけなの。殺した犯人を突きとめられないとしても、せめてきちんと埋葬してあげたい。お願いよ」

「お嬢さんの遺体は、警官の棺に入っていました。そうやって隠したんです。おそらく検視官を買収したんでしょう」これはふたりにとっては辛い事実だ。ぼくはふたりの頭にこの事実が染みこむのを待ち、そのあいだに悪い知らせを告げる勇気をかき集めた。「残念ながら、その棺はいま、スカイロッジ湖の底にあるんです」

シヴォーンがあえぐように息を吸いこみ、涙ぐむ。

「大丈夫だよ、ハニー、ダイバーを雇えばいい」エドガーが妻を慰めた。

「お嬢さんの遺体を買うなんて、かなり病的ね」ジュリエットがふいに言った。

「それを売るほうもかなり病的だぞ」エドガーがやり返す。

ぼくはアンディとジュリエットに合図し、二段ベッドから腰を上げた。エドガーとシヴォーンは抱き合っている。ふたりの邪魔をしたくなかった。それにジュリエットの言葉のあとでは、ふたりともぼくらに出ていってほしいに違いない。とはいえ、まだ知りたいことがひとつ残っている。「辛い思いをさせて申し訳ないんですが、もうひとつだけ教えてください。一昨日の夜、ぼくの継父が訪ねてきませんでしたか？　がっしりした南アメリカ出身の男です。マルセロというんですが」

「いや」エドガーは首を振った。「だが、オードリーという女性なら来た」

35

帰り道、アンディは前の席に座り、ぼくとジュリエットは逮捕された犯罪者のように、後部座席に向かい合って座っていた。ギャヴィンが行きよりも速度をあげているせいで、ぼくらは車内で大きく揺さぶられた。もう誰も、窓の外を捜そうとはしていない。

「あなたのお母さん、本当はいろいろ知っているのね」ジュリエットが言った。

マコーリー夫妻の部屋を立ち去る前に、ぼくはギャヴィンに、防犯カメラを確認させてもらいたいと頼んだ。だがギャヴィンは「うちのバーは現金払いなんだよ」と、それが防犯カメラのない立派な理由になるかのように言った。

「なぜ母が何も言わないのか、ぼくにはわからない」

「それも〝謎リスト〟に加えるのね」ジュリエットが人差し指で自分の唇を叩いた。「昨夜あなたの本をダウンロードしたの。お母さんには双子がいるのかもよ？」

ジュリエットはぼくを感心させようとしているのか？　十戒のルール十にあるように、一卵性双生児を登場させる場合は、しかるべき準備が必要なのだ。「だとしたら、ぼくはノックスに殺されるな」

ジュリエットが笑い、額を窓に押しあててまばゆい雪の上に目を走らせた。温かい息ですぐ前のガラスが曇る。「私たち、山を下りるべきよ」

ジュリエットが何を言いたいか、ぼくにはよくわかった。ルーシーがこの吹雪のなかにいるとしたら、間違いなくもう死んでいる。ホラー映画では、登場人物はみんなと離れたせいで死ぬが、山では誰かを助けに引き返すことで死ぬのだ。ぼくらは自分たちの身を守らねばならない事態に直面しているのだった。

ぼくは身を乗りだした。前を向いて大声でもあげないかぎり、後ろの話し声は雪上車のエンジン音がかき消してくれる。だが、内緒話だと示したかったのだ。「ギャヴィンはスカイロッジを買おうとしてるの？」

ジュリエットはけげんそうに尋ねた。「どうして知っているの？」

「きみの机にあった不動産の契約書を見たんだ。署名はまだだったけど。ギャヴィンのオフィスのコルクボードに、きみのリゾートの地図が留めてあったところをみると、秘密ってわけじゃないんだろう？　彼の高価なパソコンの埃と、パーティ会場を通り抜けたときのきみの表情からして、きみとギャヴィンはビジネスに対する考えが異なるんだね。彼は必死に働いているわけではないのに金を儲けてる。きみはそれに腹を立てて、契約書に署名するのを引き延ばしている、ってとこかな？」

ぼくは自分の推理力をひけらかすために、もったいぶってそう言った。ぼくもジュリエットを感心させようとしているのかもしれない。

「ギャヴィンはスカイロッジが欲しいわけじゃないの」ジュリエットは言った。「土地が欲しいだけなのよ。建物はすべて取り壊して、尾根のこちら側にもうひとつスーパーシュレッドを造るつもりなの。そうすれば、ふたつの谷が自分のものになる。何百万——まあ、かなりの大金が手に入るんだから、あのロッジにこだわるのは愚かでしょうけど、気が進まないのは確かね」ジュリエットはまた窓の外に目をやった。

ゲストハウスの灯りが見えてきた。ぼくは、アドベントカレンダーのようなロッジに戻ってきたいまの気持ちと、空港の格納庫みたいな建物が並んでいたスーパーシュレッドのあいだを車で走ったときの気持ちを比べてみた。とくに愚かだとは思えなかった。

ジュリエットも同じことを考えていたらしい。「家族が死んだあと、ここに戻ってきて、出ていけなくなったことは話したわね。こういう暮らしには独特の魅力があるの。山が放そうとしないの。当時はビジネスも絶好調だったし。それから暖冬が二度ばかり続いて、みんなが、これからは何度もそういうことがあるに違いないと言いはじめた」ジュリエットは言葉を切った。「私には、ギャヴィンが持っている大きな人工降雪機を買う資金がないの。だから、彼にここを買う、しかも好条件で買い取ると言われたときは、ありがたかったわ。彼とは長い付き合いでね。ふたりともリゾートで育ったの」ジュリエットは昔を懐かしむような笑みを浮かべた。「いい人なのよ。私が損をせずにこの商売から抜けるチャンスを差しだしてくれてるの」ジュリエットはぼくの思いを読んだらしく、片方の眉を上げた。「私の土地を欲しがっているけど、そのためにあくどい真似をする人じゃないわ」

ありきたりとはいえ、言うまでもなく金は十分な動機になる。ソフィアが犯人である可能性をぼくがほぼ除外しているのは、五万ドルはそのために人を殺すには少額すぎるからだ。だが、もしもこの土地が何百万ドルもするとしたら……。

「だから承知したの」ジュリエットは言葉を続けた。「ギャヴィンがここをそのまま運営するつもりだと思ったからよ。ようやく、この……家族から受け継いだビジネスから自由になれると思って嬉しかった。でも、署名するときに、ギャヴィンがここを取り壊すつもりだと知って……レガシーという言葉の重みを改めて感じたの」ジュリエットは大きなため息をついた。「あのゲストハウスには、あっさり捨ててしまえない歴史が詰まってる。あそこの壁のなかには、私の家族がいるのよ」

ぼくはギャヴィンがジュリエットを自分のオフィスに連れていきたかったわけを考えてみた。彼は〝話を聞く価値はある〟と言っていた。「彼はオファーする金額を上げたんだね？」

ジュリエットはうなずいた。「新規の出資者を見つけたらしいの」

「なるほど。で、きみは迷ってる？」

「こんな事件が起きたあとじゃ……」ジュリエットはまた窓の外に目をやり、それっきり黙りこんだ。

「ああ、くそ」突然、アンディが前の席で叫んだ。フロントガラスの曇りを腕でこすっている。渦巻く雪を通して、大きなシルエットが見えた。あの大きさからすると、マルセロに違いない。マルセロは飛行機でも着陸させるかのように、頭上で大きく腕を振っていた。後ろの、建物の脇に積もった雪のなかで真っ赤な発煙筒が光を放っている。その周囲には、いくつも影が固まっていた。ひとつはしゃがんでいる。「ルーシーが見つかったみたいだ」


一メートル以上も雪が積もっているところをみると、ルーシーの死体はひと晩中そこにあったに違いない。ぼくの位置から見えるのは片手だけだった。青ざめて冷たくなった手が積もった雪のなかから突きだしている。

早々に掘りだすのは無理だという結論に達したらしく、誰も掘りだそうとはしていなかった。腹の上あたりに、なかを見て脈を確認できる程度の小さな穴が掘ってある。少しでも生きている望みがあれば、穴はもっと大きかったはずだ。

赤い発煙筒の光が、周囲の雪を染めていた。ぼくは前かがみになって目を凝らし、すぐに体を起こした。血の気を失った顔に、蛍光色の口紅がよけい鮮やかに見える。ルーシーは昨日と同じ黄色いタートルネックを着ていた。戸外で体温を保てるような服装ではない。

頭の後ろと上の氷が真っ赤に染まっているが、ルーシーの顔に灰はまったくついていない。こみあげる吐き気をこらえながら、ぼくは思った。こんなことになったのは、乾燥室には鍵がかかっていなかったことを、誰もルーシーに教えなかったせいだ。

「見つけたのは、たまたま私が彼女の手を踏んだからなの……」キャサリン叔母が言った。死体を囲んでいるのは、叔母とソフィアとクロフォードだった。母のオードリーは暖かいゲストハウス内にいるらしく、マルセロはぼくたちを呼びとめたあとそちらに向かった。エリンがどこにいるのかはわからない。

「この穴を塞いで」ジュリエットが言った。

なんて冷酷な指示だと言わんばかりに、みんながこわばった顔で彼女を見た。

「みんなでここを出るしかないわ。遺体も一緒に、というわけにはいかない。吹雪がおさまるまで戻ってこられないから、動物に食い荒らされないように、雪で覆わないと」ジュリエットはかがみこんで、腕で雪を集めるようにしてルーシーの仮の墓のなかに落とした。ぼくもそれに倣った。「ギャヴィン、どれくらいでここを出られる？」

もちろん、ギャヴィンにはぼくら全員を山の下まで送る義務などない。とはいえ、ホテルを買い取るオファーを考慮してもらうために、ジュリエットの頼みを聞くはずだ。

「給油する必要があるから、少しかかるな」

「つまり――」アンディが言いかけた。

「全員、荷造りを始めてください。支度ができしだい山を下ります」

ジュリエットがきっぱりそう言ってくれたのはありがたかった。ぼくらがここに残ったのは、ルーシーを捜すためだった。こういう類いの小説によくあるように、吹雪のなかで立ち往生しているわけではない。閉じこめられているわけではなく、自分たちのエゴ、後悔、恥、頑固さによって、身動きがとれなかっただけだ。そのすべてを呑みくだすときが来た。

ぼくは腕いっぱいの雪で穴を塞ぎ、軽く叩いた。天気や野生動物からルーシーを守るには、これで十分なはずだ。可哀そうなルーシー、こんな目に遭うようなことは何もしていないのに。ここに来たのはマイケルを取り戻すためだった。カニンガムのひとりでありつづけたかったのだ。だからここに来た。マイケルとは離婚していたにせよ、ルーシーは家族だったのに、ぼくらは彼女を家族として扱わなかった。週末の前半は無視され、マイケルが死ぬと、あなたのせいだとオードリーに責められた。しかも、ぼくらは誰ひとり、屋上に行くルーシーのあとを追わなかった。彼女はひとりぼっちで死んだのだ。まったく、家族が聞いて呆れる。だが、流れるそばから涙が凍ってしまう場所では、泣くこともままならない。

手のひらを空に向けて雪の吹《ふ》き溜《だ》まりから突きだした手には、まだ結婚指輪がはまっていた。それを外して大切にしまうのがいいのか、そのままにしておくべきか、どちらがルーシーに敬意を表することになるのだろう。結局、ぼくは凍った指と格闘したくないという結論をくだし、雪をすくってその手も覆った。それからニット帽を取り、頭蓋に突き刺さるような寒さをこらえて、ロッジの横壁に立てかけてあるスキーポールを拝借すると、それを雪に突き刺し、帽子をかぶせた。吹雪がやんだら、ルーシーを見つけられるように。「ちゃんと迎えに来るよ」ぼくは仮の墓に約束した。誰かがぼくに腕をまわしたが、吹雪のせいでその姿さえ見えなかった。

ぼくらは全員ゲストハウスのなかに入った。ここを立ち去る前にシャレーに行き、例の金を持ってこなくてはならない。マコーリー夫妻について訊くために、どうすれば母とふたりきりになれるかも考える必要があるが、いまは何もかもどうでもいい。とにかくここを出ていきたかった。暖まって、どこかで鎮痛剤をもう一錠手に入れたい。依存症になるというのは、きっとこういう気持ちなのだろう。頭痛と手の痛みを鎮めるためなら、バッグごとあの金をくれてやってもいいとさえ思いながら、ぼくはみんなのあとについて、足を引きずるようにして食堂に入った。

エリンはずっとなかにいたことがわかった。ジュリエットが家に帰したスタッフに代わって、ぼくら全員にランチを作っていたのだ。ぼくは心から感謝して鶏肉《とりにく》入りのコーンスープを受けとると、ソフィアがひとりで座っているテーブルに行き、隣に腰をおろした。誰かがここを出ようと説得するため、母を探しに行った。食べる前に、ぼくはスープの上に顔を突きだし、鼻に感覚が戻ってくるまで湯気で顔を温めた。

「灰はなかった」スープを少し飲んでから、首を振りながらソフィアに告げた。「ほかのふたりとは違う」

ぼくが何を訊こうとしているかを察して、ソフィアは顔をしかめた。「さぞたくさんの骨が折れたでしょうね」

ソフィアは食堂のドアから入り口を見て、階段を目でたどった。がたがた揺れる雪上車では、ジュリエットが仄めかした恐ろしい可能性などありえないと思ったが、まったく、われながらとんでもない読み違いをしたものだ。アンディでさえ、この吹雪のなか出ていくのは自殺行為だと言っていたのに。ソフィアから身元不明の死体の写真を見せられたルーシーは、マイケルが実際にどんな目に遭ったのかを目の当たりにした。マイケルが乾燥室に隔離されたのは自分の責任だと感じていたルーシーには、それが追い打ちになったのだろう。ルーシーは、母がクロフォードに詳細を問いただす前にバーを出ていったのだ。みんなが最後にルーシーを見たとき、彼女は打ちのめされ、階段を上がっていくところだった。ジュリエットは、ぼくが考えたようにルーシーが逃げたと思ったわけではなく、吹雪のなかで凍死する前に見つけなくてはと焦っていたのだが、ルーシーは吹雪のなかに出ていく必要はなかった。十分な高さのある屋上がすぐ近くにあったからだ。

乾燥室には鍵がかかっていなかったこと、マイケルが死んだのは彼女のせいではないことを、誰ひとりルーシーに教えてやらなかったせいだ。そう思うと悲しみが胸を満たした。

この本のタイトルは嘘ではない。ぼくの家族はひとり残らず誰かを殺したことがある。ただし、自分以外の人間を殺したとはかぎらない。

36

母がこの年になってもベッドの支柱に自分を鎖で繋ぐだけの元気があるとしたら、一九七〇年代には、ずいぶんたくさんの人を苛立たせたに違いない。ぼくらが一時間ほどかけて食堂の中央にバッグやスーツケースを積みあげていると（ぼくは吹雪のなかに再び出ていき、札束入りのスポーツバッグをキャリーケースに押しこんだ）、マルセロがやってきて首を振った。残っているなかでいちばん近しい間柄とあって、キャサリン叔母とぼくは半ばやむなく、三階に行く任務を志願した。母は枕を背にあてて上体を起こし、片方の腕をベッドの支柱に手錠で繋いでいた。まぬけなクロフォードの腰から手錠をひったくったのだ。抗議しているにしては、ベッドの上で快適そうだ。

暗黙の了解のもと、ぼくよりも憎まれていないキャサリン叔母が片手を差し伸べた。

「子どもみたいな真似はやめなさいよ、オードリー。鍵はどこ？」

母は肩をすくめた。

「雪上車を運転してきた人が、いまなら私たちを送ってくれるんですって。このチャンスを逃すと、ここから出られなくなるの。義姉さんはみんなを危険にさらしているのよ」

「だったら、行きなさいな」

「ばかなことを言わないで。義姉さんをここに残していけるわけがないでしょう？　吹雪がもっとひどくなったらどうするの？　家族のことはどうでもいいの？　人が死んでるのよ」

「殺人鬼は山を下りる一団のなかにいるんじゃないかしら。マイケルをここに残していくのはいやよ」

「お天気が回復したら、ここに戻ってきて、運びましょう」

マルセロがぼくらの後ろをうろうろしていた。おそらく、さきほどキャサリン叔母と同じような理由で説得し、失敗したのだろう。苛立ちを募らせ、叔母の声が徐々に甲高くなっていく。理性的な説得はあきらめ、〝自分勝手〟〝石頭〟〝無分別〟などと罵りながら、支柱を外そうと引っ張りはじめた。普段なら、母を〝性悪女〟などと呼べば修羅場になるが、オードリーはただ顔を背けただけだった。マルセロが顔をしかめたのをみると、この方法もすでに試し済みだったようだ。

「ねじ回しが必要だわ。いえ、待って」キャサリン叔母は目を細めてベッドの枠を見た。

「六角スパナね」叔母がマルセロに言い、うんざりして支柱から顔を戻した。「ひと晩四百ドルも取るのに、イケアのベッドだなんて」それからオードリーを脅した。「抱えてでも連れていくわよ」

そこを離れられることにほっとして、マルセロが道具を探しに行った。

「息子が死んだのよ」オードリーは言った。「ここに残していくのはいや」

ソフィアとクロフォードが殺人について説明していたとき、たしかバーでも母が同じことを言っていたのを思い出し、ぼくは頭に血が上った。ここに来て以来、ぼくは自分もカニンガムのひとりだとみなしてくれるよう懇願してきた。身元不明の男の死より、マイケルとの再会よりも、ぼくにとってはそれが重要だった。犯人を突きとめるのは、正義うんぬんより、ぼく自身を証明するチャンス、母にぼくがカニンガムの名前を名乗る価値があると訴えるチャンスだったのだ。だが、母はマイケルの死がどれほど悲しいかは何度も繰り返すものの、同じ家族の一員だった女性が、外の雪のなかで死んでいることなど一顧だにしない。苗字や離婚とは関係なく、マルセロはルーシーも家族の一員だと認め、全員が避難するか、ここに残るかだと言った。ところが母は、何よりも家族だけが大切だと主張するわりには、家族が実際に何を意味するのかさえわかっていないようだ。

「あんたの息子？」ぼくは思わず叫び、母とキャサリン叔母を驚かせた。あとでマルセロが言うには、廊下のずっと先まで聞こえたそうだ。どうやらぼくは、思ったよりも怒りを溜《た》めこんでいたらしい。「あんたの息子だって？　だったら、ぼくの義姉はどうなんだ？　あんたの娘じゃないのか？　義理というのはただの言葉だよ。ルーシーは外の雪のなかに埋まってる。あんたが追い詰めたから死んだんだ。あんたがマイケルの死を、ルーシーのせいにしたから。ルーシーだって、マイケルと同じように死んでる。それなのに、息子のことしか考えられないのか?」

「アーニー」キャサリン叔母がぼくの前に立とうとしたが、ぼくは激怒して母に詰め寄った。母はたじろぎもしなかった。

「いや、叔母さん、ぼくらはこの人を長いこと甘やかしすぎたんだ」ぼくは母に顔を向けた。「あんたは自分が傷ついたことしか頭にない。ほかの人間はどうでもいいんだ。あんたの夫が死んだせいで、大変な思いをしてぼくらを育てることになった。あんたの家族にぼくがしたことのせいで、ぼくを家族から追いだした。だけど、カニンガムはぼくの家族でもある」怒りが収まったわけではないが、ぼくの口調は少し穏やかになった。母の気持ちが理解できたからだ。ぼくはベッドに腰を下ろした。「辛かったのはわかってる。父さんが死んだあと、何もかも自分ひとりでやるしかなかったから、母さんはカニンガムとして生きはじめた。みんなが父さんを悪党だと思っていたから、それに対処するために内にこもり、自分なりに家族を守らなくてはならなかったこともわかってる。だけど、そのせいで母さんは、ほかの人たちが母さんにつけたレッテルどおりに生きはじめた。カニンガムという名前には、母さんが思ってるような意味はないよ。ぼくは知ってるんだ」自分でも驚いたことに、ぼくは母の手を取っていた。母は逆らおうとはしなかった。「父さんが死んだとき何をしようとしていたか、知ってるんだ」

母の目は虚ろだったが、きつく歯を食いしばっている。その表情からは、脅されていると感じているのか、理解されたと感じているのか読みとれなかった。ぼくは母の目を見つめつづけた。自分から目をそらしたら負けだ。

「知ってるの？」

「レベッカ・マコーリーのことも知ってるし、父さんがその子の誘拐に関わった人間、おそらくレベッカを殺害した犯人を示唆する写真を撮ったことも知ってる。アラン・ホルトンが悪徳警官だったことも。ぼくが兄さんより警察の味方をしたことで、母さんがひどく傷ついた理由もいまならわかる。母さんの視点から物事を見られるようになるのに、ずいぶん長くかかったけどね。母さんが一昨日の夜、仮病を口実に夕食会を中止して、レベッカの両親に会いに行ったことも知ってる。あのふたりに家に帰れと告げたことも」ぼくはマコーリー夫妻から聞いたとおりに話した。「母さんはふたりを脅したんだってね。ほかにも子どもがいるのか、その子どもたちには子どもがいるのかと訊いたそうだね。あのふたりは子どもを失ったんだよ。レベッカの身に起きたことを脅迫の種にするなんてひどすぎるよ」

「私は脅したりしていないわ」母は静かな声で言った。「どんなリスクがあるかを説明しただけ」

「それくらい、ふたりともわかってるさ。彼らは娘を失ったんだ」ぼくは深く息を吸いこみ、自分の推理を思いきって口にした。「母さんがジェレミーを失ったように」

「何も知らないくせに」母は食いしばった歯のあいだから言葉を押しだした。

「シヴォーン・マコーリーは」ぼくは口早に続けた。「この二十八年、探偵を雇っていなかったと言っていた。いやに具体的な数字だよね。レベッカが誘拐されたのは三十五年前だから、七年の誤差がある。これは母さんがジェレミーの葬式を出さなかった年月と同じだ。七年。とても偶然とは思えない。このふたつが同じ数字になったのには理由がある。七年というのは、失踪者が法律で正式に死亡したとみなされるのにかかる年月だ」

「なんの話なの、アーニー」キャサリン叔母がぼくの肩越しに尋ねた。

母は顎を震わせてぼくを見つめているが、何も言わなかった。

「母さんはもうひとつ、口を滑らせた。この前図書室で話したときに」ぼくはキャサリン叔母の質問を無視し、母を見返した。「ぼくら家族が、父さんがしたことの代償を払わなくてはならなかった。だけど、父さんはぼくらに闘う武器を残してくれなかった、と言ったね。正確には、〝銀行にも何もなかった〟と言ったんだ。預金のことかと思ったけど、違うんだろう？　母さんは写真のことを知っていたんだ。それが母さんの言う武器だった。セイバーズが、さもなければセイバーズがかばっている人間が、殺した父さんから写真を見つけられなかったとしたら、母さんが持っていると思うのは当然だ。だから彼らは母さんの勤めている銀行を襲ったんじゃないの？　父さんがそこに貸し金庫を借りていると思って」

「あなたにはわからない。彼らは写真を手に入れるためならなんだってしたわ。でも、ロバートの写真はどこにもなかった。いっそ誰かが見つけてくれればよかったのに。〝俺が死んだ場合は、これを新聞社に送ってくれ〟と書かれた黄ばんだ封筒を。何かの手がかりを。なんでもいい、何かを見つけてくれればよかった。心からそう思ったわ。あのいまいましい写真を見つけようと、私はあらゆる場所を探した」

「でも、セイバーズは銀行から空手《からて》で戻ったわけじゃなかった。写真は見つからなかったけど、屋上の駐車場から逃げるとき、自分たちの役に立ちそうなものを見つけたんだ。車のなかにいる子どもたちを。そして母さんが写真を持っていないことを確実に知る方法を思いついた。担保だよ。母さんが写真を持っているとしたら、一瞬で差しだすに違いない担保だ。彼らが子どもを連れ去ることに、なんのためらいも感じなかったのはすでにわかっている。レベッカがその証拠だ。七年だよ、母さん」

　母はあきらめて、うなだれた。

「彼らはジェレミーを車から連れ去ったのよ」母は囁くような声で言った。ぼくの後ろでキャサリン叔母が鋭く息を呑む。そのあとに続く沈黙のなかで、ぼくは母が続きを話す心構えができるのを待った。母は俯いたまま続けた。「アラン・ホルトンは彼らの伝言係だった。欲しいのはお金ではなく写真だ、と言ったわ。警察に話すことはできなかった。ロバートとレベッカが死んだのは、ハンフリーズという女刑事のせいだもの。それにホルトンは警官でもあったのよ。だとしたら、警察にはほかにも仲間がいるかもしれない。私はあなたとマイケルを守らなくてはならなかったの」

「でも、捜査は行われたんだろう?」ぼくは低い声で続きを促した。少しでも大きな声を出せば、告白する気になった母の気持ちが変わるかもしれない。誰も、身じろぎひとつしなかった。キャサリン叔母は手錠の鍵を探すのをやめていた。

「もちろん。ただ、警察は行方不明として扱ったの。警察も加担していたのかどうかはわからない。でも、ジェレミーが車を出て、あなたとマイケルのために助けを求めに行ったようにも見えたのよ。私は行方不明という筋書きを受け入れたふりをするしかなかった。私の額は車の窓ガラスを割ったときに切れたんじゃない。あの窓はすでに割れていたの。五歳の子がそんな遠くに行くはずがない、警察はそう言いつづけ、何日かすぎると〝遠くへ行けない〟が〝これほど長く見つからないのはもう死んでいるからじゃないか?〟に変わった。警察の捜索で見つからないことは、最初からわかっていたわ。そのあいだも、ホルトンは私に写真のことをしつこく訊きつづけ、私は持っていない、見つからない、と言いつづけた。ホルトンは私の言葉を信じると言い……」顔を上げた母の目は赤くなっていた。「自分は信じるが、あんたが本当に写真を隠していないことを確かめるには、これしか方法がないんだ。セイバーズは確実に知らなくてはならない、と言って……」

母の言葉が途切れた。だが、何を言おうとしているかは明らかだ。母が写真を隠していないことをセイバーズが確実に知る唯一の方法は、ジェレミーを盾に脅迫しつづけることだ。さらに彼らは、ひと言でもしゃべれば、残ったふたりの子どもも同じ目に遭わせるぞ、と脅したに違いない。ジェレミーもべつの警察官の棺に隠され、埋められているのかと思うと、吐き気がした。そもそも、ぼくが棺のなかで見つけた子どもの遺体がレベッカかどうかもはっきりわかっているわけではないのだ。

「ぼくは警察の味方をするつもりはなかったんだよ、母さん」ぼくが父と同じ過ちをおかしたという母の言葉を思い出し、少しだけその意味がわかったような気がした。それまではただ重ねられていただけの母の手が、ぼくの手を握りしめた。「正しいことをしようとしていたんだ。でも、法的に正しいことと、カニンガムの正義は違うことだったんだね。母さんがそんな犠牲を払うはめになったなんて知らなかった」

小説やテレビで主人公が警官を演じるのは観ていてスカッとするが、現実の世界では、ヒーローが両手を高く上げ、勝利を宣言する裏で、カニンガムのような脇役が割を食い、苦痛に堪えるはめになる。父は〝正しいこと〟をしようとして、命を奪われた。金持ちの夫婦は子どもを奪われたかもしれないが死ななかった。出世したくて父に危ない橋を渡るよう強いた刑事も、なんの罰も受けなかった。だから母にとっては、もはや正義も悪も存在しなかったのだ。存在しているのは、家族と、家族以外だけ。結局のところ、母は家族が何を意味するか、わかっていたのかもしれない。ぼくは母の手を握り返した。

「マルセロは知ってるの？」

「あとになってから」

「私には話してくれなかったのね」キャサリン叔母が言った。除け者にされたのを怒っているのか、ぼくに訊かれる前に何も知らなかったことをアピールしているのか判断がつきかねた。

「あの朝のことは、ほとんど覚えていないんだ」ぼくは叔母にはかまわずに言った。

「まだ小さかったもの。頭のどこかには残ってるでしょうけど。でも、私が言ったことを事実だと信じたんだと思う。私はあなたも含めてみんなに、ジェレミーは車のなかで死んだと言ったのよ。キャサリン、あなたにもね。それがいちばん簡単だったから」母は叔母にそう言うと、ぼくに顔を戻した。「疑問や疑惑が生じたりしたら、ホルトンがあなたかマイケルを誘拐するかもしれないと心配だったの。正直に言うと、自分が責められるのはどうでもよかった。ひどい皮肉だけど、セイバーズが窓ガラスを割ってジェレミーを連れだしていなければ、あなたたちは三人とも死んでいたかもしれないんだもの。だから、私はどんなに非難されても仕方がないと思ったの」

「そして七年後、マルセロの手助けで法的な手続きをすませ、葬式を出した日の夜、マルセロに打ち明けたんだね？」

「ええ。マルセロは手続きをして、ロバートの遺言を確定してくれた。あなたに言わなくてはいけないことがまだいくつかあるけど、いまはだめ。まともに頭が働かないの。山を下りましょう。手錠の鍵は聖書のなかよ」

　キャサリン叔母が小卓の引き出しをかきまわし、聖書を取りだす。手早くページをめくると、小さな銀色の鍵が見つかった。叔母が手錠をベッド枠から外し、母は立ちあがるのに手を貸そうとする叔母の手を払い、ぼくに手を伸ばしてきた。ぼくは前かがみになって、立ちあがる母に肩を差しだした。母の重みがずっしりと肩にかかった。

「私はただ、マコーリー夫妻に警告したかっただけよ。セイバーズの連中は子どもを殺すことをなんとも思っていない。身代金も担保も、あの連中には関係ないの。脅迫だと思われたのは残念だわ」

　ぼくは何も言わず母を抱きしめ、わかったという気持ちが伝わることを願った。ここを立ち去ることができるのが嬉しかった。山を下りてしまえば、やがて傷は癒えるはずだ。

　母の話でかなりの謎は解けたものの、まだ厄介な疑問がぼくを悩ませていた。

　レベッカ・マコーリーがセイバーズの唯一の犠牲者ではないとしたら、棺のなかの遺体がレベッカのものだと言い切れるのか。それに、アラン・ホルトンは母が三十五年前どうしても見つけられなかったものを、どうやって手に入れたのか？

母の荷造りを手伝うと言うキャサリン叔母に、階下で落ち合おうと告げ、ぼくは膨れあがる疑問を抱えてマルセロを探しに行った。が、二階にある図書室の前を通り過ぎたとき……ふとあることを思い出した。奥にある暖炉では、まだ薪が燃えている。汗がにじむほど暖かい空気が頬に触れた。それとも、この熱は自分の体のなかから這いあがってくるのか？　ぼくの直観は、まだ完全な形ではないが様々な謎がひとつにまとまりかけていると告げていた。棚には黄金期のミステリーが並んでいる。母はメアリ・ウェストマコットを間違った場所に戻していた。Wで始まる著者の棚に。それをCの棚に戻すと、ぼくは背表紙に親指を走らせ、タイトルにざっと目を通した。無意識にこの事件の大団円をもたらすヒントを探していたのかもしれない。ノックスは、探偵たる者、簡単にあきらめてはいけないというルールを定めてはいなかったが、目の前に並んでいる本のすべてが、探偵は簡単にあきらめ、うなだれて山を下りたりしない、と暗に伝えてくる。

だが、これらの本に登場する探偵のほとんどは、ぼくよりも賢い。背中についている操り糸を引いてくれる著者もいなければ、著者に授けられた素晴らしい直感力もないぼくには、ノックスたちの作家クラブに加えてもらう資格はなかった。唯一確かなのは、何かを見落としていることだ。たぶん、何かちょっとしたことを。そしてこの種の本では、常にひとつの事実がすべての謎を解き明かす。しかもそれがほんの些細な事実であることが多い。ぼくは何かを見落としていた。この場にシャーロック・ホームズ風の古い虫眼鏡があれば……あるいはルーペが。

そう思ったとき、一気に謎が解けた。

推理小説では、消去法によって推理がなされるとき、目を引くような比喩的描写が使われることが多い。たとえば、探偵が座って考えを巡らせていると、頭のなかのジグソーパズルにゆっくりとピースがはまっていくとか、火花が散るように何事か閃くとか。ドミノのようにひとつが明らかになると次々に謎の答えがわかっていく。あるいは、暗い廊下を躓《つまず》きながら歩くうちに、ついにスイッチが見つかるとか。いずれの場合も、多くの情報を考えているうちに、それが突如として流れ落ちる滝のような発見に繫がり、〝わかったぞ！〟という瞬間が訪れるのだ。言っておくが、現実はそこまでドラマティックではない。ついさっきまで答えがわからなかったが、次の瞬間気づくだけだ。ぼくは自分が気づいたことを確認するため暖炉に近づき、確信を持った。

謎解きに至る手がかりは、すべて読者にも知らせねばならない――ロナルド・ノックスの機嫌をそこねないために、このルールに従うとしよう。ぼくが謎解きに必要とした手がかりを挙げておく。メアリ・ウェストマコット、五万ドル、ぼくの顎、ぼくの手、スカイロッジのライブカメラ、ソフィアの医療過誤訴訟、ブリスベンの私書箱、指で銃を作り自分の頭に突きつけたルーシー、ふたりの遺体が入った棺、嘔吐、スピード違反の切符、ハンドブレーキ、ルーペ、理学療法、不可解な襲撃、寒さに震えながらも妻の言いなりになる夫、〝ボス〟、上着、足跡、そわそわしながら待っていたルーシー、ネズミ講、痛む足の指、ぼくのシャレーの電話、窒息しそうになるぼくの夢、兄がすっかり平和主義になっていたこと、F-287、勇気を称える勲章を授かった死んだ鳩。

スーツケースを引きずる騒々しい音とともにキャサリン叔母が階段を下りてきて、スーツケースと母を従えて立ちどまった。だが、ぼくのほうが先に口を開いたので、〝手を貸して〟と頼むためか、〝ぼやぼやしてないで〟と叱るためだったのかは、わからずじまいになった。

「みんなを集めてくれない？」ぼくは叔母に頼んだ。「話したいことがあるんだ。いくつか訊きたいこともあるから、全員に集まってほしい。それなら、誰も逃げだせないしね」

ぼくの真剣な口調を聞きとったらしく、キャサリン叔母はうなずいた。「どこに？」

ぼくは本棚と、薪がはぜている暖炉、豪華な赤い革張りの椅子を見まわした。「この話が映画になるとしたら、図書室を使わなきゃハリウッドが激怒するな」

37

マルセロと母は玉座に就く王と王妃のように革の椅子を占領した。週末をカニンガム一家と過ごし、〝安全な距離〟という表現の意味を学んだらしく、クロフォードとジュリエットは奥にある暖炉の両側に立っている。キャサリン叔母はオードリーの椅子の背に片方の腕を載せて立ち、アンディはサイドテーブルに座った。もっとも、華奢なテーブルに体重をかけるのが不安なのか、重心を前にかけ、体重のほとんどを足の裏で支えている。ソフィアは床に座った。昨日外の階段の上にいたときも思ったが、まるで結婚式の集合写真のようだ。今回は式の夜遅く、ほとんどの人々が帰宅したあと、ほろ酔い加減で鼻を赤くし、服装も少し崩れて、潰れた手を鍋摑みに入れた面々の集合写真だ。十戒その一により無実であるギャヴィンは目こぼしされ、雪上車にぼくらの荷物を積みこんでいる。罪を暴かれた犯人は必ず逃げようとするから、ぼくは戸口を塞ぐように立った。

すべての謎を解いたという高揚感は少し冷めていた。どういう形で話せば、みんなに納得してもらえるか、それを考えなくてはならない。どこから始めようか？　この部屋には人殺しがたくさんいるが、殺人鬼はひとりだ。

「それで？」マルセロが口火を切った。好奇心に駆られ、早く聞きたがっている。よし、とぼくは思った。マルセロに損な役回りを押しつけるとしよう。

「ぼくらがここに来た本当の理由を、はっきりさせる潮時じゃないかな」ぼくはポケットからGPSを取りだし、マルセロに向かって投げた。

マルセロはそれがなんなのか気づくのに、少し手間取った。それから、どこで手に入れたか訊こうとして、雪のなかでぼくと会ったとき、自分の車の壊れた窓の前で拾ったものだと気づいた。

「ギャヴィンの新たな出資者というのは、あなただね。このなかでそこまで金があるのはあなただけだし、そうじゃなきゃ、ソフィアよりも寒さが苦手なのに、ここで週末を過ごす案に同意するはずがない。ずっと寒さに文句を言ってたよね。キャサリンがシャレーを予約したのをあれほど怒った理由も、それだ。あなたはゲストハウスを見たかったんだ。ギャヴィンがこの建物を壊したがっていると知って、どんな部屋か自分の目で見て、残す価値があるかどうか決めたかったんでしょう？」

「ああ、滞在中ビジネスの話を進めていたのは確かだ。キャサリンが予約したときに、ここが売りに出ているのに気づいたのだよ。それが問題かな？」いつも非難する側のマルセロは、突然非難されたことに動揺し、早口で自己弁護した。それの何が悪い、とばかりに胸を怒りに膨らませている。

「問題じゃないよ。だけどあなたは、オードリーの具合が悪いから夕食会を中止にする、とみんなに嘘をついた。母さんに頼まれたんだね？　でも、その母さんが、ギャヴィンと会うことにしたあなたに同行したがったのを、おかしいとは思わなかったの？」母は、リゾートを立ち去るようマコーリー夫妻をうまく説得できた場合に備え、マイケルに告げるアリバイを用意したのだ。自分の具合が悪かったことは、マルセロが肯定してくれる。それに夕食会も逃れられる。

マルセロは疑いもあらわに妻を見ると、ややあって咳払いした。「私は誰も殺していないぞ」

「いや、それも嘘だ」

「マイケルには触れてもいない。ルーシーにも。あるいは雪のなかで死んでいた男にも」

「彼らを殺したとは言ってないよ」

「では、どういうことだ。私が誰を殺したというんだね？」

「ぼくさ」

継父（再び）

38

思い出してもらいたい。ぼくが湖に沈んだとき、水は心臓が止まりそうなほど冷たかった。ジュリエットは人工呼吸でぼくを蘇生させなくてはならなかったのだ。厳密に言えば、ぼくは一度死んだことになる。

「ぼくらが知っていることを振り返ってみよう。マイケルがアラン・ホルトンという男を殺したことは周知の事実だ。ぼくらのうち何人かは、アラン・ホルトンがぼくの父、ロバートを撃ち殺した男だということも知っている。だけど、父が、警察のために潜入捜査をしていたせいで殺されたことを知っている人間は一握りしかいない。父の最後の情報、ハンフリーズという刑事に宛てた父の最後のメッセージは――」

「待って、いまハンフリーズって――」エリンがすばやく情報を繋ぎ合わせ、口を挟もうとした。ハンフリーズという名前を聞いて、それがブラック・タングの被害者のひとりだと気づいたのだ。

ぼくはにっこり笑って釘を刺した。「言ったよ。順番に話すから、待ってくれ。父が最後に遺したのは、殺人の証拠となる写真だった。この殺人についてはあとで詳しく話すけど、ホルトンとオードリーが必死に探したにもかかわらず、その写真はついに見つからなかった。ところが三年半前、ホルトンが突然それを手に入れ、売りに出した。マルセロ、あなたはぼくがそれに関して突きとめるのを邪魔しようとした」

マルセロは、こすれた革が耳障りな音をたてるほど椅子の肘掛けをきつく摑んだが、何も言おうとしない。ぼくが知っていることをすべて話すのを待っているのだ。はったりをかましている場合に備え、ぼくの知らないことまで教える必要はないと、焦って口を挟まないようにしているのだろう。だが、それは関係ない。ぼくは自分が正しいことを知っている。

「マルセロ、父とハンフリーズの取り決めをお膳立てしたのはあなただった。そのせいで父が死んだのを間近で見ていた。それにジェレミーの死亡を正式にする手続きを手伝ったあと、母さんからセイバーズがジェレミーに何をしたかも聞いた。つまり、あなたはマイケルが手に入れた情報が、それを持っている人間にとってどれほど危険か知っていた」部屋にいる人々のほとんどは、ぼくが何の話をしているのかさっぱりわからなかったに違いないが、ぼくはマルセロだけを相手に言葉を続けた。「マイケルが運転してきたトラックと、マイケルの汚れた手を見たとき、あなたはマイケルが何かを掘り起こしたことに気づいた。それがレベッカ・マコーリーに関係があるに違いないと最初から当たりをつけていたんだ。具体的に何かはわからなくても、昔父が死んだのと同じ理由で、次々に人が死ぬのではないかと不安に駆られた。だから、マイケルが持っているものを始末してしまいたかった」ぼくはひと息入れて続けた。「だけど……自分のしたことを隠すためじゃない。兄さんを守るためにしたことだ。そうだろう?」

マルセロはさらに椅子に身を沈めた。「きみに怪我をさせるつもりはなかった。ただあのトラックが丘の斜面を下っていくのを願っただけだ。事故のように見えると思った。あれは古い型だったから、ハンガーを窓から通してロックを解除し、ハンドブレーキを外したが、キーがないのでエンジンをかけられなかった。そこで熱いコーヒーをタイヤの下にこぼして雪を溶かしたんだ。だがクロフォードが小屋からきみたちを追いだそうと走ってきたので、トラックを斜面に押しだす前にその場を離れなくてはならなかった」

この説明に、頭のなかで〝雪の上に茶色い染みがあるから、ブレーキオイルが漏れたのかもしれない〟とエリンが言う声がよみがえり、後部のドアの縁にコーヒーカップが置いてあったことを思い出した。

「荷台に乗りこみ、なかで跳ねまわる人間がいるとは思いもしなかった。きみの手のことは申し訳ない。だが、誓って、私はトラックの荷台に何があるか、きみが知るのを防ごうとしただけだ。そもそも、何があったのかすら知らんのだよ! 昨日の朝、死体が見つかったから怖くなったんだ。しかも、きみがハンフリーズのことを訊いてきた。何かが起こる予感がして、誰もそれに関わらずにすむことを願っただけだ。犯人が誰にしろ、秘密が暴かれる恐れはない、彼らは安全だと思ってもらいたかったのだ。私はただ、終わってほしかった。命を懸けてもいい、本当のことだ」

「または、ぼくの命を懸けて、だね」

「だから、きみが目を覚ますまで待っていた」マルセロは、人を殺したと責められたときよりも、自分の優しさを明らかにされたことに当惑しているようだった。「もしもあのまま意識を取り戻さなかったら……途方に暮れていただろうな。すまなかった」

「なあ、いったいその、レベッカ・マコーリーというのは誰なんだ?」アンディが小学校の生徒のように、片手を挙げて尋ねた。「これは、あの老夫婦と金に何か関係があるのか?」アンディはおずおずと部屋を見まわした。「なんだ?　ちんぷんかんぷんなんだから、仕方ないだろ!」

「ごめん、先を急ぎすぎたようだ」マルセロはこのくらいで許してやるとしよう。「繰り返すけど、ぼくらはここになんのために来ているんだっけ?　久しぶりの再会?　だろうね。幸せな大家族になるための」ぼくは皮肉たっぷりに言った。「だけど、ぼくらがここに来たのは、誰かがこの宿を選んだからだ。そうだろう、叔母さん?」今度はキャサリン叔母に目を向ける。「叔母さんはわざと人里離れた場所を選んだ。簡単に抜けだせない場所を。そして返金不可だと繰り返し、ぼくらはここに留まるべきだと何度も口にした。だけど、ぼくらがここを立ち去るべきじゃないと頑固に言い張ったのは、返金だけが理由じゃないだろう?」

「みんなの前で言わないでよ、アーニー」キャサリン叔母はぼくをたしなめた。が、とくに後ろめたそうでもなければ、脅すようでもない。思いやりのこもった口調だった。「やめてちょうだい」

「これが間違いなら、ほかのことも全部道理が通らない。何もかも明らかにするときがきたんだ。叔母さんは身元不明の男が死んだ夜、ソフィアのシャレーにこっそり入った。叔母さんかアンディのどちらかが。どっちでも同じことだけど、便宜上、叔母さんだということにしようか。ぼくは最初、ソフィアのシャレーに入りこんだ人間がライブカメラには写っていないのは、とてつもなく運がよかったからだと思っていた。あのカメラは三分ごとにシャッターが下りる。だから、写らないようにするには、タイミングを計って意識的にシャッターが下りる瞬間を避ける必要があるんだ。もちろん、叔母さんのことだから、週末の天候を確認したよね。このなかでは、叔母さんがいちばん几帳面《きちょうめん》だ。家を出るまでに五十回はカメラの映像が載っているウェブサイトを見たんじゃないかな。つまり、叔母さんはあのカメラがあることを知っていて、それに写らずに歩きまわることができた」

キャサリン叔母は後ろめたそうにアンディと目を見交わした。

「なぜソフィアの部屋に入ったのか? そこにある何かを探していたんだ。で、それが見つかると、報告のためにアンディに電話をかけた。時間を訊くためだったのかもしれないな。ライブカメラのシャッターがいつ下りたかわかれば、写真に写りこまずにすむから。でも、ぼくらがシャレーを取り替えたのをうっかり忘れ、アンディではなくぼくの部屋に電話してしまった。問題は、叔母さんが何を探していたか、だ」ぼくは鍋摑みをつけた手を上げた。「あの錠剤、ものすごく効くね。たしかオキシコドンだったよね？」

　キャサリンは謝るようにソフィアを見た。

「叔母さんは鎮痛剤を飲まない。自分がほかの人に与えた苦しみへの償いだと思っているから、事故以来、一度も飲んでいない。それに、叔母さんはそう簡単に自分が決めたことを破る人じゃない。それなのに、なぜ強力な鎮痛剤を持っていたの？　ぼくにはとてもありがたかったけど、あれは叔母さんのものじゃなかった。オキシコドンは強力だし、病院で手に入れるのはそれほど難しくないから、依存症になる医者があとを絶たない薬だ」ぼくがボトルを振ると、なかの錠剤が非難するような音をたてた。

「ソフィアのシャレーから盗んだの」叔母は言った。「返金なんか、どうでもいいのよ。私たちは予定を切りあげて、早めに発《た》つことはできなかった。だって、ソフィアは丸四日ここにいる必要があるんですもの。薬を抜くために」

　みんながいっせいにソフィアを見た。青ざめ、疲れ果てた顔のソフィアが、恥じるようにうなだれる。

「薬が抜けるにつれ、ソフィアはどんどん具合が悪くなっていった。手が震えるのも離脱症状のひとつだ」ぼくは、ソフィアがバーでコーヒーカップを置くたびに音をたてていたのを思い出した。「しょっちゅう吐いていたし、顔色は悪いし、昨日の朝からは汗をかいてる。思うに、きみはいわゆる高機能依存症なんだね、ソフィア。結局のところ、きみは働きつづけていたわけだし、手術も執刀できたわけだから。そしてきみ自身が言ったように、医者はスポーツ選手のような血液検査を受けることはないし、患者が死んでも、血液検査は必須じゃない。だけど、例の手術が失敗したあと、きみは怖くなった。そしてきみが恐れていた事態とは違うが、バーでワインを一杯飲んだという理由で、調査が入ることになった。理由はともかく、調査されるのは脅威だった。検視官はパターンを探すからだ。もしかしたら、ほかにも些細なミス、誰もが日常おかすようなミスがきみのまわりで起こっているかもしれない。雪の一片のように、ひとつひとつはなんの害ももたらさないが、それがまとまると、ひとつの説が形を取りはじめる。だから叔母さんに相談した。症状はひどくなるばかりだし、これまでより細かく観察され、検視医に血液検査を要求されれば薬物依存だとわかってしまうから」ぼくは言葉を続けた。「来週、オキシコドンが体内にある状態で出廷したら、裁判で勝てる見こみはないだろうな」ぼくがマイケルの弁護士もどきの役目をどう果たそうかと思案しているとき、ソフィアは冗談交じりに来週時間がとれるかと訊いたことで、出廷が一週間後であることをうっかり明かしたのだ。「この週末は薬を抜く最後のチャンスだった。だから、叔母さんは何かというとソフィアに噛みついていたんだね。最初の朝食のとき、ソフィアは医者じゃないとまで言い切ったのは、前の晩、シャレーを探してオキシコドンを見つけたからだった。ソフィアが自分に隠して持っていたことに腹を立てていたんでしょう、叔母さん？　それだけじゃない、薬を抜くことに、ソフィアの医者としての経歴がかかっていることを理解させ、怖がらせたかったんだよね。叔母さんはマルセロにもソフィアに手を貸すな、と頼んだ。マルセロが裁判で弁護するのを拒否したのは、そのためだ。もちろん、必要とあれば弁護するだろうけど。でも、この週末は、ソフィアを震えあがらせて、心を入れ替えさせる必要があった。叔母さんは、ぼくにもソフィアを疑わせようとしたよね。ソフィア本人に、自分しか頼れるものはいないとわからせる必要があったからだ」

マルセロは優しい目で、すまなそうにソフィアにうなずいた。この結論をもたらしたのは、マイケルの面倒は見たのに、ソフィアを助けないなんてひどいとぼくが非難したとき、マルセロが口にした言葉だった。マルセロはあのとき口ごもりながら、〝必ずしも真実ではない〟と答えた。ソフィアによれば、父と母も昔キャサリン叔母に同じ方法を使ったという。きっぱりした態度で叔母に手を貸すのを拒否した、と。マイケルも、ルーシーの財政問題に対処するにはそうするしかないとキャサリン叔母に助言されたと言っていた。

「鎮痛剤のことだけど、叔母さんは誰も使えないように車に置いて鍵をかけたよね。でも、ソフィアは――」ソフィアはまだ俯いて肩を震わせ、声をたてずに泣いていた。「あきらめずに、あれを取り戻そうとした。ソフィア、きみは小屋のところに誰かがいた、とぼくに言ったけど、バーから小屋が見えたはずはないんだ。あの吹雪で外は真っ白だった。ぼくが窓のところに座っていたときは、駐車場すら見えなかった。つまり、エリンが小屋に入っていくのが見えたとしたら、きみはそのとき駐車場にいたはずなんだ。叔母さんの車の窓ガラスは吹雪で割れたんじゃない。叔母さんが車に隠した錠剤を取り戻したいばかりに、きみが割ったんだ。でも、叔母さんはきみの行動を予測して、自分のバッグをアンディに取りに行かせ、ずっと身に着けていたんだよ。ぼくにボトルを渡そうとしなかったのも、きみが心配だったからだ」

ぼくはソフィアの前に膝をつき、肩に手を置いて優しく摑んだ。「ぼくがこの話をしているのは理由があるからだ。ぼくらはみんな、きみがこの問題を乗り越える手助けをする。だから、これからぼくが訊くことに正直に答えてくれないか」

ソフィアは顔を上げ、充血した目でぼくを見て腕で鼻を拭った。「誓うわ。あの手術はいつもと同じにやったの。酔っ払っても飛行機を着陸させるパイロットの話と同じよ。私には――」ソフィアはしゃくりあげた。「どうしてあんなことになったのかわからない。ただ、うまくいかなかった。それ以来、キャサリンの助けを借りているの。よくなりたいと思ってる」

「わかってるよ」ぼくはソフィアを抱きしめ、耳元で囁いた。「きみは腕のいい外科医だ。いまは依存症状に振り回されているけど、それはぼくらでなんとかできると思う。ただ、正直になってほしいんだ。そしてぼくが殺人鬼を見つけるのを手伝ってくれ。マイケルとルーシーのために。最初は恥ずかしいかもしれないけど、きみには薬をやめるだけの強さがある。ぼくに手を貸してくれる強さもある」ソフィアがぼくのうなじに鼻をすりつけるのを感じた。顔を上下に動かしている。うなずいているのだ。ぼくは立ちあがった。みんなの秘密を白日のもとにさらしただけでは公平とは言えない。今度はぼくの秘密をさらす番だ。

「一昨日の夜、ぼくはソフィアに五万ドルくれと言われた。実を言うと、ぼくはそれをはるかに上回る現金を持っている。二十六万七千ドル――少し使ったから、二十四万五千ドルだけど。マイケルがアラン・ホルトンに支払うつもりだった金だ。あの事件の夜、マイケルに預かってくれと頼まれたんだ。警察には金のことは話さなかった。一度も訊かれなかったし、それに……正直に言うと、手元に置いておきたかったから」ぼくもほかのみんなと同じように間違いをおかす、と思ってもらえるように両手を上げた。「マイケルに返してくれと言われるかもしれないと思って、その金をここに持ってきた。一昨日ぼくは、金のことを知っているソフィアに五万ドルくれ、それで窮地を抜けられる、と言われた」ぼくは優しい口調に変えてソフィアに言った。「きみが依存症を克服するためにここに来たとなると、そう言った理由がもう少しよくわかる。金の問題は依存症患者には付き物だ。ただ、ぼくに頼んだときの様子だと、切羽詰まっているようではなかった。命がかかっていたわけじゃない。簡単だから、ぼくに頼んだんだ。あの金は目の前にあったし、出所がわからないから。最悪の場合、持ち家だってあるわけだから、五万ドルぐらいの借金じゃきみの人生は破滅しない。しかし、オキシコドンに金を使いすぎているのは確かだ。そして、会計士なんかとは違って、外科医という職業柄、薬物依存症だとわかればキャリアは終わってしまう。だから、出所のわからない金は重要だ。繰り返すが、金の問題は依存症患者には付き物だし、盗みもそうだ。きみは手っ取り早く現金を手にするために、ここにいる誰かから何かを盗んだんだね」

ソフィアは鼻をすすりながらうなずいた。

「知ってる人もいると思うけど、ぼくはルールが好きなんだ。そしてアルコール依存症患者の自助グループが掲げているルール九は、関係を修復しろと言っている」ちらっとキャサリン叔母を見ると、叔母はうなずいた。「きみはオキシコドンがたっぷり入った鎮痛剤を持ってきたが、あれは万一の保険にすぎなかった。本気でこの週末に体内から薬を抜くつもりだった。だからぼくに金をくれと言った。借金を返すためではなく、誰も知らないとしても償わなくてはならないと思ったからだ」

「ソフィアが五万ドルも盗んだら、誰かが気づくと思うが」マルセロが声をあげた。「ソフィアは認めたんだ。もう勘弁してやりなさい」

「ぼくが間違っていたら、ソフィアがそう言えばいい」

「それでマイケルとルーシーを殺した犯人がわかるなら……」ソフィアは深く息を吸いこんだ。「五万ドルは盗んだものを買い戻すのに必要だったの。プラチナのプレジデント・ロレックスよ」

マルセロはあんぐり口を開け、自分の時計を確認して何度か指先でそれを叩いてから、ようやく口を閉じた。

ソフィアはいまの告白にすべての体力を使い果たしたように見えた。そこで、ぼくは再び続きを話しはじめた。「マルセロは決して時計を外さない。ぼくらはみんなそれを知っている。例外は肩の手術をしたときだけだ。執刀したのはソフィアだった。その手術のとき、時計を偽物と入れ替えたんだ。どうしてわかったかというと、ぼくはロレックスをしたほうの手でマルセロに顎を殴られたけど、まだ歯は全部揃っているからだ。プラチナのバンドがついたそのロレックスのモデルは、重さがほぼ五百グラムある。たとえ老人のパンチでも——怒らないでくれよ、マルセロ——メリケンサックをつけたみたいな衝撃で、ぼくは倒れていたはずだ」

「でも、偽物との重さの差がそんなにあるなら、つけている本人が気づかなかったはずがないわ」ジュリエットがそう言った。

「そのとおりだよ。でも、マルセロは手術から回復している途中だったから、最初はどんなものでも煉瓦《れんが》みたいに重く感じたに違いない。そうこうするうちに、軽さに慣れ、回復したことで腕の力が増したと思った」マルセロが戸惑いを浮かべて、右手で見えないバーベルを持ちあげ、その重みを確かめるのが見えた。「でも、問題は、これがただの古い腕時計じゃなかったことだ。正直に言うと、ぼくは昔からそれを持ってるマルセロを羨んでいたんだ。いくらするのかグーグルで調べたこともある。だから、マルセロから父のものだったと言われてびっくりした。たしかに父は犯罪者だったが、見せびらかすたちじゃなかった。派手な装身具を買ったことなんか一度もないし、改造車をこれみよがしに乗りまわしてもいなかった。それなのにロレックスを持っていたなんて、おかしくないか？　たぶん、盗品だったんだと思うけど、それにしても、父は盗品を自分で使うなんてことはしなかったと思う。だけどそのあと、写真のことを知った。みんなが欲しがっているが、誰にも見つからなかった写真。ギャング一味が、父の貸金庫の中身を手に入れるために、母さんが勤めていた銀行に押し入ったが、やはり手に入れられなかった写真のことを」

「ロバートはあの腕時計をジェレミーに残したのよ」母がつぶやいた。

「永続的な価値を売りにしているロレックスは、長持ちするように造られている。何しろ、宣伝の目玉が〝世代から世代へ受け継がれる〟だからね。とくにプラチナのロレックスはとても頑丈で、ものすごく重い。文字盤のガラスは、なんと防弾仕様だ」ソーシャル・メディアの広告でも、しょっちゅう〝銀行の金庫室と同じくらい安全だ〟という売り文句を見かける。「だから、何十年ももつうえに、守られている。文字盤のガラスの下に収まるほど小さいものなら、大事なものを隠すのにこれほど適している場所はない」ぼくはポケットからルーペを取りだし、それを掲げた。「ジュリエット、フランクのメダルを投げてくれないか？」

けげんそうな顔をしたものの、ジュリエットは下手投げで慎重に、ガラスの嵌まったケースをぼくに投げてくれた。

ぼくはそれをキャッチした。すでに確認してあるから、これがどれほど重要かはわかっていた。一六三ページでも言ったが、わざわざこのメダルについて長々と描写したのは、ちゃんと理由があったからだ。

「ジュリエットの話では、暖炉の上に飾られている鳥の剝製のF－287もしくはフランクは、敵の前線を越え、敵陣の地図や歩兵部隊の場所や座標、そのほかの重要な情報を運んできたそうだ。だけど、たとえ暗号にしてあっても、地図だけだって鳥にとっては重すぎる。きみのお父さんが額に入れたのが、当時人々の命を救った本物のメッセージだとは思いもしなかったよ、ジュリエット」ぼくはメダルと一緒にケースに収められている、小さな紙にルーペをかざした。そこには意味をなさない点が並んでいる。レンズを覗かなくても、答えは明らかだ。ひとつの点を拡大すると、詳細な地図になった。ぼくらはここで、アガサ・クリスティから、父さんが〝スパイもの〟と呼ぶジョン・ル・カレの世界へと足を踏みこむことになる。

ぼくが書くハウツー本はそれほどたくさん売れるわけではないが、いままさに、当時調べた知識が役に立とうとしていた。「この点は、情報を極小化するマイクロドットと呼ばれるものなんだ。Ａ４紙一枚分の情報、もしくは地図などの図面や写真を、ピリオドの大きさしかないひとつの点で表せる。第二次世界大戦では、郵便切手の裏に隠してスパイが大いに活用した。これは」ぼくは再びルーペを掲げた。「マイケルがアラン・ホルトンを埋めた夜、車の床に転がっていた。マイケルはわざわざそれを拾ってポケットにしまい、このロッジにも持ってきた。クロフォードに逮捕されたとき、エリンが兄貴の尻ポケットからさりげなく抜きとったもの、宝石商が使う拡大鏡だ。マルセロ、本物のあなたの腕時計には、ガラスの下にこのマイクロドットが入っていた。遺体から見つかった注射器から、警察は父がドラッグでハイになってガソリンスタンドを襲ったと結論したが、父はドラッグを摂取したことなんかなかった。あの注射器はドラッグを摂取するためのものではなかったんだ。マイクロドットは小さすぎて人間の指では扱えない。どこかの表面につけるには、注射器やペン先のようなものが必要なんだと思う」

ぼくはルーペを掲げた。

「だが、質屋には必ずこれがある。あるいは、これよりもっと精度の高いものがある。持ちこまれた腕時計の状態を調べた者には、そこに隠されていたマイクロドットがはっきりと見えたに違いない。ソフィアは単に腕時計を売っただけだと思っていたが、実際はもっと多くを売ったんだ。だけど、ソフィアが直接アラン・ホルトンにこの時計を売った可能性はあまりないと思う。それじゃ、あまりにも運が悪すぎる。だが、マイケルの話だと、シドニーではほとんどの故買品がホルトンの店に集まったそうだ。ソフィアはどこか怪しげな店に行ったんだろう。きみにオキシコドンを売っていた人間に教えてもらったか、それともオキシコドンと腕時計を交換し、売人がどこかに売ったのかもしれないね。写真にはホルトン自身が写りこんでいて、そのことがホルトンの耳に入った可能性もある。どんな経緯をたどって父の腕時計がホルトンの手に渡ったのか、いまとなっては想像するしかない。いずれにしろ、これがトルコで羽根をひらつかせた蝶《ちょう》がブラジルで竜巻を起こした、みたいなバタフライ効果だったことは確かだ。ひと言で言うなら、秘密を隠してあった腕時計が、間違った人間の手に渡ってしまったんだ。ホルトンは自分が手に入れたものの価値を知っていた。もっと重要なのは、親父が撮った写真を手に入れたがる人物を知っていた。あの晩マイケルが金の詰まったバッグを手にホルトンに会ったのはそのためだ。マイケルはホルトンからマイクロドットを買うことになっていた」部屋にいるすべての人間が、ぼくの謎解きにすっかり引きこまれていた。「ここで、ぼくの説の穴を埋めたい人がいる？それともこのまま続けようか？」

この種の本では、マイクロドットみたいなものはマクガフィンと呼ばれる。小説で使われるプロット・デバイスのひとつで、正確にはそれがなんであろうと関係ない。重要なのは、登場人物がそれを手に入れようとして人殺しをする、という点だ。たとえば世界を破滅させるウィルス入りのUSBとか、銀行口座のパスワード、核兵器の発射コードなど、ジェームズ・ボンドが手に入れようとしていたのもマクガフィンだ。本書では写真がそれにあたる。

「質問があるの」母が〝撃たないで〟というように両手を上げて言った。「アーネスト、あなたの説によると、私たちが探していたものは極端に小さい、、、のよね？　マイケルは写真が隠された豆粒を運ぶために、家具を運ぶようなトラックを借りたの？」

そうか、母とキャサリン叔母だけは、トラックに棺が積んであったことを知らないのだ。ほかのみんなはもう知っている。エリンはそれをマイケルと一緒に墓から掘りだし、ソフィアとクロフォードはトラックを追いかけてきたから。アンディとジュリエットはマコーリー夫妻とぼくの会話で知り、マルセロにはぼくが話した。

「マイケルはブライアン・クラークの棺を、ここに持ってくる必要があったんだよ、母さん。到着する前の晩、エリンとそれを掘りだしたんだ。父さんが殺される前に撃った警官のクラークは、ホルトンの相棒だ。マルセロは自分が何を湖に沈めようとしているか知らなかったが、ぼくはマイケルが見せたがっていたものを見た。ブライアンの棺には遺体が二体入っていた。一体は子どもの遺体だった」全員が息を呑むのを聞きながら、ぼくは先を続けた。「アンディ、さっきの質問の答えだ、それがレベッカ・マコーリー、三十五年前に誘拐された少女だったんだよ。両親は彼らにすればわずかな金をけちり、誘拐犯を欺こうとしてそれが裏目に出た。二度と娘に会えなかったんだ」

「あなたのお父さんはその証拠写真を持っていたのね」エリンが言った。「それがマイクロドットの中身だと思っているんでしょ。レベッカの殺人の証拠が？」

「そのとおりだ。ホルトンはあの腕時計を手に入れてご満悦だった。そこにある証拠を手に入れるためなら、マコーリー夫妻が大金を出すとわかっていたからだ。この先は推測になるが、ホルトンがレベッカを殺した可能性はないと思う。マルセロの話だとホルトンはやわな男だった。娘を殺していたら、自分の犯罪の証拠写真をマコーリーに売りつけるはずがない。すぐさま処分したに違いないんだ。ホルトンが写真をマコーリーに売ろうとした事実が、レベッカの殺害に彼が関与していないことを示している。三十五年というのは長い年月だ。ホルトンと誘拐犯との繋がりは完全に切れていたんだろう。だから、三十五年前に自分がかばった相手を守る価値はないと判断したんだ」

　ぼくは言葉を切り、部屋にいるほとんどの人間が、この推測は合理的だと同意しているのを見てとった。うなずいている者もいる。ソフィアは真っ青な顔でいまにも吐きそうだった。アンディは量子物理学の原理を説明されたように戸惑っていた。いまのところ種明かしは順調に進んでいる。

「だが、ホルトンにはひとつ問題があった。自分がレベッカを殺したわけではないが、事件にまったく関与していなかったわけでもない。少なくとも、セイバーズの一員としてぼくの父を殺し、レベッカの死体を隠す手伝いをしているんだ。おそらく、身代金の受け渡しにも関わっていたと思う。だから、自分でマコーリー家を訪ね、写真を売りつけるのは具合が悪い。そんなことをしたら、マコーリー夫妻に一味のひとりだと断じられる可能性が高い。ホルトンには仲介者が必要だった」

「どうして、マイケルを選んだのかしら？」キャサリン叔母が尋ねた。

「うん、それを解明するには少し手間取ったけど、ホルトンはこの取引でなんらかの益を得る人間に仲介させたかったんだと思う。自分にも益があれば、大金をちゃんと届けてくれると考えたんだろうな。カニンガムには、この写真から得るものがたっぷりある。ホルトンは当時の関わりから、ほかに何を知っていたのか？　もちろん彼は父が死んだ本当の理由を知っていた。だから、それを教えてやると言って、マイケルの気を引くことができた。ホルトンがマイケルを仲介者に選んだ理由はそれだけじゃない。残りはもう少し先で明らかにするよ。マイケルを選んだのは正解だったと彼は思ったんじゃないかな。マルセロは父の弁護士だったし、キャサリンはとにかくまっすぐな人だ。母さんは、気を悪くしないでもらいたいけど、年齢からしてこの仕事には向かない。まあ、結果的には、ホルトンの選択は裏目に出た。個人的な繋がりがあることが、取引を保証すると考えたのに、その繋がりこそマイケルがホルトンを殺す理由になったわけだから。

取引自体は単純なものだった。ホルトンが写真につけた値段は、三十五年前の身代金と同額の三十万ドルだった。ホルトンは仲介者に仕立てるのに必要な情報をマイケルに与え、マコーリー夫妻に連絡を入れて夫妻から金を受けとり、それを持ってくれば写真と交換すると告げた。ホルトンは金の一部を分け前としてマイケルに与え、マイケルは写真をマコーリー夫妻に届ける。何ひとつ難しいことはなかったが、結果的には、マイケルはホルトンを殺すことになった」

「マイケルが三十万ドル持っていかなかったからね」ソフィアが呂律《ろれつ》のまわらない声で口を挟み、ぼくを驚かせた。「あなたがマイケルから預かったのは、二十六万七千ドルだったんでしょ？」

「そうなんだ。マイケルはホルトンに渡す前に一部を抜きとっていた。そんなことをした理由は？」正直な話、証拠があるわけではないが、たぶん当たっていると思う。それにせっかく好調に進んでいるのに、ここで勢いを緩めたくなかった。「当時ルーシーはビジネスで問題を抱えていた。持ち出しになっていたうえに、厳しいリース条件のもとに、贅沢な車を押しつけられ、にっちもさっちもいかなくなっていたんだ。朝食の席でルーシーがあの車の支払いは終わっているとマルセロに言ったとき、ぼくらのほとんどが、いつものように痛いところを衝かれて言い返しただけだと思ったよね。でも、あれは嘘じゃなかった。マイケルは写真を買うために預かった金で、ホルトンに会う前にルーシーの借金を返したんだよ。車の分も含めて。おそらく、自分に何か問題が起こっても、ルーシーが困らないようにしたかったんだと思う」それにエリンと一緒になるためには、ルーシーときれいに別れる必要があった。ルーシーがそれを聞かずにすんだのは、せめてもの幸いだろう。

「だが、金の一部を使ったことでどうなるかまでは頭が回らなかった。ホルトンはばかじゃない。その場で金を数え、少ないことを知ると、マイケルに銃を突きつけた。ふたりは揉《も》みあい……その結果どうなったかは、みんなの知っているとおりだ」

「ずいぶん興味深い話だが」しびれをきらしたのか、アンディが言った。「ブラック・タングはそれと、どこでどう関係してるんだ？」

「まだ、話さなきゃいけないことが残ってる。エリン、ソフィア、マルセロ、きみたちは、レベッカ・マコーリーの両親がここに来ていることを、知らないよね。彼らは尾根の向こうにあるリゾートに滞在している。マイケルはマイクロドットを手に入れ、レベッカの遺体がどこに埋められていたかをホルトンから聞きだしたわけだから、おそらく刑務所からマコーリー夫妻に、再び三十万ドル払ってもらいたいという手紙を出したに違いない」これはスーパーシュレッドでシヴォーン・マコーリーから聞いた話だった。〝彼はまたお金を欲しいと言ってるのね〟シヴォーンはそう言った。マイケルは乾燥室でぼくに、ホルトンが最初につけた三十万ドルという値より〝はるかに価値のある〟ものを持っていると言ったのだ。「マイケルは尾根の向こうにいるマコーリー夫妻を訪ね、写真と娘の遺体を売るつもりでいた。だから棺を掘り起こし、ここに持ってきた。兄さんはそのつもりだと言ったんだろう、母さん？」

「私はやめろと警告したの」母はそう言ってぼくの推測を肯定した。「でも、どうしても売ると言い張るものだから、マイケルが着く前に、ふたりに警告しに行ったのよ」

「すまん」またしてもアンディだ。せっかく盛りあがっているというのに。「アーネスト、このギャングの誘拐事件は三十五年前のことだぞ。それがあのいまいましい灰とどういう関係があるんだ？」

「わかったよ」ぼくは片手を上げて制した。「それじゃ、グリーン・ブーツに話を戻そうか。身元不明の、もしくはぼくらのほとんどが身元を知らない被害者だ。ルーシーは最初にその謎を解いたんだ」

「ルーシーがこの事件の謎に気づいたから殺されたと言っているなら……」ソフィアが手のひらを顎にあてて顔を上げ、小さく首を振った。「ルーシーは屋上から落ちたのよ。灰はどこにもなかった。何本か骨が折れていただけで、争った形跡はまったくなかったわ」

「落ちたんじゃない」屋上で話したとき、〝私なら……こっちを選ぶ〟と言って、指で銃の形を真似た姿が目に浮かんだ。「昨日話したとき、灰で窒息し、苦しんで死ぬくらいなら、自殺したほうがましだと言っていた。たしかにルーシーは屋上から身を投げた。でも、それはその後に起こることから逃れるためだったんだよ。屋上に行ったのは、自分の疑いを確認するためにネットで検索したかったからだと思う。ぼくらがバーを立ち去ったあと、殺人鬼は怖くなり、屋上でルーシーに詰め寄ったんだ。死体の写真を見せられたルーシーが、取り乱したのを覚えてるだろう？　ぼくは単純に、あの写真でマイケルがどんな死に方をしたかを突きつけられ、恐怖に駆られたんだと思った。ルーシーはマイケルが死んだ原因の一部は自分にある、と思っていたしね。でも、そうじゃなかった。ルーシーは殺された男に見覚えがあったから怖くなったんだ」

「俺たちは誰も死んだ男を見たことがなかったんだぞ。なんだってルーシーが、死んだ男を知っていたんだ？」アンディが頭に浮かんだ疑問を口にした。まだこの場にいる誰よりも、困惑している。ほかのみんなは眉間にしわを寄せ、腑に落ちない箇所を理解しようと必死に頭を絞っているものの、少なくともぼくの説明のほとんどを理解できたようだ。顎をこわばらせ、ポーカー・フェイスを保っているのはひとりだけだった。ぼくが謎を解明するたびに、まるでペンチで締めつけられるように、その人物の首の筋肉がこわばるのが見えた。

「ルーシーが死んだ男と知り合いだったとは言ってない。死んだ男が誰かわかった、と言ったんだ。ルーシーがあの男に会ったのは一度だけ、ここに来る途中で、スピード違反の切符を切られたときだけだ」

　ぼくは言葉を切り、その事実がみんなの頭に染みこむのを待った。図書室に集まっている全員が、首を回して後ろを確かめ、部屋の奥に立っている人間を見た。

「クロフォード、制服についている血だけど、それは死体を運んで山の斜面を下りてきたときについたわけじゃなかった。血がついてるのは手首の内側にあたる箇所だよね。その染みは、制服を着ていたのが誰にしろ、その男が自分の喉を摑んだときについたんだ」ぼくは首を絞めつける想像上の拘束バンドに爪を立てる真似をした。「きみが着ているのは、死んだ男の制服なんだろう?」

「いったい何が言いたいんだ?」クロフォードが尋ねた。

　ぼくは、とっておきの決め台詞を言う前に（ちなみに、本書ではその台詞が決して誇張ではないと自信を持って言える）ジュリエットに心得顔の笑みを投げ、それからクロフォードに注意を戻した。「アーサー・コナン・ドイルさえ幽霊を信じていたってことさ。そうだろう、ジェレミー?」

弟

ほかの男の血で汚れた警官の制服を着て、いまやとても愚かしく見える（まるでコスチューームを着ているような）ジェレミー・カニンガムが、弱々しい笑みを浮かべ、小さく首を振った。おそらく〝そんなばかな〟とでも言おうとしたのだろうが、喉を詰まらせたような声しか出なかった。

39

セイバーズが脅しどおり息子を殺したと思いこんでいたのだろう、母の顔にもほかのみんなと同じ驚愕が浮かんでいた。ジェレミーは、この図書室の本棚にあるアガサ・クリスティの小説のように、偽名を使っていたのだった。ダリウス・クロフォード、それがどじな田舎警官を演じる自分にジェレミーが与えた名前だった。マスコミに与えられた、もうひとつの別名ともいうべきブラック・タングは、五人を窒息死させ、ひとりを自殺に追いこんだことを考えると、どじとは正反対だ。すでに書いたように、ぼくらのなかには、ひとりと言わず何人も殺した〝猛者〟もいるのだ。

これはノックスの十戒には含まれていないが、実際に死体を目にしないうちは、決して誰かが死んだと信じてはいけない。

ぼくはジェレミーに直接話しかけることにした。謎解き大会はもう終わりだ。「グリーン・ブーツは地元の人間以外には考えられなかった。〝クロフォード警官〟が死体の写真をぼくらカニンガム一家にしか見せず、パニックを起こされては困ると、ほかの客やロッジの経営者であるジュリエットにさえ見せなかった理由は、地元の人間は被害者の顔を知っているからだ。この山で働いている人々は、みなスキーのシーズンだけ、つまりほんの数カ月しかいない。だから見たことがない新米警官が街から来ても疑いを抱かないだろうが、写真を見れば、死体が巡査部長だとわかってしまう。だからきみは、できるだけ早く死体を隠したかった。そこで急いで物置に運び入れ、鍵をかけた。きみは殺した巡査部長の制服を奪ったが、靴は替えなかった。爪先に鋼製の芯が入ったブーツは、警官の制服の一部だ。死体はそれを履いていた。でも、トラックを追いかけているとき、きみはエリンに爪先を踏まれてものすごく痛がった。つまり、きみの靴の爪先には鋼が入っていないことになる。きみは誰に扮《ふん》してもよかったが、マイケルをぼくらから引き離すことができる人間になりたかったんだろうな。ゴルフコースで見つかった死体が凍死ではなく殺されたのだと認めたのも、マイケルを孤立させるためだったに違いない。その作戦はうまくいったが、きみは不安だった。とてもぴりぴりしていた。そして化けの皮が剝がれないように、警官らしく死体の身元確認をおざなりだが行い、宿泊客のパニックを抑えようとした。カニンガム家の人間に頼まれると死体の写真を見せた。一見、正しいことをしているふりをしながら、実際には、ぼくらが死体の身元を知らないことを確認していたんだ。どうりで、ぼくらが死体の近くにいるときに、きみの様子がおかしかったわけだ。ぼくはきみが死体に慣れていないせいで、びくついているんだとすっかり誤解したが。

　そんなとき、きみにとって予想外の出来事が起こった。ルーシーが、死んだ男はここに来る途中で自分にスピード違反の切符を切った警官だと気づいたんだ。ルーシーがバーを出ていくとき、ぼくには〝あんたがボス〟とつぶやいたように聞こえたんだが、実際には〝あんたのボス〟と言ったんだ。あのときルーシーは、自分の頭に浮かんだことを口にしただけで、きみを真っ向から非難したわけじゃない。でも、何かがおかしいと感づいた。真相に気づいたのは、屋上に行き、グーグルでジンダバイン警察を調べたときだ。その頃には、ぼくらはそれぞれの部屋やシャレーに引きあげていたから、きみは屋上へルーシーを追っていった。ルーシーはマイケルのように苦しんで死ぬのはまっぴらだと、飛び降りることを選んだ。

　きみがあんなに早くここに到着した理由も嘘だった。ひと晩中、観光客相手にスピード違反を取り締まっていたって？　そんなことあるわけがない。それに、きみがルーシーに切符を切った警官だったら、ルーシーはここできみを見たとたんに食ってかかったはずだ。刑事たちがまもなく到着するというのも嘘っぱちだった。道路事情が悪化して遅れている、とぼくらは思いこんでた。でも、観光バスが二台もここまで来られるのに、二件も殺人が起きたホテルに警察の車が一台も到着できないなんてばかな話があるもんか。もちろん、このどれも最初は気づかなかった。きみは本物の警官みたいだったし。それに、死体のところに続いている足跡は三組だったが、下りてきたのはひと組だけだった。ひと組は被害者のもの、もうひと組は警官のもの、下りている三つ目が犯人の足跡だとぼくは推測した。つまり、犯人が自分で警察に死体があると通報をしたんだと思った。そして」ぼくは、指で鉤括弧《かぎかっこ》を作った。「〝クロフォード警官〟が到着し、三つ目ができた、と。犯人が通報した、という推測は正しかった。少なくとも、犯人は通報したふりをした。そう、死体を発見した人間など存在せず、きみが自分で〝見つけた〟んだ。それも演技のひとつだった。きみはあの現場まで二度登った。最初は巡査部長とともに登り、彼の頭に袋をかぶせ、死んだあとで制服を脱がせた。そのあと、朝になってからもう一度登った」

「でも、カメラに到着するところが写っていたのはずっとあとよ」ジュリエットが異議を唱えた。「あなたも見たでしょう?」

「ぼくらを追ってここに来る計画をたてたとき、きみはこのリゾートのことを調べたんだろう?　そしてホームページのライブ写真を見て、このゲストハウスの私道が、ある意味、監視されているのを知った。おそらく、巡査部長を襲ったのは、彼が違反切符を切るためにパトカーを停めて待機していた道路脇だったんじゃないか?　丘の頂上なら携帯の電波が受信できたはずだ。目いっぱいアクセルを踏めば、カメラが静止している三分のあいだに私道をぎりぎり通過できたんじゃないかな。あとは、正しい時間に到着するところが写るよう、朝になってもう一度車でカメラの前を通過すればよかった。写真ではきみは駐車場に向かっているように見えるが、片腕が助手席のヘッドレストの後ろに回されている。あのとききみはバックしていたんだ」

「ジェレミー？　そんなはずないわ」キャサリン叔母が無人島から戻ってきた相手を見るようにジェレミーを覗きこみ、母に顔を向けた。「どうして生きていることを知らなかったの？」

「あの子はセイバーズに連れ去られたのよ、キャサリン。でも、狙いは身代金ではなく、写真だった。アーネストがさっき話していた写真がそれ。私は腕時計のことなど何も知らなかったから……それにジェレミー、もしもあなたが本当にジェレミーなら、私は必死で写真を探したのよ。セイバーズは私が写真を隠していないという確証が必要だと言って、あなたを——」母は喉を詰まらせた。「私が嘘をついていないことを確かめるためだ、と言ったの」マルセロがクロフォード／カニンガム（名前にどんな意味がある？）に近づいたが、母がその手を掴んだ。母がそれをぎゅっと握ると、マルセロは引き綱で抑えられた闘牛のように腕を後ろに回した。「警察には話せなかった。アラン・ホルトンが当時警官だったせいもあるけれど、マイケルとアーネストまで連れ去られるのが怖かったの。ばかげた写真のせいで、私は家族をふたりも失った。だから、とにかくもう終わってほしくて、何も起こらなかったふりをしたのよ。あなたがジェレミーなら、心から謝るわ。本当にそうなの、アーネスト？　本当に確かなの？」

「兄さんはホルトンに、最初はぼくと連絡を取ったと言われたんだ。ぼくは兄さんに、連絡などこなかった、自分を信用させようとホルトンが嘘をついたに違いない、と言ったんだけど、よく考えてみると、ホルトンは弟に連絡した、と言ったに違いない。きみはホルトンに言われるまで、自分が養子だということを知らなかったんだろう、ジェレミー？」

　ジェレミーはごくりと唾を呑みこみ、唇を噛んだだけで何も言わなかった。

「もちろん、ホルトンはきみが生きているのを知っていた。マルセロの話では、人を殺せるような男じゃなかったそうだから、きみを逃がしたのはホルトンだったのかもしれない。驚いただろうね。幼い頃のことなど何も覚えていないきみの前に、ある日突然知らない男がやってきて、まったく知らない家族の話を始めたんだから。マークとジャニーン・ウィリアムズは、里親としてよく知られた夫婦だった。でも、きみはふたりが自分の実の親だと思っていたんだろう？　ところが、ホルトンに言われて、ウィリアムズ夫妻が黙っていたと知り腹を立てたんじゃないか？　そして、服役中のマイケルに手紙を書き、事実を繋ぎ合わせながら、何が起こったのか、自分が誰かを説明しようとした。だが、マイケルは手紙にあったジェレミー・カニンガムという名前を、一種の脅迫だとみなしたんだ」ぼくがマイケルに手紙の差出人について尋ねると、マイケルは鼻を鳴らさんばかりにこう言ったのだ。〝あれは明らかに偽名だった〟〝俺を怒らせようとしただけさ。さもなければ怖がらせようとしたか〟と。「マイケルがそう思ったのも仕方がなかったんだ。セイバーズがジェレミーを人質にとって母を脅したことを、ホルトンから聞いていたわけだから。マイケルはきみの手紙をジェレミー本人が書いたとは信じなかった。残る兄貴はぼくだが、そのぼくは新聞に一族の裏切り者だと書きたてられていた。そこできみはマイケルにいちばん近いルーシーに目をつけた。

ルーシーはきみが到着するのを待っていた。だが、きみがいっこうに姿を現さないと、ひょっとして山の上で死んでいたのはきみじゃないか、戸外で恐ろしい事故に遭い、凍死したんじゃないかと心配になった。ルーシーが心配しているのは、未解決の殺人事件のせいで警察が押しかけ、マイケルを動揺させることだと思ったが、そうじゃなかった。夜のあいだに凍死したのがきみだったら、きみをマイケルと再会させる計画だけでなく、それをお膳立てしたことをマイケルから感謝される計画まで台無しになってしまうと気を揉んでいたんだ。だから死んだ男が誰なのかを突きとめようとして、ジュリエットに尋ね、宿泊客の噂話に耳を澄ましていたんだ。ぼくにも、死体がマイケルに似ていなかったかと訊いてきた。死体がマイケルだったか、ではなく。マイケルだったか心配しているなら、そう訊くはずだろう？　ところが、ルーシーが知りたかったのはマイケルの兄弟に見えたかどうかだった。携帯の電波が入る屋上に行ったのは、きみにメールをしてどこにいるかを訊くためだったんだ」この週末はマイケルに家族を返してあげるチャンスだ、とルーシーはぼくに言った。ルーシーが言った〝家族〟とは、自分のことではなくジェレミーのことだったのだ。「ルーシーが、きみが誰なのか、何をしたかに気づいてあれほどショックを受けたのは、きみをここに呼んだのは自分だったからだ」

「きみが計画したとおりになったな、キャサリン」アンディはそう言って、ぼくの決め台詞を盗んだ。「思ってもみない形だが、家族が再会した」

その言葉がみんなの頭に染みこむあいだ、聞こえるのは吹きすさぶ風の唸りだけだった。

ようやく、ジェレミーが重い口を開いた。「この再会は、想像していたのとはまったく違うな」

ジェレミーは片手で暖炉の飾り棚を摑み、爪でペンキをひっかきながら忙しなくぼくらを見まわした。逃げ道であるドアと自分のあいだには人が多すぎるし、後ろの窓は凍りついている。下の雪が柔らかければ窓を突き破って逃げられるかもしれないが、その前に誰かに飛びつかれる可能性のほうがはるかに高い。

「俺は……」ジェレミーはためらった。「ずいぶん長いこと、あんたたちに会えるのを待ち焦がれていた。もっと違う形の再会になると思ってたよ」ジェレミーは乾燥室にぼくを入れてくれたときと同じ、切なげな声で言った。〝本気でお兄さんのことを気にかけているんですね……自分には兄弟がいないのでよくわかりませんが〟「子どもの頃から、自分がいつもほかの子たちと違うと感じていたんだ。周囲に溶けこめなかった。けんかっ早くて。それから母――」ふいに言葉を切り、怒りに鼻孔を膨らませた。「最初はアラン・ホルトンが嘘をついているんだと思った。ふたりが本当の両親じゃないなんて考えたこともなかった。ところが、ふたりに尋ねると、あっさり……」ジェレミーの表情からは、そのとき起こったことがいかに辛かったのかが、ありありと伝わってきた。「あっさり認めた。しかも、とても嬉しそうに。ふたりとも俺の本当の身元は知らなかった。うちには里子がたくさんいたが、俺だけは実子だとずっと聞かされていたんだ。それなのに、ふたりとも、俺が七歳のときに名前も何もわからずに引き取った、とあっさり認めたんだ」

「七歳？」母が息を呑んだ。「誰もあなたのことを知らなかったのも無理はないわ。二年間、どこにいたの？」

「さあ……覚えてない」ジェレミーはそこにないものを探すように目をさまよわせた。あまりに幼すぎ、あまりにひどく虐待されたために、記憶を抑圧してしまったのだろう。セイバーズは母が自分たちを裏切らないように、秘密を暴露したらさらった息子を殺すと母に警告した。だが、自分たちで幼児を殺す度胸はなかった。たぶんジェレミーは路上に捨てられたのだろう。ジェレミーがどれくらい彼らのもとに置かれ、どれくらい自力で生き延びたのか、いまとなっては知りようもない。だが、そういったトラウマが幼い心にどんな影響を与えるかは、目の前にいる人物を見ればわかる。三十年以上前には、ＤＮＡテストはほとんど用いられていなかった。インターネットはまだ生まれたばかりで、行方不明の子どもに関する情報が拡散されることもなかった。毛髪の分析は血縁者の照合に使われることはあるが、裁判では証拠として通用しない。カニンガムの仕業だと思いこんで州境を車で越えてきたクイーンズランドの刑事に訊いてみるといい。〝けんかっ早い〟ジェレミーも、州境を越えてしまえば、知らない街にいる名もない子どもでしかなかった。

「だが、ホルトンは俺が誰だか知っていると言った」ジェレミーが言葉を続けた。「ずっと俺のことを見ていた、幼いときに面倒を見たこともある、と。本当は殺すことになっていたが、殺さず逃がしてやったんだから、感謝すべきだと言われたよ。ウィリアムズ夫婦が金持ちだから、写真と引き換えにその金を持ってこいと言った。その写真が俺の心に安らぎをもたらしてくれると言われたが、俺は失《う》せろと言い返した。それからすぐに、ニュースでホルトンが殺されたことを知った」

「それで、ウィリアムズ夫妻に詰め寄ったんだな」ぼくは促した。

「あのふたりは、自分たちが俺の家族だと言いつづけてきた。嘘をつきつづけたんだ。そのあとは、俺が誰なのか知らないと言いつづけた！　俺は頭に血がのぼって……あんなことをするもりはなかったが……あいつらに俺の気持ちを味わわせてやりたかった」ジェレミーは首のところで襟を引っ張った。「俺は頭に血がのぼると、息ができなくなるんだ」

「アリソン・ハンフリーズは？　ハンフリーズを捜しだしたのは、彼女がマコーリーの誘拐事件に関わったからだろう？　どうやってあの事件のことを知ったんだ？」

「違う。俺があの女の居所を突きとめたのは、いくつか訊きたいことがあったからだ。アラン・ホルトンについてもっと知りたかったからだよ。ハンフリーズはホルトンの上司だったんだ」ジェレミーは襟を引っ張りつづけている。「これが全部あの女のせいだとは知らなかった。あの女は自分の尻ぬぐいのために、親父を、俺の実の親父を利用した。親父が殺されたのはそのせいだ。いくつか訊きたいことがあっただけだ。ほんとだよ」ジェレミーは額を拭い、舌で歯を湿らせた。

　意識して、自分のしたことから自分自身を切り離そうとしているのが見てとれた。殺さざるを得ない状況に追いこまれたと信じているようだが、本当にそうだろうか？　古代の拷問方法を再現するためにあれほど入念に準備したのだから、追いこまれてやむを得ずとった行動だったとは思えない。しかし、それを指摘するつもりはなかった。

「わかってくれるだろう？」ジェレミーの言葉には、自分はぼくたちと同じだと訴えているような、そんな不穏な響きがあった。

「自分の居場所を見つけたいなら、きみの家族はここに揃ってるよ」ぼくはそう言って両手を広げた。「どうしてマイケルを殺したんだ？」

「マイケルは、俺と似た者同士のはずだった」ジェレミーは嘆くように言った。「ある日知らない男がいきなり現れ、俺はカニンガム家の末っ子だと言った。それからいくらも経たないうちに、その男、ホルトンがカニンガム家の人間に殺されたことをニュースで知った。実の父親のことを調べると、父親もブライアン・クラークという男を殺していた。だから、俺はひとりぼっちじゃないのかもしれないと思いはじめた。みんなと……違うと感じているのは俺ひとりじゃないかもしれない、と」

「それで、マイケルに手紙を書いたのか？」

「返事はもらえなかったよ。俺の言うことを信じられない理由は理解できた。だから、べつの方法で近づくことにした。マイケルの奥さんはもっとずっと協力的で、マイケルが出所する日のこと、ここに家族が集まる週末のことを教えてくれた。マイケルに会えるだけじゃなく、ほかのみんなにも会えると思うと待ち遠しかった」奇妙にも、彼は微笑んでいた。本当の家族に初めて会う日を待ちわびていたときの興奮を思い出したのだろう。「でも、ちゃんと手順を踏みたかった。マイケルと会うときは、まずふたりで会い、俺がこの家族に加わる価値があることを証明したかった。だから出所する日の前日、刑務所に面会に行ったんだ。ところが、マイケルはすでに出所しているじゃないか。俺は慌ててここに駆けつけた。ところが、運悪く路肩にパトカーを停めていた地元の警官につかまった。その警官の犠牲が、俺が本物のカニンガムだってことをあんたたちに示すチャンスを与えてくれたんだ」

ジュリエットとぼくは犠牲という言葉に不安を感じ、顔を見合わせた。ジェレミーはいまや自分を神格化し、まるで自分が神であるかのように、興奮してまくしたてていた。

「マイケルをひとりにすることができたのも、あの警官のおかげだ。マイケルが全員に嘘の出所日を教えたことは知っていたから、俺が拘留したいと言っても筋は通る。マイケルには弟だってことをすぐに打ち明けたかったが、あっという間にみんなに取り囲まれるのを見て、計画を変更した。マイケルを週末のあいだひとりきりにするには、どこかの部屋に閉じこめるしかない。ところが、それからほかの連中が大声で俺に指図しはじめた。気づいたら何やかや手伝わされていたんだ。そのときは、警官の制服を拝借したのは思ったほどいい考えじゃなかったかもしれないと思ったよ。ジュリエットが糊みたいにくっついてくるし、客にもあれこれ質問されて、マイケルと話す時間がなかなか持てなかった。俺がマイケルに……自分がカニンガムのひとりで、彼と同じ類いの男だってことを示せたのは、あんたがマイケルと話したあとだったんだよ、アーネスト」

ソフィアの仮説が頭に浮かんだ。〝ブラック・タングは、この殺人が自分の仕業だと表明しているってこと。自分がここにいることを、私たちに知らせたいの〟

ジェレミーは人殺し一家のなかに自分の居場所を見つけたと思ったのだ。巡査部長の死は、ジェレミーにとっては猫が殺した鼠や鳥をドアの前に置くのと大差のない行為だった。あれは捧《ささ》げ物《もの》だったのだ。

「ところが兄貴はきみを歓迎しなかった」ぼくは口を挟んだ。「それどころか、恐怖に駆られた。ぼくが話したとき、マイケルは自分のした選択を受け入れて生きるしかない、と三年のあいだ自分に言い聞かせてきたようだった。もっとましなことをしたい、まともな人間になりたいと心を入れ替えたんだ。だが、それはきみの期待とは違っていた。マイケルと話して、またしても〝よそ者〟の気持ちを味わうことになったのか？」

「マイケルは俺みたいな人間のはずだった。あんたもだ！　俺はマイケルを説得しようとした。もう一度あんたに会えば、俺のことを話すに違いない。それに、マイケルは知っていたんだ。ホルトンが最初に俺に売りつけようとした写真を持っていたんだから、誰が子どもの俺に危害を加えようとしたのか、俺たち家族をめちゃめちゃにしたのかを知っていた。それなのに、教えてくれなかった。俺がそいつらを殺すのはわかってる、そういう生き方はよくない、と説教してきた。そのとき、俺は気づいたんだ。マイケルは俺とはまったく違う。マイケルは俺をひとりぼっちだという気持ちにさせた。偽物の両親と同じように。ときどき……俺は息ができなくなる、みんなが……」ジェレミーはまた襟を引っ張った。「マイケルの話を聞いていると、俺は息ができなくなった……それからあの女が……」

「ルーシーよ」驚いたことに、そう言ったのは母だった。

「俺はどうやってここを出ようか、頭をひねっていた。だけど、あんたたちが居座ってるから、偽警官の演技を続けるしかなかった。すると、あの女が真相に気づいたんだ。俺の到着をずっと待っていたが、いつまで経っても来ない。雪山で見つかった死体が警官だと知った彼女は、俺の正体に気づいた。俺は誰にも言わないでくれと懇願したんだ。それに選択肢を与えた。彼女は飛び降りるほうを選んだ」ジェレミーは懇願するような声になった。ぼくら全員が自分と同じような人間だと心から信じていたのに、そうではなかったことを知って大きなショックを受けていたのだ。

「どうして？」そう訊いたのはキャサリン叔母だった。嫌悪のにじむ声が、図書室にいる全員の気持ちを表していた。「どうして、うちの家族にすんなり溶けこめると思ったの？」

「マイケルにはそんな権利はなかった！」ジェレミーはいまや叫んでいた。「俺の居場所を決める権利なんかなかった。俺がしたことが間違っている？　どの面さげてそんなことが言えるんだ！　偽善者が！」ジェレミーは唾を飛ばさんばかりに吐き捨てた。「自分たちを見てみろ、カニンガム一家を。全員が人殺しじゃないか」

ぼくらは互いに目を見合わせた。アンディが手を上げかけた。自分は誰も殺していないと主張するつもりだったのだろうが、途中で思い直したようだ。

ふいに、アリソン・ハンフリーズの空気のよどんだアパートでバスルームのドアを閉ざし、壁にもたれて座っているジェレミーの姿が目に浮かんだ。本当の家族について知ったばかりで、灰で汚れた震える手を見つめている姿が。カニンガム一家については、簡単にオンラインで調べられる。ぼくらがどんな一家なのかは国中が知っていた。兄のマイケル、父のロバート、叔母のキャサリン、その後はソフィア。全員の罪が公にされ、手を血で染めた一家だと報道されているのだ。カニンガムの悪名は司法関係者だけではなくマスコミにも轟いている。ジェレミーはそんなぼくらを見つけ、震えの止まった手で、こう思ったに違いない。〝そうか、俺はそこまで変わっているわけじゃないんだ〟と。

背後の慌ただしい足音に、みんなが振り向いた。ギャヴィンが呼びに来たのだ。ぼくらがみんなすっかり動揺しているのを見て、びっくりしながら言った。「荷物は全部積みましたよ」それから二度見して尋ねた。「誰か死んだのか?」

その隙をついて、ジェレミーが動いた。慌てて目を戻したときには、音をたてて暖炉の火格子を外し、火かき棒を構えていた。ジュリエットが近づこうとしたものの、ジェレミーに火かき棒を振り回されて退いた。逃げ場はないのは変わらないが、ジェレミーは誰も近づけないよう、鋳鉄製の武器を振り回している。

「あんたたちをここに置き去りにしてもよかったんだ」ジェレミーは甲高い声で言った。「ついさっきまでは、そのつもりだった。ルーシーのあと、もう十分だ、姿をくらまそうと思ったんだ。だが、さっきの話で何が起こったかわかったよ。俺はあんたたちに見捨てられたんだ」その言葉はぼくたち全員に向けたものだったが、ジェレミーがにらんでいたのは母だった。「せめて、一緒に死んでくれ」

ジェレミーは火かき棒を手に身を乗りだした。ぼくらはたじろいだが、ジェレミーは棒を火のなかに突っこみ、それをてこにして、燃え盛る特大の薪を絨毯の上に弾《はじ》き飛《と》ばした。薪がドスンと重い音をたてて床に落ち、火花を散らす。ぼくらは息を止めた。ジュリエットによれば、このゲストハウスは一九四〇年代後半に彼女の祖父が建てたもの。つまり木材を使って手っ取り早く造られたのだ。だから床も壁もたちまち燃えあがると思ったが、敷物が何枚か蒸気をあげて茶色く変色し、床板が煙をあげただけだった。ジェレミーが惨めに顔を歪め、ぼくらはただ呆然と彼を見つめた。

するとと突然、書棚の本のひとつが燃えあがった。枯れ葉のようにからからに乾いたページに火の粉がひとつ飛び移ったに違いない。

そうなってもおかしくなかった。ぼくも含め、このリゾートで湿っていないのは、図書室の壁際に並ぶ本だけだろう。燃えだした本は『ジェーン・エア』だった、と言いたいところだが（それなら、このあと起こることにこれ以上ないほど相応しかっただろうに）、燃えたのは違う本だ。

一冊目が炎に包まれると、フライパンのなかで弾けるポップコーンよろしく、炎は残りの本に次々に燃え移った。一部の本は、周りの本が炎に包まれるのを見て〝仲間からの同調圧力〟に負けたのではないかと思うほど、あっという間の出来事だった。まもなく炎が壁に燃え移り、乾いていく床から蒸気が上がり、ところどころ赤く光りはじめた。

ぼくらはみな戸口に押し寄せた。エリンが真っ先に廊下に飛びだした。ぼくは腕を摑んでソフィアを立たせ、その腕を肩にまわした。マルセロが泣きじゃくっている母を引きずるようにして戸口に向かう。誰かが倒した赤い革椅子が部屋の中央で焚火のように炎をあげはじめ、ジュリエットが両手を振って早く逃げろと叫んでいた。炎の勢いがいちだんと増したのを見て、ジェレミーは火かき棒を落とし、背後の窓に肘を叩きつけてガラスを割った。吹きこんだ風に勢いを得た炎が、轟音《ごうおん》とともに三倍の大きさになる。F－287は黒ずんだ燃え殻と化した。ソフィアとぼくは、マルセロと母の無事を確認しようとふたりが戸口を通り過ぎるのを待った。キャサリン叔母とアンディの姿を見失い、部屋を見まわすと、戸口と反対方向へ向かう叔母の姿がちらっと見えた。

「叔母さん、逃げて！」ぼくは叫んだが、想像もつかぬほど大きな炎の唸りが、その声を、ほかのあらゆる音を呑みこんだ。すさまじい熱が襲ってくる。ぐずぐずしていたら、逃げ遅れてしまう。背後の戸枠が文字どおり音をたて盛大な蒸気をあげていた。あれが乾けば、戸口が燃えあがる。廊下の絨毯、階段の手すり、階段自体も同じだった。そうなれば、建物全体があっという間に炎に包まれる。

マルセロがぼくの横を通り過ぎた。母も自分で走っていく。ぼくはソフィアをマルセロに押しつけ、火壺状態の赤い革椅子を避けて窓へと走った。すぐ横を通過するとき、火に包まれていた革椅子が、床を突き抜け、轟音とともに下の階に落ちた。急がなければ、その炎が玄関ホールに広がり、入り口の両開き扉から逃げられなくなる。

叔母が片脚を窓の外に出したジェレミーに追いついた。窓ガラスの鋭い破片を窓枠から叩き落とし、外に飛びだそうと身を乗りだしたジェレミーを、手を伸ばして摑もうとする。だが、その動きを察知したジェレミーが振り向き、叔母の喉を摑んだ。そしてえずく叔母の頭を暖炉に叩きつけた。叔母の頭が鋭い音をたてて角にぶつかる。ジェレミーは喉にかけている手にいっそう力をこめた。叔母が目をむく。ぼくはもう一度大声でわめいたが、風にあおられて燃えあがる炎がまたしてもその声をかき消した。閃く炎が顔の横を焼き、毛髪を焦がす。このままでは叔母が殺されるが、ぼくの位置からでは全力で走ったとしても間に合わない。ジェレミーがぼくを見て、キャサリンに目を戻す。暖炉の角は血に汚れていた。ぼくをにらむ瞳がぎらついているのは、炎を映しているからだけではない。ジェレミーはキャサリンの頭を後ろへと引っ張り、またしても暖炉に叩きつけようとした。

突然、アンディの叫び声が炎の轟音を引き裂いた。アンディが火かき棒を摑んで走っていく。そして腕を後ろに引き、屋上でゴルフの球を遠くまで飛ばすように腰を回しながら、目を見開くジェレミーに向かって火かき棒を大きく振った。火かき棒は――

叔父

――音をたて、ジェレミーの顔の側面を捉えた。耳のすぐ下、頬骨の上を。顎が外れたらしく、ジェレミーは驚いて口を開けたような顔になった。たちまち口から血が滴りはじめる。ジェレミーの手から逃れたキャサリンが、アンディの伸ばした腕にすがりついた。ジェレミーは（振り子のように顎を揺らしながら）二歩ぼくに近づいた。

だが、ぼくにはたどり着けなかった。床が自分の下で崩れたときは驚愕したに違いないが、すでに目いっぱい開いている口をそれ以上広げることはできず、階下の燃え盛る炎のなかに落ちていった。

アンディとキャサリン叔母とぼくは、焼けるように熱い床を横切り、アンディとぼくとで両側から叔母を抱えあげ、猛スピードで階段を駆けおりた。戸口に立っているエリンが急げと手を振る。ロビーでもあちこちで炎が躍っているが、いまのところ通れないほどではなかった。とはいえ、天井のペンキが泡状に膨れ、火が梁を舐めていく。ぼくらが両開きの扉に達すると同時に、背後のシャンデリアがすさまじい音をたてて落下した。

ぼくは表の階段を下りきったところで倒れこんだ。雪のなかを手袋もなしに這うのは、灼熱《しゃくねつ》の砂漠を駆けるようなものだ。冷たい雪が皮膚を焼き、肌を噛んだ。それから誰かがぼくを立たせてくれた。エリンだ。ぼくは雪のなかを引っ張られるまま、水を含んだ一片の芝地へと移動し、ほかのみんなと燃え盛る建物を見つめた。目が霞み、咳が止まらない。まだ生きていることが信じられなかった。ぼくらはついに、パンフレットで見た暖炉ではぜる炎を体験できたのだ。

吹雪は少しも衰えておらず、吹きすさぶ風で雪がまぶたや頰に当たり、刺すような痛みをもたらしたが、このときばかりは少しも気にならなかった。

40

屋根が崩れ落ちるのに大して時間はかからなかった。そのあとすぐに壁が内側に倒れ、夜のなかに盛大に散った火花が音をたてた。これがべつのホテルでこの本がべつのジャンルだったら、解放された悪霊に思えたかもしれない。

ジュリエットがギャヴィンに向かって言った。「ようやく売る決心がついたわ。あなたのために解体してあげたことだし」

まだ気力と体力のある者はそれを聞いて笑った。互いに腕を回している人々もいる。みんな、大切な人に腕を回している。ぼくがずっと辛口の冗談でからかってきたアンディは、世界にひとりしかいない女性のようにキャサリン叔母を抱きしめていた。マルセロと母はふたりでソフィアを支えている。ジュリエットは仲間同士のようにギャヴィンの背中を叩いていた。エリンとぼくはいかにもありがちな展開にはならなかったが、互いのすぐそばにいた。もちろん、火事が火打ち石に代わってふたりの愛を再燃させることはできない。それはわかっていても、いまはただそばにいることが嬉しかった。

「あれは……？」キャサリン叔母が瓦礫《がれき》のほうを指さした。

赤く光る燃えさしに後ろから照らされ、黒い影が白い雪の上を横切り、炎から五十メートルほど離れた雪のなかに倒れこんだ。

「早くここを出ないと」アンディが言った。

「動いているの？」誰かが言った。

「怪我をしているなら、あの人が誰で、何をしたのであれ、ここに置き去りにすることはできないわ」ジュリエットがきっぱりと言った。

「様子を見てくる」志願してから、自分でも驚いた。自分たちが行かずにすむことに安堵したのだろう、みんなの口からおざなりの抗議が漏れる。ぼくはどうにか立ちあがり、人間の形をしたもののほうへとよろめきながら歩いていった。白い空き地の真ん中にあった黒い姿が鮮やかによみがえったが、それを頭から追いやった。

ぼくは横たわっている男のもとにたどり着いた。ジェレミーだ。仰向けになって、目を閉じている。髪は焼け、ところどころひどい火傷を負った頬に、煤が筋を作っていた。胸が上下しているものの、とてもゆっくりだ。ほかにできることもなく、ぼくは傍らに腰を下ろした。

「誰？」ジェレミーがのろのろと口を動かした。顎が外れているせいで呂律がまわらない。舌は血で黒ずんでいた。

「アーネストだ……兄貴だよ」

しばらく沈黙が続いた。

「窒息する夢を見る？」

「ときどき」ぼくは認めた。ジェレミーがどうして灰、窒息、拷問という手口を使ったのか、いまならわかる。あの車に閉じこめられたときのトラウマが、抑圧された記憶を覆う厚い層の下からときおり漏れてくるのだ。思い出せないその記憶がときどき覆いを破って表層に達し、ジェレミーを苦しめてきたに違いない。〝頭に血がのぼると、息ができなくなるんだ〟

「そうか」ジェレミーは嬉しそうに言った。兄も自分と同じだと思ったのかもしれない。たぶんそれを知りたかっただけなのだろう。

ジェレミーは長いこと苦しそうに呼吸していたが、やがて胸が動かなくなった。

だが、ぼくが立ち去ろうとすると、また胸が動きはじめた。

ぼくはギャヴィンの黄色い戦車に目をやった。そこにはひとかたまりの人々が立っている。ぼくと同じ血が流れているのは、そのほんの一部。同じ姓を持つ者はもっと少ない。みんながぼくを待っていた。そしてぼくのすぐそばにはもうひとりのカニンガムが横たわり、必死に呼吸しようとしている。

家族を作りたいと願うあまり、ぼくはエリンを追い詰めた。自分のまわりにもう家族がいることを忘れていたのだ。家族は重力だ。このとき初めてぼくは、事件が起こったばかりの頃ソフィアが言った、家族とは同じ血が流れている者を意味するのではない、この人のためなら血を流してもいいと思える相手のことだ、という言葉の意味を理解した。

ぼく

41

「出発しよう」ぼくは高いステップに足を載せて体を引きあげ、雪上車に乗りこんだ。

ぼくが戻る頃には、全員が車内の座席に収まっていた。ギャヴィンがエンジンをふかすと、咳きこむような音とともに轟音が夜の空気を切り裂いた。

「何があったの?」隣に座ると、キャサリン叔母が尋ねてきた。

「そばにいたら、呼吸が止まったんだ」

「自然に?」

「そうだよ」

「死んだの?」母が尋ねた。どこか希望のにじむ声だったが、ジェレミーが死んだからなのか、生きていたからなのか、よくわからない。

「うん」

「確かなの?」

「うん」

「どうしてわかるのよ?」

「とにかく呼吸が止まったんだ。さあ、家に帰ろう」

エピローグ

地面に突き刺さった〝売り家〟の立て看板は、手数料がもらえることが確定したからか、傾いていた。ジュリエットが少しだけ残っているぼくの物を荷造りする手伝いに来ている。エリンと話し合ったあと、過去を清算して前に進むなら、家を売り、過去のすべてをあとにして引っ越すのが最善だという結論に達したのだった。今日ぼくは、素晴らしくもいつもと変わらぬ朝食をすませ、家の前でジュリエットと落ち合った。

ジュリエットが玄関の鍵を開けた。家のなかはほとんど空っぽで、陽射しで色褪《いろあ》せた硬材の床に、家具が置かれていた跡がうっすらと残っているだけだ。最後の段ボールは屋根裏にある。ジュリエットが梯子を引きおろし、屋根裏に上がった。ぼくは下で待ち、ジュリエットが落とすごみを受けとる役目だ。ジュリエットは段ボールをいくつかと、空港では便利でも、雪の積もったリゾートではひどく使い勝手が悪かったキャリーバッグをぼくに手渡した。事件のあと、警察で事情聴取をされ、病院で手当てを受け、群がるマスコミをかき分けてようやく自宅にたどり着いたときには、荷解《にほど》きする気力など残っておらず、そのまま屋根裏に放りこんでおいたのだ。

もちろん、ぼくはキャリーバッグのいちばん上に入れておいた例のスポーツバッグを持って、マコーリー夫妻を訪ねた。だが、ふたりともそれを受けとろうとしなかった。ふたりは写真が失われたという事実を受け入れたものの、ダイバーを雇って湖から棺を回収した。きちんと娘の葬儀をしたいという長年の願いは叶ったはずだ。バッグに入っていた大金のことはカニンガム家の全員に話し、家族として、どうするかを一緒に決めた。まず、ルーシーの両親と兄弟姉妹に半分渡し、葬儀の費用も持つことにした。それから残りを均等に分けた。すでに少し使っていたぼくは分け前を放棄した。

マイケルの葬儀は短く、寒く、気の滅入《めい》るものになった。兄のせいではない。天候のせいだ。ぼくは地中に下ろされる前に棺のなかを確かめた。ルーシーの葬儀はルーシーの家族が行った。とても悲しい、美しい葬儀だった。教会に溢れるほどの列席者を見て、すぐにはその理由が思い当たらなかったが、謎は自然に解けた。通夜の最中にあれほど多くのビジネス・チャンスを売りこまれたのは、あとにも先にも初めてのことだ。ルーシーはもうこの世にいないのに、先週オセアニア地域の副社長補佐に昇進したそうだ。

これほど仲睦《むつ》まじそうなアンディとキャサリン叔母を見るのは初めてだったし、とくに叔母はこっちが面食らうほどリラックスしていた。アンディは相変わらず、バーで一緒に一杯やりながらも、つい肩越しに知り合いの顔を探してしまうほど面白味《おもしろみ》のない男だが、顎を火かき棒で殴りつけるという雄姿を見たあとでは、せいぜい十五分程度なら、退屈な会話も我慢しようという気持ちになっている。

結果的に、あの火事でいちばんひどい火傷をしたのはソフィアだったが、最終的には、それがかえって本人のためになった。ジンダバインの病院がソフィアに与えた鎮痛剤は、なんとオキシコドンだったのだ。したがって、血液検査を実施する意味がなくなった。ソフィアが明言していたとおり、術中の判断も適切だったと証明された。キャサリン叔母はソフィアがまた薬に逆戻りしないよう見守りつづけ、ソフィアは順調に回復中だ。ふたりは友人といってもいいほど仲良くなった。

マルセロと母のオードリーとぼくは、週に一回夕食をともにする。母が食事中に突然立ちあがる回数がぐんと減ったのは、よい徴候だと思う。もうすぐぼくはエリンも招くつもりだ。火花があろうとなかろうと、エリンがこれからも家族であることに変わりはない。離婚というのはいやな響きの堅苦しい言葉だが、ぼくらは皮肉にも力を合わせ、その手続きを進めている。同じくこの事件を題材にした本の出版契約を結んだジュリエットとは、宣伝ツアー中に親しくなった。彼女の本は『恐怖のホテル』みたいなタイトルになるらしい。ぼくの出版社は、ジュリエットの本よりも一カ月早く出版したいとうるさくせっついてくる。

ほかに言い忘れたことはないか？

いくつか、細かい部分を説明しておくべきだろう。

オードリーは誰も殺してないぞ、ときみたちは思っているかもしれない。まあ、たしかに。だが、ぼくが語ることは、少なくとも、語っている時点では真実だと思っていたことだ、と最初に断ったことを思い出してもらいたい。ぼくがわざと間違った文法の使い方をしているわけではないことも断ってある。ある意味ではジェレミー・カニンガムは、ロックされた車のなかに閉じこめられた、あのうだるような夏の日に死んだ、と言うこともできると思う。母には、ジェレミーの命を絶ち、怒ると窒息しそうになるべつの子どもを誕生させた責任がある、と。どこでジェレミーが死に、ブラック・タングが生まれたかという判断は、読者にお任せする。少なくともそれがぼくの言い訳だ。この理屈の文学的価値に関する議論がしたければ、喜んで応じる。ぼくのエージェントにメールしてもらいたい。

そしてアンディとぼくは、それぞれ、誰かを殺したことになるのか？　その点に関しては、ぼくにはどう説明したものかわからない。アンディは火かき棒をジェレミーに叩きつけた。あれは致命的な一撃だったとぼくは思う。ぼくがそばに行ったとき、雪のなかに横たわっていたジェレミーはひどい火傷を負い、血だらけで死にかけていた。そしてぼくは？　この件を語るときは慎重に、と弁護士には言われている。ぼくがきみたちに語ったのは真実だけ――弟が死んだとき、ぼくはすぐそばにいた、ということだけだ。あとは読者諸君の想像にお任せする。

余談だが、キャサリン・ミロット（Katherine Millot）の綴りをばらばらにして組合わせを変えると、〝私は人殺しではない（I am not the killer）〟という一文ができる。また、ダリウスという名前は、灰を使った拷問が生まれたペルシャの王に由来している。だが、小説のために名前を変えたわけではない。ジェレミーは実際、この偽名を使ったのだ。歴史の教授たちを標的に選んでいれば、偉い先生方がたちまち謎を解いてくれただろうに。

ジュリエットの電話が鳴る音が屋根裏にこだました。頭上にある屋根裏への四角い入り口から笑い声が聞こえてきて、ジュリエットの顔が現れた。「キャサリンが次の集まりを計画しているんですって」カニンガム家のチャットルームを見たジュリエットが言った。そう、ぼくらの仲はだいぶ進展したんだ。「希望の場所はあるかって訊いてきてる」

「暖かいところ」

ジュリエットが笑いながら、またいくつか段ボール箱を落とした。ぼくはキャリーバッグからくしゃくしゃになった黴臭いジャケットを引っ張りだした。急いで山を下りるために突っこんだとき、まだ湿っていたのだ。ひどい臭いに辟易《へきえき》し、キャリーバッグごと捨てることにした。必要なものは何も入っていないはずだ。ひとつひとつ確かめる元気もない。念のためジャケットのポケットのなかだけ確認すると、たたんだ紙が出てきた。ソフィアが作ったビンゴのカードだ。

ぼくはマイケルが修正した文を見つめた。アーネストが何かを~~台無しにする~~正す。

そう、ぼくは正したのだ。このマスに×を書き入れられるのは嬉しかった。ビンゴにはならないものの、この×はぼくに深い満足を与えてくれた。

自分の助言に従っていなかったことに気づいたのは、そのときだった。

ぼくは新しい携帯電話を取りだした（バッテリー残量4パーセント、恥ずかしながら、吹雪が猛威をふるっていた山頂よりも低い）。急いで拡大アプリをダウンロードする。ルーペほど精密ではないが、たぶん十分だ。

そういえば、カードの言葉を修正する前に、マイケルは少し考えていた。あのとき、コンタクトレンズのケースがすぐそばにあったが（兄がコンタクトをしていなかったことはわかっている）、レンズでなければ、何を出したのだろう？　父が注射針を使わなくてはならなかったほど小さなものか？　だが、ペンの先端なら注射針の代わりになる。このビンゴカードをぼくに返すとき、〝それを失くすなよ〟とマイケルは言った。インクを紙のなかに押しこむように、訂正した箇所を親指でしっかり押さえ、〝おまえを信頼してる〟とも言った。マイケルは単語を書きこんだだけでなく、文の最後にピリオドもつけた。すでに書いたが、ミステリー小説では、あらゆる単語に、いや、句読点にさえ手がかりが隠されているのだ。

この大発見に心臓が早鐘のように打ちはじめ、喉から飛びだしそうになった。拡大アプリと一緒に携帯（バッテリー残量2パーセント）のカメラを起動し、マイケルが書いたピリオドに合わせた。写真が見えた。4×4マス、全部で十六枚ある。

これを写した人間は、長く伸びた私道の端から宮殿のような邸宅を見上げていた。頑丈そうな鉄製のフェンスが映りこんでいる。トランクを開けたセダンが柱のある入り口のそばに止まっていた。十六枚ともカメラは同じ場所を写している。だが、写真のなかのふたりは、顔が見えないものの、少しずつ動いていた。五枚目の写真では、ふたりの姿は消え、玄関の扉が開いて、黒い穴のように見える。八枚目で、ふたりの男が再び現れた。寝袋のようなものの前と後ろを持って運んでいる。九枚目で、彼らが入り口から車までの距離を半分進むと、寝袋の片方の端からは長い髪がひと房垂れているのが見えた。十枚目では寝袋は見えず、車のトランクが閉まっている。最後の写真では、車の位置がそれまでと変わっていた。ふたりのうちひとりはまだポーチにいて、車が走り去るのを見送っている。カメラはようやくその男の顔を捉えていた。

悪党が当然の報いを受けるという典型的なカタルシスを得られず、読者諸君はがっかりしたかもしれない。だが、編集者ができあがった原稿をとにかく早く印刷所に回そうと言い張ったのだ。そのせいで、これを書いている時点ではまだ裁判が始まっていないから、その後の詳細を記すことはできない。きみたちには、このとき携帯の画面が許すかぎり写真の顔を大写しにすると、ポーチの灯りに浮かびあがっていたのはエドガー・マコーリーの顔だった、という事実だけで満足してもらわなくてはならない。そしてもしも小説のこの部分で彼の名前が編集されていなければ、あの男は長いこと刑務所に入ることになったと考えてまず間違いないだろう。

〝きみはその写真を見たのか？〟

エドガー・マコーリーはぼくに二度もそう質問し、二度目に訊いてきたときは、執拗《しつよう》に答えを要求した。あのときぼくは、エドガーが苛立っていると感じたが、いま考えてみると、苛立っていたのではなく切羽詰まっていたのだ。エドガーはぼくがこの写真を見たかどうかを知りたがった。自分がそこに写っているのをぼくが見たかどうか。マコーリー夫人は遺体が失われたと聞いて愕然としていたが、エドガーは冷静に〝ダイバーを雇えばいい〟となだめていた。

マコーリー夫妻は数十年前、娘を無事に取り戻すための身代金を渋ったのに、その遺体と証拠写真を手に入れるために身代金の倍額を支払うことにした。それもそのはず、エドガーがアラン・ホルトンから買おうとしていたのは、事件を解決する手がかりではなかった。あの写真は、要するに脅迫だったのだ。ホルトンはまずジェレミーに接触し、養親であるウィリアムズ夫妻から金を引きだそうとした。そのほうが、マコーリーに売りつけるよりずっとリスクが小さいからだ。だが、ジェレミーからにべもなく断られると、危険を承知でマコーリーに接触せざるをえなくなり、自分とエドガーの仲介役となる人間が必要になった。それがカニンガム家の人間なら、脅迫に重みが加わる。だから、ホルトンはマイケルに近づいたのだ。出所して証拠写真を見たマイケルは、マコーリー夫妻はカニンガムにも借りがあると判断した。マイケルは乾燥室でなんと言った？〝あいつらが払うのは当然だ〟、と。そう、〝あいつら〟と言ったのだ。

誘拐事件は殺人を隠すための偽装だった。見事な演出だ。エドガーはよく知られたギャング団を雇い、体裁を整えて、身代金に見せかけた紙屑を用意してギャングが娘を殺す動機を作り、容疑者ではなく被害者となったのだ。まさしくマルセロが言ったように、ぼくがよく知っている類いの古い手口だ。理解しやすい、受け入れやすい筋書き。当時は、あらゆる人々がころりと騙された。レベッカは身代金の要求がなされる前に、すでに死んでいたのだ。気の毒な少女が死に至った詳細は、やがて裁判で明らかになるだろう。

ぼくは警察に電話した。警官たちはその日の午後、証拠を取りに来ると言った。そこで携帯電話のバッテリーが切れた。

「ねえ、アーニー」ジュリエットの顔がまた頭上に現れた。埃だらけのワインを一本掲げている。「何年も経っておいしくなってるか、ひどい味で飲めたもんじゃないかどっちかね。上がってくる？」

この本では起こらないことがある、と最初に約束したから、嘘つきにならないためにここでペンを置くとしよう。

ぼくはジュリエットの待つ屋根裏へ、梯子を上がっていった。

謝辞

よくできた謝辞というものは、〝ぼくに我慢してくれてありがとう〟という気持ちが伝わるように書くべきだと思う。本書の執筆中は、多くの人々がぼくに我慢してくれた。あらゆる段階における彼らの情熱、忍耐、助力に、心から感謝している。

出版社のぼくの担当、ベヴァリー・カズンズ。ぼくがホームランを狙ってバットを振ることを許し、ぼくの野心が感性を凌駕しそうになるたびに忍耐強く引き戻してくれたことを感謝する。どのアイデアにもひるまず、無数の穴だらけの原稿に目を通し、ぼくが書きたいものを読み応えのある形で必ず作りだせると信じつづけてくれてありがとう。あなたの抱える作家のひとりであることは誇りであると同時に、幸運なことだ。

編集者のアマンダ・マーティン。きみの編集者としての鋭い目、温情ある編集、優れた問題解決能力には、感謝のほかない。ミステリー小説を編集するのは、カードで家を造るようなものだ。一枚倒れれば、全体が崩壊する。編集者は建てた家を保つ糊のようなものだと思う。本書の二十七章で編集者を冗談の種にしたことを許してもらいたい。ここにページではなく章番号を書いたのは、万一、きみがページ番号から心的外傷後ストレス障害を起こしたときのことを考えたからだ。この話題に触れたついでに、ページ番号についても謝っておく。

ネリリー・ウェアおよびアリス・リチャードソンは本書を世界中の読者のもとに届けるために多大なる貢献をしてくれた。思いもしなかったほど多くの人々にぼくの物語を読んでもらえるのは、実に素晴らしいことだ。そのための努力と、夜更けや早朝のＺｏｏｍ会議のすべてに感謝していることを伝えたい。販売と宣伝をそれぞれ受け持ってくれたケリー・ジェンキンスとハナ・ラドブルック、本書をとても声高かつ熱心に宣伝してくれてありがとう。大いなる熱意を持って仕事をこなすプロの支援を受けられたのは、作家として実に幸運なことだ。ぼくはジェームズ・レンダルの表紙のデザインにすっかり夢中になっている（パーティで愛犬の写真を見せたがる人々のように、本書の写真をみんなに見せびらかし、彼らと同じく煙たがられている）。素晴らしいデザインをありがとう。ソニヤ・ハイン、注意深く細部に目を光らせてくれたことに感謝する。ミッドランド・タイプセッターには、見事な植字とページデザインを感謝する。ページ番号については申し訳ない。

ケイトラン・クーパー＝トレントの信頼できるエージェント、ピッパ・マッソン、励ましと導きの両方に感謝する。ぼくが本書を着実によくしていくことができると信じてくれた。あなたの支援がなければ、これを書きあげることはできなかった。あなたの助けと導きで、人生が変わったと言っても過言ではない。ジェリー・カラジアン、映画化権に関して映画会社に熱心に働きかけてくれてありがとう。エージェントたちがカウンセラーやセラピストとしてメディケア保障を受けとれるような働きをしてくれたことも、ここに記しておきたい。

本書の登場人物のひとりに自分の名前を使ってくれたお返しにと、レベッカ・マコーリーはオーストラリアの森林火事の復興を支援するボランティア団体であるRFSに気前よく寄付をしてくれた――ありがとう。

両親のピーターとジュディ、ぼく自身の兄弟姉妹であるジェームズとエミリー、それにガブリエル、エリザベス、エイドリアンのパズ一家に、ぼくの創作努力のすべてを支援してくれたことに感謝を捧げる。ジェームズ、弟を殺しつづけていてすまない。誓って、とくべつな意味があるわけではないんだ。念のために断っておくが、少なくともぼくが知るかぎりでは、ぼくの家族は実際には誰も殺していない。

アリーシャ・パズ、昔ぼくは三冊目の本はきみに捧げると約束したね。きみがいなければ仕上げられなかったというういわくつきで、本書はきみのものだよ。いや、もちろん、ぼくの書くすべての本がきみのものだ。

寛大にも、本書を宣伝し、ソーシャル・メディアで支援してくれた作家のみなさんにも、感謝する。ここにすべての名前を挙げることはしないが、読者にはこう言いたい。オーストラリア人が書いた犯罪小説をできるだけたくさん読んでほしい。世界一面白いものばかりだから。百年後にいまを振り返り、あの頃がオーストラリアン・ミステリーの黄金期だった、と思うことになると信じている。そしていつか、どこかの生意気な作家がこのジャンルを笑いものにする本を書くに違いない。だからいまのうちに、この波に加わっておいたほうがいいぞ！

最後に、読者諸君にもひと言お礼を申しあげる。店頭やウェブサイトに並ぶ数えきれない本のなかから、きみたちがこの本を選んだのは、本当に特別なことだ。楽しんでくれることを心から願っている。

訳者あとがき

本書はオーストラリアの作家、ベンジャミン・スティーヴンソンの長編三作目であり、謎解きミステリー（フーダニット）の醍醐味を心行くまで味わえる作品でもある。本書のあと、すでにアーネスト・カニンガム・シリーズの第二弾が発売されている。著者のスティーヴンソンは、この『ぼくの家族はみんな誰かを殺してる』が初邦訳作とあって日本ではほぼ無名だが、デビュー作である〝*Greenlight*〟は、オーストラリアの犯罪小説および犯罪実話の主要な賞であるネッド・ケリー賞のデビュー・クライム・フィクション部門最終候補となり、アメリカとイギリスで出版されている。二作目の〝*Either Side of Midnight*〟も、国際スリラー作家協会賞のペーパーバック・オリジナル賞にノミネートされ、ミステリー小説の作家としての基盤を着実に築いた。短編小説でオーディオブックの〝*Find Us*〟は、世界的なベストセラーとなった。

スティーヴンソンはまた、コメディアンとしても大変有名で、ライブショーのチケットが完売になるほど人気があるという。

正統派ミステリーの流れを汲む本書が生まれたきっかけを著者は次のように語っている。「コロナ禍で自宅にいることが多くなり、最近の犯罪小説を読み漁ったが、どれも物足りないと感じた。そこで黄金期と呼ばれた時代の探偵小説、アガサ・クリスティや、ロナルド・ノックスの本を読み直すうち、同じ手法で現代ミステリーを書いたら、どんな読み物が仕上がるかと考えはじめたんだ」そうしてできあがったのが本書『ぼくの家族はみんな誰かを殺してる』だった。

季節は冬、舞台はスキーシーズンの真っ只中のスキーリゾート。三年ぶりに兄マイケルが家族のもとに戻るとあって、アーネスト・カニンガムを含めたカニンガム一家は、久しぶりに全員が顔を揃えることになった。ところが、その喜ばしい再会に水を差すように、ブラック・タングと呼ばれる連続殺人鬼の仕業らしい死体が見つかり、再会を喜ぶ暇もなく兄のマイケルは手錠をかけられ、拘束されてしまう。そして第二の殺人が起こり……。

すべての始まりは、三年半前、夜中に兄のマイケルから突然かかってきた電話だった。家の前に停まった車はヘッドライトが片方割れ、トランクが閉まらない車には明らかな血が飛び散っていた。人を轢いた、病院に運ばずこのまま森のなかに埋める、と言う兄に、アーネストは顔色を変えて反対するが、強硬な兄に押し切られ、助手席に乗りこむ。すると足元には、二十六万ドルを超える大金がバッグに詰めこまれ無造作に放りだされていた……。

主人公アーネストと母オードリーを筆頭とするカニンガム一家との軋轢、妻エリンとの壊れた関係、兄のマイケルと元妻ルーシー、さらにはエリンとの関係が徐々に明らかになるにつれ、荒れ狂う雪嵐のなかで殺人の被害者も増えていく。そして……最後に作中の探偵、アーネストが行う謎解きのシーンは、圧巻のひと言に尽きる。

フーダニットの特徴を網羅した本書は、数々の謎を読者に提示するとともに、ロナルド・ノックスの十戒を忠実に守り、その謎を解く手掛かりをすべて織りこんでいる。果たして犯人は誰なのか？　謎を解くカギは、作中で探偵の役割を果たすアーネスト・カニンガム同様、読者にもすべて与えられている。それらを正しく繋げることができれば、この問いの答えは明らかになる。読者の誰もが名探偵になれるのだ。さあ、あなたも謎解きに挑戦し、思う存分推理の楽しみを味わおう。

二〇二四年六月

訳者紹介　富永和子

東京都生まれ。獨協大学英語学科卒業。主な訳書にパーカー『悪の猿』『嗤う猿』『猿の罰』、ブレッケ『ポー殺人事件』（以上ハーパー BOOKS）、レイノルズ『リーグ・オブ・レジェンド RUINATION 滅びへの路』（KADOKAWA）などがある。

ハーパーBOOKS

ぼくの家族《かぞく》はみんな
誰《だれ》かを殺《ころ》してる

2024年 7 月25日発行　第1刷
2024年11月30日発行　第4刷

著　者　ベンジャミン・スティーヴンソン
訳　者　富永和子《とみながかずこ》
発行人　鈴木幸辰
発行所　株式会社ハーパーコリンズ・ジャパン
東京都千代田区大手町1-5-1
04-2951-2000（注文）
0570-008091（読者サービス係）

印刷・製本　中央精版印刷株式会社

ISBN978-4-596-96132-7